Knaur

Von Thomas Görden ist außerdem erschienen:

Schattenwölfe

Über den Autor:

Thomas Görden, geboren 1964 in Wuppertal, lebt und arbeitet als Autor und Übersetzer in Linz am Rhein. Nach einigen Kurzgeschichten hat er bisher den Roman *Schattenwölfe* veröffentlicht.

Thomas Görden

Die Seelenlosen

Roman

Knaur

Besuchen Sie uns im Internet:
www.droemer-weltbild.de

Originalausgabe

Redaktion: Claudia Alt
Umschlaggestaltung: ZERO Werbeagentur, München
Umschlagabbildung: ZEFA, Düsseldorf
Satz: Ventura Publisher im Verlag
Druck und Bindung: Clausen & Bosse, Leck
Printed in Germany
ISBN 3-426-61780-3

5 4 3 2 1

Eins

Die Frau lag mit unnatürlich verdrehtem, verbogenem Körper auf dem Rasen und starrte mit leerem Blick in den dunklen Himmel. Koerber ging in die Hocke, um sie genauer zu betrachten. Jeder Knochen ihrer hageren Gestalt schien gebrochen. Das Gesicht war verzerrt, die Augen weit aufgerissen. Die linke Hand lag schlaff im Gras. Als er die andere Hand betrachtete, stutzte Koerber. Die Hand war zu einer Klaue verkrampft, als hätte die Frau versucht, sich irgendwo festzuhalten.

Koerber richtete sich wieder auf, wobei sein rechtes Knie knackte, diese dumme, alte Sportverletzung. »Name?«, fragte er.

»Rosemarie Strehlitz«, sagte Fischerau und schlug seine Kladde auf. »Jahrgang 1942. Ledig.«

»Wo ist sie rausgesprungen?«

Sie standen auf kurz geschorenem, baumlosem Rasen hinter einem Hochhaus, dessen triste Plattenbau-Atmosphäre bei der Renovierung vor einigen Jahren mit grellen Blau- und Grüntönen übertüncht worden war. Aber jetzt, kurz nach Mitternacht im Licht der Straßenlaternen, wirkten die Farben fahl.

»Da oben aus dem zehnten Stock.« Fischerau zeigte an der Hauswand empor.

Koerber legte den Kopf in den Nacken. Er sah eine weit aufragende Fläche, in der Balkone sich öffneten wie kleine Höhlen. Der Bau war ein Prestigeprojekt der späten siebziger

Jahre, als Balkone einen seltenen Luxus dargestellt hatten, jenen vorbehalten, die im Sozialismus etwas gleicher gewesen waren als die breite Masse. Heute waren viele Fenster dunkel.

»Der Kasten steht zur Hälfte leer«, sagte Fischerau.

»Zeugen?«

»Das Ehepaar in der Wohnung nebendran hat etwas umfallen hören. Dann soll die Strehlitz laut ›Nein!‹ geschrien haben. Und wieder ein paar Sekunden später hat sie gekreischt. Die beiden sind auf den Balkon, und da haben sie sie unten liegen sehen und die Ambulanz gerufen.«

Koerber massierte sich das Ohrläppchen. »Warum ›Nein‹? Sie hätte doch ›Ja‹ rufen müssen, wenn sie zum Sprung vom Zehner entschlossen war. Oder hat sie jemand geschubst?«

Fischerau schüttelte den Kopf. »Die Tür ist von innen zugesperrt.«

Koerber verzog das Gesicht. »Also bloß ein langweiliger Suizid. Trotzdem will ich die Wohnung sehen.«

Am Rand des Rasens drückten sich ein paar Neugierige herum, denen Koerber einstweilen keine Beachtung schenkte. Der Hauseingang lag um die Ecke, zur Straße hin, von der die Rasenfläche durch hohe Bäume und den benachbarten Plattenbau abgeschirmt war. Das Treppenhaus war kahl, von bleiernem Licht erhellt, der Aufzug ein enger, in den Seilen ächzender Rattenkäfig. Vor der Wohnung hielten zwei uniformierte Polizisten Wache. »Die Tür ist ja noch nicht aufgebrochen«, konstatierte Koerber.

»Wir haben auf Sie gewartet, Chef«, sagte Fischerau etwas demütig.

Koerber grinste. »Nett. Dann machen Sie mal, meine Herren.«

Koerbers Theorie, dass in jedem Polizisten auch ein guter Einbrecher steckte, bewahrheitete sich wieder einmal, denn

die Tür war in null Komma nichts geöffnet, würde aber vollständig erneuert werden müssen. Schäfer, einer der beiden Uniformierten, lächelte stolz. Bei dem Schloss handelte es sich um eine moderne, offenbar erst vor kurzem installierte Schließanlage von der Art, wie sie bei »Die Kriminalpolizei rät« empfohlen wurde. Der Schlüssel steckte von innen. Rosemarie Strehlitz hatte zweimal abgeschlossen und die Kette vorgehängt.
Es war eine Zweiraumwohnung jenes Standard-Zuschnitts, den Koerber zur Genüge kannte. Die Scheu, die er als junger Beamter beim Betreten fremder Wohnungen empfunden hatte, hatte Koerber im Laufe vieler Dienstjahre verloren. Heute glaubte er bisweilen, mit zwei, drei Blicken erfassen zu können, was es mit den Bewohnern auf sich hatte. Manchmal erkannte er es schon am Geruch. Die Wohnung der Strehlitz roch nach Einsamkeit. Ein sauber aufgeräumter Kaninchenbau, in dem peinliche Ordnung verhindern sollte, dass dunkle Gedanken aus den Ritzen strömten.
Im Wohnzimmer brannte die Lampe des penibel wirkenden Schreibtischs, der schräg neben dem Fenster stand. Der schwere Schreibtischsessel davor war umgekippt.
»Das werden die Nachbarn gehört haben«, sagte Fischerau.
In der Stereoanlage spielte eine Klassik-CD die »Brandenburgischen Konzerte«. Koerber schaltete die Musik aus. Bei den drei CDs im Wechsler handelte es sich ausschließlich um Bach-Werke. Gut für die Nerven.
Auf dem Schreibtisch lag ein umgekipptes Glas, aus dem sich bernsteinfarbene Flüssigkeit ergossen hatte. Koerber schnupperte daran. Whisky. Ein ziemlich herber Trost für eine einsame Frau. Er hatte eher Likör erwartet. Andererseits hatten ihre Überreste auch eher herb gewirkt – ein knochiges Gesicht, harte, dünne Schultern.

Fischerau ging nach nebenan ins Schlafzimmer. »Oh«, sagte er. »Sie hätte gar nicht zu springen brauchen.«
Koerber folgte ihm. Die Strehlitz hätte sich in der Tat einen wesentlich friedlicheren Tod bescheren können. Auf dem Nachttisch eines jungfräulich dastehenden Einzelbettes lagerte, fein säuberlich aufgereiht, die Hausapotheke einer Tablettensüchtigen – ein eindrucksvolles Arsenal, um die inneren Dämonen ruhig zu stellen.
Fischerau beugte sich interessiert über die vielen Medikamente. In solchen Momenten erinnerte sein dürrer Körper an eine neugierige Krähe. »Verdammt«, sagte er. »Warum ist sie gesprungen? Einen Schwung hiervon einwerfen« – er hielt eine der bunten Schachteln hoch – »und sich friedlich ins Bettchen legen hätte es doch auch getan.«
Stattdessen war die Strehlitz, vorbehaltlich die Aussage der Nachbarn traf zu, angetrunken herumgetorkelt, hatte dabei Glas und Stuhl umgeworfen. Dann hatte sie laut *Nein!* geschrien und war hinaus auf den Balkon gegangen, um sich mit Gekreische in die Tiefe zu stürzen. Ein Selbstmord der eher sonderbaren Sorte. Koerber fuhr sich mit der Zunge über die Lippen. Er hätte gerne einen Schluck von ihrem Whisky probiert. Vermutlich lagerte sie die Flasche im Küchenschrank, um sie vor dem eigenen schlechten Gewissen zu verstecken. Da erst sah er den Anrufbeantworter, dessen grünes Lämpchen blinkte. Offenbar hatte nachher noch jemand angerufen. »Na so was«, sagte Fischerau, eilte an seinem Chef vorbei und drückte auf die Taste.
Koerber kniff gespannt die Augen zusammen. Eine Männerstimme, die etwas kurzatmig und schrill klang – nervöse, schnell gesprochene Worte:
»Rosemarie? Albrecht hier … Pass auf: Irgendetwas ist schief gelaufen. Sembold ist seit ein paar Tagen überfällig.

Er hat sich weder bei mir gemeldet noch bei seiner Frau. Ich befürchte inzwischen das Schlimmste. Wenn sie ihn entdeckt haben ... Du weißt, sie sind in der Lage, *jeden* zum Reden zu bringen. Sembold kennt unsere Namen und Adressen. Vielleicht hatte Hans doch Recht. Wir hätten die alten Geschichten ruhen lassen sollen. Schlafende Hydras soll man nicht wecken. Sperre heute Nacht deine Wohnung gut zu. Und vergiss auf keinen Fall, die Balkontür zu verriegeln! Ich melde mich morgen wieder.«
Ein kurzes Rauschen noch, dann Stille. Koerber schaute zu der weit geöffneten Balkontür hinüber, durch die kühle Nachtluft hereinwehte.
»Schlafende Hunde«, murmelte Fischerau. »Wieso Hydras?«
Koerber ging langsam hinaus auf den Balkon. Er war wirklich etwas höhlenartig. Klein, eigentlich eher eine Kammer mit einer großen, unverglasten Fensteröffnung. Neben einem schmalen, mit kümmerlichen Pflanzen besetzten Blumenkasten beugte er sich vorsichtig vor. Er war nicht schwindelfrei. Die neun Stockwerke unter ihm wirkten wie eine völlig ebene Wand, ohne irgendwelche Vorsprünge, die einem Kletterer Halt geboten hätten. Rechts gab es keine weitere Wohnung, und der Balkon der benachbarten Wohnung auf der linken Seite war ebenfalls innenliegend. Von dort auf den Balkon der Strehlitz herüberzuklettern erschien Koerber physikalisch unmöglich.
»Vielleicht hat der Mörder, falls es ein Mord ist, sich vom Dach abgeseilt«, sagte Fischerau, der neben seinen Chef getreten war. Koerber verdrehte den Hals und spähte nach oben. Auch oberhalb der Strehlitzschen Wohnung wirkte die Hauswand völlig glatt und haltlos. »Wie im James-Bond-Film«, brummte Koerber. »Am Ende hat sie ihn selbst eingelassen, die Tür hinter ihm zugesperrt. Dann hat er sie herun-

tergestoßen und ist mit dem Fallschirm hinterhergesprungen.«
Fischerau schien über diese Idee ernsthaft nachzudenken. Koerber starrte hinunter in die Tiefe. Warum hatte dieser Albrecht gesagt, sie solle die Balkontür verriegeln? Warum *diese* Balkontür? Wenn die Strehlitz Parterre gewohnt hätte, wäre die Warnung nachvollziehbar gewesen. Aber hier oben … Nein, es musste Selbstmord gewesen sein. Ihr Tablettenkonsum deutete auf starken seelischen Stress hin.
Koerber ging wieder ins Zimmer zurück und hörte sich die Nachricht auf dem Anrufbeantworter ein zweites Mal an. Diese Nachricht. Die Aussage der Nachbarn. Der umgefallene Stuhl. Falls hier doch ein Verbrechen geschehen war, hatten sie es mit einem Mörder zu tun, der entweder durch Wände gehen oder fliegen konnte, und ein solches Exemplar war Koerber in seinen langen Polizeijahren noch nicht untergekommen. Er seufzte. »Gut. Ich werde mir die Nachbarn noch mal persönlich vornehmen. Die Spurensicherung soll jedes Zentimeterchen dieser Wohnung durchkämmen, und ich will alles über die Vergangenheit der Strehlitz wissen, ihre DDR-Vergangenheit. Und schauen Sie mal, was der Name Sembold hergibt. Ist immerhin kein Allerweltsname, der sich hier in Dresden an jeder Ecke findet.«
Fischerau kritzelte mit vorgeschobener Unterlippe etwas in seine Kladde und verschwand. Koerber ging in die Küche und suchte dort nach dem Strehlitzschen Whisky.

Billi Schmidt folgte dem Pfad durch die Streuobstwiesen, die jetzt allmählich von dem den Hang emporwuchernden Neubaugebiet verdrängt wurden. Dann kam sie durch die alten, verwilderten Weinberge, wo Insekten in der Septembersonne herumschwirrten und Eidechsen sich auf den Steinmauern ausstreckten. Aus dem Rheintal drang der Lärm der Bundesstraße herauf und das Tuckern der Schiffsdiesel. Schließlich erreichte sie ihren Lieblingsplatz, wo sie besonders gerne Qigong übte: eine kleine Wiese, zum Weg hin von Bäumen und Haselnusssträuchern abgeschirmt, aber mit weitem Blick ins Tal und hinüber zur Eifel. Im Nordwesten konnte sie bis Bonn schauen, wo in der Rheinaue das ehemalige Abgeordnetenhochhaus aufragte, der »Lange Eugen«, neben dem bald der noch höhere Post-Tower in den Himmel wachsen würde.

Billi setzte sich einen Moment ins warme Gras und sonnte sich, dann stand sie wieder auf, wandte ihr Gesicht nach Westen und begann zu üben. Sie beschrieb mit den Armen einen weiten Halbkreis nach oben – *zerteile die Wolken* –, führte die ausgestreckten Arme vor der Brust zusammen und formte mit den Händen eine kleine Schale – *trage den Mond*. Dann schwebten ihre Hände hinunter zu ihrem Bauchnabel, zu jenem Punkt, den die Chinesen *Dantian* nennen – *führe das Qi zu seinem Ausgangspunkt zurück*. Anschließend übte sie aus dem Spiel der fünf Tiere den Kranich. Während sie ihre Arme ausbreitete wie Kranichschwingen und sich vorstellte, dass Wassertropfen von den Flügelspitzen abperlten, erschien ein Lächeln auf ihrem Gesicht. Für einen Moment fühlte sie sich eins mit der Morgensonne und dem warmen Gras unter ihren Füßen – fest in der Erde verwurzelt und zugleich leicht wie ein Vogel im Wind. Nach dem Üben setzte sie sich noch einen Moment still hin und schaute nachdenklich ins Tal. Plötzlich hatte sie das Gefühl, dass sie jemand beobachtete. Sie schaute sich um, konnte aber niemanden entdecken. Da waren nur die Sträucher, die sich sanft im Wind wiegten.

Vor ein paar Tagen hatte sie beim Üben schon einmal eine Ahnung gehabt, heimlich beobachtet zu werden, dann jedoch

weit und breit niemanden gesehen. Seltsam. Dieser Ort hatte eine so friedliche Ausstrahlung. Angst konnte man hier eigentlich nicht haben, aber Billi war ohnehin keine besonders ängstliche Natur.
Sie stand auf und nahm den anderen Pfad, den sie bergab immer benutzte. Er führte an der alten Weinkellerei Unkelmann vorbei hinunter ins Kleinstädtchen Altenbach, wo Billi geboren und aufgewachsen war.

Die Gerichtsmedizin befand sich auf dem parkartigen Areal des Neustädter Zentralkrankenhauses. Das einzeln stehende, etwas baufällige Gebäude lag hinter alten Bäumen versteckt. Es stammte aus dem neunzehnten Jahrhundert und hatte etwas von einer romantischen Villa, was Koerber angesichts dessen, was hinter den Mauern stattfand, immer etwas sonderbar erschien. Die Leichen wurden durch ein großes, verblichen wirkendes Holztor angeliefert.
Koerber benutzte den für die Lebenden vorgesehenen Eingang und schaute durch die Glasscheibe in das Büro neben der Leichenhalle. Die hübsche Frau, die drinnen am Schreibtisch saß, lächelte ihm vergnügt zu und winkte. Mit eifrigen, energischen Bewegungen trat sie auf den Flur und schüttelte ihm gut gelaunt die Hand. »Schön, dass Sie gleich gekommen sind, Kommissar. Ich habe interessante Dinge über Ihre Leiche herausgefunden!« Dr. Fehrenbach war immer erstaunlich gut gelaunt. Das verwunderte Koerber umso mehr, da er die unmögliche Personalsituation hier in diesem Laden kannte. Mehrere Assistentenstellen blieben aus Geldmangel kurzerhand unbesetzt, und ihr Chef, Dr. Schommers, war eigentlich längst pensionsreif. In den vergangenen Monaten hatten sich häufende, bisweilen groteske Pannen in der Gerichtsmedizin für Verstimmungen im Präsidium und bei der

Staatsanwaltschaft gesorgt. Seiten von Obduktionsprotokollen waren verschlampt und einige Male gar ermittlungstechnisch relevante Leichenteile versehentlich im Krankenhausofen entsorgt worden.

Sabine Fehrenbach, die erst seit wenigen Wochen hier arbeitete, schien es auf wundersame Weise zu gelingen, wenigstens etwas Ordnung in das Chaos zu bringen, das der zunehmend verkalkende Schommers und seine überarbeiteten und unerfahrenen Assistenten in letzter Zeit anrichteten.

Leicht und beschwingt ausschreitend, steuerte sie zielstrebig auf eines der Kühlfächer in der Halle zu, wobei ihre molligen Hüften sich sehr sinnlich hin und her wiegten. Koerber fand ihre Fröhlichkeit irritierend. Sie schien ihre Leichen geradezu zu lieben und übte ihren Beruf mit einer kindlichen Leidenschaft aus, die ihm ein wenig unheimlich war. Da fand er den alten Schommers, der niemals eine Miene verzog und selbst mehr tot als lebendig wirkte, irgendwie passender.

Schwungvoll zog Dr. Fehrenbach eine der Liegen heraus und schlug das Tuch zurück. »Sehen Sie?«, sagte sie unbekümmert. »Hier und hier!« Ihr üppiger Busen hob und senkte sich aufreizend unter dem Arztkittel, während sie mit einem geradezu sinnlichen Seufzer auf kleine verfärbte Stellen am Körper der Strehlitz zeigte. Nackt war die Leiche ein noch entsetzlicherer Anblick – so verkrümmt und zerschmettert. Koerber fragte sich, an wie vielen Stellen die Wirbelsäule gebrochen war. »Das sind eindeutig Hämatome infolge äußerer Gewaltanwendung. Jemand hat sie gepackt. Er hat sehr fest zugepackt. Sie ist wohl ein Stück geschleift oder getragen worden.« Sie zeigte ihm mit ihren hübschen, rundlichen Händen Druckstellen am Rumpf und den Schultern. »Wer immer da zugepackt hat, muss Hände wie Schraubstöcke haben. Und da ist noch etwas.«

Ihre Augen funkelten vergnügt. Sie war mit sichtlichem Spaß bei der Arbeit. »Sicher haben Sie ihre verkrümmte Hand bemerkt?«

Koerber nickte.

»Ich habe das hier gefunden.« Mit zufriedenem Lächeln zog Dr. Fehrenbach ein Glasröhrchen aus dem Kittel und hielt es ihm unter die Nase. Es enthielt einige winzige Krümel. »Stoffreste?«, mutmaßte er.

Sie nickte. »Aufregend, nicht wahr? Jemand hat sie vom Balkon gestoßen, und sie hat sich an seiner Jacke festgekrallt. Ein paar Fetzen des Stoffs waren unter ihren Fingernägeln.«

»Also doch Mord«, sagte Koerber wenig begeistert. »Dann muss ich jetzt einen Mörder suchen, der professioneller Fassadenkletterer ist oder fliegen kann.«

Dr. Fehrenbach zeigte einen Moment einen kindlich fragenden Gesichtsausdruck, was mit der Stupsnase und der vorgeschobenen Unterlippe sehr sympathisch aussah. »Sonderbarer Mörder«, sagte sie. Ihr langes braunes Haar schimmerte seidig und gepflegt, sie hatte angenehm volle Wangen und ein süßes, kleines Doppelkinn. Koerber mochte mollige Frauen.

»Allerdings.« Koerber verspürte plötzlich den starken Impuls, sich mit ihr zu verabreden. Die schmerzhafte Zeit der Trennung von seiner Frau, als er einen großen Bogen um alles Weibliche gemacht hatte, lag eigentlich lange genug hinter ihm. Aber irgendetwas hielt ihn zurück. Vielleicht ihr Alter. Er schätzte, dass sie bestimmt siebzehn oder achtzehn Jahre jünger war als er. Oder war es ihr Beruf?

Er merkte, wie interessiert sie ihn anschaute, und als hätte sie seine Gedankengänge erraten, sagte sie: »Vielleicht können wir ja mal ein Bier zusammen trinken gehen.«

»Ja, vielleicht.« Koerber verabschiedete sich etwas schroff

mit einem knappen Kopfnicken und ging. Er fuhr zurück ins Polizeipräsidium am Pirnaischen Platz. Zum demokratischen Bild der Polizei als Freund und Helfer passte diese Trutzburg aus dem neunzehnten Jahrhundert kaum. Koerber wäre es am liebsten gewesen, man hätte den düsteren Kasten endlich abgerissen und an seine Stelle etwas Schlankes, Freundliches gebaut, mit viel Glas, sodass genug Licht ins Innere drang.

Fischerau war unterwegs. Koerber nahm hinter dem Schreibtisch Platz, der dringend einmal wieder aufgeräumt werden musste, zog für einen Augenblick in Erwägung, die Flasche aus dem unteren Schubfach zu holen und sich einen Schluck zu genehmigen, ließ es aber. Seine Augen wurden schmal. Er nahm das Telefonbuch und blätterte zum Buchstaben F. Seine Hoffnung trog ihn nicht. Zehn Jahre nach der Wende gab es in Dresden alle Segnungen des Kapitalismus. Auch Freeclimbing konnte man lernen, was sich angesichts der nahen Felstürme der Sächsischen Schweiz ja auch anbot. Gleich mehrere Schulen offerierten ihre Dienste. Wahllos entschied sich Koerber für die erste, namens *Freeclimbing Specialists*, und tippte die Nummer in die Tasten des Telefons.

Die alten Weinberge, die zur Unkelmannschen Weinkellerei gehörten, waren von Gestrüpp überwuchert. Billi Schmidt blieb einen Moment stehen, spürte die heiße Sonne auf der Stirn und blickte zwischen Brombeersträuchern zu dem Haus hinüber. Es war in den zwanziger Jahren errichtet worden und hatte einst im Erdgeschoss eine Weinschänke beherbergt. Der etwas niedrigere Anbau hatte zur Aufbewahrung diverser Weinbaugerätschaften gedient. Der eigentliche Weinkeller befand sich nicht unter dem Haus, sondern war dahinter in den Hang hineingebaut. Jahrelang hatte das

Anwesen leer gestanden. Billi erinnerte sich, dass sie vor sieben oder acht Jahren, als vorwitziger Teenager, einmal nachts mit zwei Freundinnen dort eingestiegen war. Viel entdeckt hatten sie drinnen nicht, nur altes Gerümpel, aber es war ziemlich spukig gewesen, und Billis Herz hatte nicht zuletzt deshalb heftig geklopft, weil ihr Vater Dienststellenleiter der Altenbacher Polizei war. Hätte man sie entdeckt, wäre ein schreckliches häusliches Donnerwetter die Folge gewesen.

Jetzt glänzte das Unkelmannsche Haus frisch gestrichen und renoviert, zumindestens das Wohnhaus. Der Anbau wirkte immer noch gammelig, mit bröckelndem Putz und einem dringend sanierungsbedürftigen Dach. Es sah ein bisschen so aus, als sei Sylvia Lennow das Geld ausgegangen. Andererseits war sie Künstlerin und liebte möglicherweise ein solches Ambiente malerischen Verfalls. Wie hält sie es allein hier draußen in einem so großen Haus aus?, überlegte Billi. Ich könnte das nicht. Sie wusste, dass auch viele andere Altenbacher sich das fragten, seitdem Sylvia Lennow vor gut einem halben Jahr in die ehemalige Weinkellerei eingezogen war. Altenbach war ein durchaus klatschfreudiges rheinisches Kleinstädtchen und die Lennow ein beliebtes Thema für Spekulationen. Eine so schöne blonde Frau allein draußen in den Weinbergen? Als sich dann herumsprach, dass sie Malerin war, legte sich die Aufregung etwas. Künstler wurden allgemein als extravagante Persönlichkeiten betrachtet, denen man allerlei Absonderlichkeiten durchgehen ließ. Gewiss brauchte sie den vielen Platz für ihr Atelier und um ihre Bilder zu lagern.

Sylvia Lennows Bilder. Niemand hatte sie bislang zu Gesicht bekommen. Billi stützte sich an dem neuen Maschendrahtzaun ab, der das Anwesen umgab – dieser Zaun musste die

Lennow eine Stange Geld gekostet haben –, stellte sich auf die Zehenspitzen und versuchte, durch die Fenster einen Blick ins Innere zu erhaschen, was ihr aber nicht gelang. Vermutlich bin ich zu klein, um eine gute Reporterin zu werden, dachte sie.

Am Abend wurde in der Villa Linde, unten am Rheinufer, im Altenbacher Stadtgarten, die Ausstellung der Altenbacher Künstler eröffnet. Mein erster Auftrag als Journalistin, dachte Billi stolz. Und auch Sylvia Lennow würde sich mit ein paar Arbeiten an dieser Ausstellung beteiligen. Billi war sehr gespannt auf diese Bilder und darauf, dieser geheimnisvollen Frau endlich einmal persönlich zu begegnen.

Billi glaubte plötzlich, hinter einem der Fenster eine Bewegung wahrzunehmen, als ob dort jemand gestanden und sie beobachtet hätte. Etwas verlegen löste sie sich von ihrem Ausguck am Zaun und ging rasch weiter. Als sie die kleine Zufahrtsstraße überquerte, die an der Weinkellerei endete, kam gerade der Wagen der Lennow aus Altenbach hochgebraust. Sie fuhr einen Fiat-Lieferwagen ohne hintere Fenster, ein etwas ungewöhnliches Gefährt, sonst eigentlich nur von Handwerkern benutzt, wie beim Altenbacher Tratsch vermerkt wurde. Billi ging am Rand das Pfades, der auf der anderen Straßenseite weiter hangabwärts führte, im Gebüsch in Deckung und sah den schmutzigweiß lackierten Lieferwagen vorbeirollen. Sylvia Lennow saß am Steuer. Das Seitenfenster war heruntergekurbelt, sodass ihre langen blonden Haare im Wind wallten. Auch mit großer dunkler Sonnenbrille wirkte ihr Gesicht beachtlich. Macht doch Sinn, dachte Billi, in einem solchen Lieferwagen hat sie viel Platz für ihre Bilder. Und da sie sowieso allein lebt, kommt sie mit einem Auto ohne Rücksitze bestens aus. Billi musste an den Schatten hinter dem Fenster denken. Ganz allein war sie

aber offenbar nicht. Vielleicht gab es da ja einen heimlichen Liebhaber?
Billi hatte Sylvia bisher nur ein paar Mal in der Stadt von Weitem gesehen, aber schon aus solcher Entfernung war offensichtlich, dass es dieser Frau bestimmt nicht schwer fiel, einen Mann zu finden – wenn sie einen wollte. Billi, die sich im Allgemeinen zu dünn und zu kurz geraten fand, seufzte, ging ins Städtchen hinunter, kaufte sich beim Eissalon auf dem mittelalterlichen Marktplatz ein Hörnchen mit drei Kugeln und schaute dann in der Redaktion des *Rheinischen Boten* vorbei, wo sie als Redaktionshilfe angeheuert hatte. Das war einer der Jobs, mit denen sie sich über Wasser halten wollte, bis sie sich darüber klar geworden war, wie es mit ihrem Leben weitergehen sollte. Von ihrem Vater wollte sie kein Geld, und er hätte ihr auch keines gegeben, nachdem sie ihre Ausbildung als Polizistin hingeschmissen hatte.

Beim Chef der *Freeclimbing Specialists* handelte es sich zu Koerbers Überraschung um eine Frau, Karen Pfister, und sie war sogar deutsche Vizemeisterin dieser seiner Ansicht nach halsbrecherischen Sportart. Sie erklärte sich bereit, sich mit Koerber an dem Hochhaus zu treffen, aus dem Rosemarie Strehlitz in den Tod gestürzt war.
»Bringen Sie Ihre Ausrüstung mit«, hatte Koerber gesagt. »Ich möchte, dass Sie für uns etwas ausprobieren.«
»I brauch net viel Ausrüstung«, hatte Frau Pfister mit erotischer Stimme geantwortet, die unverkennbar bayerische Untertöne aufwies. »Sie können ruhig Karen zu mir sagen.«
Jetzt stand diese Karen Pfister neben Koerber, legte den Kopf in den Nacken und starrte mit skeptischem Gesichtsausdruck an der glatten Wand des Plattenbaus hinauf. Sie war eine kleine, sehr drahtige Frau mit kurzen schwarzen Haa-

ren, die trotz des an diesem Tag schon herbstlich kühlen Windes nur ein ärmelloses Shirt und kurze, neonfarben schillernde Leggings trug, so dass viel tief gebräunte Haut zu sehen war, unter der sich geschmeidige Muskeln wölbten. Sie hatte ein auf herbe Art sehr schönes Gesicht, aber Koerber fand sie zu dünn und muskulös.

»Mei«, sagte sie, »dort rauf? Bis in den zehnten Stock?« Sie schüttelte den Kopf.

»In den Spalten zwischen den Platten könnte man sich aber doch festkrallen«, wandte Koerber ein und trat näher an die Wand heran. Zwischen den rauen Platten gab es jeweils einen tiefen Spalt, der Fingern und Zehen spärlichen Halt bot.

»Aber die Wand is völlig senkrecht«, erwiderte Karen Pfister. »Koa Mensch schafft's da bis in den zehnten Stock 'nauf. Des halten die Muskeln und Sehnen einfach net aus! I weiß, wovon i red, i bin scho die schlimmsten Felswände hoch, hier in der Sächsischen Schweiz ebenso wie in den Alpen.« Sie legte prüfend ihre kräftigen, schwieligen Finger in den Spalt über der ersten Platte. »Da brechen Ihnen eher die Fingergelenke!«

»Und von Balkon zu Balkon?«, fragte Koerber.

Sie ging ein Stück zur Seite unter den ersten Balkon und zog sich hoch. Koerber sah, wie ihre harten Armmuskeln sich wölbten, während sie sich so weit hochstemmte, dass sie das Bein über das Geländer schwingen konnte. Sie keuchte, ruhte sich einen Moment aus und versuchte dann, den nächsten Balkon zu erreichen, in sechs Metern Höhe. Koerber wurde es etwas mulmig, als sie sich auf das Balkongeländer stellte. Immerhin war die Frau nicht angeseilt. Doch es gelang ihr auch von dort nicht, die Spalte über der nächsten Betonplatte zu erreichen, an der ihre Hände hätten Halt finden müssen.

Karen Pfister schüttelte erneut den Kopf. Während sie, wie Koerber fand, beunruhigend lässig auf dem Geländer balancierte, sagte sie mit fachmännischer Autorität in der Stimme: »Geh, selbst wenn meine Arme lang genug wärn, find i net genug Halt, um mi mit den Armen 'naufzuziehen. Das wär in der glatten Wand neben den Balkonen sogar einfacher, weil i da Arme und Beine gleichzeitig abstützen könnt. Bis in den zweiten Stock könnt i's so vielleicht grad no schaffen. Aber dann müsst i mi erst mal zehn Minuten hinlegen, um die zitternden Muskeln zu beruhigen. Aber in den zehnten Stock, und dann no a Frau aus'm Fenster werfen? Mei, gehns'! Des is ganz und gar unmöglich!«
Sie kletterte sehr geschmeidig und geschickt wieder herunter.
»Und wenn sich der Mörder von oben abgeseilt hätte?«
Die deutsche Vizemeisterin im Freeclimbing starrte, die Augen mit der Hand beschattend, einen Moment zum Dach hinauf, so respektvoll, als hätte sie es mit der Eigernordwand zu tun. »Des wär a Möglichkeit«, sagte sie. »Für einen guten Bergsteiger machbar. Aber wie is er 'naufkommen? War denn die Treppen zum Dach offen?«
»Ich lasse es gerade überprüfen«, sagte Koerber. Er hatte Fischerau mit ein paar Beamten von der Spurensicherung nach oben geschickt. Er bedankte sich bei Karen Pfister und sagte ihr, sie solle die Rechnung ans Präsidium schicken. Sie schenkte ihm ein angesichts ihres harten, durchtrainierten Körpers überraschend frauliches Lächeln und ging mit kraftvollen, federnden Schritten davon.
Kurze Zeit später kam Fischerau wieder vom Dach herunter, mit einem Plastikbeutel in der Hand. Sein Blick drückte große Verwirrung aus. »Durch das Treppenhaus konnte niemand aufs Dach«, sagte er. »Vor zwei Monaten hat das Haus

eine neue Schließanlange bekommen. Der Ausstieg zum Dach ist durch eine massive Stahltür gesichert, die sich nur mit dem Universalschlüssel öffnen lässt. Er hängt unten in der Hausmeisterwohnung in einem gut verschlossenen Schlüsselkasten aus Stahlblech. Es ist eine von diesen neuen Schließanlagen mit kodierten Schlüsseln, die nur bei der Herstellerfirma nachgemacht werden können. Man bräuchte einen Schweißbrenner, um die Tür aufzubekommen, aber sie war verschlossen und völlig unversehrt.«
»Scheiße«, zischte Koerber leise. Dann zeigte er fragend auf den Plastikbeutel.
Fischerau zuckte ratlos die Achseln. »Wir haben das ganze Dach nach irgendwelchen Spuren abgesucht. Dieser Stofffetzen hing drüben auf der anderen Seite des Hauses oben an der Dachkante. Am Draht des Blitzableiters. Ich lasse ihn im Labor überprüfen. Wenn es das gleiche Material ist wie das unter den Fingernägeln der Strehlitz ...«
Koerber schluckte. Konnte ein Hubschrauber den Mörder auf dem Dach abgesetzt haben? Ein Abseilen sei denkbar, hatte die Freeclimberin mit der erotischen Stimme gesagt. Aber die Nachbarn hätten doch wohl einen auf dem Dach landenden Hubschrauber bemerkt! Nein, ein Hubschrauber schied als Erklärung aus. *Wenn* der Stofffetzen von derselben Jacke stammte, dann war dieser Mörder zum Balkon der Strehlitz in den zehnten Stock hinaufgeklettert, hatte sie nach dieser klitzekleinen Kletterpartie mir nichts, dir nichts überwältigt und aus dem Fenster geworfen. Anschließend war er dann fünf weitere Stockwerke hoch auf das Dach geklettert, hatte dort oben in Ruhe abgewartet, bis sich unten die Aufregung wieder gelegt hatte, und war dann im Schutz der Dunkelheit auf der anderen Seite des Gebäudes fünfzehn Stockwerke in die Tiefe geklettert, dort, wo der Blitzableiter hinablief. Oder

er war dort hinten auch hinaufgestiegen und von oben zum Balkon der Strehlitz hinabgeklettert.
Koerber schaute Fischerau an, der sich nervös mit der Hand durch sein immer etwas strubbeliges Haar fuhr. Koerber hatte in seinem Beruf schon viele schreckliche Dinge gesehen. Aber das hier ging ihm auf eine ganz ungewohnte Art an die Nerven. Ein Schaudern kroch von ganz tief unten an seinem Rücken hoch.

Es war dunkel geworden, und auf dem Altenbacher Marktplatz kehrte Ruhe ein. Lediglich an den Tischen vor dem Eiscafé saßen noch ein paar Gäste. Der Wirt der Ratsschänke klappte bereits die Stühle zusammen. Billi hockte, immer ungeduldiger werdend, auf den Stufen vor dem mittelalterlichen Rathaus und schaute auf die Uhr. Schon fast neun. Endlich, als gerade zur vollen Stunde das Glockenspiel oben im kleinen offenen Dachtürmchen des Rathauses ertönte, tauchte Lutz am anderen Ende des von Fachwerkhäusern umgebenen Platzes auf. Er winkte. Sie stand auf und ging ihm entgegen, vorbei an der alten Apotheke, beim Blick in deren Schaufenster Billi sich angesichts der altertümlichen, in dunklem Holz gehaltenen Einrichtung immer ein wenig ins neunzehnte Jahrhundert versetzt fühlte.
»Wo bleibst du denn?«, fragte Billi. »Und wo ist Frank?«
»Ich weiß nicht«, sagte Lutz. Er war vierundzwanzig, drei Jahre älter als Billi. Bei Menschen, deren Gegenwart sehr selbstverständlich und vertraut war, dachte man nur selten über Veränderungen nach, aber in letzter Zeit fiel Billi auf, dass Lutz männlicher wirkte, reifer. Die schüchterne Jungenhaftigkeit, die er eigentlich viel zu lange mit sich herumgeschleppt hatte, schien allmählich von ihm abzufallen. »Er wollte um kurz vor halb bei mir zu Hause vorbeikommen,

weil wir uns ja um halb hier mit dir treffen wollten. Ist er aber nicht. Ich hab in der WG angerufen, und Karin hat gesagt, er ist dort um Viertel nach acht mit dem Fahrrad losgefahren. Komisch.«

Billi runzelte die Stirn. »Ob ihm was passiert ist?« Nein, dachte sie, Frank Erlenwein ist nicht der Typ, dem etwas passiert. Er war ein breitschultriger, kräftiger Junge, der große Selbstsicherheit ausstrahlte, aber auch Sensibilität. Er war noch nicht lange in Altenbach. Er lernte bei Kuno Rademacher, dem Bildhauer und Steinmetz. Frank wollte selbst Bildhauer werden und hatte Billi seine Entwürfe gezeigt, die ihr sehr gut gefielen. Und er mochte Lutz, was Billi freute. Lutz besaß nicht so viele Freunde, und Frank schien ihn wirklich ins Herz geschlossen zu haben. Lutz schadete es gewiss nicht, einmal andere Leute kennen zu lernen, statt immer nur mit seinen Kollegen von der Altenbacher Polizei herumzuhängen.

»Vielleicht hab ich mich irgendwie missverständlich ausgedrückt, und deshalb ist er gleich zur Villa Linde gefahren«, überlegte Lutz laut, während sie durch eine schmale, dunkle Gasse zwischen hoch aufragenden Fachwerkfassaden zum Rhein hinuntergingen. Es war typisch für ihn, dass er immer den Fehler bei sich suchte, wenn etwas schief ging.

»Oder er hatte plötzlich einen kreativen Einfall und ist zu Kuno in die Werkstatt gefahren, um an einem seiner Entwürfe was zu ändern«, sagte Billi.

Sie passierten das zu den Resten der mittelalterlichen Befestigungen gehörende Stadttor, an dem Plaketten anzeigten, wie hoch der Fluss in manchen Jahren über die Ufer getreten war. Durch die mit ihren Kacheln und runden Leuchten an ein Hallenbad erinnernde Fußgängerunterführung unter der Bundesstraße gelangten sie an den Rhein. Die Autofähre leg-

te gerade an und schob ihren schwenkbaren Bug knirschend die Betonrampe hoch. Auf der anderen Seite des Flusses sah Billi die Lichter von Waldbrück leuchten.
Die Villa Linde lag im Stadtgarten unter mächtigen Laubbäumen, hinter denen Frachtkähne über das dunkle Wasser glitten. Die Fenster des Cafés, in dem die Vernissage stattfand, waren hell erleuchtet. Franks Fahrrad stand nicht vor dem Eingang. »Hier ist er also nicht«, murmelte Lutz.
Billi bemerkte, wie Lutz neben ihr tief durchatmete, ehe sie hineingingen. Wenn irgendwo viele Leute versammelt waren, machte ihm seine Schüchternheit immer noch zu schaffen. Drinnen waren ungefähr dreißig oder vierzig Leute anwesend, mit dem Sektglas in der Hand redend und zwischen den Kunstwerken umherwandelnd, die über den kleinen, von zwei funkelnden Kronleuchtern erhellten Saal verteilt waren. Fünf Künstlerinnen und Künstler lebten in Altenbach und beteiligten sich regelmäßig an der alle zwei Jahre stattfindenden Ausstellung.
Und nun war die schöne Sylvia Lennow neu hinzugekommen. Billi hielt nach ihr Ausschau und entdeckte sie abseits und allein in einer Ecke stehend, vor drei ebenfalls etwas schüchtern in der Ecke platzierten Gemälden – Tierbildern. Billis Herz machte einen kleinen freudigen Hüpfer. Sylvia malte Tiere! Billi liebte Tiere, und Naturmotive sagten ihr mehr als die eher kühlen, abstrakten Experimente einiger anderer Altenbacher Künstler.
Billi wollte gerade auf Sylvia zusteuern, als sie von Angelika erspäht wurde, die ihr sofort und unvermeidlich entgegenstürmte. »Unsere Polizei ist also auch vertreten«, sagte sie mit ihrer rauchigen Stimme, umarmte Lutz und drückte ihm einen Kuss auf die Wange.
Angelika, eine etwas verwitterte Frau Anfang Vierzig,

schrieb Artikel für das örtliche Anzeigenblättchen und herzte und küsste alles und jeden. Bei Billi beschränkte sie sich auf einen, allerdings ziemlich ausgedehnten, Händedruck. Billi hatte auf Angelikas ständiges Umarmen und Abküssen irgendwann einmal sehr kratzbürstig reagiert, was sie sich offensichtlich gemerkt hatte. »Wie ich gehört habe, sind wir ja jetzt Kolleginnen, Schätzchen«, sagte sie und fragte dann, Lutz zugewandt: »Wo ist denn Frank, Herzchen? Ich dachte, ihr kommt zusammen.«

Billi sah, wie Lutz sich den Lippenstift abzuwischen versuchte, und musste grinsen. Er zuckte die Achseln. »Ich versteh's auch nicht. Verabredungen platzen lassen ist eigentlich nicht seine Art.«

»Schade. Obwohl Kuno ihm doch erlaubt hat, eine von seinen kleinen Skulpturen auszustellen!« Angelika warf einen Seitenblick zu Sylvia hinüber, die das Treiben im Saal seltsam entrückt zu betrachten schien, als ginge sie das alles nichts an.

»Habt ihr diese Sylvia gesehen? Ich finde sie, ehrlich gesagt, ein bisschen merkwürdig. Sie ist vorhin mit ihren drei Bildern gekommen, war zwar freundlich, hat aber bisher kaum was mit den anderen geredet. Viola meint, dass sie entweder ziemlich arrogant oder ziemlich schüchtern ist. Und sie malt Tiere – wie unoriginell!«

Hier, im schimmernden Licht der Kronleuchter, fand Billi den Anblick Sylvias eindrucksvoller denn je. »Ihr Körper ist perfekt wie eine griechische Statue«, hatte Kuno gesagt. Nun ja, Kuno war Bildhauer.

»Kommt, ihr müsst Kuno guten Abend sagen!« Angelika fasste Billi erneut bei der Hand und zog sie hinter sich her. Jetzt grinste Lutz. Billi verdrehte die Augen, ließ sich aber mitschleifen. »Wenn wir Kuno nicht hätten«, schwärmte Angeli-

ka. »Er ist wirklich die Seele des Altenbacher Kulturbetriebs!«
»Hallo, Sheriff-Tochter!«, rief Kuno grinsend. »Wo habt ihr denn meinen Lehrling gelassen?« Kuno war ein bulliger, untersetzter Mann mit Stirnglatze, wallendem, weißem Haarkranz und dröhnender Stimme. Neben seiner Bildhauerei fertigte er Grabsteine, um sich finanziell über Wasser zu halten. Er war so etwas wie der Patriarch der hiesigen Kulturszene und empfand eine Art väterlicher Zuneigung für Billi. Sie durfte ihm sogar gelegentlich beim Bildhauen zusehen, was ein echtes Privileg darstellte. »Immerhin steht eine seiner Arbeiten hier. Da könnte sich der Herr Künstler ja wenigstens mal blicken lassen!«
»Ich weiß nicht. In der WG haben sie Lutz gesagt, Frank sei pünktlich mit dem Rad weg.« Billi kannte Franks zierlichen kleinen, stilisierten Tänzer bereits, da er ihr diese Skulptur schon in Kunos Werkstatt gezeigt hatte. Franks Arbeiten gefielen ihr eigentlich besser als Kunos ziemlich klobige und ausladende Steinklötze, von denen er hier nur Entwurfszeichnungen zeigte.
Angelika setzte zu einem ihrer endlos hervorsprudelnden Wortschwälle an, entdeckte dann aber den Bürgermeister, der soeben durch die Tür gekommen war und so ungeschützt stand, dass er ihr kaum ausweichen konnte. Sie rauschte davon, was Billi mit einem erleichterten Seufzer quittierte. Kuno war von einem älteren Herrn angesprochen worden, dem er sofort seine ganze imposante Aufmerksamkeit widmete – offenbar ein potenzieller Käufer. Lutz unterhielt sich mit einem früheren Schulkameraden. So hatte Billi endlich Gelegenheit, Sylvia in ihrer Ecke einen Besuch abzustatten. Sylvia umfasste ein Glas Orangensaft mit beiden Händen, als bräuchte sie etwas, woran sie sich festhalten konnte. Sie

hatte große, kräftige Hände. Ihr kurzes, ärmelloses Kleid schmiegte sich perfekt an ihren Körper. Sie schien gut und gerne eins fünfundachtzig groß zu sein, mit den langen, muskulösen Armen einer Sportlerin. Wie bei einer olympischen Zehnkämpferin vielleicht, dachte Billi. Busen und Hüften waren tatsächlich wunderbar proportioniert, statuenhaft, und trotz ihrer großen, kräftigen Statur schien an diesem Körper nicht ein Gramm überflüssiges Fett zu sein. Sie hatte wirklich etwas von einer Athletin. Vielleicht ist sie wenigstens dumm, dachte Billi und zog die Nase kraus. Ich bin klein und dünn und habe wenig Busen, aber ich bin nicht dumm. Sie rief den boshaften Kobold in sich zur Ordnung. Schließlich konnte Sylvia nichts dafür, dass sie so verdammt gut aussah.
Sylvias Gesicht schien für die Titelbilder internationaler Modemagazine gemacht zu sein, oder für Hollywood. Billi fiel es schwer, ihr Alter zu schätzen. Irgendetwas zwischen zwanzig und dreißig.
Als Billi sich ihr näherte, stellte Sylvia das Glas ab. Billi streckte die Hand aus. »Hi, ich bin Billi. Ich schreibe für den *Rheinischen Boten.*« Sylvia kam ihr so groß vor, dass Billi ein starkes Bedürfnis verspürte, sich auf die Zehenspitzen zu stellen, dem sie aber nicht nachgab.
»Hallo«, sagte Sylvia. Ihr Lächeln wirkte ein wenig schüchtern, auf eine durchaus sympathische Art. Aber ihre Stimme hatte etwas Kühles, wie ein leichter Winterhauch, was Billi irritierte. Auch ihre Hand fühlte sich kühl an.
»Ich … hm … wollte mir mal anschauen, was du so malst.«
»Tiere«, sagte Sylvia und blickte in eine undefinierbare Ferne. »Tiere sind sehr interessant.« Sie hat schöne Augen, dachte Billi, so leuchtend blaue Augen sind wirklich selten.
Billi fand Sylvias Präsenz ziemlich verwirrend und vertiefte sich, halb aus Verlegenheit, in die Betrachtung der drei Bil-

der. Im Morgennebel über eine Wiese galoppierende Pferde, eine braune Katze, die über einen Zaun balancierte, und ein Bild, das Billi besonders faszinierte: zwei Elstern, deren schwarzweißes Gefieder in der Sonne glänzte. Sie saßen, Schnabel an Schnabel, auf dem Ast eines leuchtend blühenden Apfelbaumes. Alles sehr realistisch und gekonnt gemalt, mit kräftigen, leuchtenden Farben. Die Tiere wirkten so plastisch und echt, dass Billi fast das Gefühl bekam, sie könnten jeden Moment anfangen, sich zu bewegen.

»Elstern sind interessante Vögel«, sagte Sylvia. »Das Schwarz und das Weiß ihres Gefieders ist ganz klar voneinander getrennt. Es gibt keine Grautöne. Du ... interessierst dich auch für Tiere?«

»Bitte?« Es fiel Billi schwer, sich von der Betrachtung der Bilder zu lösen. »Ja«, antwortete sie dann lächelnd, »ich liebe Tiere, überhaupt alles, was mit Natur zu tun hat. In der Beziehung bin ich wohl ein richtiger Freak. Wenn ich genug Geld übrig habe, kaufe ich diese Hochglanz-Naturzeitschriften und schwelge geradezu in den Fotos! Du musst Tiere auch sehr mögen. Ich meine, das merkt man deinen Bildern an. Sie sind wirklich Klasse!«

»Man muss die Form und Gestalt der Tiere sehr genau studieren, um sie malen zu können«, sagte Sylvia. Es klang trocken, nüchtern.

»Malst du denn draußen im Freien?«

»Nein. Nur in meinem Atelier. Nach Fotos.«

Das enttäuschte Billi ein wenig. Die Vorstellung von Malern, die mit einem großen Strohhut auf dem Kopf draußen in der Natur ihre Staffelei aufbauten, fand sie sehr romantisch. Andererseits waren Tiere ziemlich unruhige Modelle. Wahrscheinlich ging es gar nicht anders, als sie nach Fotos zu malen.

Billi wollte eine entsprechende Bemerkung machen, als sich plötzlich Kunos schwere Pranke auf ihre Schulter legte. »Wenn du gestattest, entführe ich dich unserer blonden Genremalerin mal kurz« – das klang verächtlich, dachte Billi ärgerlich, und sofort tat ihr Sylvia Leid. »Ich gebe für Angelika jetzt eine kleine Pressekonferenz. Und ich dachte, du kannst dir dann auch gleich Notizen machen, dann muss ich nicht alles zweimal erzählen.«
»Du ...«, sagte Sylvia leise, »du ... bist die Frau, die oben auf der Wiese immer diese komischen Bewegungen macht.«
Billi schaute sie überrascht an, konnte aber nichts mehr erwidern, weil Kuno ihr den Arm um die Schultern gelegt hatte und sie zwar sanft, aber doch mit seiner ganzen massigen Nachdrücklichkeit in eine andere Ecke führte, wo Angelika bereits mit gezücktem Notizblock saß, um andächtig dem großen Meister zu lauschen. Billi seufzte und setzte sich neben sie. Sie merkte, dass sie zwar einen Block, nicht aber ihren Kuli eingesteckt hatte, worauf Kuno ihr breit grinsend seinen hinhielt.
»Also«, begann er, »zuerst möchte ich ein paar grundsätzliche Dinge zur Situation der bildenden Kunst vor der Jahrtausendwende sagen ...«
Da Kuno immer die gleichen grundsätzlichen Dinge sagte – wirklich faszinierend fand Billi ihn eigentlich nur, wenn er einen seiner großen Steine bearbeitete –, hörte sie lediglich mit halbem Ohr zu und warf zwischendurch immer wieder verstohlene Blicke zu Sylvia. Ihr Gefühl hatte sie also nicht getrogen. Es hatte sie tatsächlich jemand beim Qigong-Üben beobachtet. Dass es Sylvia gewesen war, fand sie irgendwie aufregend.
Ganz Altenbach rätselt über sie, dachte Billi, und sie beobachtet ausgerechnet *mich* beim Qigong. Wenn sie sich dafür

interessiert, könnte ich ihr ein paar Übungen zeigen. Vielleicht darf ich mir dann mal ihr Atelier angucken …
Sylvia hatte sich auf den Tisch neben ihren Bildern gesetzt und ließ ihre muskulösen Beine baumeln. Niemand ging zu ihr, niemand schien sich für ihre Bilder zu interessieren. Ob das an ihrer kühlen Aura lag oder daran, dass sie einfach noch nicht zur hiesigen Szene dazugehörte? Einmal versuchte ein junger Mann mit ihr zu flirten, eindeutig von ihrer aufregenden Figur und nicht von ihren Bildern angelockt, aber sie ließ ihn, soweit Billi das aus der Ferne sagen konnte, recht kühl abblitzen.
Nach einer knappen Viertelstunde ebbte Kunos Redefluss allmählich ab. Als Billi wieder zu Sylvia blickte, war sie nicht mehr da. »Oh, ist Sylvia schon weg?«
»Bestimmt geht sie noch in den Wald, auf der Suche nach neuen Modellen«, meinte Angelika spitz.
»Dafür, dass sie künstlerisch so wenig Programmatisches zu bieten hat, ist sie eine ganz schön arrogante Ziege«, brummte Kuno. Billi hätte ihm am liebsten seinen Kugelschreiber in den dicken Bauch gerammt.
»Kein Wunder, dass sie so früh geht! So, wie ihr über sie herzieht, muss sie sich ja unwohl fühlen! Ich finde ihre Bilder jedenfalls schön!«
»Schön!«, sagte Kuno verächtlich. *»Schön* – also das ist doch wirklich kein Kriterium!«
Da legte Billi wütend Block und Kugelschreiber weg und ging zur Tür, hielt dort nach Sylvia Ausschau. Vielleicht war sie ja auch nur zur Toilette gegangen und kam noch mal wieder …
Lutz stand draußen und rauchte eine Zigarette. »Schon komisch, dass Frank gar nicht mehr auftaucht«, sagte er.
»Wer weiß«, sagte Billi, »kann ja sein, dass er einfach spon-

tan beschlossen hat, eine Nachtwanderung zu machen. Irgendeine kreative Eingebung ... Hast du Sylvia Lennow gesehen?«
»Klar«, sagte Lutz. »Kann mir nicht vorstellen, dass irgendein Mann sie übersieht. Sie ist vor ein paar Minuten gegangen.«
»Schade. Wie findest du sie? Ich meine, welchen Eindruck macht sie auf dich?«
Lutz zuckte die Achseln. »Ziemlich schön, aber auch ziemlich frostig. Wer bei der landen will, muss sich vermutlich mächtig anstrengen, um sie aufzutauen!«
Billi verzog das Gesicht und knuffte ihn in die Seite. »Blöde Männersprüche! Du solltest nicht so viel mit deinen Kollegen in der Polizeikantine zusammenhocken.«

Ungefähr zur selben Zeit fiel das weiße Licht einer Laborlampe auf einen reglosen menschlichen Körper. Es war der kräftige, wohlgeformte Körper eines jungen Mannes. Er lag auf einem großen Metalltisch, dessen Umgebung an einen kleinen, etwas improvisiert wirkenden Operationssaal erinnerte. Aber es gab kein Ärzteteam und keine OP-Schwestern. Ein einziges Händepaar streifte sich mit geschickten, ruhigen Bewegungen Gummihandschuhe über und machte sich an die Arbeit. Das Blatt einer Knochensäge schimmerte im Laborlicht. Innerhalb weniger Minuten verwandelte sich der nackte, glatte Brustkorb in eine tiefe, blutige Höhle. Dann wechselten die Hände das Werkzeug und schnitten mit einem Skalpell den Leib auf. Nachdem alle Organe aus Brust und Bauch entfernt waren, wurde die Schädeldecke aufgesägt und das Gehirn entnommen. Anschließend schnitten diese sicheren, kein einziges Mal zitternden Hände einen Teil der Kopfhaut und mehrere andere kleine Hautpartien vorsichtig heraus und trennten zuletzt die Hoden ab.

Frank Erlenweins WG wohnte außerhalb Altenbachs in einem alten, allein stehenden Bauernhaus. Frank hatte mit seinem Mountainbike die Abkürzung durch den Wald genommen, wie er es immer tat. Alles war so schnell gegangen, dass er kaum Gelegenheit gehabt hatte, sich darüber klar zu werden, was mit ihm passierte. Aus einem Gebüsch neben dem Weg schossen plötzlich zwei starke Arme hervor und pflückten ihn regelrecht von seinem Fahrrad, das noch ein paar Meter schwankend weiterrollte, ehe es scheppernd hinfiel und mit leer kreisendem Hinterrad liegenblieb. Frank war ein kräftiger Zweiundzwanzigjähriger, gelernter Steinmetz, aber diese beiden Arme hoben ihn einfach vom Mountainbike. Der eine Arm hatte ihn festgehalten, eine Hand hatte seinen schreienden Mund verschlossen und mit einer ruckartigen Bewegung seinen Kopf nach hinten gedrückt, bis ihm mit einem hässlichen Knacken das Genick brach. Schleifspuren am Boden gab es keine. Der stattliche Männerkörper war nicht weggeschleift, sondern über die Schulter geworfen und weggetragen worden.
Frank Erlenweins Hoden, seine inneren Organe und die herausgetrennten Hautpartien wurden sorgfältig in mit einer klaren Flüssigkeit gefüllte Behälter gelegt. Diese wurden luftdicht verschlossen und in einem großen Kühlschrank verstaut, der leise, fast melodiös vor sich hin summte.

Zwei

Oberhalb des »blauen Wunders«, wie die Dresdner die wuchtig die Elbe überspannende Brücke aus altem Industriestahl stolz nennen, erhebt sich an den Elbhängen das Villenviertel »Weißer Hirsch«. Zwischen imposanten, in den letzten Jahren aufwendig renovierten Gründerzeitvillen ducken sich vereinzelte moderne Bonzenbunker aus den siebziger Jahren, in denen einst besonders staatstragende DDR-Bürger residierten. Den meisten dieser Häuser sieht man den direkten Draht zur nächstgelegenen Stasizentrale an. Man spürt das Bedürfnis ihrer Bewohner, sich sicher einzumauern. Eines dieser Flachdachhäuser, dessen Fenster ein wenig wie Schießscharten wirkten, bewohnte Albrecht Bergmann, ein älterer Herr Mitte Sechzig, dessen Frau vor wenigen Jahren gestorben war. Der Abend war kühl und dunstig, und es ging auf Mitternacht zu.

Bergmann stand hinter einer von Zigarettenrauch gelb verfärbten Gardine und spähte hinaus. Draußen auf der Straße hatte ein Wagen gehalten, vor einer halben Minute vielleicht. Als er den Wagen gehört hatte, war er vom Sofa aufgesprungen und zum Fenster gestürzt. In den letzten Tagen achtete er ständig auf solche Geräusche und war ständig auf dem Sprung. Jemand stieg aus dem Wagen, und das dunstige Licht der Straßenlaterne rieselte über eine hoch gewachsene Gestalt. Ein Gespenst aus der Vergangenheit. Er hatte es erwartet, er hatte gewusst, dass es kommen würde. Und doch packte ihn das blanke Entsetzen. Er stöhnte leise.

Er rannte zum Telefon in der Diele und tippte mit zitternden Fingern eine Nummer ein. Das Freizeichen ertönte, immer wieder. Quälend lange. Seine Gesundheit war nicht mehr die beste, und er spürte, wie seine Knie weich wurden. »Verflucht«, zischte er, »melde dich endlich!« Dann dachte er: Was soll Meltin denn schon tun? In seinem Rollstuhl hierher fliegen und mir beistehen? Aber was bleibt mir sonst übrig? Die Polizei rufen? Nein, auf keinen Fall die Polizei! Außerdem hätte es viel zu lange gedauert, bis sie eintraf.
Verzweifelt dachte er: Meltin war für die Sicherheit zuständig. Vielleicht kennt er irgendeinen Trick, um sie aufzuhalten. Vielleicht irgendeinen konditionierten Befehl ... Warum nur, warum haben wir nicht auf ihn gehört, Rosemarie und ich? »Ja?« Meltins Stimme. Undeutlich. Er hatte offenbar schon geschlafen.
»Hans ... Albrecht hier. Jemand ist vor dem Haus. Es ist ...«
»Ich kann mir denken, wer es ist«, unterbrach Meltin ihn, in plötzlich hellwachem Tonfall. Dann schwieg er. Nach einer Ewigkeit, wie es Bergmann schien, sagte er: »Damit war zu rechnen, nach Rosemaries Tod. Sembold ist sicher längst Hackfleisch. Aber vorher hat er bestimmt alles gesagt, was er weiß. Natürlich haben sie ihn zum Reden gebracht. Warum habt ihr nicht auf mich gehört und die Sache auf sich beruhen lassen, statt diesen Idioten von Detektiv anzuheuern?«
»Aber letztlich hast du doch auch mitgemacht!«
Meltin lachte leise. Es klang hart und bitter. »Ich habe keine Angst davor, zu sterben. Ich sehne mich sogar danach. *Deshalb* habe ich mitgemacht.«
»Du bist ja verrückt.« Bergmann wurde es schwindelig. Er lehnte sich gegen die Wand. Das vergilbte Blümchenmuster der Tapete hatte seine Frau ausgesucht. Er hatte es immer

scheußlich gefunden. »Was soll ich tun? Gibt es nicht irgendeinen Befehl, mit dem ich sie …«

»Wie der Abschaltknopf an einem Spielzeugroboter? Du warst immer schon dumm, Albrecht. Ich glaube, du hast bis heute nicht kapiert, *was* sie eigentlich sind!«

»Aber ich will nicht sterben!«

»Glaubst du, die Leute, an deren Ermordung du damals beteiligt warst, wollten sterben?«, fragte Meltin kalt.

»Das waren Anweisungen von oben. Ich habe nur … Anweisungen befolgt, so wie du – so wie wir alle!« Bergmanns Stimme zitterte jetzt unkontrolliert.

»Versuch, die Nerven zu behalten«, sagte Meltin kühl. »Dein Haus ist doch gut gesichert. Verbarrikadiere dich in einem der Kellerräume. Du hast Eisentüren im Keller, oder nicht? Steh nicht länger rum. Los! Lauf nach unten!«

In diesem Moment hörte Bergmann einen dumpfen Schlag. Es klang, als würde von draußen ein mächtiger Rammbock gegen die Haustür gestoßen. Er starrte auf die massive Eichentür, die unter dem Schlag erzitterte.

Bergmann ließ den Hörer fallen. Gerade als er zur Kellertreppe stürzen wollte, zerbarst das schwere Eichenholz mit einem grässlichen, splitternden Krachen. Eine Faust erschien in dem Loch. Eine zweite Faust durchschlug das Holz. Die beiden Hände packten die dicke, zentnerschwere Tür von innen und zerrten an ihr, fingen an, sie aus den Angeln zu heben. Da schrie Bergmann in Panik und wusste, dass er keine Chance hatte.

Koerber tauchte mühsam und schwerfällig aus einem tiefen, erschöpften Schlaf empor. Er tastete im Dunkeln nach seinem Handy und meldete sich heiser. Schemenhaft erinnerte er sich, von einer sehr schönen molligen Frau geträumt zu

haben. Dr. Fehrenbach, die Gerichtsmedizinerin. Es war ein ziemlich lüsterner Traum gewesen.
Fischerau klang mindestens so verschlafen wie er selbst. »Wieder ein Mord, Chef. Draußen am Weißen Hirsch. Ich dachte, Sie sollten unbedingt rauskommen und es sich selbst ansehen.«
»Wen hat es denn erwischt?«
»Einen gewissen Albrecht Bergmann.«
»Albrecht … Albrecht …«
»Ja, Chef. Der Vorname auf dem Anrufbeantworter der Strehlitz. Und was die Art des Mordes angeht, gibt es einige … interessante Parallelen, finde ich.«
Koerber wälzte sich mit einem den Widrigkeiten des Lebens im Allgemeinen geltenden Ächzen aus dem frauenlos viel zu großen Doppelbett, zog sich eilig an, rasierte sich – er konnte sich nicht erinnern, die Wohnung jemals unrasiert verlassen zu haben, außer damals, als seine Tochter zur Welt gekommen war – und fuhr hinaus zum Weißen Hirsch, durch eine Stadt, der er nach all den Jahren immer noch viel Sympathie entgegenbrachte. Natürlich konnte man, wenn man wollte, immer etwas zum Meckern finden, aber nach Koerbers Ansicht waren die Wendejahre Dresden gut bekommen. Sicher, in manchem waren sie übers Ziel hinausgeschossen. Vermutlich gab es heute ein paar Einkaufszentren und leer stehende Bürohäuser zu viel. Aber viel schöne, alte Bausubstanz war saniert worden. Selbst solche einst verrufenen Gegenden wie das Hechtviertel bekamen inzwischen ein freundlicheres Gesicht. Und die Luft war besser, seit die Leute Gaszentralheizungen hatten und nicht mehr die scheußliche Braunkohle in den Ofen schoben. Der DDR weinte Koerber nicht die kleinste Träne nach, auch wenn es ihm damals nie in den Sinn gekommen wäre, »rüberzumachen«. Das wäre ihm feige er-

schienen. Er stammte aus Mecklenburg und verfügte über ein trotziges, knorriges Beharrungsvermögen.

Nach Dresden war er 1976 gekommen, als junger Leutnant, den seine Vorgesetzten schon damals für einen begnadeten Kriminalen gehalten hatten. Die Stadt gefiel ihm auf Anhieb, wenn er sich als Norddeutscher auch nie ganz an das sächsische Idiom hatte gewöhnen können. In der Morduntersuchungskommission erwarb er sich rasch den Ruf eines unerschütterlichen Ermittlers, der nicht locker ließ, bis ein Mord aufgeklärt war und der Täter hinter Schloss und Riegel saß.

Als Stütze des Systems hatte er sich nie begriffen. Er war immer der Ansicht gewesen – heute noch genauso wie damals –, dass die Menschen in jeder Gesellschaft einen Anspruch darauf hatten, vor Mördern und Gewaltverbrechern geschützt zu werden. Dazu war er als Polizist da, dafür machte er seine Arbeit. Politik war ihm eigentlich immer sturzegal gewesen.

Im Nachhinein fand er es erstaunlich, wie wenig Kompromisse sie ihm abverlangt hatten. Er war sich nicht sicher, ob das an seiner knarzigen mecklenburgischen Sturheit gelegen hatte oder daran, dass er mit »unpolitischer Kriminalität« befasst gewesen war – Raubmorde, Sexualverbrechen. Solche Verbrechen durfte es in der heilen sozialistischen DDR-Welt nicht geben. Die Täter mussten so schnell wie möglich aus dem Verkehr gezogen werden, und wirklich gute Fahnder gab es nicht an jeder Ecke. Vermutlich hatte ihn das geschützt.

Dreimal war es für ihn brenzlig geworden: Er hatte vier Stasi-Offizieren einen gemeinschaftlich begangenen Raubmord nachgewiesen, einen Mord, den man einem Regimegegner in die Schuhe zu schieben versucht hatte. Er hatte einen General der Volksarmee des Kindesmissbrauchs und der Kindstötung überführt, und 1987 hatte er einen Dresdner SED-

Sektretär am Wickel gehabt, der im Suff eine Prostituierte vergewaltigt und dann brutal ermordet hatte. Im letzten Fall kam ein Befehl von oben, die Ermittlungen einzustellen, doch Koerber schaltete auf stur. »Diesmal gehen Sie zu weit, Koerber«, hatte ihn sein Chef gewarnt. »Die stellen Sie kalt.« Und seine Kollegen hatten die Hände über dem Kopf zusammengeschlagen. Koerber bereitete sich seelisch darauf vor, die sich abzeichnende Endphase der DDR als Hausmeister oder Aushilfsküster überstehen zu müssen, aber er gab nicht nach. Vermutlich schauten sie sich dann seine Aufklärungsquote im Bereich unpolitische Schwerkriminalität an und gerieten mächtig ins Grübeln. Jedenfalls behielt Koerber seinen Posten, und der Parteisekretär wurde unehrenhaft entlassen und wanderte Anfang 1988 in den Bau.

Seitdem eilte Koerber ein geradezu legendärer Ruf voraus, aber er war sich bewusst, dass das wohl nicht mehr lange gut gegangen wäre. Das DDR-System hatte so seine Art, Leuten, die allzu positiv auffielen, das Leben zur Hölle zu machen. Die entsprechenden Schikanen hätten wohl nicht mehr lange auf sich warten lassen. Aber dann war zum Glück der große Zusammenbruch gekommen und der ganze SED-Spuk mit einem kläglichen Winseln zerstoben.

Er warf einen fast zärtlichen Blick auf die Elbe, über deren Uferwiesen silbriger Nachtdunst schwebte, und fuhr dann auf der Bautzner Straße durch den Wald hinauf zu den Villen. Albrecht Bergmanns Haus lag in einer dunklen, von Bäumen gesäumten Hangstraße. Die Nachbarn lebten hinter hohen Hecken, in großem Abstand voneinander. Viel mitbekommen hatten sie vermutlich nicht. Fischerau erwartete ihn vor dem Haus. »Seiner Akte zufolge war Bergmann Mitarbeiter des DDR-Wissenschaftsministeriums. Er wohnt schon seit Ende der siebziger Jahre in diesem Haus. Nach der Wende hat er noch ein paar Jahre eine eigene Consultingfirma betrieben, ehe er sich zur Ruhe setzte.«

Auf die Haustür, oder das, was von ihr übrig war, richtete Koerber seine Aufmerksamkeit zuerst. Die Scheinwerfer der Spurensicherung tauchten den Eingang in ein kaltes, weißes Licht. Einen Moment dachte er, die Tür sei aufgesprengt worden, doch als er näher heranging, waren an dem Holz keinerlei Rauchspuren zu entdecken.

»Das Holz ist so dick, Schloss und Scharniere so massiv, dass man eigentlich von einer einbruchsicheren Tür sprechen könnte«, sagte Fischerau.

»Wie man sieht, gibt es im Leben keine wirkliche Sicherheit«, brummte Koerber.

Sie gingen hinein. Drinnen roch es nach überquellenden, lange nicht geleerten Aschenbechern. Albrecht Bergmann lag am Ende der Diele auf dem Boden, sein Kopf in einem unnatürlichen Winkel nach hinten gebogen. Blut war ihm über das Kinn gelaufen, was, wie Koerber bei näheren Hinsehen erkannte, darauf zurückzuführen war, dass er sich ein Stück Zunge abgebissen hatte. Auf einer verschnörkelten Biedermeier-Kommode lag ein gehäkeltes Deckchen, darauf stand das Telefon. Alles wirkte ein wenig verstaubt und vergilbt.

»Ist er Witwer?«, fragte Koerber. Fischerau nickte.

Der Telefonhörer lag als stummer Zeuge auf dem Parkettboden. Koerber zog sein Taschentuch hervor, umfasste den Hörer damit, hob ihn auf und drückte auf die Gabel. Dann betätigte er die Lauthörtaste und die Wahlwiederholung. Das Telefon war weniger altmodisch als die Wohnungseinrichtung und verfügte sogar über ein Display, in dem eine Radebeuler Nummer erschien. Als das Freizeichen ertönte, hoben Koerber und Fischerau beide gespannt die Brauen. Gewiss war dieser Anruf ziemlich rücksichtslos, nachts um Viertel nach

eins, aber immerhin ging es um Mord, und Rücksichtslosigkeit führte mitunter zu brauchbaren Zeugenaussagen.
Das Telefon klingelte lange und ergebnislos. Koerber wollte schon auflegen, da meldete sich ein Mann, der sich überhaupt nicht anhörte, als hätte der Anruf ihn aus dem Schlaf gerissen. Die Stimme klang leise, aufmerksam und etwas erregt. »Ja bitte?«
»Hier ist Hauptkommissar Koerber, Kripo Dresden.«
Eine kurze Stille. Der Mann am anderen Ende räusperte sich.
»Dann ...«, murmelte er kratzig.
Koerbers Augen wurden schmal. »Ja? Dann was?«
Der Mann sog hörbar die Luft ein. Er räusperte sich erneut und fragte mit kühler Stimme: »Was will denn die Kripo von mir, mitten in der Nacht?«
Koerber betrachtete die Leiche und dachte, dass er gerne die Lider über den starren Augen geschlossen hätte. »Nennen Sie mir erst einmal Ihren Namen.«
»Meltin. Hans Meltin.«
»Kennen Sie Albrecht Bergmann?«
»Ja. Warum?«
»Wir sind hier in Bergmanns Haus. Er ist tot. Ein Einbruch.«
Wenn diese Nachricht Meltin schockierte, war davon jedenfalls nichts zu hören, kein aufgeregtes Schnaufen oder Schlucken. »Das ist ... bedauerlich. Und warum erzählen Sie mir das nachts um diese Zeit?«
»Sie sind die letzte Person, die Bergmann angerufen hat. Ihre Nummer ist in der Wahlwiederholung des Telefons gespeichert. Wann war das?«
»Das muss so gegen halb neun gewesen sein«, sagte Meltin eine Spur zu schnell.
»Und was wollte er von Ihnen?«
»Nichts Besonderes. Etwas über die alten Zeiten reden. Wir

kennen uns von vor der Wende, wissen Sie.« Die guten, alten Zeiten des real existierenden Sozialismus. Koerbers Mundwinkel sanken unwillkürlich herab. Als Meltin weitersprach, wechselte er den Tonfall, klang plötzlich gedehnt und drohend. Koerber fand es allerdings wenig überzeugend, eine Art Nachhall verlorener Autorität. »Meines Wissens ist es nicht üblich, Zeugen am Telefon zu vernehmen.«
»Der Hörer war nicht aufgelegt. Haben Sie irgendetwas gehört? Verdächtige Geräusche?«
»Nein. Aber wer sagt Ihnen, dass ich die letzte Person bin, mit der Bergmann gesprochen hat? Er könnte später noch angerufen worden sein.«
Das war in der Tat eine Möglichkeit, aber ebenso gut war es möglich, dass Meltin log.
»Ehe ich weitere Fragen beantworte, verlange ich, dass Sie sich ausweisen. Wer garantiert mir, dass Sie wirklich von der Polizei sind?«
Seine bürgerlichen Rechte kannte er, der Herr Meltin. Koerber seufzte. »Wie ist Ihre Adresse?«
»Waldstraße vierunddreißig. In Radebeul.«
»Gut. Wir werden Sie heute Morgen gegen halb zehn aufsuchen. Sind Sie dann zu Hause?«
»Ich bin ... Rentner. Ich verlasse das Haus nur selten.« Die letzten Worte betonte er auffällig. Es klang bitter. War er krank? Bettlägerig?
Nachdem er aufgelegt hatte, sagte sich Koerber für einen Moment, dass die Gleichheit von Bergmanns Vornamen ein Zufall sein konnte, dieser Mord und der Tod der Strehlitz überhaupt nichts miteinander zu tun haben mussten. Andererseits hieß Meltin Hans mit Vornamen, und auf dem Anrufbeantworter der Strehlitz war ein Hans erwähnt worden. Damit wären die Mühlen des Zufalls wohl doch überfordert gewe-

sen. Wie zur Antwort fiel sein Blick auf Bergmanns Telefonregister. Er öffnete es und fand nur wenige Eintragungen. Einen großen Freundeskreis schien Bergmann nicht gehabt zu haben, aber unter M stand Meltin als einziger Name. Und dann fand Koerber unter S, mit vollständiger Adresse, den Namen von Rosemarie Strehlitz.

»Ich habe mich in den Zimmern kurz umgeschaut«, sagte Fischerau. »Alles scheint unberührt. Keine Anzeichen für einen Raubmord. Die Spurensicherung muss das natürlich noch genau prüfen.«

Nein. Der Mörder hatte es auf Bergmann abgesehen gehabt, wie zuvor auf die Strehlitz. Mit welchem Motiv? Rache? Das Ausschalten unliebsamer Mitwisser?

»Wer hat uns denn benachrichtigt?«

»Eine Nachbarin«, sagte Fischerau. »Sie hat ein lautes Krachen gehört – die Haustür vermutlich –, und kurz darauf ist ein Wagen davongebraust.«

»Hat sie den Wagen gesehen?«

»Nein.«

Natürlich nicht. Zu hohe Hecken. Koerber spürte wieder dieses Schaudern. Sie hatten den Stofffetzen, den Fischerau auf dem Dach des Hochhauses gefunden hatte, untersuchen lassen. Wie vermutet, handelte es sich um jenes Baumwollgewebe, das Dr. Fehrenbach auch unter den Fingernägeln der Strehlitz gefunden hatte – worin sie sich festgekrallt hatte, ehe sie in den Tod gestoßen worden war. Der Mörder – falls es sich, wovon auszugehen war, um ein und dieselbe Person und zudem um einen Einzeltäter handelte – kletterte an Hochhausfassaden hinauf und zertrümmerte eine schwere Eichentür, als sei sie aus Streichhölzern zusammengebastelt. Er schlug schnell und brutal zu, warf eine wehrlose Frau vom Balkon und brach einem Mann mit bloßen Händen das Genick.

Soweit Koerber sich erinnern konnte, hatte er niemals wirklich Angst vor den Verbrechern gehabt, die er jagte, auch wenn er natürlich einige Male in brenzlige Situationen geraten war. Die meisten Gewaltverbrecher waren erstaunlich dumm, und wenn die Polizei dann zugriff, erwiesen sie sich, gemessen an ihren zuvor begangenen Verbrechen, fast immer als erstaunlich feige und hilflos. Bis auf wenige Ausnahmen hatte Koerber keinen von ihnen je als wirklich ernst zu nehmenden Gegner betrachtet. Doch jetzt fühlte er sich plötzlich sehr müde und sehnte sich nach einem Glas Whisky. Oder zwei.

Um während ihrer Suche nach einem neuen Lebensziel ein wenig Selbstdisziplin zu wahren, stellte Billi sich wochentags den Wecker auf Viertel vor sieben. In letzter Zeit geschah es aber des Öfteren, dass sie dann doch noch eine Weile sich und ihre Grübeleien im Bett hin und her wälzte. Wenn sie sich endlich aufrappelte, hatte sie meistens Kopfschmerzen, und so war es auch heute. Sie setzte sich auf die Bettkante, griff nach der Sprudelflasche und trank erst einmal einen kräftigen Schluck. Nachdem sie ein paar Minuten im Bad verbracht hatte, riss sie das Fenster ihres Zimmers, vor dem die gepflegte Vorgärten-Kulisse einer Einfamilienhaussiedlung zu sehen war, weit auf, streifte ihre Jogginghose über und fragte sich, welches der fünf Tiere sie heute morgen üben sollte – Bär, Kranich, Tiger, Hirsch oder Affe.
Sie entschied sich für den Hirsch, weil man dabei Arme und Beine schön dehnen und strecken musste, was ihr vielleicht helfen würde, nach dem vergrübelten Durchhängen im Bett in Schwung zu kommen. Dass sie das Qigong für sich entdeckt hatte, kam ihr immer noch wie ein kleines Wunder vor. Auf der Polizeischule in Mainz waren nur asiatische Kampf-

sportarten geübt worden, mit dem Ziel, Angreifer möglichst schnell und effektiv auf die Matte legen zu können. Besonders gut war Billi darin nicht gewesen, sie bekam den Bogen einfach nicht heraus. Immer wieder war sie keuchend auf dem Boden gelandet, begleitet vom Grinsen und den spöttischen Blicken der anderen. Wenn man ohnehin klein und schmächtig gebaut ist, ist der Boden ein besonders demütigender Aufenthaltsort. »Was wollen Sie eigentlich hier?«, hatte einer der Ausbilder eines Tages zu ihr gesagt. »Sie werden nie eine gute Polizistin. Wollen Sie sich Ihr Leben ruinieren, nur um Ihrem Vater einen Gefallen zu tun?«

Billi bewegte die Arme seitlich herab und schob den gestreckten Fuß vor, als sei er der Vorderhuf eines schlanken Hirschs. Sie hob die Hände und reckte die Arme nach vorne wie die langen Stangen eines imposanten Geweihs. Über ihre Hände hinweg blickte sie in eine imaginäre Ferne wie ein Hirsch, der hinaus auf eine Waldlichtung tritt. Gleichzeitig konzentrierte sie sich auf ihren Bauch, der nicht mehr so verspannt war, sondern sich viel lockerer anfühlte, seit sie regelmäßig übte. Zum Qigong hatte sie eine Freundin gebracht, die nach Billis Flucht von der Polizeischule und ihrer demütigenden, von den vernichtenden Blicken und Worten ihres enttäuschten Vaters begleiteten Rückkehr nach Hause offensichtlich der Meinung gewesen war, Billi könne etwas seelische Stärkung gebrauchen. Gemeinsam hatten sie vor einem knappen Jahr damit begonnen, in Bonn Qigong-Kurse zu besuchen.

Im Erdgeschoss klingelte das Telefon. Billi führte den einen ihrer ausgestreckten Arme nach unten zur Hüfte und drehte den Kopf zur Seite, was sich in Nacken und Wirbelsäule angenehm dehnend anfühlte.

Die Kurse in Bonn waren wirklich sehr gut, aber dennoch

träumte Billi davon, einmal bei einem waschechten chinesischen Meister Unterricht zu nehmen. Wenn sie an China dachte, spürte sie einen prickelnden Zauber geheimnisvoller Ferne. Sie las Bücher über dieses Land und die Philosophie, die hinter dem Qigong steckte, und sehnte sich danach, eines Tages selbst nach Asien zu reisen. Mit chinesischen Schriftzeichen bemalte Teetassen hatten in ihr Zimmer Einzug gehalten, ein Teelicht, das wie eine kleine Pagode geformt war, und an der Wand hing ein Poster, das ihre Freundin ihr zum Geburtstag geschenkt hatte: Es zeigte eine wie hingehaucht wirkende chinesische Landschaftsmalerei – Kraniche, die tief über einem See dahinglitten.

Nachdem das Telefon etliche Male geklingelt hatte, hörte sie, wie ihre Mutter, die offenbar unten in der Waschküche gewesen war, sich meldete. »Lutz? Ja, einen Moment. Billi ist oben in ihrem Zimmer. Ich hole sie dir ans Telefon.«

Mist. Einer der Gründe, warum sie lieber draußen in der Natur übte, war, dass man zu Hause gestört werden konnte. Außerdem fühlte sie sich dort eingeengt und hatte das Gefühl, nicht wirklich frei durchatmen zu können. Immer war ihr, als könnte jeden Moment ihr Vater in der Zimmertür stehen und ihr vorwerfen, sie vertrödele ihre Zeit mit unwichtigem Blödsinn.

Sie ließ ihre Hände hinauf in Brusthöhe schweben, um links und rechts des Körpers einen weiten Kreis hinunter zu den Hüften zu beschreiben. Die Übung gut abzuschließen war wichtig, damit das Qi sich schön in der Körpermitte sammelte. Jedenfalls hatte die Kursleiterin das gesagt.

»Billi …«

Sie seufzte. »Ja. Komme schon.«

Ihre Mutter war natürlich froh gewesen, als ihr einziges Kind nach Hause zurückgekehrt war, zumal sie nie einen Hehl daraus gemacht hatte, dass sie sich für ihre Tochter etwas anderes erhoffte, als ausgerechnet in die Fußstapfen ihres Vaters zu treten. Billi wusste, wie sehr ihre Mutter unter der Stille im Haus litt, und Billis Vater, der alles so schrecklich ernst nahm und in seinem Beruf zusehends verknöcherte, war für ihre Mutter eine immer schlechtere und deprimierendere Gesellschaft. Aber Billi spürte auch, dass es für sie trotzdem dringend an der Zeit war, wieder zu verschwinden. Nur hatte sie bislang keine rechte Idee, wohin.

Sie lief barfuß die Holztreppe hinunter, die nach neun Jahren immer noch wie neu glänzte. Den Bau dieses Hauses hielt ihr Vater neben der Tatsache, dass er es bis zum Polizeihauptkommissar gebracht hatte, für die größte Leistung seines Lebens. Und natürlich hatte er es »für euch« gebaut. »Lutz. Ich habe gerade den Hirsch geübt ...«

Sie wusste, dass Lutz mit ihrer Leidenschaft für das Qigong wenig anfangen konnte. Diese merkwürdigen asiatischen Bewegungen waren ihm einfach zu exotisch. »Du bekommst noch Schlitzaugen, wenn du so weitermachst«, sagte er und schwieg dann einen Moment. Sie konnte ihn schlucken hören. »Also, ich rufe wegen Frank an. Er ist verschwunden.«

»Verschwunden? Wie – verschwunden?«

»Er ist heute Nacht nicht nach Hause gekommen. Karin und Jochen haben die Polizei benachrichtigt. Und sein Fahrrad wurde gefunden, auf dem Waldweg bei der Mariensäule. Offenbar ist er schwer gestürzt. Aber von ihm selbst fehlt jede Spur. Die Kollegen von der Kripo sind gerade draußen im Wald und suchen das Gelände ab. Sie glauben inzwischen, dass er ... dass es sich vielleicht um ein Verbrechen handelt.«

Ein Verbrechen? Hier im friedlichen, verschlafenen Altenbach? Billi spürte, wie das angenehm lockere Gefühl in ihrem Bauch einer nervösen Anspannung wich. »Aber wieso haben sie ihn nicht gefunden? Ich meine, wenn er gestürzt ist, hätte er doch irgendwo dort liegen müssen!«

»Tut mir Leid, Billi, mehr weiß ich auch noch nicht.«

Billis Blick fiel durch die offene Tür auf die Küchenuhr. Oje, sie musste in die Redaktion! »Wer sollte Frank denn etwas antun wollen? Er ist doch so ein lieber Kerl. Bestimmt klärt sich alles auf. Ich muss los. Lass uns später noch mal telefonieren, okay?«

Eilig zog sie sich an, steckte die Diskette mit dem Bericht von der Ausstellungseröffnung ein – die erste journalistische Arbeit ihres Lebens; sie hatte sie noch in der Nacht in den Computer getippt. Sylvias Tierbilder nahmen in dem Artikel einen größeren Raum ein als Kunos weitschweifige Ausführungen. Dann machte sie sich auf den Weg. Sie sah die Dächer der Altstadt in der Sonne schimmern. Ein paar Minuten später ging sie durch gemütliche, Museumsruhe austrahlende kleine Gassen. Konnten hier Menschen verschwinden? Doch eigentlich nicht.

Die Redaktion befand sich am Marktplatz, neben dem italienischen Eiscafé. Sie sprang die engen, durch die Last der Jahrhunderte schief und uneben gewordenen Stufen des alten Fachwerkhauses hinauf und streckte mit gut viertelstündiger Verspätung atemlos ihren Kopf ins Büro des Redaktionsleiters, Hajo Lohmann. Er hatte sie eingestellt, obwohl sie deutlich das Gefühl hatte, dass er sie nicht mochte, was, wie sie zugeben musste, auf Gegenseitigkeit beruhte. Er war ein dynamischer junger Karrieretyp mit Gel im Haar, der diese Redaktion offenkundig nur als Durchgangsstation für seinen kometenhaften Aufstieg betrachtete. Aber vielleicht dachte sie ja diesbezüglich zu sehr in Klischees. »Verschlafen?«, fragte er und blies Rauch in ihre Richtung.

»Sorry.« Billi zog die Nase kraus und bemühte sich, eine

schuldbewusste Miene aufzusetzen. Mit ihren Gedanken war sie bei Frank Erlenweins geheimnisvollem Verschwinden.
»Hier ist der Artikel über die Vernissage.« Billi hatte in der Nacht über den Formulierungen geschwitzt und sich viel Mühe gegeben.
Er nahm die Diskette und legte sie achtlos auf den Schreibtisch. »Jetzt kannst du mal zeigen, was du draufhast«, sagte er, während er seine Zigarette im vollen Aschenbecher ausdrückte. »Du hast schon von dem verschwundenen Jungen gehört, nehme ich an?«
Billi nickte.
»Die Zentralredaktion in Koblenz will das morgen als Aufmacher im Lokalteil. Hab eben mit denen telefoniert. Lass mal ein bisschen deine guten Kontakte zur Polizei spielen und beschaff mir ein paar Hintergrundinformationen.«
In diesem Moment wurde Billi klar, warum er sie angeheuert hatte, obwohl er sie nicht leiden konnte.
Er nahm eine Digitalkamera vom Schreibtisch und hielt sie ihr hin. Dass es sich um eine solche handelte, wusste sie eigentlich nur, weil sie in der Redaktion keine anderen Kameras mehr benutzten und ständig davon redeten, wie praktisch diese Dinger seien. »Kannst du mit so einem Teil umgehen? Pit ist unterwegs, und ich muss zu einem Lokaltermin mit dem Landtagsabgeordneten in den Westerwald.«
»Klar«, log Billi spontan. Komplizierte technische Geräte widersetzten sich ihr in der Regel hartnäckig, sodass sie sich in der modernen elektronischen Welt oft wie eine Analphabetin fühlte. Lutz hatte Tage gebraucht, um ihr die Grundfunktionen des gebrauchten PCs zu erklären, den er ihr besorgt hatte. An der Kamera gab es erschreckend viele Knöpfe.
»Dann steh nicht rum und glotz unmotiviert in die Gegend. An die Arbeit!«

Irgendwie bedeutete Radebeul für Koerber seit seiner Kindheit vor allem Karl May, auch wenn er den Radebeulern mit dieser eindimensionalen Reduzierung ihrer Stadt vermutlich Unrecht tat. Radebeul bestand für Koerber aus dem zum Museum gewordenem Wohnhaus des Schriftstellers und der »Villa Bärenfett«. Er hatte als Junge alle Karl-May-Romane gelesen, sie gesammelt und getauscht. Und den Bärentöter und die Silberbüchse fand Koerber immer noch faszinierender als eine Heckler & Koch MP5, auch wenn der alte Lügenbold seine beiden mystischen Gewehre nicht, wie behauptet, aus dem Wilden Westen mitgebracht, sondern heimlich bei einem sächsischen Büchsenmacher hatte anfertigen lassen.
»Haben Sie eigentlich früher Karl May gelesen?«, fragte er Fischerau, der am Steuer des Dienst-Opel saß.
»Bei mir war's eher Perry Rhodan«, sagte Fischerau. Der Mann war Wessi, kam aus Franken. »Sciencefiction«, fügte er erläuternd hinzu. »Heftromane. Bis Heft achthundert war ich dabei.«
Sciencefiction? Wie unromantisch. Koerber schüttelte den Kopf und betrachtete den Stadtplan auf seinen Knien. »Da vorn rechts. Das müsste dann aber die Waldstraße sein.« Sie waren zu spät von der Hauptstraße abgebogen, auf eine Straße, die geradewegs in die Weinberge führte, sodass sie wenden mussten. Dass hier im zugigen Elbtal Wein wuchs, empfand Koerber seit jeher als eine sonderbare Laune der Natur.
»Was ist eigentlich bei dem Besuch auf der früheren Arbeitsstelle der Strehlitz herausgekommen?«, erkundigte er sich bei Fischerau. Die Strehlitz war Medizinerin gewesen, hatte aber nach der Wende lediglich als Laborantin in einem Unilabor gearbeitet; ein Job, für den sie eindeutig überqualifiziert gewesen war. Vor zwei Jahren war sie dann aus gesundheitlichen Gründen vorzeitig in Rente gegangen.

Fischerau winkte ab. »Der Laborleiter, ein Dr. Moeller, saß schon zu DDR-Zeiten auf diesem Posten. Er sagte, die Strehlitz sei ihm kurz nach der Wende als absolut zuverlässig empfohlen worden. Über ihre Vergangenheit wisse er aber nichts und habe sie auch nie gefragt. Und von wem sie ihm seinerzeit empfohlen wurde, hat er angeblich vergessen.«
»Jaja, das Gedächtnis«, sagte Koerber. »Ein schlechtes Gedächtnis kann einem das Leben sehr erleichtern.«
Meltin bewohnte ein mindestens hundertjähriges Haus. Es erinnerte Koerber an Karl Mays Villa Shatterhand, benötigte aber dringend eine Renovierung. Das ganze Grundstück war von Efeu überwuchert, der bereits über den rostigen Zaun kroch und sich anschickte, den Bürgersteig zu erobern. Auto fuhr Meltin offenbar nicht. Das Holztor der Garage moderte vor sich hin, und auf der Zufahrt davor schoss Gestrüpp in die Höhe. Die Haustür besaß tatsächlich noch eine mechanische Klingel, an deren Griff man drehen musste.
Koerber hörte drinnen schlurfende Schritte. Eine faltige Frau im verwaschenen grauen Putzfrauenkittel öffnete. »Sie sind dann wohl die Herren von der Polizei«, sagte sie mürrisch. Sie trat zur Seite und nahm einen blauen Mantel, der zweifelsohne noch aus der DDR-Textilproduktion stammte, von der Garderobe. »Ich gehe dann jetzt!«, rief sie nach hinten und zeigte zum Ende des Flurs auf eine halb geöffnete Tür. »Dort. Ist im Wohnzimmer. Wie meistens.«
Das ganze Haus roch muffig. Koerber sah, wie Fischerau seine lange, dünne Nase rümpfte. Der Mann im leidlich gepflegten Wohnzimmer saß im Rollstuhl und las Zeitung. Seinen Ausweisdaten zufolge war Meltin vierundsechzig, und er sah kein Jahr jünger aus – ein aufgeschwemmter, kahlköpfiger Mensch, der, so viel hatte der Computer bislang ausgespuckt, Stasi-Oberst gewesen war. Treuer Diener des Regimes.

Meltin legte die Zeitung weg und sagte übergangslos: »Hätte ich mir nicht träumen lassen, dass ich auf meine alten Tage Bekanntschaft mit der neuen, *demokratischen* Kripo mache.« Er sagte es in spöttischem Tonfall, mit herabgezogenen Mundwinkeln.
Koerber war fest entschlossen, sich nicht mehr als nötig provozieren zu lassen. »Mein Kollege und ich wollen Ihre Zeit nicht unnötig in Anspruch nehmen. Erzählen Sie uns einfach ein bisschen von sich, von Albrecht Bergmann – und von Rosemarie Strehlitz.«
Koerber hielt Meltin demonstrativ seinen Dienstausweis hin. Meltin nahm ihn ihm tatsächlich aus der Hand und betrachtete ihn prüfend. Dann musterte er Koerber neugierig. »Sind Sie etwa *der* Koerber? Der Ich-krieg-sie-alle-Koerber?«
»Immer noch«, entgegnete Koerber und steckte den Ausweis wieder ein.
Meltin bot ihnen weder einen Platz noch sonst etwas an. »Trotzdem gibt es nicht viel zu erzählen. Die Strehlitz, Bergmann und ich waren Kollegen. Damals.«
»Kollegen?«, fragte Koerber. »Nach unseren Erkenntnissen hat Bergmann für das Wissenschaftsministerium gearbeitet, das offenbar in Dresden eine Außenstelle hatte.«
»Er war als Verwaltungsmann zuständig für die Sicherheitsüberprüfung der Mitarbeiter. So ergab es sich, dass wir Hand in Hand arbeiteten. Die Strehlitz war seine Stellvertreterin.«
»Die Morde an Bergmann und der Strehlitz sehen nach einem Racheakt aus.« Koerber beschloss, die merkwürdigen äußeren Umstände der beiden Todesfälle erst einmal unerwähnt zu lassen. Worte dafür zu finden fiel ihm selbst gegenüber Fischerau schwer, und er fragte sich, was er in den Bericht schreiben sollte. »Haben Sie eine Idee, wer für ein solches Verbrechen in Frage kommt?«

Meltin zuckte die Achseln. »Wir haben damals nur unsere Pflicht getan, wie man so sagt. Leider bestand unsere Pflicht unter anderem darin, die Karrieren einiger Wissenschaftler zu zerstören, deren Linientreue zu wünschen übrig ließ. Gut möglich, dass ein paar von denen uns heute noch hassen.« Ein schiefes Grinsen erschien in seinem teigigen Gesicht. »Dabei haben wir wirklich aus Idealismus gehandelt. Ich meine, wir waren überzeugt, dass der Sozialismus letztlich siegen würde. Deswegen mussten die Feinde der Partei bekämpft werden. Im Interesse aller. Schließlich haben wir euch doch alle geliebt, wie Mielke es seinerzeit in der Volkskammer so nett formulierte.« Meltins Stimme triefte geradezu vor Sarkasmus.
»Könnte es sein, dass Ihnen ein paar Namen einfallen?«, fragte Koerber und versuchte, sich nicht zu sehr über das Gerede zu ärgern.
Meltin setzte eine betont gleichgültige Miene auf. »Von Wissenschaftlern, die Grund hätten, sich zu rächen? In letzter Zeit tun sich in meinem Gedächtnis zunehmend Lücken auf. Aber falls mir doch noch ein Name einfällt, rufe ich Sie an.«
»Es ist Ihnen hoffentlich klar, dass Sie möglicherweise das nächste Opfer sein könnten?«, schaltete Fischerau sich ein.
Wieder setzte Meltin dieses schiefe Grinsen auf, mit dem er früher bei Stasi-Verhören seine Opfer vermutlich zur Verzweiflung getrieben hatte. Er klopfte auf die Armlehne seines Rollstuhls. »Na und? Mir soll's recht sein. Oder glauben Sie, ich will noch zehn Jahre in diesem verdammten Stuhl dahinvegetieren?«
»Ist Ihre Behinderung eigentlich Folge einer Verletzung?«, fragte Fischerau und schob seine dürren Krähenschultern ein Stück vor.
»Es war ein Arbeitsunfall«, sagte Meltin knapp. »Aber die

Rente, die ich bekomme, ist ein Witz. Haben Sie noch Fragen? Sonst würde ich mich gerne wieder meiner Zeitung zuwenden. Das Kreuzworträtsel erwartet mich.«
Als sie das Haus verlassen hatten, sagte Fischerau: »Ein Glück, dass diese Leute nicht mehr das Sagen haben.«
Koerber starrte missmutig auf den verwilderten Garten. »Sie hatten es lange genug«, knurrte er. »Durchforsten Sie noch mal gründlich die Akten. Ich werde derweil jemandem einen Besuch abstatten, der sich bestens mit alten Stasi-Seilschaften auskennt.«

Billi hatte die Digitalkamera mit den vielen Knöpfen über der Schulter hängen, stand vor der Polizeiwache und zögerte. Seit sie ihre Ausbildung abgebrochen hatte, war sie nicht mehr im Büro ihres Vaters gewesen. Aber jetzt wollte sie unbedingt wissen, ob es in der Sache mit Frank etwas Neues gab. Sie wollte es für sich wissen, nicht für Hajo Lohmann, und sie würde sich genau überlegen, welche Informationen sie an ihn weitergeben würde. Diese Erkenntnis, dass er sie nur wegen ihrer Kontakte zur Polizei eingestellt haben könnte, tat weh. Andererseits war es nun einmal sein Job, Informationen zu beschaffen und sich nach geeigneten Quellen dafür umzusehen. Sie seufzte, freute sich nicht gerade auf das immer ernste Gesicht ihres Vaters mit den steilen Falten in den Mundwinkeln. In letzter Zeit sah sie dieses Gesicht fast nur beim Abendessen, weswegen sie diese Mahlzeit ziemlich eilig einnahm und zum Leidwesen ihrer Mutter des Öfteren ganz ausfallen ließ. Wahrscheinlich wird er mir unterschwellig sein ganzes Leben lang vorwerfen, dass ich nicht der Junge bin, den er sich gewünscht hat, dachte sie. Sie war ein Einzelkind. Zwei Jahre nach ihrer Geburt war ihre Mutter noch einmal schwanger geworden, aber das Kind, ein

Junge, war bei der Geburt gestorben. Danach hatte ihre Mutter keine Kinder mehr gewollt.

Polizeiwache und Amtsgericht waren vor kurzem in einen Neubau umgezogen, nachdem sie jahrzehntelang in der Nähe des Marktplatzes in einem altehrwürdigen Gebäude mit mächtiger Basaltfassade untergebracht gewesen waren. Der Neubau wirkte nüchtern, mit einer großen Funkantenne auf dem Dach und einer durch schwere Gitter abgesperrten Parkgarage, die wie ein Bunker aussah. Um sich in einer solchen Umgebung wohl zu fühlen, musste man vermutlich so dröge wie Billis Vater sein. Wenn sie wenigstens draußen ein paar Weinranken oder etwas Ähnliches angepflanzt hätten. Aber vermutlich hätte der graue Beton dadurch Schaden genommen.

Auch im Büro ihres Vaters gab es nicht eine einzige Pflanze. Zu lebendigen Dingen schien er überhaupt keine Beziehung zu haben. Seine Mithilfe im Garten beschränkte sich darauf, den Rasen zu mähen und den Zaun zu streichen. Die Betreuung der Pflanzen überließ er völlig seiner Frau. Billi ging am Diensthabenden vorbei, der ihr freundlich zunickte, und klopfte an die Bürotür des Dienststellenleiters. Das »Herein« ihres Vaters klang gereizt, und sie bereute sofort, hergekommen zu sein.

Er blickte vom Schreibtisch auf, und für einen winzigen Augenblick glaubte sie, ein Lächeln über sein Gesicht huschen zu sehen. Dann erschienen sofort wieder die steilen Falten.

»Was willst du hier? Ich habe zu tun.«

»Es ist wegen Frank. Frank Erlenwein.«

»Ja?«

»Lutz hat mir gesagt, dass er verschwunden ist. Da wollte ich mal nachhören, ob es etwas Neues gibt.«

»Sieht dir ähnlich, dass du dich mit solchen Künstlertypen

abgibst, statt dir Gedanken um deine Zukunft zu machen. Du hängst jetzt schon fast ein Jahr mit solchen Nichtsnutzen wie diesem Frank rum.«

Nein, es war keine gute Idee gewesen, herzukommen. Ignoriere einfach, was er sagt, dachte sie. Es hat keinen Sinn, dich mit ihm zu streiten. »Habt ihr denn inzwischen einen Anhaltspunkt, wo Frank abgeblieben scin könnte?«

Ihr Vater zeigte auf die Digitalkamera. »Hat dieser Pressefuzzi dich hergeschickt, um herumzuschnüffeln? Ich hab dir schon mal gesagt: Wenn du unbedingt so eine Schmierenschreiberin werden willst, ist das dein Bier. Aber dann brauchst du von mir keine Sonderbehandlung zu erwarten. Du musst genauso warten, bis ich eine offizielle Pressemitteilung herausgebe, wie alle anderen auch!«

Billis Kehle wurde eng. »Ach, du kannst mich mal!«, stieß sie hervor, drehte sich von ihm weg und schlug krachend die Bürotür hinter sich zu. Draußen blieb sie einen Moment stehen und wischte sich mit zitternden Fingern Tränen aus dem Gesicht.

»He, nimm's nicht so schwer. Willst du einen Kaffee?« Der Diensthabende war Heckenbach, ein grauhaariger Polizist, der gewissermaßen zum Inventar der Altenbacher Wache zu gehören schien und Billi früher immer Schokolade geschenkt hatte, wenn ihr Vater sie als Kind mit zum Dienst genommen hatte. Damals, als er noch den Traum hegte, sie würde eines Tages eine knallharte Elitepolizistin werden. Später war er mit ihr immer in den alten Basaltbruch gegangen, um mit ihr Schießen zu üben. Zunächst mit dem Luftgewehr, dann mit Jagdflinte und Dienstrevolver. Diese Sache hatte sie damals sehr fasziniert, und sie hatte sich als ausgezeichnete Schützin entpuppt, als echtes Naturtalent, aber später war die Faszination für den Umgang mit Schusswaffen ihr unheim-

lich geworden. Sie lächelte und schüttelte den Kopf. »Nein, danke. Ist Lutz da?«
»Leider nicht. Fährt gerade Streife.«
»Sagen Sie ihm dann bitte, dass er mich nachher anruft? Ist sehr wichtig.«
Heckenbach versprach es, und als Billi hinaus in die Sonne trat, dachte sie: Ich muss weg. Weit weg. China wäre nicht schlecht.

Vermutlich gab es in keiner anderen Stadt so viele leer stehende Büroflächen wie in Dresden – nach der Wende mit Westgeld hochgezogene Abschreibungsprojekte, bei denen es nur darum gegangen war, Steuern zu sparen, sodass die Investoren sich nicht darum scherten, ob die Büros jemals gebraucht werden würden. In einem dieser edel aussehenden Gebäude, das immerhin zu rund dreißig Prozent vermietet war, residierte Koerbers Ex-Schwager.
Womit Ludwig sein Geld verdiente, wusste Koerber nicht genau, und vermutlich war das auch besser so. Ludwig gehörte zu jener Sorte Menschen, die es irgendwie immer schafften, weich auf die Füße zu fallen. Zu DDR-Zeiten hatte er im Ost-West-Handel dringesteckt, und jetzt war er, dem chromglänzenden Schild neben dem ebenso chromglänzenden Aufzug zufolge, Repräsentant eines russischen Energiekonsortiums. Der Aufzug war großzügig verglast und schwebte frei an der Gebäudefront, was bei Koerber ein unbehagliches Ziehen in den Beinen auslöste.
Schon im Sozialismus waren Ludwigs Büros stets beeindruckend gewesen. Jetzt hatte er sich über eine ganze Etage ausgebreitet. Im vorderen Teil der Etage saßen mehrere hübsche junge Damen eifrig vor Computern und Telefonen. Ludwig selbst erwartete ihn dort breit lächelnd und führte ihn

nach hinten ins Allerheiligste. »Sieh da, Monikas Ex«, sagte er gemütlich. »Hast lange nichts von dir hören lassen.«
Drinnen gab es viel teuer riechendes Leder und eine Schrankbar, die Ludwig schwungvoll öffnete, um ihr eine Flasche und zwei Gläser zu entnehmen. Der Sessel, den er Koerber anbot, federte weich und geschmeidig. »Du trinkst ihn immer noch ohne Eis, nehme ich an?«
Koerber nickte und nahm das Whiskyglas. Er ließ sich einen Schluck langsam in die Kehle rinnen. »Der ist gut«, sagte er.
Ludwig grinste. »Kann mich nicht entsinnen, dir jemals schlechten Whisky vorgesetzt zu haben, selbst in den alten Zeiten nicht.«
»Nein, du hattest immer beste Bezugsquellen.« Koerber trank noch einen Schluck.
Ludwig setzte sich in seinen imposanten Chefsessel, lehnte sich zurück und verschränkte die Arme hinter dem Kopf. »Nun schieß schon los«, sagte er. »Brauchst einen Tipp, nehme ich an?«
»Es gab hier in Dresden eine Außenstelle vom DDR-Wissenschaftsministerium. Hast du eine Ahnung, was die da veranstaltet haben?«
Sein Ex-Schwager schwenkte den Sessel zum Fenster, schaute einen Moment schweigend in Richtung Elbe. Dann drehte er sich wieder um, nahm die Hände herunter, beugte sich vor und trank einen Schluck Whisky. »Wie bist du denn da drangeraten?«, fragte er.
»Mord«, sagte Koerber. »Wie könnte es bei mir anders sein? Zwei Leute sind ermordet worden, die laut Computer früher dort beschäftigt waren.«
»Jaja«, sagte Ludwig. »Das Material im Computer ist wahrscheinlich ziemlich dünn, stimmt's?«
»Ich dachte, jemand wie du könnte helfen, die Lücken ein we-

nig zu füllen. Immerhin hast du doch damals die Flöhe husten hören.«

Ludwig grinste gelassen. »Ich war immer Geschäftsmann. Braver Sozialist und guter Kaufmann. Heute bin ich nur noch guter Kaufmann. Natürlich gab's in der DDR wie in jedem ordentlichen Staat Forschungen, an denen man die Weltöffentlichkeit voller Stolz teilnehmen ließ, und Forschungen, die streng unter Verschluss gehalten wurden, sogar gegenüber den sozialistischen Bruderländern.«

»Und bei dieser Dresdner Außenstelle handelte es sich um Letzteres?«

Ludwig wiegte den Kopf hin und her. »Viel weiß ich darüber nicht. Es wurde so manches gemunkelt. Diese Außenstelle war ein kleines Institut, das schon in den fünfziger Jahren eingerichtet wurde. Das Schlimmste, was ich gehört habe, war, dass dort Menschenversuche stattgefunden hätten.«

Koerber schaute ihn erstaunt an. »Menschenversuche?«

»Angeblich sind dort eine Zeit lang Versuche mit Strafgefangenen gemacht worden, und zwar mit Politischen aus Camerswalde. Kann aber sein, dass das nur dummes Gerede war. Das Institut existiert übrigens nicht mehr. Es wurde kurz nach der Wende abgerissen. War angeblich asbestverseucht.«

»Wo hat es gestanden?«

»Bezeichnenderweise gleich beim KGB um die Ecke. In der Angelikastraße.«

»Und was hattest du mit denen zu schaffen?«

»Ich habe den Institutsleiter ein paar Mal mit echtem französischen Champagner beliefert«, antwortete Ludwig zufrieden grinsend. »Aber nie ins Institut, immer zu ihm nach Hause. Er hieß … warte mal … Krummnagel, nein, Krummbiegel.

Biologieprofessor. Netter Mann. Hat immer großzügig mit Westmark bezahlt.«

»Hast du eine Idee, wo ich den finden kann?«

»Auf dem Friedhof. Ist im Jahr der Wende unter sonderbaren Umständen gestorben. Aber daran war bestimmt nicht mein Champagner schuld.«

»Merkwürdige Umstände?«

»Nun ja. In dem Institut muss irgendwas vorgefallen sein. Im September Neunundachtzig. Ich weiß das deshalb so genau, weil er damals noch eine Rechnung bei mir offen hatte, auf der ich dann leider sitzen blieb.«

»Und du hast keine Ahnung, was da vorgefallen sein könnte? Ein Unfall?«

Ludwig zuckte die Achseln. »Irgendwas, bei dem ein paar Leute auf der Strecke geblieben sind, unter anderem auch Krummbiegel. Mehr weiß ich darüber nicht.«

Koerber betrachtete das angenehme Bernsteinleuchten der Flüssigkeit in seinem Glas. »Glaubst du, dass wir bei der Gauck-Behörde was finden?«

Ludwig schüttelte den Kopf. »Die Akten über *dieses* Institut sind bestimmt im Herbst Neunundachtzig im Reißwolf gelandet.«

»Es gibt hier einen ehemaligen Stasi-Oberst, der mit den beiden Ermordeten in Verbindung stand. Er behauptet, sie wären dort für die Sicherheitsüberprüfung der Wissenschaftler zuständig gewesen und er hätte dabei mit ihnen zusammengearbeitet.«

Mit gerunzelter Stirn erwiderte Ludwig: »Dann hat er dir Blödsinn erzählt. Die örtliche Stasi war bei diesem Institut außen vor. Die Forschungen dort wurden von höchster Ebene aus gelenkt. Die Wissenschaftler waren handverlesen. Die brauchten vor Ort bestimmt nicht mehr überprüft zu werden.

Das lief alles mit direktem Draht nach Ostberlin ab. Keine Ahnung, warum der dir so was auftischt. Hat wohl einiges zu verbergen.«
Koerber leerte sein Glas und stand auf. »Danke, Ludwig. Hast mir weitergeholfen.« Sie gaben sich die Hand. »Wie geht's Monika?«
»Ist gerade mit ihrem Herbert auf den Seychellen. Sie leistet sich jetzt all die Dinge, die du ihr mit deinem Polizistengehalt nie bieten konntest.« Ludwig sagte es ohne Häme, einfach als nüchterne Feststellung.
»Deswegen hat sie sich ja wohl scheiden lassen.«
Sein Ex-Schwager begleitete Koerber zur Tür. »Wenn du mal Appetit auf ganz feinen Kaviar oder wirklich guten Krimsekt hast, ruf mich ruhig an«, sagte Ludwig. »Kannst bei mir immer eine schöne Kiste bekommen, aus alter Freundschaft.« Mit einem Augenzwinkern fügte er hinzu: »Keine Angst, ich liefere natürlich nach Hause, nicht ins Büro.«

Die Mariensäule stand im Altenbacher Stadtwald. Die Mutter Gottes blickte mit andächtig gefalteten Händen auf den von drei großen Fischteichen herabplätschernden Verstbach. Die Säule wurde liebevoll gepflegt, immer standen frische Blumen dort, und einige Windlichter brannten. Auf der Bank neben der Säule saß Lutz in Polizeiuniform und wartete auf Billi, die ihn hierher bestellt hatte, und wenn Billi ihn irgendwohin bestellte, kam Lutz – davon hätten ihn nur Erdbeben oder Vulkanausbrüche abhalten können.
Jetzt kam sie den Weg von der Stadt hoch, klein, zierlich und energisch, mit dem unverwechselbaren Billi-Schritt, einer ganz eigenen Mischung aus Schlendern und Hüpfen. An ihrer Schulter baumelte eine Kamera, und vermutlich würde sie ihn gleich bitten, ihr zu erklären, wie dieses Ding bedient wurde.

»Na.« Sie setzte sich neben ihn auf die Bank, etwas atemlos. So oft hatte er ihren Atem dicht neben sich gespürt, ohne sie je zu berühren. »Hat die Spurensicherung was entdeckt?«
Lutz schüttelte langsam den Kopf. »Sie haben überhaupt nichts entdeckt.« Er zeigte auf eine mit rotem Band markierte Stelle etwas unterhalb der Säule, wo der in diesem Sommer frisch aufgeschotterte Weg zwischen dichten Sträuchern hindurchführte. »Da hat sein Mountainbike gelegen. Das Rad ist nicht hingelegt worden, sondern eindeutig hingefallen – ein paar Teile waren verbogen. Wenn er gestürzt wäre und sich verletzt hätte, hätte er doch auch da irgendwo liegen müssen. Und da ist was Komisches: Beim Sturz auf den Schotter hätte er sich bestimmt Knie oder Arme aufgeschürft. Aber da war nirgendwo Blut – so als wäre er vom Fahrrad hoch in einen Baum gesprungen. Wirklich seltsam.«
»Aber er kann sich doch nicht einfach in Luft aufgelöst haben!«
»Das ganze Gelände ist abgesucht worden. Ohne Ergebnis. Und der Boden hier ist dick mit Laub bedeckt. Da findet man keine Fußspuren.«
»Dann glauben deine Kollegen von der Kripo also an ein Verbrechen?«
»Sie wissen's einfach nicht.« Lutz seufzte.
»Warum gerade Frank? Das ist doch einfach furchtbar! Und es gibt überhaupt keinen Sinn.«
Lutz wusste keine Antwort auf ihre Frage. Frank war eigentlich mit allen, die ihn kannten, gut ausgekommen. Kuno Rademacher hatte von seinem Talent geschwärmt, und Lutz hatte ihn ebenfalls auf Anhieb gemocht. Aber vielleicht gab es überhaupt kein Verbrechen, vielleicht hatte Frank einfach plötzlich beschlossen, aus Altenbach zu verschwinden, auch wenn dieses Verhalten völlig unverständlich schien. Lutz

verwarf diesen Gedanken wieder. Nein, warum hätte er das tun sollen?
»Vielleicht«, sagte Billi leise, »also, angenommen, es gibt überhaupt ein Verbrechen, dann hat es vielleicht Frank nur ganz zufällig getroffen, weil er eben gerade hier vorbeikam.« Der Gedanke schien sie zu erschrecken, und sie blickte sich nervös um.
»Du meinst, hier im Wald läuft jemand rum, der über Radfahrer oder Spaziergänger herfällt und sie verschleppt, ohne Spuren zu hinterlassen?« Lutz spürte, wie ihm ein Frösteln den Nacken hinaufkroch. »Dann müsste dieser Typ dort im Gebüsch gehockt und Frank regelrecht vom Rad gerissen haben.« Widerstrebend stand er auf und ging langsam zu der Stelle, wo die Spurensicherung den Fundort von Franks Fahrrad markiert hatte. Billi kam mit und hielt sich dabei dicht hinter ihm.
Links und rechts gab es kein dorniges Brombeergestrüpp, sondern Haselnusssträucher, zwischen deren losen, weichen Zweigen sich gut ein Mann verstecken konnte, ohne vom Weg aus gesehen zu werden, zumal von einem Mountainbiker, der zügig bergab fuhr. Aber wie sollte das abgelaufen sein? Lutz versuchte, es sich auszumalen, aber es gelang ihm nicht. War der Mann plötzlich aus dem Gebüsch gesprungen und hatte Frank vom Rad heruntergerissen? Frank war groß und kräftig gebaut. Allein von der Wucht des Aufpralls hätten die beiden der Länge nach auf den Schotter fallen müssen. Und nach den Schäden am Fahrrad zu urteilen, musste Frank ziemlich schnell gefahren sein. Nein, Lutz konnte sich das einfach nicht vorstellen. Es sei denn, dieser Bursche war groß und stark wie ein Gorilla. Aber Yetis gab es seines Wissens im Rheintal nicht.
Billi nahm die Kamera. »Ich mache jetzt ein Foto von der Stel-

le, damit ich meinem Chef irgendwas bieten kann, diesem … *Ekel.*« Sie hob die Augenbrauen, und trotz der Sorge um Frank huschte unwillkürlich ein Lächeln über Lutz' Gesicht. »Wo muss ich denn da draufdrücken?«

Lutz hatte Billi im Laufe ihrer jahrelangen platonischen Freundschaft schon die Bedienung der unterschiedlichsten technischen Apparate erklärt, und jetzt zeigte er ihr mit geübter Geduld, mit welcher Taste sie den Suchermonitor der Kamera aktivieren konnte und wie der Auslöser betätigt wurde. Sie machte ein paar Bilder von der markierten Fundstelle und der Umgebung. Als es ihr gelang, sich die Bilder anschließend im Monitor anzuschauen, lächelte sie zufrieden. Wäre Lutz künstlerisch begabt gewesen, hätte er, so dachte er oft, bereits viele Gedichte über Billis Lächeln geschrieben oder es immer wieder in Zeichnungen und Bildern eingefangen.

»Dieser Sucher ist also praktisch ein richtiger kleiner Fernsehbildschirm«, murmelte sie fasziniert.

Dann wurde ihr Gesicht wieder ernst, und sie schaute sich unbehaglich um. »Ich glaube, ich habe irgendwas gehört.«

Lutz hob den Kopf und lauschte. Da war ein Rascheln und Knacken im Unterholz. Im Wald gab es immer irgendwelche Geräusche, zumal Wind aufgekommen war und die Bäume in Bewegung versetzte. Die Sonne verschwand hinter grauen, von der Eifel heranziehenden Wolken, was für Lutz in diesem Moment wirkte, als hätte sich ein dunkler Schatten auf Billi und ihn gelegt. Er dachte an seine Dienstpistole. Er würde jedem ein Ding zwischen die Augen verpassen, der es wagte, Billi zu nahe zu kommen.

»Komm«, sagte Billi, »lass uns verschwinden.« Sie folgten dem Weg hinunter nach Altenbach, und die Stelle im Wald, wo Frank Erlenwein gestorben war, blieb verlassen zurück.

Natürlich hatte Dr. Fehrenbach Dienst, und Koerber fand sie sehr hübsch, selbst im kalten weißen Neonlicht. Eine Frische ging von ihr aus, die den steril-chemischen Geruch hier in der Gerichtsmedizin überlagerte wie Veilchenduft. Wieder fand er sie im Angesicht des Todes unangemessen vergnügt, und wieder führte sie ihn mit sinnlich wiegenden Hüften zum Kühlfach.

Viele mollige Frauen versteckten sich unter zeltartigen Schlabberklamotten, doch sie kleidete sich geschmackvoll. Unter dem geöffneten Arztkittel schmiegte sich ein perfekt sitzendes Kostüm in weichen Pastelltönen sanft an ihren Körper.

Ein metallisches Scheppern hallte durch den weiß getünchten Saal, als sie die Liege aus dem Kühlfach zog. Koerber schloss die Augen. Es war ihm, als spürte er in seinem eigenen Genick das tödliche Knirschen und Knacken, das Albrecht Bergmann als Letztes gespürt haben musste in dem Moment, in dem sein Kopf brutal nach hinten gestoßen worden war. Er hörte ein leises Rascheln, als Dr. Fehrenbach das Leichentuch zurückschlug, öffnete die Augen wieder und sah Bergmanns bleiches, starres Wachsgesicht.

Koerber fühlte sich müde. Was ist los mit mir?, fragte er sich, ich war doch nie zimperlich. Aber vielleicht kam im Leben irgendwann der Punkt, an dem man zu viele Leichen gesehen hatte.

»Sie sind der Meinung, dass die Strehlitz und Bergmann vom selben Täter ermordet wurden, stimmt's?«, fragte Dr. Fehrenbach.

Koerber nickte, sagte aber nichts.

»Dieser Meinung bin ich auch.« Sie hatte wirklich schöne Hände, wohlgeformt und angenehm rundlich. Ein im Licht der Deckenlampe schimmernder goldener Ring wand sich wie eine kleine Schlange um ihren Zeigefinger. »Schauen Sie sich diese Hämatome an seinen Schultern an. Genau wie bei der Strehlitz. Der Täter muss enorme Körperkräfte haben.« Sie hob den Kopf und strich sich ihr langes, seidiges Haar zurück, das sie heute nicht hochgesteckt trug. »Ich bin erst vierunddreißig, aber ich habe schon eine Menge Gewaltopfer gesehen. Solche Hämatome hatte noch keines. Wie ich schon bei der Obduktion der Strehlitz festgestellt habe: Hände wie Schraubstöcke. Ehrlich gesagt, ich finde es fast ein bisschen unheimlich.« Sie zog die Nase kraus, und zu dem Anblick, den sie dabei bot, fiel Koerber nur ein: süß, einfach zum Anbeißen. Aber zwischen ihnen lag der Tote mit gebrochenem Genick.

»Wissen Sie, ich frage mich wirklich, was das für ein Mörder ist. Ein Profi-Catcher oder Gewichtheber?« Sie schlug das Tuch wieder zurück, worauf Koerber mit einem leichten Aufatmen reagierte.

»Catcher und Gewichtheber sind schwere, muskelbepackte Kerle«, sagte er langsam. »Können Sie sich vorstellen, dass so jemand an einer Hochhausfassade herumturnt?«

Sie schaute Koerber an, und ein tiefer Atemzug hob ihren schönen Busen. »Haben Sie eigentlich einen Vornamen?«

Koerber entspannte sich etwas. »Eigentlich nennen mich alle nur Koerber. Aber wenn ich mich recht entsinne, höre ich, glaube ich, auf Karl-Heinz, was zugegebenermaßen ziemlich altmodisch klingt.«

In Dr. Fehrenbachs vollen Wangen erschienen hübsche Grübchen. »Sabine«, sagte sie und streckte ihre Hand aus. »Ich lade dich hiermit auf ein Bier ein, und wenn du Nein sagst, drohe ich dir mit dem Skalpell.«

Koerber brachte ein Grinsen zustande und nahm die Hand. »Da muss ich mich dann ja wohl fügen.«

Billi hatte geglaubt, dass die grauen Wolken über der Eifel Regen vom Atlantik bringen würden, doch später brach die Sonne wieder durch. Sie hatte die Kamera mitsamt den Fotos in der Redaktion abgeliefert und stieg nun, am frühen Abend, durch die brachliegenden, von Brombeergestrüpp überwucherten Weinberge hinauf zu ihrem Lieblingsplatz, um Qigong zu üben. Das schien ihr der beste Weg zu sein, den Kopf halbwegs klar zu bekommen, statt fruchtlos darüber nachzugrübeln, wie ein Mensch aus ihrem näheren Freundeskreis einfach spurlos verschwinden konnte.
Noch war nichts vom Herbst zu spüren. Die Sonne, die schon tief über der Eifel stand, leuchtete warm, und die Grashalme tanzten im Wind. Billi übte den Tiger. Der Tiger spendete Kraft und half, sich fest in der Erde zu verwurzeln. Billi spreizte ihre Hände wie Tigertatzen und schaute furchtlos und kampfbereit nach Westen, den Rücken stolz aufgerichtet. Was konnte man im Leben anderes tun, als den Dingen tapfer ins Auge zu sehen? Zumindest musste man es versuchen.
Sie genoss den weiten Blick über die Waldhügel der Eifel und des Siebengebirges und übte dabei alle Tiger-Formen – *der Tiger stürmt aus seiner Höhle – der Tiger zeigt seine Macht – der Tiger stürzt sich auf seine Beute – der Tiger kämpft*. Für einen Moment fiel alles Kleine, Schmächtige, Unsichere von Billi ab. Von den breiten, tiefen Seitenschritten wurde ihr warm, feine Schweißtropfen benetzten ihre Stirn. Sie spürte, wie die Sonnenstrahlen ganz tief in ihren Körper eindrangen. Nach dem Üben stand sie still da und strich sich durchs Haar. Ihre Hände kribbelten, schienen mit Qi-Energie aufgeladen zu sein. Drüben auf der anderen Seite des Rheins sah sie die sanft ansteigenden Hügel der Eifel. Dahinter lag Belgien, und dahinter, weit im Westen, der Atlantik. Für einen Mo-

ment spürte sie eine schmerzliche Sehnsucht, einfach loszuwandern und nie mehr zurückzukehren.

Hinter ihr raschelte und knackte es in den Sträuchern. Sie drehte sich um und glaubte, im Dickicht eine Bewegung zu sehen, einen großen Schatten, der davonhuschte. Ihr Herz fing an zu klopfen. »He!«, rief sie. »Ist da jemand?« Sie schlüpfte eilig in ihre Schuhe und lief hinüber zum Weg. Als sie am Rand des Weges stand, sah sie niemanden. Hatte Sylvia ihr wieder heimlich zugeschaut? Und wenn nicht sie, wer dann?

Rasch lief sie den Pfad zur Weinkellerei hinunter. Wenn es Sylvia war, müsste ich sie doch eigentlich einholen, dachte sie.

Als sie sich dem Grundstück der Weinkellerei näherte, sah sie Sylvia hinter dem Zaun stehen, groß, schön und blond. Sie blickte Billi entgegen, als hätte sie sie erwartet, was aber bedeutete, dass sie unglaublich schnell den Pfad hinabgerast sein musste.

»Hallo, Billi«, sagte sie mit diesem kühlen, distanzierten Lächeln im makellosen Gesicht. »Gehst du spazieren?« Sie war in keiner Weise verschwitzt oder außer Atem.

Billi blieb vor ihr stehen. »Ich habe Qigong geübt. Oben auf der Wiese über den alten Weinbergen. Ich habe etwas im Gebüsch rascheln hören und dachte, du hättest mich vielleicht wieder beobachtet. Du kannst dich ruhig offen zu mir setzen und zuschauen, brauchst dich nicht zu verstecken.«

Billi wunderte sich, wieso Sylvia diesen hohen Maschendrahtzaun um ihr Anwesen hatte ziehen lassen. Als sie jetzt dahinter stand, mit ihren kräftigen Fingern den Draht umfassend, wirkte sie ein bisschen wie in einem Käfig.

Statt auf das einzugehen, was Billi gesagt hatte, schaute Sylvia sie einfach nur aufmerksam mit ihren blauen Augen an

und fragte: »Was ist denn dieses Qigong? Es sieht ... interessant aus.«
Oh, darüber sprach Billi gerne ausführlich, wenn sie gefragt wurde! »Eine chinesische Bewegungsmeditation. Ich mach's jetzt seit einem knappen Jahr und finde es ganz toll. Es tut mir wirklich gut. Und es ist sehr gesund. Es hilft, den Fluss des Qi im Körper anzuregen.«
»Qi?« Die Art, wie Sylvia Billi musterte, war ihr fast ein wenig unangenehm. Sie hing geradezu an Billis Lippen.
»So nennen die Chinesen die Lebensenergie. Aber so viel verstehe ich davon auch noch nicht. Ich fange ja gerade erst an zu lernen. Ein Jahr Übung ist nach chinesischer Vorstellung noch nicht viel. Schließlich soll man Qigong das ganze Leben lang praktizieren. In China gibt es alte Meister, die weit über neunzig Jahre alt sind und sich noch viel leichter und geschmeidiger bewegen als hier bei uns mancher Dreißigjährige.«
Sylvia runzelte die Stirn. »Wenn dieses Qi die ... Lebensenergie ist, müssen es ja eigentlich alle ... Menschen spüren können.« Sie sprach langsam und machte beim Sprechen manchmal seltsame Pausen, als sei sie etwas aus der Übung.
Billi seufzte. »Na ja, nicht auf Anhieb. Ich habe mich, als ich anfing, ganz schön steif und verspannt gefühlt, aber das wird allmählich immer besser, und dann kann man die angenehme, fließende Wärme des Qi wirklich sehr gut spüren. Es braucht eben etwas Geduld. Mir gefällt auch die Philosophie, die hinter dem Qigong steckt: Es geht darum, in Harmonie zu sein – mit dem eigenen Körper, und mit der Natur ingesamt. Genau das, was uns irgendwie verlorengegangen ist. Wenn ich übe, passiert es mir manchmal, dass ich mich ganz tief verbunden fühle mit allem, was um mich herum ist« – Billi merkte, wie sie ins Schwärmen geriet, was leicht passierte,

wenn sie über Qigong sprach; Sylvia hörte ihr mit ausdruckslosem Gesicht zu –, »mit der Erde unter meinen Füßen, dem Himmel über mir, den Vögeln, die vorbeifliegen … Entschuldige, ich will dich nicht zulabern.«

Sylvia gab einen sonderbaren Laut von sich, wie ein Seufzen, aber kraftvoller. Sie schüttelte langsam den Kopf. »Ist das denn nicht bloß eine Illusion – diese Verbindung zur Erde, zum Himmel, zu den Vögeln?« Sie sagte es leise, mehr zu sich selbst.

»Wenn du willst«, schlug Billi vor, »zeige ich dir mal ein paar Qigong-Formen. Dann kannst du dir besser eine Meinung bilden.«

Sylvias leuchtend blaue Augen wurden schmal, schienen durch Billi hindurch in weite Ferne zu starren. »Warum nicht? Später vielleicht.« Ihre kräftigen Hände lösten sich von den Zaunmaschen. »Ich möchte dich um einen Gefallen bitten.«

»Ja?« Billi überlegte, ob sie Freundinnen werden konnten. Vielleicht wirkte Sylvia so kühl, weil ihr ganz einfach Gesellschaft fehlte. Vielleicht brauchte sie eine Freundin, die sie ein wenig auftaute. Und sie meinte das in einem viel sanfteren Sinne als Lutz mit seiner dummen Bemerkung am Abend zuvor.

Jetzt wurde Sylvias Lächeln plötzlich unsicher, und sie schlug die Augen nieder wie ein schüchternes Mädchen. »Ich habe gehört, dass hier bei euch Winzerfest und Karneval die beiden gesellschaftlichen Ereignisse sind. Stimmt es, dass am Donnerstag auf dem Marktplatz die große Winzerfesteröffnung stattfindet?«

Billi schaute Sylvia überrascht an. Das hätte sie bei dieser distanzierten Frau nun nicht vermutet. »Du willst aufs Winzerfest? Machst du dir denn was aus Wein?«

»Ich trinke keinen Alkohol«, sagte Sylvia. »Aber ich würde gerne einmal miterleben, wie die Leute hier feiern. Können wir nicht am Donnerstag zusammen dorthin gehen?« Sie senkte den Blick. »Allein ... traue ich mich nicht.«
Sie suchte also Anschluss. »Okay. Aber ab einer gewissen Uhrzeit wirst du dir dort nüchtern ziemlich seltsam vorkommen.«
»Trinkst du denn Wein?«
Billi grinste. »Klar. Bin schließlich gebürtige Rheinländerin. Die Leute hier sind alle schrecklich versoffen.«
Auf diese Bemerkung ging Sylvia nicht weiter ein. Humor schien sie eher weniger zu besitzen. »Danke«, sagte sie. »Ist es dir recht, wenn wir uns abends um acht an dem kleinen Platz treffen? Wie heißt er noch mal?«
»Am Eiermarkt? Ja, einverstanden.«
Der Abschied verlief kurz und etwas sonderbar. Sylvia sagte nichts, kein »Tschüss« oder »Bis dann«. Sie lächelte nur kühl, nickte Billi stumm zu, wandte sich um und ging rasch zum Haus zurück. Billi schaute ihr leicht verwundert nach. Eigentlich hätte sie mich doch noch auf einen Kaffee oder Tee hereinbitten können, dachte sie. Aber sie braucht wohl etwas länger, um mit Leuten warm zu werden. Und wenn ich sie das nächste Mal sehe, muss ich sie unbedingt fragen, von welcher Sportart man einen so herrlichen Körper bekommt. Lange, geschmeidige Schritte; die aufgerichteten, kräftigen Schultern einer Leistungssportlerin. Sie sah wirklich Klasse aus. Dann verschwand sie im Haus und schloss die Tür, ohne sich noch einmal nach Billi umzusehen.
Mit einem kleinen Grinsen gestand Billi sich ein, dass ihr der Gedanke, an der Seite der großen, schönen und geheimnisvollen Sylvia Lennow am Donnerstag von Weinbude zu Weinbude zu tingeln, ziemlich gut gefiel. Sie würden bestimmt

eine Menge Blicke auf sich ziehen. Billi riss sich vom Zaun los und machte sich auf den Rückweg in die Stadt, während über der Eifel blutrot die Sonne unterging.

Auf dem Weg zum Parkplatz hatte Sabine vorgeschlagen, statt nur ein Bier zu trinken, gemeinsam etwas essen zu gehen, da sie ziemlich hungrig sei. Sie lud ihn sogar zum Essen ein. Das war ihm im Leben noch nicht oft passiert, von einer Frau zum Essen eingeladen zu werden. Er zögerte einen Moment, aber sie gefiel ihm, verdammt, sie gefiel ihm sehr. Also nahm er an.

Daraufhin fuhren sie, beide im eigenen Wagen, zu einem türkischen Restaurant in der Dresdner Neustadt. Es hatte erst vor kurzem eröffnet und war von Sabine, der man ansah, dass sie etwas von gutem Essen verstand, bereits getestet und für gut befunden worden. Als Koerber in der Neustadt einen Parkplatz suchte, fiel ihm wieder einmal auf, wie sehr dieser Stadtteil sich in den letzten Jahren verändert hatte. Viele der einst finsteren, baufälligen Mietskasernen aus dem neunzehnten Jahrhundert, in denen eine Menge einschlägige Polizei-Kundschaft gehaust hatte, waren inzwischen saniert worden, und es gab zahlreiche neue, gepflegt wirkende Läden und Lokale, was Koerber gut gefiel. Als Polizist – und Bürger – mochte er helle, freundliche Viertel mit schön renovierten Häusern, Viertel, in denen die Polizei nicht oft gerufen werden musste. Von Halbwelt-Romantik hielt er wenig.

Ehe er ausstieg, warf er einen Blick in den Innenspiegel und kämmte sich sein kurzes, eisgraues Haar. Unter seinen Augen hatten sich in den letzten Jahren tiefe Falten eingegraben. Aber er war einundfünfzig und hielt es für sein gutes Recht, in Ehren zu verwittern wie ein alter Felsen.

Sabine, die mit ihrem silbernen Kleinwagen ziemlich übermütig davongebraust war und sich beim Parkplatzsuchen offenbar fixer und pfiffiger angestellt hatte als er, erwartete ihn bereits mit vergnügtem Lächeln vor dem Restaurant. Sie gingen hinein, suchten sich einen Platz in einer gemütlichen Nische und bestellten große Fleischspieße mit Reis und Gemüse und dazu eine Flasche Rotwein. Sabine sprach über einen Urlaub in der Bretagne mit einer Freundin, von dem sie vor ein paar Tagen zurückgekehrt war. Sie schwärmte von der bretonischen Küche, beschrieb mit genießerischem Lächeln einige mehrgängige Menüs und schilderte dann mit der gleichen liebevollen Sorgfalt, die sie auf ihre Obduktionsberichte verwandte, Details der dortigen Landschaft, das Licht auf dem Meer, Form und Farbe der Küstenfelsen, die Häuser an den romantischen, kleinen Fischerhäfen. Koerber trank Wein und fand es angenehm, ihr zuzuhören. Irgendwie klang ihre Stimme nach gemütlich zusammengekuschelten, weinseligen Abenden am offenen Kamin. Das Kerzenlicht ließ ihre Augen und ihr Haar schimmern, und ohne Arztkittel kamen in dem anschmiegsamen Kostüm ihre vollen, sonnengebräunten Arme und ihre barocken Formen aufregend zur Geltung.

Das Essen wurde serviert. Sabine hörte auf zu erzählen und fiel mit sichtlichem Appetit über ihren Teller her. »Das Fleisch ist toll«, sagte sie mit einem wohligen Seufzer.

Das Essen war in der Tat ausgezeichnet, und Koerber nickte anerkennend.

Als er beobachtete, wie Sabines Hände mit Messer und Gabel das Fleisch zerteilten, sah er diese Hände plötzlich in Gummihandschuhen totes menschliches Fleisch sezieren. Es war, als hätte sich, von einer Sekunde zur anderen, der Tod zu ihnen an den Tisch gesetzt.

Koerbers romantische Stimmung verflog schlagartig, und er

spülte den Bissen, den er gerade im Mund hatte, mit einem großen Schluck Rotwein hinunter. Er winkte dem Kellner und bestellte eine zweite Flasche Wein.

Sabine schien ihn für einen Moment vergessen zu haben, völlig mit den Genüssen vor ihr auf dem Teller beschäftigt. Doch dann hob sie den Kopf und fragte mit vollem Mund: »Was ist? Was hast du?«

Koerber senkte den Blick. »Nichts.«

»Doch. Wenn jemand so guckt, stimmt irgendwas nicht.«

Er wusste, dass sie nach Sabines Vorstellung diesen Abend bei ihm oder ihr im Bett beenden würden. Aber das würde nicht gehen. Es wollte ihm nicht gelingen, ihren herrlichen Körper gedanklich aus der Umgebung herauszulösen, in der sie einander normalerweise begegneten.

»Du bist so fröhlich«, sagte er langsam, »im Umgang mit deinen Leichen.«

Ihr Gesichtsausdruck veränderte sich abrupt. Koerber glaubte Betroffenheit darin zu lesen, oder Enttäuschung. »Dabei dachte ich, gerade du würdest mich verstehen. Wo du doch bei der Mordkommision arbeitest, und das schon seit so langer Zeit. Ich meine, du giltst als richtige Legende.«

Hatte sie ihn deshalb zum Essen eingeladen? Um eine lebende Legende kennen zu lernen? »Die Ermittlungsarbeit ist es, die mich fasziniert. Immer noch. Aber der Anblick der Leichen wird mir mit den Jahren immer mehr zuwider.«

»Leichen?«, sagte Sabine leise. »Im Grunde mag ich das Wort nicht. Ich sehe die Körper von Menschen, die gestorben sind. Diese Körper erzählen mir Geschichten.« Sie schob ihren bis auf den letzten Bissen geleerten Teller weg und griff nach der Dessertkarte.

Koerber ließ etwas Fleisch auf dem Teller, das er mit der Serviette abdeckte, und trank einen großen Schluck von dem neu gebrachten Wein. Sabine fragte ihn, ob er auch einen Nachtisch wolle, doch er winkte ab. Sie bestellte sich eine Portion Tiramisu.

»Die Menschen, die bei dir auf dem Tisch landen, sind eines gewaltsamen Todes gestorben, doch du scheinst das sehr leicht zu nehmen.« Es klang vorwurfsvoller, als er beabsichtigt hatte.

»Aber du musst zugeben, dass – im Gegensatz zu dem Durcheinander, das gewisse andere Leute in meiner Abteilung anrichten – meine Obduktionsberichte sorgfältig sind. Oder willst du mir unterstellen, dass ich schlampig arbeite?« Jetzt klang ihre Stimme etwas ärgerlich, und das zu Recht. Sie war eine ausgezeichnete Gerichtsmedizinerin.

»Entschuldige«, sagte Koerber, »ich wollte deine Arbeit nicht kritisieren.«

»Aber weil ich diesen Beruf habe, meinst du, ich müsste ständig mit Leichenmiene herumlaufen? Hör mal, ich *liebe* meinen Beruf. Ich habe mich dafür entschieden, weil mich der menschliche Körper fasziniert. Er ist ein unglaubliches Wunder! Wer ein solches Wunderwerk gewaltsam zerstört, verdient es, dafür seine gerechte Strafe zu erhalten. Und dazu kann ich mit meiner Detektivarbeit beitragen. Das ist doch toll. Und gleichzeitig kann ich jeden Tag all die Wunder bestaunen, die« – sie lächelte – »der liebe Gott, um mich etwas altmodisch auszudrücken, in uns hineingebaut hat. Und ich werde immer daran erinnert, dass ich sterblich bin, dass alles vergänglich ist.« Der Kellner stellte das Tiramisu vor sie hin.

»Die meisten Leute verdrängen den Tod«, fuhr sie fort, »sie wollen nicht daran erinnert werden. Dabei ist doch selbst die Verwesung ein Wunder.«

Koerber verzog das Gesicht. Warum konnte sie nicht wieder von ihrem Urlaub erzählen?

»Ich meine, nichts wird verschwendet. Alles wird der Erde zurückgegeben, damit neues Leben daraus entstehen kann. Ohne Verwesung gäbe es dich und mich gar nicht. Ich glaube, nur wenn man sich dieser Dinge bewusst ist, kann man sich wirklich entspannen und die schönen Seiten des Lebens genießen.« Sie schwieg, und wie zum Beweis schob sie sich einen großen Löffel Tiramisu in den Mund.

Koerber hatte pötzlich das Gefühl, dass der Abend für ihn gelaufen war, dass er dringend an die frische Luft musste. Er leerte sein Glas in einem Zug und wartete schweigend und ungeduldig, bis sie das Tiramisu weggelöffelt hatte. »Also«, sagte er etwas knarzig. »Ich werde mich jetzt verabschieden. Ich habe einen anstrengenden Tag hinter mir. Ich zahle selbstverständlich das Essen.«

Sie schaute ihn enttäuscht an. »Kommt nicht in Frage«, sagte sie. »Ich habe dich eingeladen.«

»Dann vielen Dank.«

»Warte.« Er spürte ihre warme Hand auf seiner. »Findest du mich und meinen Beruf wirklich so abstoßend?«

»Nein«, sagte er rasch, »natürlich nicht. Aber ich bin müde.«

Sie zog ihre Hand zurück. »Dann geh nur. Ich bleibe noch ein wenig sitzen und trinke meinen Wein aus. Ich zahle später.«

Koerber fühlte sich schwer, unbeholfen und ungehobelt, als er aufstand, zur Garderobe ging und seine Jacke vom Haken nahm. Er wagte nicht, sich noch einmal nach ihr umzudrehen. Draußen, auf dem Weg zu seinem Auto, fiel ihm ein, dass er viel Wein getrunken hatte, zu viel, um noch selbst zu fahren. Also ging er wieder hinein und bat den Mann hinter der Bar, ihm ein Taxi zu bestellen. Von der Bar aus sah er sie allein an ihrem Tisch sitzen. Sie wirkte ein wenig enttäuscht, vor allem aber nachdenklich, starrte auf ihr Weinglas, das sie langsam zwischen ihren Fingern hin und her drehte. Koerber verspürte einen starken Impuls, zu ihr an den Tisch zurückzugehen, sich zu entschuldigen und sich wieder zu ihr zu setzen, seinen Schuh auszuziehen, mit seinem Fuß ihre runde, kräftige Wade zu berühren. Stattdessen straffte er sich, ging hinaus in die Kälte und wartete auf das Taxi, frierend. Er musste sich auf seine Arbeit konzentrieren. Er hatte zwei äußerst bizarre Mordfälle aufzuklären.

Drei

Pünktlichkeit gehörte nicht zu Billis Stärken. Es war schon fünf nach halb acht, als sie, noch auf dem letzten Bissen eines hastig hinuntergeschlungenen Käsebrotes kauend, aus dem Haus stürmte und in die Altstadt eilte. Lärm drang von dort herauf: die Musik der Tanzkapelle auf dem Markplatz, das Disco-Gestampfe und quäkende Gehupe des Autoskooters. Auf den Dächern schimmerten die letzten Sonnenstrahlen. Das Wetter meinte es an diesem Winzerfest offenbar gut mit den Altenbachern.

Der Eiermarkt mit seinen beiden großen Linden lag im oberen Teil der Altstadt. Dort war es ruhiger. Die Volksmassen drängten sich auf dem Marktplatz, wo die Weinbuden rings um die große Tanzfläche vor dem Rathaus aufgereiht standen. Der kleine, dicht von alten Fachwerkhäusern umringte Platz hatte seinen Namen von den Samstagen, an denen einst die Bauern aus dem Westerwald hier ihre Eier, Butter und andere Waren verkauft hatten. Zur Erinnerung daran war vor einigen Jahren eine klobige Steinfigur aufgestellt worden, die eine der Eier feilbietenden Händlerinnen verkörpern sollte.

Auf einer Bank hinter dieser Denkmalsfigur saß Sylvia und wirkte zwar nicht gerade versteinert, aber doch ziemlich steif. Sie trug ein dünnes, knielanges Baumwollkleid und eine leichte Strickjacke. Billi war erneut fasziniert, wie schön ihr Gesicht und das lange blonde Haar waren. Sylvias blaue Augen schauten teilnahmslos geradeaus, als sei sie mit ihren Gedanken sehr weit weg. »Hallo«, sagte Billi und

setzte sich neben Sylvia, »ich schaff's einfach nicht, pünktlich zu sein. Ist ein chronisches Problem bei mir.«
Sylvia drehte langsam den Kopf und schaute sie an. »Hallo«, sagte sie nur. Ihre Stimme und ihr Gesichtsausdruck ließen nicht erkennen, ob sie sich über Billis Anblick freute oder über die Verspätung ärgerte. »Es sind viele Menschen in der Stadt unterwegs.«
»Hier oben geht's noch«, sagte Billi, wieder einmal durch Sylvias Distanziertheit verunsichert. Sie ist halt so, dachte sie, musst dich eben daran gewöhnen, wenn du dich mit ihr anfreunden willst. »Das dickste Gedränge herrscht unten auf dem Markplatz.«
Sylvia lächelte ihr kleines, kühles Lächeln und stand auf. »Gehn wir?«
»Okay. Auf zum Markplatz! Stürzen wir uns ins Getümmel!«, sagte Billi und musste unwillkürlich grinsen, während sie diesen Satz aussprach. Sylvia machte nun wirklich nicht den Eindruck, als würde sie sich jemals spontan und unüberlegt in irgendetwas hineinstürzen. Schon von der Körpergröße her bildeten sie ein ziemlich ungleiches Paar, als sie nebeneinander die Mittelstraße hinuntergingen, zum weingeschwängerten Markplatz. Billi entgingen die Blicke nicht, die die Leute Sylvia zuwarfen, die Männer vor allem.

Katja Liesenbach war glücklich, wieder zu Hause zu sein. Sie hatte nach dem Abitur ein Jahr als Aupair in den USA verbracht, eher widerstrebend, weil ihr Vater und ihr Englischlehrer ihr gut zugeredet hatten. Aber schon nach einem knappen halben Jahr war sie von Heimweh gepackt worden. Sie hatte tapfer durchgehalten, zumal ihre Gastfamilie wirklich freundlich gewesen war. Doch sie wusste, dass sie im Rheinland bleiben wollte. Es zog sie einfach nirgendwo anders hin, und sie hatte beschlossen, in Bonn zu studieren, sodass sie auf dem alten Bauernhof wohnen bleiben, ihrem Vater bei der Bewirtschaftung des Landes helfen und sich, das war das Wichtigste, um die Pferde kümmern konnte. Die Pferde waren ihre Leidenschaft, und sie hatte Katja eigentlich am meisten vermisst, aber auch den Wald, der gleich hinter den Pferdekoppeln begann und in dem sie gern mit ihrer Hündin Tolka herumstreifte, einer ungestümen, zottigen Promenadenmischung.

Ihr Vater arbeitete als Ministerialbeamter im Umweltministerium in Bonn, das glücklicherweise nicht nach Berlin umgezogen war. Der Bauernhof, den er vor zwölf Jahren gekauft und selbst renoviert hatte, und die Pferdehaltung waren für ihn ein Hobby, ein Ausgleich zu der vielen Büroarbeit. Und Katja war glücklich, einen Vater mit einem so erfreulichen Hobby zu besitzen.

Seit ihrer Rückkehr vor ein paar Tagen spazierte sie nun jeden Abend mit Tolka, die vor Freude beinahe Purzelbäume geschlagen hatte, als Katja wieder da war, zu der Weide, auf der Bess, die braune Stute, mit ihrem Fohlen stand. Katja wollte einfach etwas Zeit mit den Pferden verbringen und das Fohlen bestaunen, bei dessen Geburt sie ja leider weit weg in Amerika gewesen war. Der Hof lag ein paar Kilometer außerhalb Altenbachs an der sich aus dem Rheintal auf die Höhen des Westerwaldes schlängelnden Landstraße. Katja ging vom Schafstall, wo sie nach dem Rechten gesehen hatte, einen steilen Weg hoch, der an den Wiesen entlang bergauf zum Wald führte. Tolka lief ein Stück voraus und steckte ihre Schnüffelnase in allerlei Dinge, die links und rechts des Weges ihr Interesse weckten. Da Katja am Nachmittag eine Freundin besucht hatte, war sie etwas später dran als sonst. Die Sonne ging gerade unter, aber Katja war hier draußen in der Natur aufgewachsen und gehörte nicht gerade zu den Leuten, die sich im Dunkeln fürchteten, zumal Tolka ziemlich groß und dick war und höchst eindrucksvoll knurren und bellen konnte.

Als die obere Koppel in Sicht kam, hielt Katja nach Bess und dem Fohlen Ausschau. Die Stute hatte sich eine Stelle oben am Waldrand unter den Bäumen zu ihrem Lieblingsplatz auserkoren und die letzten Abende immer dort gestanden, dicht bei der Tränke. Katja ging noch ein Stück den Weg hinauf, aber dort unter den Bäumen waren die Pferde heute nicht. Zu ihrer Verwunderung erspähte sie Bess und das Fohlen, das dicht bei seiner Mutter stand, schließlich in der unteren, hintersten Ecke der Koppel, im größtmöglichsten Abstand zum Waldrand. »Na, heute Abend wolltet ihr wohl etwas Abwechslung«, sagte Katja.

In diesem Moment fing Tolka, die vielleicht dreißig Meter vorausgelaufen war und schon die Bäume erreicht hatte, plötzlich laut zu knurren an. Dann jaulte sie leise und rannte zu Katja zurück, drückte sich mit eingezogenem Schwanz an ihre Beine. »Aber, was hast du denn?«, wunderte sich Katja. Ängstlich war Tolka normalerweise nie. Katja starrte hinüber zu den Bäumen. Worüber hatte Tolka sich erschrocken? Vor Menschen hatte sie keine Angst. Was denn dann? Irgendein großes Tier – vielleicht ein Wildschwein? Außer Wildschweinen gab es hier im Wald keine Tiere, die gefährlich genug waren, um einem Hund von der Größe Tolkas einen Schrecken einzujagen. Kopfschüttelnd stieg Katja über den Zaun und ging durchs Gras zu den Pferden. Tolka hielt sich dicht bei ihr, und zwar auf ihrer linken, dem Wald abgewandten Seite, während sie normalerweise fröhlich über die Wiese gestürmt wäre. »Was ist denn heute los mit dir?«, fragte Katja und streichelte Tolkas wuscheligen Kopf. Die

Hündin schaute zu ihr auf und winselte leise, als wollte sie sagen: »Warum hast *du* denn keine Angst?«
Katja näherte sich den Pferden und bemerkte, dass auch mit ihnen etwas nicht stimmte: Bess stand direkt am Zaun und starrte hoch zum Waldrand. Das Fohlen schmiegte sich an ihren Bauch. Als Katja zu ihr ging, wieherte und schnaubte Bess und nickte nervös mit dem Kopf. Hatten die Pferde auch Angst wie die Hündin und hielten deshalb so viel Abstand zum Wald? Katja streichelte die Stute und das Fohlen. Dann drehte sie sich entschlossen um und marschierte die Wiese hoch, auf die Bäume zu. Tolka folgte ihr nicht, sondern blieb dicht bei den Pferden. Na gut, du Feigling, dachte Katja, gehe ich eben allein.
Als sie sich den Bäumen näherte, wurde ihr doch etwas mulmig. Vielleicht ein tollwütiger Hund, überlegte sie. Aber das Gebiet um Altenbach war gegenwärtig keine Tollwut-Zone. Die Impfköder für Füchse, die in den letzten Jahren ausgelegt worden waren, hatten ihre Wirkung nicht verfehlt. Ach wo, dachte Katja, die Wiesen und der Wald hier sind mein Reich, da fürchte ich mich vor überhaupt nichts! Sie griff sich einen der schlanken Zaunpfähle, die hinter der Tränke lagen. Das Ding gab einen ausgezeichneten Knüppel ab, mit dem sich Katja zutraute, sogar ein übellauniges Wildschwein in die Flucht zu schlagen. Mit dem Zaunpfahl in beiden Händen ging sie langsam zum Elektrozaun und schaute sich wachsam um. Sie lief ein Stück unter den Bäumen auf und ab, entdeckte aber nichts, was der Hündin und den Pferden hätte Angst machen können.
Das Geräusch kam von hinten. Etwas Schweres prallte auf dem Boden auf, etwas Schweres war hinter Katja vom Baum gefallen – oder gesprungen. Katjas Herz setzte aus, und sie wirbelte herum, doch in der gleichen Sekunde traf sie ein

schrecklicher Hieb am Kopf, ein Hieb, der sie in tiefe Dunkelheit hinabschleuderte, sodass sie nicht mehr sehen konnte, wer oder was ihn ausführte, nicht mehr hörte, wie Tolka ein lautes Gejaul und Geheule anstimmte, nicht mehr spürte, wie ihr Körper mühelos hochgehoben, über starke Schultern geworfen und davongetragen wurde.

Inzwischen war es fast dunkel, was wegen der vielen bunten Lichter aber kaum auffiel. Sie hatten bisher an drei Weinbuden Station gemacht, aber noch niemanden von Billis Freunden und Bekannten getroffen. Mit drei Probiergläsern Wein im Bauch begann Billi, sich ein wenig beschwingt zu fühlen. Sylvia hatte, ohne eine Miene zu verziehen, drei kleine Flaschen eiskalten Sprudel getrunken – das einzige alkoholfreie Getränk, das an den Buden serviert wurde. An der ersten Bude hatte Billi versucht, Sylvia wenigstens zu einem einzigen Gläschen Wein zu überreden, doch die hatte ruhig, aber bestimmt abgelehnt. Angesichts der vielen, dicht gedrängt stehenden und trinkenden Menschen schien sich Sylvia noch stärker in sich zurückzuziehen und überließ weitgehend Billi das Reden. Diese zeigte Sylvia den Bürgermeister, der am Arm der krönchengeschmückten Weinkönigin umherzog, offenbar in der festen Absicht, mit allen circa tausend Festbesuchern Brüderschaft zu trinken. »Er duzt alle und jeden. Dem kann man einfach nicht entrinnen.« Billi verzog das Gesicht. Da waren ein paar ihrer früheren Lehrer und einige Kollegen ihres Vaters, der selbst keinen Tropfen trank und das Winzerfest grundsätzlich mied.
»Mir scheint, hier kennt jeder jeden«, sagte Sylvia über den Lärm hinweg. Billi hatte sie am Arm genommen und steuerte auf Weinbude Nummer vier zu. »Alle ... gehören dazu.«
»Das kann manchmal ganz schön nerven. Ich meine, irgend-

wie ist man ständig unter Beobachtung. Vielleicht würde ich deshalb gerne mal für längere Zeit in einer Großstadt leben.«
Sylvia schaute sie mit undeutbarem Gesichtsausdruck an. »Du willst weggehen?«
»Ja. Weiß aber noch nicht recht, wohin. Altenbach ist ein nettes Städtchen, allerdings, na ja, *eng*.«
Billi stellte ihr kleines, mit dem Altenbacher Wappen verziertes Probiergläschen, das sie an der ersten Bude gekauft hatte, auf die Theke – diesmal handelte es sich um die Bude des Sportvereins – und orderte den vierten Wein. »Willst du echt noch 'nen Sprudel?«, fragte sie. »Die viele Kohlensäure muss ja tierisch im Bauch kribbeln!«
»Aber mein Hals fühlt sich etwas trocken an«, sagte Sylvia. Täuschte sich Billi, oder war sie blass um die Nase geworden? Eben, als sie sich bei Sylvia eingehängt hatte, hatte sie gespürt, dass deren Hand kalt war und ihr Arm ein wenig gezittert hatte. Offenbar machten die vielen Leute sie nervös. Sie war also gar nicht so cool, wie sie immer tat.
»Wo sind denn hier die Toiletten?« Sylvia war wirklich etwas blass, und ihre Hände zitterten leicht.
»Ist dir nicht gut?«
»Ich muss … nur mal aufs Klo.«
»Die Klos sind im Rathaus. Komm, ich geh mit.« Billi leerte eilig ihr Glas und räusperte sich. Der Wein war *sehr* trocken.
Die Toiletten befanden sich im Erdgeschoss des altehrwürdigen Rathauses, hinter der Treppe. Wie Billi befürchtet hatte, gab es vor den Damenklos eine Schlange, die aber immerhin noch nicht sehr lang war. Sylvia kam ihr im kühlen Licht der Treppenhausbeleuchtung nun richtig bleich vor. Sie wird mir doch nicht aus den Schuhen kippen, dachte Billi besorgt, setzte sich auf die Stufen vor dem Eingang und behielt Sylvia von dort im Auge, die sich aber ruhig und aufrecht hielt. Ein

paar Minuten später kam sie heraus und hockte sich neben Billi auf die Stufen. »Und, besser?«
»Ja. Alles in Ordnung«, sagte Sylvia nur.
»Bist die vielen Leute nicht gewohnt, stimmt's?«
»Tanzen ist eine sehr seltsame Art, sich zu bewegen«, sagte Sylvia anstelle einer Antwort, den Blick auf die große Holzplattform vor dem Rathaus gerichtet, wo Tanzpaare unterschiedlichsten Alters sich zu von einer Live-Band gespielten Ohrwürmern drehten.
Na gut, wenn sie nicht darüber reden will, dachte Billi und erwiderte: »Seltsam? Hm. Kommt auf die Musik an. Es macht aber doch auch Spaß, oder nicht?«
»Spaß?« Sylvia wiederholte das Wort, als hätte sie es noch nie gehört, und schaute Billi dabei ausdruckslos an.
»Oh, Mann!«, entfuhr es Billi, »du solltest wirklich was trinken. Vielleicht wirst du dann … lockerer!«
Sylvia senkte den Kopf. »Es tut mir Leid«, sagte sie leise. »Ich möchte dich nicht langweilen.«
Billi seufzte und legte ihr die Hand auf den Arm. »Ach, Quatsch, du langweilst mich nicht. Ich freu mich, dass du mitgekommen bist.«
In diesem Moment steuerte Markus Hachenberg auf sie zu, ein früherer Mitschüler aus Billis Abiturjahrgang. Markus hatte erkennbar schon mehr Wein getrunken, als ihm gut tat.
»Hallo, Billi«, sagte er. »Hast ja eine nette Freundin mitgebracht. Du bist Sylvia, die Malerin, stimmt's? Möchtest du mit mir tanzen, Sylvia?« Er deutete eine Verbeugung an. Billi musste grinsen.
Sylvia schaute an Markus vorbei zur Tanzfläche. »Ich tanze nicht«, sagte sie ruhig.
»Aber Billi wird dir bestätigen, dass ich der beste Tänzer von Altenbach bin. Du verpasst echt was …«

Billi lachte.
Sylvia stand auf und überragte Markus, der kurze Beine und schon einen ziemlichen Bauch hatte, um fast einen Kopf. »Ich tanze nicht«, sagte sie noch einmal, jetzt lauter und schroff. Billi musste an Sylvias kräftige Oberarme denken. Wenn sie Markus eine Ohrfeige verpasste, flog er vermutlich bis in die nächste Weinbude. Aber warum reagierte sie so stachelig? Markus war nicht gerade eine Schönheit, aber eigentlich ganz lieb. Billi hätte wahrscheinlich mit ihm getanzt. »Komm, Markus, lass sie«, sagte sie. »Geh pinkeln.«
Markus schaute zu Sylvias schönem, reglosem Gesicht hoch und zuckte die Achseln. »Schon gut, war ja nicht so gemeint. Netten Abend noch.« Er verschwand leicht schwankend im Rathaus.
»Ich kann nicht tanzen«, sagte Sylvia, drehte sich zum Rathaus um, schaute dann wieder zur Tanzfläche, als sei sie soeben aus einem Traum aufgewacht und wundere sich, wie sie hierher geraten war. Was war nur los mit dieser Frau? Billi stand auf und nahm Sylvias kühle Hände. »Pass auf«, sagte sie lächelnd. »Wir zwei tanzen jetzt. Es ist ganz einfach. Ich zeig's dir! Komm!« Sie zog Sylvia hinter sich her.
Sylvia leistete keinen Widerstand, sagte aber: »Ich weiß nicht, Billi, ich weiß nicht. Warte ...« Als Billi sie die Stufen zur Tanzfläche hochgezogen hatte, spielte die Band gerade einen langsameren Abba-Song. Billi legte den Arm um Sylvias Rücken. »Komm, folg einfach der Musik. Es ist ganz leicht!«
Billi spürte, wie ein leichtes Zittern durch Sylvias Rückenmuskeln lief. Ihr Körper wirkte angespannt, verkrampft. Sylvia trat vom einen Bein auf das andere, aber sie schien die Musik überhaupt nicht zu hören. Obwohl es eine langsame Melodie war, fand sie nicht den richtigen Takt. »Es geht

nicht.« Sylvia schüttelte den Kopf. So ein sportlicher, geschmeidiger Körper, und doch so wenig Rhythmusgefühl, dachte Billi.
Sylvia versuchte noch einige unharmonische Schritte, dann löste sie sich von Billi, blieb stehen und ließ die Arme sinken. Ihre Schultern hingen herab, und sie starrte zu Boden. »Ich kann es nicht.« Sylvias Hände zitterten, und Billi konnte in ihren Augen Tränen schimmern sehen. Jetzt hatte sie ein schlechtes Gewissen, weil sie Sylvia auf die Tanzfläche gezerrt hatte.
»Es tut mir Leid«, sagte Billi. »Ich wollte dich nicht ... in Verlegenheit bringen. Wir müssen nicht tanzen. Komm, wir gehn noch was trinken, okay?«
»Ich glaube, es ist besser, wenn ich mich verabschiede.«
»Du willst schon gehen?«
Sylvia wischte sich rasch die Tränen aus den Augen. »Es geht mir heute Abend nicht so gut. Ich werde mich früh schlafen legen.«
»Soll ich dich ein Stück begleiten?«
Sylvia schüttelte den Kopf. »Das ist sehr freundlich von dir, aber ich möchte noch etwas allein sein. Danke, dass du mir das Fest gezeigt hast. Das war eine neue Erfahrung für mich.«
Sie nickte Billi zu, mit einem unsicher wirkenden Lächeln, stieg rasch die Stufen von der Tanzfläche herunter und verschwand in der Menge. Einen Moment lang wollte Billi ihr nachlaufen, ließ es dann aber. Wenn sie allein sein möchte, sollte ich das respektieren, dachte sie.
Billi ließ sich eine Weile ziellos zwischen den Buden treiben, bis sie eine Gruppe früherer Mitschülerinnen entdeckte, die alle schon ziemlich angeheitert waren. Billi bekam Wein eingeschenkt und hörte halbherzig der Unterhaltung zu, ohne

selbst viel dazu beizutragen. Ihre Gedanken kreisten um Sylvia und ihr sonderbares Verhalten.
Als dann auch noch die Rede auf Frank Erlenweins mysteriöses Verschwinden kam und mit einem gewissen schaudernden Vergnügen verschiedene Verbrechensszenarien ausgemalt wurden, hatte Billi endgültig genug. Sie verabschiedete sich knapp und machte sich auf den Heimweg, erleichtert, die vielen Menschen und den Festlärm hinter sich zurückzulassen.

Streifendienst am Winzerfest war zumeist ziemlich turbulent. Man musste stets mit unliebsamen Überraschungen rechnen. Lutz haderte damit, dass der Alte, Billis Vater, ihn gerade heute zur Spätschicht eingeteilt hatte. Er wäre lieber mit Billi und der geheimnisvoll schönen Sylvia herumgezogen. Stattdessen hatten er und sein Streifenkollege Andreas, für den Lutz nur sehr begrenzte Sympathie aufbrachte, schon die zweite Schlägerei trennen, mehrere ziemlich unangenehme Saufbrüder aus dem Ruhrgebiet in die Ausnüchterungszelle stecken und sich dabei unflätig anpöbeln lassen müssen. Lutz tat lieber mit Markus Dienst. Mit dem konnte man sich besser unterhalten, aber Markus, der sich beim Fußball die Kniescheibe beschädigt hatte, lag im Krankenhaus. Andreas riss unentwegt bodenlos flache Witze und kannte ansonsten nur ein Gesprächsthema: Autos.
Lutz war sich nicht sicher, ob ihm die Faszination gefiel, die Sylvia Lennow ganz offensichtlich auf Billi ausübte. Billi war ganz aus dem Häuschen gewesen: »Stell dir vor, Sylvia Lennow geht mit *mir* aufs Winzerfest! Sie ist irgendwie … interessant. Das wird bestimmt ein aufregender Abend!«
Von Frank Erlenwein fehlte nach wie vor jede Spur. Der Alte hatte die Kripo eingeschaltet, der Wald war von einer Ein-

satzhundertschaft durchkämmt worden, aber es fand sich keinerlei Indiz für ein Verbrechen, bis auf das Fahrrad, das dort einsam und verbeult am Weg gelegen hatte. Inoffiziell war bereits beschlossen worden, die Ermittlungen vorläufig einzustellen – sicherlich auch, weil Franks Eltern weitab in Hannover wohnten und hier vor Ort keinen Druck machten.
Die Leitstelle meldete sich. Andreas saß mit betonter Lässigkeit hinter dem Steuer und überließ das Funken mit gönnerhafter Miene Lutz. Dabei war Andreas, wenn es hart auf hart ging, gar kein sonderlich guter Fahrer. Vor ein paar Wochen hatte er bei einer Fahrzeugverfolgung einen parkenden Wagen gerammt. Der Alte hatte getobt, und Markus hatte grinsend konstatiert, dass Andreas seinem großen Vorbild Michael Schumacher in der Tat immer ähnlicher werde.
»Fahrt raus zum Sterner Hof«, sagte der Wachhabende. »Der Liesenbach vermisst seine Tochter. Sie wollte nach ihren Pferden sehen und ist noch nicht zurück. Er schien mir ziemlich besorgt zu sein. Schaut also mal vorbei.«
Die Liesenbachs waren nette Leute. Lutz, der öfter in der Nähe ihres Hofes spazieren ging, hatte gelegentlich ein Schwätzchen mit Liesenbach gehalten. Als sie am Sterner Hof vorfuhren und Andreas den Streifenwagen nach Lutz' Ansicht viel zu schwungvoll stoppte, war es ein paar Minuten nach neun.
Das Licht über der Haustür brannte, die Tür stand offen, Vater Liesenbach saß auf der Bank daneben und rauchte. Er sprang auf und ging ihnen entgegen.
»Ah, Herr Küpper«, sagte er zu Lutz.
»Wo liegt denn das Problem?«, fragte Andreas kaugummikauend wie der Sheriff in einem schlechten US-Krimi.
»Seit meine Tochter aus Amerika zurück ist, geht sie abends immer nach ihrem Pferd schauen, das gerade ein Fohlen be-

kommen hat. Heute Abend auch, aber sie ist immer noch nicht zurück.«
»War sie allein unterwegs?«, fragte Lutz.
»Sie hat immer Tolka dabei, unsere Hündin. Ein ziemlich großes, starkes Tier. Deswegen mache ich mir normalerweise keine Sorgen, wenn sie allein oben bei den Weiden unterwegs ist. Tolka passt schon auf sie auf.«
»Ist der Hund denn auch verschwunden?« Lutz schaute sich um. Er kannte Tolka. Sie war in der Tat eine stattliche Hundedame und schlug normalerweise lautstark an.
»Nein, sie ist im Haus«, sagte Liesenbach und sog sichtlich nervös an seiner Zigarette. Dass der Hund nicht bellend nach draußen gerannt kam, erstaunte Lutz. »Darum bin ich ja so besorgt: Tolka ist allein zurückgekommen! Sie wirkt völlig verstört, drückt sich drinnen am Kamin herum. Vor einer knappen Stunde kam sie mit eingezogenem Schwanz winselnd angelaufen, ohne Katja. Daraufhin bin ich hoch zur Koppel gegangen, und der Hund weigerte sich mitzukommen! Ich habe eine starke Handlampe mitgenommen und die Koppel abgesucht. Die Pferde standen ganz unten am Zaun, nicht wie sonst oben am Waldrand, was untypisch ist. Sie kamen mir auch seltsam verstört vor. Ich habe nach Katja gerufen, immer wieder. Aber sie antwortete nicht. Ich dachte: Vielleicht ist sie gestürzt und hat sich verletzt. Aber da war keine Spur von ihr. Ich … habe das Gefühl, dass da irgendwas Schreckliches passiert ist … Ich darf gar nicht daran denken. Meine Frau ist für ein paar Tage bei den Schwiegereltern. Wenn sie …«
»Nun machen Sie sich mal keine Sorgen«, sagte Andreas großspurig. »Wir beide werden jetzt dort oben nach dem Rechten sehen. Bestimmt wird sich alles aufklären.«
Sie stiegen in den Streifenwagen und fuhren den holpri-

gen Feldweg hinauf. Zwei Rehe sprangen vor ihnen über die Fahrspuren. Andreas, der viel zu schnell gefahren war, bremste ruckartig und fluchte. Lutz kannte die obere Koppel. Dahinter begann der Wald, der bis hoch zum alten Basaltsteinbruch reichte. »Halt hier an«, sagte er zu Andreas. Die Reifen rauschten über den Schotter. »Scheiße«, zischte Lutz. »Musst du eigentlich immer fahren wie bei den Autobahn-Cops?«
»Mach dir bloß nicht ins Hemd«, sagte Andreas. Als er ausstieg, zog er tatsächlich seine Pistole und entsicherte sie. Lutz grinste, nahm statt der Dienstwaffe lieber seine gute, schwere Maglite zur Hand und ließ den Lichtstrahl kreisen. Es war so still, dass er glaubte, Andreas' Kaugummigeknatsche hören zu können. Es gab keinen Wind, die Bäume schwiegen. Im Mondlicht sah er die Pferde tatsächlich weit unten am Zaun stehen, eine Stute mir ihrem Fohlen. Wenn sie nun genauso verschwunden ist wie Frank?, dachte er. Lutz befürchtete, dass Frank einem Verbrechen zum Opfer gefallen war. Das Fahrrad, das so verlassen dort am Weg gelegen hatte, war für ihn der Beweis. Wenn Frank aus freien Stücken verschwunden war, wieso hätte er dann einfach mitten im Wald sein gutes Fahrrad wegwerfen sollen? Das ergab überhaupt keinen Sinn.
Lutz schwang sich über den Zaun. Gewiss hatte Katja Liesenbach das auch getan, war zu ihren Pferden gegangen, um ihnen Hallo zu sagen.
»Was jetzt, Cowboy?«, fragte Andreas. »Komm, vergiss es! Die Tussi ist hier nirgendwo. Ich wette, die hat sich heimlich mit ihrem Kerl getroffen und jetzt treiben sie's hier irgendwo auf 'nem Hochsitz. Irgendwann heut Nacht schleicht sie dann nach Hause.«
»Die ist volljährig«, sagte Lutz. »Warum soll sie sich heimlich

mit ihrem Freund treffen? Außerdem kenne ich den Liesenbach. Der ist okay. Keiner von der Sorte, vor dem die Tochter ihre Freunde verstecken müsste. Alles andere als ein strenger Papa.« Er beleuchtete den Bereich um die Pferdetränke, wo die Koppel bis unter die ersten Bäume reichte. Etwas fiel ihm auf. Hinter der Tränke waren Zaunpfähle sorgfältig aufgestapelt, doch ein Pfahl lag lose ein paar Meter neben der Tränke. Das konnte Zufall sein, aber andererseits – wieso lag der eine dort, während die anderen so fein säuberlich aufgestapelt waren? Liesenbach war ein ordentlicher Mann, der sein Anwesen gut pflegte und in Schuss hielt. Hatte Katja am Ende diesen Pfahl benutzt, um sich zu verteidigen? Lutz ging näher heran und leuchtete den Boden ab. Das Gras war hier teilweise mit altem Laub bedeckt. Halb erwartete er, den reglosen, misshandelten Körper eines jungen Mädchens im Lichtkegel der Maglite auftauchen zu sehen, was ihm während seiner wenigen Dienstjahre bisher ein einziges Mal passiert war – er hatte danach tagelang nicht schlafen können. Doch hier war nichts zu entdecken. Keine Spur von Katja Liesenbach.

»Was machst du denn so lange?«, nölte Andreas. »Komm endlich! Lass uns runter in die Stadt fahren und einen Döner essen. Hier im Dunkeln weiterzusuchen hat sowieso keinen Sinn. Soll der Alte morgen entscheiden. Aber ich wette, bis dahin ist die Kleine längst wieder da.«

Sie fuhren zum Hof zurück. Wieder kam Liesenbach ihnen unruhig entgegen. »Red du mit ihm, du kennst ihn besser«, zischte Andreas hastig. Klar, Feigling!, dachte Lutz, sagte aber nichts und stieg aus. Einfach durchs offene Wagenfenster mit Liesenbach zu sprechen hätte Andreas vermutlich menschlich genügt, ihm aber nicht.

»Wir haben leider keine Spur von Ihrer Tochter entdeckt«,

sagte er möglichst ruhig. »Könnte es sein, dass sie ... sich mit jemandem getroffen hat? Einem heimlichen Freund vielleicht?«

»Warum heimlich?«, fragte Liesenbach. »Das ist eigentlich nicht ihre Art. In dieser Hinsicht sind wir nie streng mit ihr gewesen. Warum auch? Mit ihrem letzten Freund hat sie vor dem Aupair-Jahr Schluss gemacht. Dann war da wohl was in Amerika. Davon hat sie mir geschrieben. Aber dass sie hier schon was Neues begonnen hat, glaube ich nicht. Sie ist ja erst seit ein paar Tagen wieder da.«

Lutz legte Liesenbach beruhigend die Hand auf die Schulter. »Nun warten Sie mal bis morgen früh. Wir werden auf jeden Fall alles tun, um sie zu finden. Sobald wir etwas erfahren, rufen wir Sie sofort an. Das verspreche ich Ihnen.«

Andreas raste nach Altenbach zurück, als wollten sie, statt einen Döner essen zu gehen, flüchtige Bankräuber verfolgen. »Wetten, dass keiner der Kollegen die Strecke schneller als ich schafft?«

Lutz hoffte inständig, dass die Schicht ab Montag anders eingeteilt wurde und er nicht noch eine Woche mit diesem Wichser verbringen musste. Er malte sich aus, Andreas jammernd am Straßenrand stehen zu sehen, ein verbogenes Lenkrad als kümmerlichen Rest seines zertrümmerten Wagens in den Händen haltend.

Während sie ihren Döner verspeisten, erhielt Lutz von Andreas ungefragt eine Menge Informationen über den Audi TT und dessen angeblich völlig unmöglichen Heckspoiler. Dann erteilte der Wachhabende ihnen über Funk die Anweisung, einen Rundgang über das Winzerfest zu machen, wo aber glücklicherweise keine neue Randale stattfand. Lutz hielt dabei nach Billi und Sylvia Ausschau, entdeckte die beiden jedoch nirgendwo. Ob sie schon nach Hause gegangen waren?

Um kurz vor zwölf stiegen sie wieder in den Streifenwagen, und Lutz meldete sich auf der Wache. »Da ist scheinbar wirklich ein Verbrechen passiert«, sagte der Wachhabende.
»Scheiße.« Lutz schluckte. Liesenbach tat ihm Leid.
»Ein Jäger will vom Hochsitz aus beobachtet haben, wie Katja gegen zwanzig Uhr von einer schwarz gekleideten, maskierten Gestalt niedergeschlagen und weggetragen wurde. Diese Gestalt ist angeblich – das klingt wirklich verrückt – von einem Baum heruntergesprungen!«
»Komisch. Und wieso meldet dieser Zeuge sich erst jetzt?«
»Na ja, der brave Herr Jägersmann hatte gute Gründe, sich die Sache in Ruhe zu überlegen: Er ist vorbestraft. Wegen Vergewaltigung. Hat sich vor ein paar Jahren schon mal an einer jungen Frau vergriffen.«
Der Funk war auf Lauthören eingestellt. »Aha«, folgerte Andreas. »Dann hat er bestimmt diese schwarze, maskierte Gestalt erfunden, um den Verdacht von sich abzulenken!«
»Das vermutet der Dienstgruppenleiter auch. Der Mann ist zur Vernehmung hier.«
»Wieso hat er denn überhaupt noch einen Schein für sein Jagdgewehr, wenn er vorbestraft ist?«, fragte Lutz erstaunt.
»Versteh ich auch nicht«, entgegnete der Wachhabende. »Entweder ist da eine unglaubliche Schlamperei passiert, oder der Knabe hat gute Freunde.«
Lutz' Gedanken bewegten sich nun in eine ganz andere Richtung: Angenommen, der Jäger sagte die Wahrheit – die Art, wie dieser geheimnisvolle, schwarz gekleidete Mann zuschlug, passte auch zu Franks Verschwinden. Wenn er Frank auf ähnliche Weise gepackt und weggetragen hatte, konnte das erklären, wieso man im Umkreis des Fahrrads keinerlei Spuren gefunden hatte. Lutz schüttelte den Kopf. Ein großer, starker Mann konnte ein schlankes junges Mädchen wie Kat-

ja vielleicht noch wegschleppen, wenn er sie bewusstlos geschlagen hatte. Aber einen so schweren, kräftigen Burschen wie Frank? Das erschien Lutz dann doch recht unwahrscheinlich.

Vier

Lutz' Nachtschicht dauerte bis morgens früh sechs Uhr. Zu dieser Zeit torkelten die letzten Winzerfestgäste nach Hause. Lutz und die anderen vier Beamten saßen mit der neu eingetroffenen Frühschicht im Aufenthaltsraum der Wache und tranken Kaffee. Durch die offene Bürotür hörte Lutz, wie Oberkommissar Gerhardt, der Dienstgruppenleiter ihrer Schicht, mit der Kripo in Neuwied telefonierte. Der Staatsanwalt vom Dienst hatte angeordnet, den Jäger, einen Mann aus Katharinenberg, festzuhalten. Für den Morgen war ein Ortstermin angesetzt, und die Umgebung der Pferdekoppel sollte gründlich abgesucht werden.

»Wie konnte der Typ auch so bescheuert sein und von sich aus zu uns kommen und uns dieses Märchen vom schwarzen Mann auftischen, der oben auf dem Baum sitzt und herunterspringt? Das ist nun wirklich allzu durchschaubar!«, sagte Lorenz, der alte grauhaarige Wachhabende der Nachtschicht.

»Hatte wohl Schiss, dass wir ihm von allein draufkommen. Ich meine, früher oder später wäre doch aufgefallen, dass er an dem Abend in seinem Revier auf Pirsch war. Da wollte er wohl vorsichtshalber von sich aus aktiv werden. Aber dümmer hätte er sich wirklich nicht anstellen können.« Das kam von Willroth, der in der Nacht im anderen Streifenwagen gesessen hatte.

»Und wenn er die Wahrheit sagt?«, wandte Lutz ein. »Immerhin wird innerhalb weniger Tage nun schon die zweite Per-

son vermisst. Und auch Frank Erlenwein ist auf merkwürdige Weise im Wald verschwunden.«
»Vielleicht hat unser forscher Jägersmann den ja auch flachgelegt«, sagte Andreas und grinste Lutz an, breit und blöd.
»Bisher wissen wir nicht, was mit Katja passiert ist«, entgegnete Lutz. »Ob sie überhaupt vergewaltigt wurde.«
»Ja, ja, der Lutz, unser Junior, will wohl mal wieder Columbo spielen«, sagte Lorenz augenzwinkernd. Die anderen lachten. Lutz starrte missmutig zu Boden.
Oberkommissar Gerhardt steckte den Kopf zur Tür herein. »Na, die Herren – Spekulationen beim Kaffee? Ich habe den Jäger über zwei Stunden vernommen und bin ziemlich sicher, dass er lügt. Zumal die Parallele offensichtlich ist: Auch damals hat er sich im Wald an eine junge Frau rangemacht, von der er wusste, dass sie oft dort unterwegs ist. Wir nageln ihn fest, und dann wandert das Schwein hinter Gitter!«
Lutz schaute ihn an. »Sollte man nicht doch zumindest in Erwägung ziehen, dass er die Wahrheit sagt? Dass er früher einmal eine Vergewaltigung begangen hat, muss ja nicht zwangsläufig bedeuten, dass er auch in diesem Fall …«
Gerhardt runzelte die Stirn. »Sammeln Sie erst mal noch ein paar Jahre Erfahrung im Streifendienst, *Polizeimeister* Küpper. Dann lasse ich mir vielleicht von Ihnen raten, was ich in Erwägung zu ziehen habe und was nicht.« Andreas grinste so breit, dass Lutz ihm am liebsten eine reingehauen hätte. Dabei war Andreas auch nur fünfundzwanzig, gerade mal ein Jahr älter als Lutz. »Sie werden wohl kaum annehmen, dass ich diese Geschichte glaube – eine große, dunkle, schwarz maskierte Gestalt, die oben auf einem Baum sitzt, wie ein Panter herunterspringt, das Mädchen niederschlägt, es sich über die Schultern wirft und mit langen Sprüngen davonhechtet. Haben Sie mich verstanden, Küp-

per, in langen Sprüngen! Wer soll einen solchen Schwachsinn glauben?«
Lutz spürte, wie ihn ein Schaudern überlief. Das Gefühl, der Jäger könnte die Wahrheit sagen, ließ ihn nicht los. Aber wenn dem tatsächlich so wahr – wer hatte dann dort auf dem Baum gelauert? »Wenn der Jäger nur den Verdacht von sich ablenken will, wieso denkt er sich dann eine solche Geschichte aus?«, fragte er in die Runde. »Ich meine, eine, die so haarsträubend unwahrscheinlich ist? Er müsste sich doch darüber im Klaren sein, dass ihm das mehr schadet als nützt.«
Gerhardt tippte sich an die Stirn. »War er sich etwa auch im Klaren darüber, dass es ihm mehr schadet als nützt, über eine wehrlose junge Frau herzufallen? Dieses Typen haben doch alle einen Schaden!« Mit süffisantem Unterton fügte er hinzu: »Aber meinetwegen tragen Sie Ihre Bedenken ruhig Hauptkommissar Schmidt vor. Bin gespannt, ob der dafür ein offenes Ohr hat. Ich für meinen Teil fahre jetzt nach Hause und lege mich schlafen. Alles Weitere sollen der Hauptkommissar und die Staatsanwaltschaft entscheiden.« Mit einem knappen Kopfnicken verschwand er.
»Wenn du jetzt wirklich zu Schmidt rennst, hast du bei Gerhardt für die nächste Zeit verschissen, Lutz«, brummte Willroth.
Lutz kaute auf seiner Unterlippe. »Man wird doch wohl noch laut überlegen dürfen.«
Lorenz faltete mit gemütlicher Geste die Hände vor seinem stattlichen Bauch. »Wenn du hier in dem Laden glücklich werden willst, überlass das laute Überlegen lieber den Vorgesetzten – schau mal in den Dienstvorschriften nach, da steht's drin: Paragraph Nullnull: Die Benutzung des Gehirns ist erst ab Dienstgrad Oberkommissar aufwärts amtlich vorgesehen!«

»Auwei«, sagte Willroth, »da ist der Gerhardt aber schlecht dran – der hat doch gar keins!«
Sie lachten lautstark, und Lutz hatte einstweilen genug. Er stellte seinen Kaffeebecher mit einem Ruck ab und stapfte wütend hinaus.

Koerber nahm an diesem Morgen mit einigem Widerwillen an seinem Schreibtisch Platz. Die einschüchternd wuchtige Fassade des Polizeipräsidiums war ihm düsterer denn je erschienen, als er das Tor durchschritten hatte. In den letzten Tagen hatte er mehrfach den inneren Impuls verspürt, Sabine Fehrenbach anzurufen und sich dafür zu entschuldigen, dass er sie an dem Abend im Restaurant so schnöde hatte sitzen lassen. Aber er hatte sich nicht dazu entschließen können. Ich bin eben kein sehr impulsiver Mensch, sagte er sich, doch diese Erkenntnis half ihm nicht weiter. Er war in mürrischer, gereizter Stimmung, und seine Wohnung kam ihm leer vor – leblos war vielleicht der treffendere Ausdruck. Vielleicht sollte ich mir einen Goldfisch kaufen, dachte er mit einem schiefen Grinsen und schielte hinunter zu dem Schreibtischschubfach, in dem die Whiskyflasche lag. Nein. Das Schubfach blieb zu. Später vielleicht. Er beschloss, am Abend endlich mal wieder seine Tochter anzurufen, die in München studierte.
Diese beiden Morde saßen ihm im Nacken. Geheimnisvolle Morde und noch immer kein Anhaltspunkt, der Licht in dieses rätselhafte Dunkel hätte bringen können. Koerber entschied, sich Meltin noch einmal vorzuknöpfen, und fand, dass es ihm vielleicht sogar Vergnügen bereiten würde, diesen Ex-Stasi-Arsch in die Zange zu nehmen.
Fischerau kam herein, mit einer Dynamik, die um diese Zeit gar nicht Koerbers Geschmack entsprach. Fischerau war zu

Tagesbeginn zumeist unsympathisch munter und baute dann im weiteren Dienstverlauf zusehends ab. Bei Koerber verhielt es sich tendenziell umgekehrt. Der Abend war seine beste Zeit. »Guten Morgen, Chef!«

»Ich weiß noch nicht, wie gut ich den Morgen finden soll. Haben Sie gestern noch was über dieses sonderbare Institut in der Angelikastraße herausgefunden?«

Fischerau rieb sich den Rücken seiner langen Nase. »Dieses Institut hat nie existiert.«

»Bitte? Mein Ex-Schwager hat den einstigen Direktor mit Champagner beliefert. In solchen Dingen ist sein Gedächtnis absolut zuverlässig.«

»Drücken wir es anders aus: Das Institut ist in den Akten *auffällig nicht-existent*.«

Koerber hob die Brauen. »Aber bei Strehlitz und Bergmann gab's doch einen Vermerk, sie hätten für diese angebliche Außenstelle des Ministeriums gearbeitet?«

Fischerau ließ seinen langen, dürren Körper auf den Zehen wippen. »Das ist aber auch alles. Über diese Außenstelle selbst findet sich überhaupt nichts.«

»Es muss aber doch irgendeine urkundliche Erwähnung über das abgerissene Gebäude in der Angelikastraße geben.«

Fischerau hörte auf zu wippen. »Es gibt einen Vermerk über ein Stasi-Verwaltungsgebäude in der Angelikastraße, das Anfang 1990 abgerissen wurde.«

»Wenn mein Ex-Schwager sagt, da war ein dubioses Institut, dann war da ein dubioses Institut. Vermutlich hatten sie gute Gründe, alle Spuren zu tilgen.«

Fischerau starrte einen Moment aus dem Fenster, als gebe es dort etwas seine Neugierde Befriedigendes zu sehen. »Was ist mit ehemaligen Mitarbeitern? An Meltin werden wir uns möglicherweise die Zähne ausbeißen. Aber wenn es die-

ses Institut wirklich gab, müssen dort noch mehr Leute gearbeitet haben als nur Bergmann und die Strehlitz. Und es müsste sich doch jemand an den Vorfall erinnern, bei dem dieser Institutsdirektor Krummbiegel ums Leben kam.«
Vielleicht sollte ich mir von Ludwig wirklich eine gute Kiste Kaviar schicken lassen, überlegte er. Vielleicht wäre das Balsam für meine einsame Seele. Dann kam ihm ein plötzlicher Einfall. Kopfschüttelnd griff er zum Telefon und tippte Ludwigs Nummer ein. »Verdammt! Wieso habe ich meinen Ex-Schwager nicht gleich gefragt, ob es eine *Witwe* Krummbiegel gibt? Die müsste uns doch wohl etwas zum Tod ihres Mannes sagen können.« Ich bin unkonzentriert, dachte er. Ich brauche wohl Urlaub.
»Könnte doch sein, dass sie einsam ist und sich über Besuch freut. Dann können Sie Witwentröster spielen, Fischerau.«
Der machte kein sehr begeistertes Gesicht.
Ludwig war gerade in einer Besprechung. »Ich werde ihm sagen, dass er Sie sofort zurückruft, Herr Kommissar«, flötete die Sekretärin. Koerber verzog das Gesicht. Ludwigs Besprechungen konnten dauern. Vermutlich hatte er gerade die Paten der Russenmafia zum Arbeitsfrühstück eingeladen.
»Nein, warten Sie. Da kommt er gerade.«
Erfreut, dass es nun doch so schnell ging, fragte Koerber Ludwig, zu welcher Adresse er seinerzeit die Champagner-Hauslieferung gebracht hätte und ob es dort eventuell noch eine Witwe gebe.
»Warte mal. Frau Krummbiegel war ein paar Jährchen jünger als er. Was gute Geschäfte angeht, habe ich ein Elefantengedächtnis. Es war eine schnucklige alte Villa in Blasewitz, nicht weit vom Blauen Wunder entfernt. So eine mit Fachwerkgiebel und großem Wintergarten, wie ich sie früher auch gern besessen hätte. Aber Straße und Hausnummer

weiß ich wirklich nicht mehr. Hab natürlich keine Ahnung, ob sie dort noch wohnt. Vielleicht hat sie ja wieder geheiratet.«

Angesichts von Fischeraus geringer Begeisterung beschloss Koerber, die Witwe persönlich zu übernehmen – sofern er aufgrund von Ludwigs Beschreibung die Villa und Frau Krummbiegel noch vorfand. Den fränkischen Nachwuchskommissar schickte er mit dem Auftrag ins Archiv, nach weiteren Personen zu fahnden, in deren Akten irgendwo diese ominöse Ministeriumsaußenstelle auftauchte.

Als Lutz in der Redaktion anrief, war Billi gerade dabei, einen zum Gähnen unaufregenden Pressebericht über das Jubiläum des Katharinenberger Junggesellenvereins in den Computer einzugeben. Der Bericht war, von wem auch immer, dem Vereinsvorsitzenden vermutlich, doch tatsächlich mit der Schreibmaschine getippt worden und enthielt mindestens fünf Rechtschreibfehler pro Zeile. Billi fragte sich, wie dieser Verein es mit derart langweiligen Aktivitäten geschafft hatte, fünfundsiebzig Jahre alt zu werden. Wieder einmal dachte sie: Ich muss hier weg, ich brauche eine große Stadt, irgendetwas ganz anderes, das ich in Altenbach niemals finden werde.

»Und, wie war's gestern mit Sylvia?«, fragte Lutz.

»Bisschen merkwürdig. Sie ist nett, aber auch etwas komisch, irgendwie ...«

»Komisch?«, fragte Lutz. »Wie meinst du das?«

Billi schaute aus dem Fenster. Die Uhr drüben am Rathaus zeigte kurz nach halb zwei an. Sie fragte sich, wie Lutz die vielen Nachtdienste aushielt. Das war auch einer der Gründe, warum sie bei der Polizei ausgeschieden war. Sie konnte sich einfach nicht an die Schichtarbeit gewöhnen. Lutz dagegen klang erstaunlich munter. »Ich glaube, sie hat eine Menge Probleme«, sagte Billi langsam. Sie war unsicher, ob sie die zarte Freundschaft, die sich zwischen ihr und Sylvia entwickelte, nicht lieber noch vertraulich behandeln sollte. Andererseits war sie es gewohnt, mit Lutz über praktisch alles zu reden. Und sie wusste, dass ihre kleinen Geheimnisse bei ihm stets gut aufgehoben waren.

»Ich finde sie ziemlich distanziert und, na ja, frostig«, sagte Lutz. »Aber ich kenne sie ja kaum.«

»Wäre sie denn dein Typ?«, fragte Billi.

Lutz schien tatsächlich ernsthaft über die Frage nachzudenken, dann sagte er: »Schön ist sie schon, aber manche Frauen sind … zu schön. Deswegen rufe ich aber gar nicht an. Hast du gehört, dass schon wieder jemand verschwunden ist?«

»Nein. Hier bei uns in der Redaktion ist noch nichts angekommen, und mein Vater hat natürlich zu Hause nichts erzählt.«

»Er weiß es auch erst seit heute Morgen. Es ist gerade eine Fuhre Bereitschaftspolizei angekommen. Sie durchkämmen den Wald oben beim Sterner Hof. Katja, die Tochter vom Liesenbach, wird seit gestern Abend vermisst.«

»Scheiße.« Billi kannte das Mädchen flüchtig. Vermisst wie Frank Erlenwein. Inzwischen rechnete sie nicht mehr damit, dass Frank je wieder lebend auftauchte. Warum hätte er Altenbach einfach bei Nacht und Nebel verlassen sollen, ohne sich von seinen Freunden zu verabschieden und ohne irgendeinen erkennbaren Anlass? Aber wer, um alles in der Welt, war dann über ihn hergefallen? »Und … glaubst du, dass ein Zusammenhang besteht … zu Frank?«

Billi konnte geradezu vor sich sehen, wie Lutz sich nachdenklich am Kopf kratzte. »Die äußeren Umstände sind ähnlich. Gerhardt ist natürlich anderer Ansicht – aber du kennst ja Gerhardt!«

Sie seufzte. Lutz litt sehr darunter, dass ihr Vater ihn Gerhardts Dienstgruppe zugeteilt hatte. Und sie teilte Lutz' Abneigung gegen den Oberkommissar, der zugleich Stellvertreter ihres Vaters war. Sie fand Gerhardt dumm, die verbeamtete Borniertheit in Person.

»Es gibt einen Zeugen, der schon mal wegen Vergewaltigung dran war«, erzählte Lutz. »Jetzt glauben sie, der hätte sich an die Katja rangemacht.«

»Und du glaubst das nicht?«

»Ach, auf der Wache interessiert sich doch niemand dafür, was ich glaube«, entgegnete Lutz ärgerlich. »Du hättest ihr dummes Gelaber heute Morgen hören sollen!«

»Warum lässt du dich nicht endlich zur Kripo versetzen? In eine Großstadt. Wie lange willst du dich noch mit diesen … diesen *Dumpfköpfen* rumärgern?« Sie spürte, wie sie wieder wütend wurde. Vor einem halben Jahr hatte Lutz das Angebot ausgeschlagen, zur Kripo nach Ludwigshafen zu gehen, und sie verstand bis heute nicht recht, warum.

»Weil ich eben Altenbacher bin. Weil das hier mein Zuhause ist. Ich bin nun mal kein Stadtmensch.«

Natürlich wollte er sie sehen, und sie verabredeten sich zum Eisessen um vier, wenn Billi in der Redaktion fertig war. Als sie aufgelegt hatte, überlegte sie, dass sie, wenn sie über genug beruflichen Ehrgeiz verfügt hätte, jetzt eigentlich hinüber ins Büro ihres Chefs hätte laufen müssen, um ihm von Katja Liesenbachs Verschwinden zu berichten. Aber Lutz würde Ärger bekommen, wenn sich herausstellte, dass die Presse nicht über den normalen Dienstweg informiert worden war. Also blieb Billi am Computer sitzen und tippte weitere Einzelheiten über das Fahnenschwenken und andere in ihren Augen sonderbar anmutende ethnologische Bräuche der Katharinenberger Junggesellen in die Tastatur.

Koerber ärgerte sich immer noch, dass er nicht früher auf die Sache mit der Witwe gekommen war. Dabei stand sie unter Krummbiegel im Telefonbuch, im Leopoldweg in Blasewitz. Er fuhr sofort dorthin.
Die kleine Villa, in der sie wohnte, war wirklich hübsch. Leichte Spuren des unvermeidlich nagenden Zahns der Zeit waren zwar erkennbar – für eine groß angelegte Renovierung reichte die Pension ihres verstorbenen Mannes offenbar nicht aus –, aber sie schien sich doch Mühe zu geben, das Haus einigermaßen in Schuss zu halten. Auch der von alten Bäumen und Sträuchern beschattete Garten machte einen gepflegten Eindruck.
Eine kleine, energisch wirkende Endsechzigerin öffnete Koerber die Tür. Auch drinnen wirkte das Haus aufgeräumt und sauber. Unter den Möbeln schienen sich einige bemerkenswerte Antiquitäten zu befinden, aber Koerber verstand zu wenig davon, um ihren Wert schätzen zu können. Frau Krummbiegel bot ihm Kaffee und Kekse an. Während sie Kaffee einschenkte, erzählte sie von der jüngsten Premiere in der Semperoper und einer Fotoausstellung im Foyer des Albertinums, die man auf jeden Fall gesehen haben müsse.
»Ist dieses Haus nicht zu groß und leer für einen Menschen allein?«, fragte Koerber, um sie aus der Reserve zu locken.
»Na, leer ist es ganz sicher nicht«, sagte Frau Krummbiegel. »Schauen Sie sich die vielen Möbel und Bilder an. Ob ein Haus leer ist oder nicht, hängt immer davon ab, wer darin wohnt.« Sie lächelte. »Bestimmt sind Sie gekommen, um Fragen nach der Tätigkeit meines verstorbenen Mannes in der

DDR zu stellen. Ich wusste, dass früher oder später jemand kommen und danach fragen würde.«

»Nun … Wir haben gehört, dass Ihr Mann Leiter eines Instituts war, über das heute kaum noch Informationen zu bekommen sind. Wie Sie vielleicht in der Zeitung gelesen haben, wurden Rosemarie Strehlitz und Albrecht Bergmann ermordet. Sind Ihnen diese beiden Personen bekannt?« Der *Dresdner Anzeiger* hatte im Lokalteil ein paar Mutmaßungen zu den Morden und einer möglichen Stasi-Vergangenheit von Bergmann und Strehlitz angestellt. Koerbers vage Hoffnung, dass sich daraufhin vielleicht einige Zeugen melden würden, blieb jedoch bislang unerfüllt.

»Ich muss Ihnen leider sagen, dass ich über die beiden auch nicht viel mehr weiß als das, was bereits in der Zeitung stand«, entgegnete Frau Krummbiegel. »Es gab damals nur wenige Anlässe, bei denen die Angehörigen der Institutsmitarbeiter zugegen waren. Dabei sind Frau Strehlitz und Herr Bergmann mir flüchtig begegnet. Und mein Mann pflegte zu Hause nicht über seine Arbeit zu sprechen. Das war ein Grundsatz, den er ziemlich streng beherzigte.«

Koerber trank einen Schluck von dem ausgezeichneten Kaffee. »Dann wissen Sie nicht, welche Art Forschungen dort stattfanden?«

Frau Krummbiegel stand plötzlich auf und ging mit kleinen, raschen Schritten zum Fenster. Die Augen auf ihren gepflegten Garten gerichtet, sagte sie: »Es gab eine strenge Geheimhaltung. Wir lebten in einer Atmosphäre ständiger Überwachung. Ich glaube, mein Mann fürchtete, sogar unser Schlafzimmer sei verwanzt.« Sie warf Koerber einen kurzen Seitenblick zu. »Wissen Sie, in den Tagen nach der Wende, nach dem … Tod meines Mannes, bekam ich eine komplette Innenrenovierung unseres Hauses geschenkt – als Anerken-

nung der Partei für die langjährigen Verdienste meines Mannes. Ich bin sicher, dass sie dabei die Abhöranlagen entfernt haben, mit denen sie uns überwachten.«
»Sie sagten, Ihr Mann hätte sein Schweigen ziemlich genau eingehalten. Es hat also doch auch einmal Ausnahmen gegeben. In jeder Ehe ...«
»Ich wollte nichts davon wissen«, sagte Frau Krummbiegel. »Ich war froh, dass er nie etwas erzählt hat. Die ganzen Jahre habe ich gespürt, dass dort hässliche Dinge geschahen, die ihm schwer zu schaffen machten. Aber wir gehörten zu den Privilegierten. Wir hatten dieses Haus, einen großen Wagen. Unser Leben war angenehm. Ich wollte nichts wissen, verstehen Sie das? Wenn Sie im Osten gelebt haben, dann haben Sie sich doch vermutlich auch irgendwie arrangiert. Oder sind Sie ein West-Import?«
»Nein. Ich stamme aus Mecklenburg.« Alle hatten sich irgendwie arrangiert. Für Koerber machte es aber einen großen Unterschied, ob sich jemand arrangiert hatte – das war menschlich, eine Frage des Selbsterhaltungstriebs – oder ob er aktiv an Schweinereien beteiligt gewesen war.
Frau Krummbiegel setzte sich wieder an den Tisch und schenkte ihm Kaffee nach. »Eines weiß ich mit Sicherheit: Mein Mann hat seine Arbeit gehasst.«
»Aber getan hat er sie trotzdem«, sagte Koerber kühl. »Was können Sie mir über die Umstände seines Todes sagen?«
Jetzt wirkte sie zum ersten Mal betroffen und senkte den Blick. »Darüber habe ich lange nicht mehr nachgedacht – und noch länger nicht gesprochen. Ich spürte damals – es waren die Tage kurz vor der Wende, im August, September Neunundachtzig –, dass er unter großem Stress stand. Alles brach zusammen, wissen Sie? Der Staat, dem er immer treu gedient hatte, brach zusammen. ›Wie soll es nur weitergehen mit

uns?‹, sagte er oft. Einmal ließ er durchblicken, dass sich in Ostberlin niemand mehr um das Institut und die dortigen Forschungen kümmere. Die seien, sagte er, alle nur noch damit beschäftigt, ihre eigene Haut zu retten. Dann kam er eines Abends nach Hause und wirkte erleichtert. ›Hans und ich planen etwas. Es ist eine Idee von mir. Bald sind wir alle unsere Sorgen los.‹«
»Hans ... Meltin?«
»Ja. Der Sicherheitschef des Instituts. Ich habe ihn nur ein paar Mal persönlich getroffen und mochte ihn nie. Der war wirklich eiskalt. Da bekam man eine richtige Gänsehaut.« Sie schwieg einen Moment und schaute hinaus in den Garten, als suche sie dort Trost. »In den nächsten Tagen war er irgendwie belebt, sprühte vor Tatendrang. Dann ... vielleicht zwei Wochen später ... kam er abends nicht von der Arbeit zurück. Am nächsten Tag erhielt ich einen Anruf aus der Dresdner Stasi-Zentrale. Mein Mann sei tot aufgefunden worden. Ich müsse in die Gerichtsmedizin kommen, ihn identifizieren.« Jetzt wurden ihre Augen feucht. Sie zog ein geblümtes Taschentuch hervor und tupfte sich die Tränen ab. »Sie sagten, er sei erschossen worden. Die Kripo hätte die Ermittlungen aufgenommen, und man würde mich informieren. Aber ich habe nie wieder etwas von ihnen gehört. Ein paar Tage später wurde seine Leiche zur Bestattung freigegeben. Meltin hatte wohl etwas mit der Sache zu tun, denn ich habe später erfahren, dass er seither im Rollstuhl sitzt. Aber ich weiß bis heute nicht, wer meinen Mann erschossen hat und warum.« Bei den letzten Worten zitterte ihre Stimme, und sie tupfte sich erneut die Augen ab.

»Vielleicht gelingt es uns ja, endlich Licht in die Angelegenheit zu bringen«, sagte Koerber, und trotz der Schweinereien, die vermutlich in diesem Institut passiert waren und an denen ihr Mann in irgendeiner Form beteiligt gewesen sein musste, tat Frau Krummbiegel ihm Leid.

Sie starrte schweigend aus dem Fenster, holte dann plötzlich tief Luft, gab sich erkennbar einen Ruck und sagte: »Reden Sie mit Herrn Mahlicher.«

»Wer ist das?«

»Mein Gärtner.«

Koerber hob die Brauen. »Ihr ... Gärtner?«

»Ja. Herr Mahlicher war der Hausmeister des Instituts, so eine Art Faktotum, könnte man sagen. Mein Mann hielt immer große Stücke auf ihn. Er hat schon damals gelegentlich kleinere Arbeiten hier am Haus für uns erledigt. Er muss mehr über die Vorgänge im Institut wissen als ich, aber ich habe keine Ahnung, ob sie etwas aus ihm herausbekommen. Er ist sehr schweigsam. Mir hat er noch nie etwas erzählt.«

»Warum beschäftigen Sie ihn dann als Gärtner?«

Sie spielte nervös mit ihrem Taschentuch. »Er hat es mir angeboten, damals nach dem Tod meines Mannes. Seitdem kommt er regelmäßig, erledigt Reparaturen am Haus und kümmert sich um den Garten. Und er weigert sich bis heute, von mir Geld dafür anzunehmen, obwohl ich es ihm ein paar Mal angeboten habe. Wie Ihnen sicher bereits aufgefallen ist, macht er seine Sache gar nicht mal schlecht.« Mit erkennbarem Stolz deutete sie auf das üppige Grün vor dem Fenster. Dann fügte sie zögernd hinzu: »Manchmal denke ich, dass er es aus einem schlechten Gewissen heraus tut, um irgendeine Schuld abzutragen. Glauben Sie, er hatte etwas mit dem Tod meines Mannes zu tun?«

Koerber wiegte den Kopf. »Möglich«, sagte er. »Geben Sie mir seine Adresse.«

Sie zögerte. »Werden Sie ihm sagen, dass Sie sie von mir haben?«

»Keine Sorge. Ich sage, der Computer hätte sie ausgespuckt.«
Frau Krummbiegel atmete erleichtert auf, holte einen Notizblock und einen Stift aus der Küche und schrieb ihm die Adresse auf. Sie riss den Zettel ab und fragte: »Möchten Sie noch Kaffee, ein paar Kekse? Ich hatte noch nie einen Polizisten zu Gast, nach der Wende. Sie sind anders als diese Herrschaften, mit denen man es früher zu tun hatte.«
Ich bin einer von früher, dachte Koerber und unterdrückte mühsam ein Grinsen, während er den Zettel nahm. »Danke«, sagte er und verabschiedete sich mit einem knappen Händedruck.

Die Adresse, die sie ihm gegeben hatte, lag außerhalb, Richtung Bischofswerda. Einen Moment erwog Koerber, den Mann ins Präsidium vorzuladen, entschied dann aber doch, noch am selben Nachmittag hinauszufahren, um den Überraschungseffekt zu nutzen – vorausgesetzt, dass Mahlicher nach dem Zeitungsbericht heute Morgen nicht ohnehin mit dem Besuch der Polizei rechnete. Diesmal nahm Koerber Fischerau mit.
Kleinroda war ein dem Namen entsprechend winziges, von den Feldern einer einstigen LPG umgebenes Dorf. Auf der Suche nach dem Hainweg Nummer 10 gelangten Koerber und Fischerau schließlich zu einem verwahrlost wirkenden Bauernhaus mit großer Scheune. Vor dem Haus parkte ein alter Skoda. Auf dem teilweise von Unkraut überwucherten Hof zwischen Haus und Scheune gammelten zwei weitere Skodas, die offenbar als Ersatzteillager für den noch fahrtüchtigen dienten, der Schrottpresse entgegen. Das gleiche Schicksal drohte dem dort endgelagerten Traktor. Koerber erwartete einen wütend kläffenden, angeketteten Hofhund,

der sehr gut zu dem Ambiente gepasst hätte. Doch alles war still.

Fischerau klingelte an der Vordertür. Niemand öffnete. »Herr Mahlicher?!«, rief Koerber.

Ein dickes, rostiges Vorhängeschloss verriegelte das Scheunentor. Nebenan war ein Werkstattschuppen angebaut. Koerber versuchte, durch die kleinen, trüben Fenster einen Blick ins Innere des Schuppens zu werfen, konnte aber nur Schemen erkennen. Wenn ihn nicht alles täuschte, brannte drinnen Licht, offenbar weil es in diesem Verschlag selbst tagsüber zu dunkel zum Arbeiten war. Er drückte die Klinke herunter, und die Tür öffnete sich in quietschenden Scharnieren. »Herr Mahlicher?«

Drinnen war es dämmrig, aber über einem Tisch im hinteren Teil der Werkstatt brannte tatsächlich eine Glühbirne. Auf dem Tisch stand eine geöffnete, ungefähr zur Hälfte geleerte Schnapsflasche, daneben lag eine aufgeschlagene Zeitung. Koerber trat näher an den Tisch heran. Es war der *Dresdner Anzeiger* vom heutigen Tag, die Seite mit dem Artikel über die beiden Morde. Koerber sah die blassen Fotos von Strehlitz und Bergmann im groben Zeitungsdruckraster. »Aufräumen unter alten Stasi-Seilschaften?« lautete die reißerische Überschrift, über die sich Koerber bereits beim morgendlichen Blick in das Blatt geärgert hatte.

Neben der Zeitung stand, mit aufgeklapptem Deckel, eine alte Zigarrenkiste, die einige Fotos enthielt. Koerber nahm die Fotos heraus und betrachtete sie nacheinander. Es waren Amateuraufnahmen in Farbe. Das erste zeigte ein Gebäude, bei dem es sich sehr gut um das abgerissene Institut handeln konnte. Interessiert sah Koerber, dass jemand – Mahlicher? – etwas mit Filzstift auf das Bild gekritzelt hatte: *5 × TOD*. Fünfmal Tod? Was sollte das? Auf dem nächsten Foto war eine Art Laboratorium zu sehen, in dem aufgereiht fünf große Kessel standen, die irgendwie an überdimensionale Bienenwaben erinnerten. Quer über das Foto war *Die Waben* gekritzelt und daneben ein Totenkopf gezeichnet worden. Koerber schüttelte verwundert den Kopf. Das dritte Bild zeigte eine Frau von vielleicht Ende Fünfzig, im hellen Laborkittel. Sie stand vor einem der gut mannshohen, wabenförmigen Kessel. *Das wahre Monster!* lautete das Gekritzel auf diesem Foto. Bild Nummer vier, eine Schwarzweißaufnahme, zeigte dieselbe Frau, allerdings einige Jahre jünger, mit einem älteren Mann, der ihr den Arm um die Schulter gelegt hatte. *Die Nazi-Ratte* war neben den Mann geschrieben, ein Pfeil zeigte auf seinen Kopf. Den Mann auf dem nächsten, wieder farbigen Foto erkannte Koerber sofort: Meltin – schlanker, jünger und auf zwei gesunden Beinen stehend. Er grinste kalt in die Kamera. *Der Rollstuhl ist die gerechte Strafe*. Die bisher längste Kritzelei. Zwei Farbfotos folgten noch. Bei dem vorletzten handelte es sich um das Porträt einer attraktiven blonden Frau von vielleicht Anfang Zwanzig. Nur zwei Worte standen neben ihrem Gesicht: *Wunderschöner Todesengel*. Als Koerber das letzte Foto betrachtete, lief ihm ein Schauder über den Rücken. Es zeigte dieselbe Frau, doch nun war sie tot, eine hässliche, blutverkrustete Einschusswunde entstellte ihre schöne Stirn. *Gefallener Engel. Widerliche Befehle*, und am unteren Bildrand: *Ich werde mich dafür immer hassen*.

Fischerau betrat die Werkstatt. »Drüben im Haus ist niemand, Chef«, sagte er. Dann rief er plötzlich aus: »Oh mein Gott, da!«

Koerber hatte sich bislang ganz auf den Tisch und die Fotos konzentriert. Erst jetzt blickte er umher und sah den Mann, der reglos im halbdunklen Hintergrund der Werkstatt auf

dem Boden saß, mit dem Rücken in die Mauerecke gelehnt. Mahlicher, höchstwahrscheinlich. Koerber legte die Fotos langsam auf den Tisch zurück. Mahlicher hatte sich auf den Boden gesetzt, den Lauf einer Makarov in den Mund geschoben und abgedrückt.
Koerber spürte einen kleinen, trockenen Klumpen in der Kehle, den er hinunterschluckte. »Scheiße«, sagte er heiser. Fischerau zog das Handy aus der Tasche und verständigte die Spurensicherung.

Das Wetter war gut, ein schöner Spätsommertag. Nach dem Eisessen mit Lutz verspürte Billi den Wunsch, oben an ihrem Lieblingsplatz Qigong zu üben. Kurz entschlossen schlenderte sie den Pfad durch die Weinberge hinauf. Von der Eifel wehte ein kräftiger, aber nicht kalter Wind herüber. Erst als Billi die letzten Häuser schon ein Stück hinter sich gelassen hatte, fiel ihr ein, dass es möglicherweise keine so gute Idee war, sich als junge Frau allein dort draußen herumzutreiben, jetzt, nachdem schon die zweite Person verschwunden war. Sie blieb stehen. Unten aus dem Tal drang Verkehrslärm herauf, und auf dem Rhein tuckerten die Frachtschiffe. Sie hatte einfach Lust dazu, oben auf der Wiese zu üben, mit dem herrlich weiten Blick. Ich lasse mich nicht einschüchtern und mir mein Leben nicht diktieren, dachte sie, von niemandem, und ging weiter.
Außerdem waren es noch fast zwei Stunden bis Sonnenuntergang. Dieser geheimnisvolle Mörder oder Entführer würde ja wohl kaum vor Einbruch der Dunkelheit zuschlagen. Lutz' Theorie, dass ein und dieselbe Person für Franks und Katjas Verschwinden verantwortlich sein könnte, erschien Billi nicht völlig abwegig, nachdem er sie auf die Parallelen bei beiden Fällen aufmerksam gemacht hatte. Andererseits

liebte Lutz kriminalistische Knobeleien und schoss dabei gelegentlich übers Ziel hinaus. Kein Wunder, dass er mit diesem Eifer bei seinen geistig weniger hellen Kollegen des Öfteren aneckte. Lutz hatte Recht: Warum hätte dieser Jäger, auf den man sich nun eingeschossen hatte, eine so haarsträubende Geschichte erzählen sollen, wenn er damit nur den Verdacht von sich ablenken wollte? Entsprach die Geschichte aber der Wahrheit, wie Lutz vermutete, was war das dann für ein sonderbarer schwarz gekleideter Mensch, der von Bäumen heruntersprang und Leute verschleppte?
Der Weg führte jetzt zwischen alten Obstbäumen hindurch. Für einen Moment hielt Billi schaudernd nach auf Ästen hockenden dunklen Gestalten Ausschau. Man konnte glatt Angst vor dem schwarzen Mann bekommen, der doch sonst eigentlich eher in Schränken oder unter Betten lauerte.
Dann war Billi unter den Bäumen hindurch, und die freie Wiese lag vor ihr, frisch gemäht und duftend und von der Sonne erwärmt. Natürlich war das, was mit Katja Liesenbach und Frank geschehen war, schrecklich, aber Billi musste sich ehrlicherweise eingestehen, dass sie ein gewisses Prickeln verspürte, eine gespannte Aufregung. Endlich war in Altenbach mal etwas los! Vielleicht war es ja dieses Kribbeln, diese Lust am Ungewöhnlichen, am besonderen Ereignis, die Menschen dazu trieb, Sensationsreporter zu werden. Am Ende lande ich noch bei der *Bild-Zeitung*, dachte sie, und mein Chef, der mich für ein Weichei hält, würde vermutlich dumm aus der Wäsche gucken. Nein, dann mochte sie doch viel lieber als Korrespondentin für eine seriöse Zeitung oder Presseagentur nach China gehen. Aber dazu musste sie erst einmal studieren und Chinesisch lernen.
Billi stellte sich mit lockeren Knien hin und ließ ihre Hände weich, mit leicht gerundeten Fingern neben den Hüften

schweben. Als sie drei, vier Minuten so gestanden hatte, mit etwas gebeugten, lockeren Knien, wurde ihr Atem leichter, fließender. Sanft, wie in Zeitlupe, drehte sie die Handgelenke, sodass ihre Finger nach vorn zeigten. Sie stellte sich vor, zwei kleine Bälle unter Wasser zu drücken. Dann nahm sie die Hände nach vorn und formte lockere Bärentatzen. Sie machte den Schritt des Bären, die erste Figur des *Spiels der fünf Tiere*, und stellte sich dabei vor, ein runder, zottiger und enorm starker Bär zu sein, der sich möglicherweise von Bäumen springender schwarzer Gestalten mit einem einzigen, mächtigen Tatzenhieb zu erwehren wusste.
Billi drehte den Kopf und ließ ihre Bärentatzen gegenläufig neben den Hüften kreisen, als beschrieben sie eine liegende Acht. Diese Figur mochte sie besonders. Sie hatte etwas angenehm Harmonisches und erinnerte Billi an das Taiji-Symbol – ineinander verschlungener weißer und schwarzer Fisch, die zusammen einen Kreis bilden. Den Kreis hatten die alten Chinesen als wichtiges Symbol betrachtet. Überhaupt hatten sie offenbar eine Vorliebe für runde, fließende Formen besessen. Der Hang zu geraden Linien und rechten Winkeln, zu Anfängen und Enden, schien dagegen etwas sehr Europäisches zu sein.
In diesem Moment zerbrach mit lautem Krachen ein Ast. Billi zuckte heftig zusammen und wirbelte herum. Da stand Sylvia Lennow, groß und kräftig, am Rand der Wiese, in jeder Hand ein Stück eines schweren Astes, den sie offenbar gerade in zwei Hälften zerlegt hatte, eines so dicken Astes, dass Billi ihn wohl auch mit größter Anstrengung niemals hätte in der Mitte durchbrechen können.
»Dieses … Qigong ist wirklich interessant«, sagte Sylvia langsam. Sie schleuderte eines der beiden Aststücke weg wie ein abgebranntes Streichholz. Es flog vielleicht zehn Me-

ter durch die Luft und landete mit geräuschvollem Prasseln in den Haselnusssträuchern. Sylvia machte einige Schritte auf Billi zu. »Erklär mir, was es damit auf sich hat«, sagte sie ruhig. Sylvia trug ein kurzärmeliges graues T-Shirt, und Billi sah, dass Sylvias kräftige Armmuskeln zitterten, als stünde sie unter einer inneren Anspannung, die in sonderbarem Widerspruch zum ruhigen, fast gleichgültigen Klang ihrer Stimme stand. Sie klopfte mit dem Aststück, das sie in der Linken hielt, immer wieder in ihre rechte Handfläche und kam noch ein Stück näher. Billi wich unwillkürlich einen Schritt zurück und schämte sich sofort für diese instinktive Bewegung. Sylvia atmete mit einem tiefen, eigenartig klingenden Keuchen aus und schleuderte das zweite Aststück ebenfalls in die Sträucher. Sie setzte sich ins Gras und sagte: »Ich habe heute oft an dich gedacht. Das kommt sonst nicht vor, dass ich auf solche Weise an andere denke. Es ist ungewöhnlich.« Sie lächelte. Täuschte Billi sich, oder zitterten dabei ihre Mundwinkel? »Komm«, sagte Sylvia leise, offenbar bemüht, ihrer Stimme einen wärmeren Klang zu geben, »erzähl mir mehr davon.«

Billis Verkrampfung löste sich. Sie atmete tief durch und ließ sich ins Gras plumpsen. »Okay. Ich erklär dir, was Qigong ist, beziehungsweise, was ich bisher darüber weiß.«

Fünf

»Was erwarten Sie? Dass ich wegen Mahlichers Tod heulend zusammenbreche?« Meltin schnaubte verächtlich. »Er war ein paranoides Arschloch, und er trank. Aber ich konnte mir die Leute leider nicht aussuchen, mit denen ich zusammenarbeiten musste.«

Von Mahlicher aus, wo die Spurensicherung nichts ergeben hatte, was auf eine Fremdbeteiligung an seinem Tod hindeutete, war Koerber mit Fischerau sofort zu Meltin gefahren, der sie mit mürrischer Miene empfangen hatte. Jetzt standen sie in seinem Wohnzimmer, ohne dass er ihnen Platz anbot. Als erstes zeigte Koerber ihm das Foto des Gebäudes. »Ist das das Institut?«

»Es ist lange her, aber es sieht ganz so aus.«

»Und diese *Waben* hier, wie Mahlicher sie genannt hat, falls das Gekritzel von ihm stammt, was hat es damit auf sich?«

Ohne sich das Bild richtig anzusehen, zuckte Meltin die Achseln.

»Ob Sie es mir glauben oder nicht, ich hatte zu den Labors keinen Zutritt. Ich habe keine Ahnung, woran dort geforscht wurde. Ich war für die Sicherheit zuständig, dafür, dass die Leute, die im Institut ein und aus gingen, sauber waren. Mehr nicht.«

»Das kaufe ich Ihnen nicht ab«, entgegnete Koerber kühl.

»Na und? Das ist mir doch egal!«

»Es gibt ein Gerücht, dass dort Menschenversuche stattgefunden haben sollen.« Was Ludwig ihm erzählt hatte, war nur

sehr vage gewesen, aber Koerber wollte Meltins Reaktion testen.
Meltins rechte Hand klopfte nervös auf die Armlehne seines Rollstuhls. »Es war ein medizinisches Institut. Natürlich gab es dort Versuchspersonen. Freiwillige, natürlich. Das ist in der medizinischen Forschung doch wohl nicht ungewöhnlich?«
»Diese beiden. Wer ist das?« Koerber hielt ihm das Foto der Frau und des alten Mannes in Laborkitteln hin.
»Dr. Hedwig Janders und Professor Wilhelm Noethen, zwei Wissenschaftler, die am Institut geforscht haben. Die Adressen, falls das Ihre nächste Frage sein sollte, kann ich Ihnen gerne nennen: Sind beide schon lange auf dem Friedhof.«
»Und was sollen Mahlichers Kritzeleien: *Das wahre Monster* und die *Nazi-Ratte*?«, schaltete sich Fischerau ein.
»Mahlicher war ein paranoider Spinner und Alkoholiker, das habe ich Ihnen doch schon gesagt.«
»War dieser Noethen ein Nazi?«, fragte Koerber.
»Da er schon im Dritten Reich geforscht hat, wird er wohl einer gewesen sein – wie die große Mehrheit aller Deutschen«, sagte Meltin mit gleichgültiger Miene. »Was kümmerte mich das? Ich hatte meine Befehle, die habe ich ausgeführt.«
»Warum gönnte er Ihnen den Rollstuhl?«, fragte Fischerau. »Er muss Sie sehr gehasst haben.«
Koerber hielt ihm das Foto hin, auf dem ein jüngerer, auf zwei gesunden Beinen stehender Meltin zu sehen war.
»Sind wir jetzt bald fertig mit der Bilderstunde?« Meltin lachte bitter. »Ja, das war ich mal! Und schauen Sie mich jetzt an: ein alter, fetter Krüppel. Natürlich hat Mahlicher mich gehasst. Er hat uns alle gehasst. Ich sagte ja, er war paranoid.«
»Niemand hasst ohne Grund«, sagte Koerber.
»Hatte Mahlicher vielleicht etwas damit zu tun, dass Sie jetzt

an diesen Rollstuhl gefesselt sind?«, fragte Fischerau, der seine Sache heute wirklich gut machte.
»Es war ein Arbeitsunfall, das habe ich Ihnen bereits gesagt.«
»Geht das vielleicht etwas ausführlicher?« fragte Koerber mit schneidender Schärfe. »Krummbiegels Witwe ist der Ansicht, Sie hätten etwas mit dem Tod ihres Mannes zu tun!«
Meltin starrte einen Moment schweigend auf das Foto, dass ihn als gesunden Mann zeigte, dann sagte er: »Es ging um ein Medikament, das getestet werden sollte. Genaueres über dieses Medikament weiß ich nicht. Eine Versuchsperson ist ausgerastet und hat Krummbiegel getötet und mich angeschossen. Eine üble Sache. Aber so was kommt eben vor.«
Koerber runzelte die Stirn. Was für eine Geschichte war das? Er gab Meltin das Foto der attraktiven blonden Frau. »Und die? Wer ist die?«
Zum ersten Mal bemerkte er bei Meltin eine unkontrollierte Reaktion. Er zuckte zurück, schien sich im Rollstuhl etwas von dem Foto wegzuneigen. »Kenne ich nicht. Nie gesehen.«
»Sind Sie sicher?«, bohrte Koerber nach und hielt ihm das Bild dichter vor die Nase.
»Doch. Ich glaube, jetzt erinnere ich mich. Sie hat kurze Zeit im Institut als Laborantin gearbeitet. Eines Tages war sie dann plötzlich verschwunden. Wir vermuteten, sie hätte sich in den Westen abgesetzt. Aber ihr Name ist mir leider entfallen.«
Koerber schaute auf Meltin hinunter und sagte in drohendem Tonfall: »War es nicht vielleicht so, dass Mahlicher von Ihnen oder einem anderen Vorgesetzten den Befehl erhielt, die junge Frau zu beseitigen, aus welchen Gründen auch immer, und dass er diesen Befehl ausgeführt hat?« Er warf das letzte Bild, das der Toten, vor Meltin auf den Tisch.
Meltin warf nur einen kurzen Blick darauf und sagte rasch:

»Damit hatte ich nichts zu tun. Ich dachte, sie hätte sich in den Westen abgesetzt. Ich hatte keine Ahnung, dass sie erschossen wurde.« Seine Stimme wurde plötzlich dünn und weinerlich. »Hören Sie: Ich bin ein kranker Mann. Ich habe zu hohen Blutdruck und ein schwaches Herz und darf mich nicht aufregen. Ich muss jetzt meine Medikamente einnehmen.«
»Wir kommen wieder, Herr Meltin«, sagte Koerber, sammelte die Fotos auf und verließ das Zimmer.
Auf dem Weg zum Auto sagte Fischerau: »Falls sie eine westliche Agentin war, müsste sich doch beim BND etwas über sie finden lassen. Und über dieses Institut und diese beiden Forscher Janders und Noethen. Soll ich dort mal anfragen?«
»Tun Sie das. Schaden kann es nicht. Verdammt, wir kommen einfach keinen Schritt weiter! Angenommen, Mahlicher hat damals auf Befehl hin diese junge Frau erschossen. Wie hängt das mit Krummbiegels Tod zusammen? Und was hat das wiederum mit der Ermordung der Strehlitz und Bergmanns zu tun?«
»Und wenn die junge Blondine die Versuchsperson war?«, überlegte Fischerau. »Wenn sie damals ausrastete und deshalb von Mahlicher erschossen wurde? Das könnte seine Gewissensbisse erklären.«
Koerber hielt ihm das Foto der Toten hin, mit dieser entstellenden Schusswunde auf ihrer schönen Stirn. »Sie ist regelrecht liquidiert worden. Durch einen Kopfschuss aus nächster Nähe. Vermutlich hat man sie vorher betäubt oder gefesselt. Notwehr gegenüber einer geistig verwirrten Person, die im Besitz einer Waffe war, kann das kaum gewesen sein. Und woher hatte sie überhaupt eine Waffe, mit der sie auf Meltin schießen und Krummbiegel töten konnte?«

»Vielleicht war einer der Aufpasser unvorsichtig, und sie hat sie ihm aus dem Halfter gezogen. Aber was müssen das für schreckliche Experimente gewesen sein, bei denen eine junge Frau derartig ausrastet? Ob sie Sportlerin war, und sie haben an ihr irgendwelche Dopingmittel ausprobiert?«
Koerber wiegte den Kopf. »Bei all den gesundheitlichen Schäden, die die Anabolika bei unseren Sportlerinnen angerichtet haben – ich kann mir trotzdem nicht vorstellen, dass ein Dopingmittel *solche* Nebenwirkungen gehabt haben könnte. Immerhin hat sie eine Waffe gestohlen, damit einen Wissenschaftler getötet und einen Mann rollstuhlreif geschossen – wenn seine Verletzung tatsächlich so entstanden ist, wie er behauptet.«
»Ich habe den Eindruck, Meltin lügt, wenn er den Mund aufmacht.«
Sie stiegen in den Wagen und fuhren nach Dresden zurück. Unterwegs sagte Koerber: »Nun haben wir zumindest ein mögliches Motiv für die Morde an Bergmann und der Strehlitz. Jemand will den Tod der jungen Frau damals rächen. Fragt sich nur, warum er erst jetzt zuschlägt, nach so vielen Jahren.«
»Und wenn es Mahlicher war?«, fragte Fischerau, während der Opel dröhnend und polternd über das Kopfsteinpflaster ratterte.
Koerber schüttelte den Kopf. »Können Sie sich vorstellen, dass ein dickbäuchiger, rotgesichtiger Alkoholiker von Mitte Fünfzig an Hochhäusern emporklettert und Eichentüren eintritt?«
Und damit waren sie erneut beim außergewöhnlichen physischen Leistungsvermögen des Mörders, an das Koerber immer wieder voll Unbehagen denken musste. Angenommen, Fischerau hatte Recht und man hatte in diesem ominösen

Institut Dopingmittel entwickelt – was für eine Art von Doping mochte das gewesen sein?

Billi hatte Sylvia erzählt, wie sie durch eine Freundin zum Qigong gekommen war und wie seltsam sich die Bewegungen während der ersten Übungsstunden angefühlt hatten. Schon nach wenigen Wochen hatte sie aber gespürt, wie gut ihr das Üben tat, und seitdem mochte sie es nicht mehr missen. Sylvia hörte die ganze Zeit über schweigend zu.
Dann sagte Billi: »Diese Idee des Qi finde ich total faszinierend.«
»Das hast du vor ein paar Tagen schon einmal erwähnt.« Sylvia beugte sich interessiert vor. »Du hast gesagt, das Qi ist die … Lebensenergie. Aber was genau kann man sich darunter vorstellen?«
»So, wie ich es verstehe, gibt es eine Energie, die eben in allem fließt, was lebendig ist. Wenn du Qigong übst, wird das Fließen dieser Energie angeregt, und du fühlst dich wohler – und es ist sehr entspannend«, fügte Billi mit dem Gedanken an das angespannte Zittern von Sylvias Armmuskeln hinzu, das sie zuvor bemerkt hatte. »In der traditionellen chinesischen Medizin glaubt man, dass Krankheiten entstehen, wenn das Fließen des Qi im Körper irgendwie blockiert ist oder wenn es sich irgendwo übermäßig ansammelt. Durch Qigong, aber auch durch Akupunktur, wird das Qi im Körper harmonisiert – und das tut einfach nur gut! Aber es theoretisch zu erklären bringt nicht viel. Du musst es selber ausprobieren. Komm, ich zeig's dir!« Billi stand auf.
Sylvia strich sich eine blonde Strähne aus der Stirn, eine etwas unsicher, unbeholfen wirkende Geste. In diesem Moment mochte Billi sie sehr gern. »Ich weiß nicht«, sagte sie. »Bestimmt kann ich es nicht. Genau wie das Tanzen.«

»Wenn du Qigong übst, wirst du dadurch automatisch auch eine gute Tänzerin«, meinte Billi aufmunternd.
Langsam stand Sylvia auf. »Und du sagst, diese Energie fließt in allen lebendigen Organismen? Dann müsste ich sie auch spüren können.«
»Ganz bestimmt«, sagte Billi.
Sie stellte sich mit leicht gebeugten Knien hin und ließ die Hände weich neben den Hüften schweben. Sylvia machte es ihr nach. »Bleib einfach mal ein wenig so stehen«, sagte Billi. »Und lass die Knie ganz locker.«
Bei Sylvia wirkte das Ganze eher steif. Sie hat ziemlich viele Muskeln, dachte Billi, aber einen irgendwie merkwürdigen Muskeltonus. Ob sie mal total übertrainierte Leistungssportlerin war? Billi nahm sich vor, sie später danach zu fragen.
Billi zeigte Sylvia *Zerteile die Wolken und trage den Mond*, eine sanfte, einfache Übung, die im Stehen praktiziert wurde. Billi spürte dabei immer sehr schnell, wie das Qi in den Armen angeregt wurde und die Hände eine angenehme Wärme entwickelten. Wenn sie sich dann mit den Handflächen in leichtem Abstand über das Gesicht strich, konnte sie die Ausstrahlung des Qi fühlen.
Mit etwas eckigen Armbewegungen versuchte Sylvia, die Figur nachzuvollziehen. »Du beschäftigst dich sehr viel mit mir«, sagte sie dabei plötzlich. »Das kenne ich nicht. Warum tust du das?«
Diese Frage kam so unvermittelt, dass Billi überrascht die Arme sinken ließ. »Na ja, weil ... weil ich dich mag. Warum denn sonst? Ich meine, nimm's mir nicht übel, du scheinst einen ganzen Sack voller Probleme mit dir rumzuschleppen, aber ich mag dich. Welchen Grund brauche ich sonst?«
Jetzt hatte auch Sylvia die Arme gesenkt. Sie steckte die eine Hand in die Tasche ihrer Jeans und fuhr sich mit der anderen

durchs blonde Haar und wirkte geradezu rührend verlegen. »Das ist … sehr freundlich von dir, dass du das sagst.«
Billi hatte plötzlich das starke Bedürfnis, Sylvia in den Arm zu nehmen, doch irgendetwas in ihrem Körper widersetzte sich diesem Impuls, sodass sie reglos stehen blieb. »Sylvia, kann es sein, dass du zu viel alleine bist?«
»Ich war immer allein«, sagte Sylvia. »Ich … muss allein sein.«
»Du *musst*? Aber warum das denn? Niemand muss allein sein!«
Anstelle einer Antwort sagte Sylvia: »Ich habe es nicht spüren können, dieses Qi.« Sie sagte es leise, fast wie im Selbstgespräch. »Wenn du es spüren kannst, warum kann ich es nicht spüren? Ich bin doch lebendig.«
»Aber das kommt noch. Ganz sicher. Es ist nur eine Frage der Übung! Du darfst nicht sofort aufgeben. Ich habe es auch nicht von Anfang an gespürt.«
»Ich *bin* lebendig«, sagte Sylvia. Es klang trotzig, fast wütend. Und wieder sah Billi, dass Sylvias Armmuskeln ein wenig zu zittern begannen. Natürlich ist sie lebendig, dachte Billi. Was soll das? Was hat sie nur?
»Ich muss jetzt gehen.« Sylvia streckte ihr in einer steif wirkenden Geste die Hand entgegen, was Billi schrecklich förmlich fand. Trotzdem erwiderte sie den Händedruck. Sylvias Hand fühlte sich kühl wie immer an, und etwas feucht. Billi hatte gehofft, das Sylvias Hände durch das Üben vielleicht etwas wärmer werden würden. »Ich danke dir, dass du versucht hast, mir das Qi zu zeigen.« Damit drehte sich Sylvia um und ging mit großen Schritten davon.
»Warte!«, rief Billi hinter ihr her. »Immer läufst du so schnell weg! Lass uns noch ein bisschen zusammensitzen und reden!«

Doch Sylvia entfernte sich auf ihren langen, muskulösen Beinen so rasch, dass Billi hätte rennen müssen, um sie noch einzuholen. Stattdessen setzte Billi sich mit einem Seufzer ins Gras, verwirrt und ein wenig frustriert.

Als Lutz am Samstagnachmittag einen Spaziergang machte, trugen ihn seine Füße zufällig (oder vielleicht doch nicht ganz so zufällig) in die Nähe von Sylvia Lennows Haus. Billi hatte ihm gestern Abend von der sonderbaren Begegnung mit Sylvia auf ihrer Qigong-Wiese erzählt. Sowieso fand er es extrem unvernünftig, dass Billi dort draußen allein ihr Qigong übte, solange die beiden Vermisstenfälle noch nicht aufgeklärt waren. Aber Billi kluge Ratschläge zu erteilen, hatte er irgendwann aufgegeben. Sie konnte ein furchtbarer Dickkopf sein und tat im Allgemeinen das genaue Gegenteil dessen, wozu man ihr riet.
Billis Vater und der zuständige Staatsanwalt weigerten sich, einen Zusammenhang zwischen den Fällen Frank Erlenwein und Katja Liesenbach herzustellen, obwohl dieser Zusammenhang für Lutz auf der Hand lag. Neuerlichen Ärger mit Gerhardt riskierend, war er am Freitag doch noch zu Hauptkommissar Schmidt gegangen und hatte ihm von seiner Vermutung berichtet, dass nicht dieser Jäger hinter Katjas Verschwinden steckte. Doch Schmidt hatte ihn nur spöttisch angegrinst. »Ja, ja, Küpper, Sie mit Ihren Theorien. Weiß eigentlich Gerhardt davon, dass Sie damit zu mir kommen?«
Dabei blieb der Jäger beharrlich bei seiner Aussage, und von Katja Liesenbach fehlte bisher jede Spur, obwohl das Gelände um die Pferdekoppel gründlich durchkämmt worden war.
Die Septembersonne schien warm, und Lutz kam ins Schwitzen, als er den Weg durch die Weinberge nahm. Aus der Stadt drang die Akustik des Winzerfestes, das am Samstag

stets den größten auswärtigen Besucherstrom anzog. Vor ihm tauchte Sylvias Haus auf, die alte Weinkellerei. Die Frau musste über ziemliche Kräfte verfügen. Die Art, wie sie diesen dicken Ast zerbrochen und weggeschleudert hatte – Billi war darüber erstaunt und offenbar auch etwas erschrocken gewesen, auch wenn sie Letzteres natürlich nicht zugab. Lutz fand dieses Verhalten und Sylvias ganzes Benehmen Billi gegenüber, soweit die ihm davon berichtet hatte, merkwürdig. Es wirkte auf ihn fast etwas psychopathisch, und er fragte sich, ob er Grund hatte, sich deswegen um Billi zu sorgen.

Auf der Vernissage vor einigen Tagen war ihm Sylvia Lennow distanziert und unnahbar erschienen. Und niemand wusste, woher sie kam. Ihr Alter ließ sich schwer schätzen, aber Mitte Zwanzig war sie sicher. Billis Theorie, dass sie vielleicht Leistungssportlerin gewesen war, bot eine Erklärung für Sylvias zwar wohlgeformte, aber doch auch ziemlich muskulöse Figur. Ihre Tierbilder waren wirklich sehr schön, soweit Lutz das mit seinem geringen künstlerischen Verständnis zu beurteilen wagte. Er konnte sich durchaus vorstellen, dass sich mit dem Verkauf solcher Bilder Geld verdienen ließ, vielleicht sogar eher als mit dem abstrakten, unverständlichen Zeug, das die anderen Altenbacher Künstler so produzierten. Aber davon allein würde sie doch wohl kaum existieren können?

Die ganze Frau umgab eine Aura des Rätselhaften, das seine kriminalistische Neugierde weckte. Da ist irgendetwas, sagte er sich, irgendetwas ist bei ihr faul. Warum hat sie sich ganz allein hier draußen verkrochen? Warum schottet eine so attraktive junge Frau sich derartig ab? Zieht hierher ins, wie Billi sagen würde, verschlafene Altenbach, was doch sonst eher Pensionäre tun, die einen beschaulichen Lebens-

abend verbringen wollen. Er grinste. Die meisten jungen Leute würden das ziemlich uncool finden.
Er setzte sich ein ganzes Stück oberhalb von Sylvias Haus auf eine alte, von der Sonne erwärmte Weinbergmauer aus Basaltsteinen, vor der Brombeersträucher emporwucherten. Von hier aus konnte Lutz die Vorderfront der Weinkellerei beobachten, ohne selbst gesehen zu werden. Er zündete sich eine Zigarette an.
Okay, dachte er, mag sein, dass ich nur ein spinnender Möchtegern-Columbo bin, wie die Kollegen auf der Wache glauben. Aber ich verlasse mich trotzdem auf meinen Instinkt. Während er rauchte, wanderten seine Gedanken zu Billi. Er spürte, dass sie weggehen würde, und diesmal vermutlich für lange oder gar für immer.
Er wusste, dass er ein Feigling war. Zweimal hatte er ihr signalisiert, dass er sich mehr wünschte als nur eine kumpelhafte Freundschaft, das letzte Mal vor gut einem Jahr – und sich von ihr zweimal einen Korb geholt. Freundschaft ja, das sei okay, mehr aber nicht. Aber für eine Nur-so-Freundschaft nahm die Beziehung zu ihr in seinem Leben zu viel Raum ein, das spürte er. Markus empfahl ihm immer wieder, sich das mit Billi ein für alle Mal aus dem Kopf zu schlagen und sich endlich nach einer anderen Frau fürs Bett umzuschauen. Lutz blies Rauch in die Luft und grinste. Ständig versuchte Markus, ihn mit irgendwelchen anderen Frauen zu verkuppeln.
In diesem Moment sah er Sylvia Lennow aus der Vordertür ihres Hauses kommen. Sie hatte eine Sporttasche umgehängt, ging zur Garage und öffnete das hölzerne Tor. Drinnen stieg sie in ihren Fiat-Lieferwagen. Er hörte, wie der Dieselmotor ansprang. Sie setzte den Fiat aus der Garage, stieg aus, schloss das Tor und rauschte dann in ziemlichem Tempo davon.

Lutz drückte die Zigarette auf der Mauer aus und stand auf. Eine gute Gelegenheit, das Haus etwas näher in Augenschein zu nehmen. Er ging den Pfad hinunter und stand einen Moment unschlüssig vor dem Maschendrahtzaun. Dieser neue Zaun, der gleich nach Sylvias Einzug vor einem knappen halben Jahr errichtet worden war, musste ein paar Mark gekostet haben. Wozu bewohnte diese Frau ganz allein ein so großes Anwesen? Und wie hatte sie mit Mitte Zwanzig den Kaufpreis dafür aufbringen können? Zwar befand sich die Bausubstanz in schlechtem Zustand, und das Haus hatte lange leer gestanden, aber er schätzte, dass um die dreihunderttausend Mark gewiss hinzublättern gewesen waren. Verdiente jemand als junge Tiermalerin so viel? Oder hatte sie geerbt?
Das Wohnhaus hatte zwei Etagen und ein ausgebautes Dachgeschoss. Dann gab es ein etwas verfallen wirkendes kleines Nebengebäude. Nun gut, das eignete sich als Atelier und zum Lagern von Gemälden. Hinter dem Haus gab es einen gepflasterten Hof, und dahinter lag der separate, in den Berg hineingebaute Weinkeller. Wozu der riesige Keller? Hatte sie die Absicht, Wein anzubauen oder damit zu handeln?
Dieses Anwesen war jedenfalls ideal, um alles Mögliche vor neugierigen Blicken zu verbergen. Lutz hielt seine Phantasie im Zaum und schaute den Pfad hinauf und hinunter und auf die schmale Zufahrtsstraße, die in einem kleinen Wendehammer vor Sylvias Garage endete. Weit und breit sah er keinen Menschen. Er schaute auf die Uhr. Sylvia Lennow war höchstens fünf Minuten weg. Er hielt es für unwahrscheinlich, dass sie schon wieder zurückkam, außerdem würde man den lauten Dieselmotor des Fiat schon von weitem hören können. Und falls sie mich wirklich überrascht, dachte er, kann ich immer noch behaupten, ich hätte eine verdächti-

ge Person verfolgt, einen möglichen Einbrecher. Polizisten sind schließlich immer im Dienst.
Er schaute sich noch einmal um, zog sich dann an einem der Zaunpfosten hoch und schwang sich über den etwa mannshohen Maschendraht. Der Garten vor dem Haus wirkte nicht sehr gepflegt. Überall wucherte das Unkraut. Er ging zum Haus und spähte durch eines der Seitenfenster. Dahinter lag die Küche, und sie war im Gegensatz zum Garten tadellos sauber und aufgeräumt. Es stand keinerlei benutztes Geschirr herum, das Rückschlüsse auf die Zahl der sich im Haus aufhaltenden Personen erlaubt hätte.
Er ging zum Nebengebäude und warf auch dort einen Blick durchs Fenster. Wie vermutet, hatte sie hier ihr Atelier eingerichtet. Er konnte eine Staffelei sehen, auf der sie gerade ein Bild in Arbeit hatte. Irgendwelche Vögel über dem Meer. Allerlei Malutensilien standen herum, an der Wand lehnten Bilder, von denen nur die kahlen Rückseiten zu sehen waren. Das wirklich interessante Objekt auf diesem Grundstück, so sagte es Lutz sein kriminalistischer Instinkt, war aber der Weinkeller. Er blickte sich erneut wachsam um und lief dann über den Hof zu der Felswand dahinter. Dort gab es eine breite Treppe mit einer Fassrampe daneben, die vielleicht zwei Meter hinabführte zu einer schweren, doppelflügeligen Holztür. Es gab außerdem zwei Kellerfenster, Lichtschächte wohl eher, die jedoch mit rostigen Eisenplatten abgedeckt waren, sodass man keinen Blick hinab in den Keller werfen konnte. Er versuchte, eine der Platten anzuheben, doch sie waren fest verschraubt.
Da nichts zu sehen oder zu hören war, auch kein sich nähernder Lieferwagen-Diesel, stieg Lutz kurz entschlossen die Treppe hinunter. Gerade als er an die Türklinke fassen wollte, glaubte er, hinter sich ein leises Geräusch zu hören. Noch

ehe er sich umdrehen konnte, packte plötzlich eine Hand sein Genick. Es war ein Griff von der stählernen Härte eines Schraubstocks, der sich anfühlte, als könnte diese Hand seine Halswirbelsäule zerquetschen wie einen Strohhalm. Lutz stöhnte entsetzt auf.
»Keinen Ton«, zischte eine dünne, ausdruckslose Stimme.
Eine zweite Hand packte Lutz am Hosenbund. Er wurde vom Boden gehoben wie ein mit Watte gefüllter Kartoffelsack. Lutz war unfähig, in dem unbarmherzigen Griff seinen Kopf auch nur einen Zentimeter zu bewegen, ohne sich sämtliche Halswirbel auszurenken. Und zugleich spürte er, wie ihn ein namenloses, unbegreifliches Entsetzen erfasste. Lutz wog um die fünfundsiebzig Kilo, doch sein Angreifer, den er nicht sehen konnte, hatte ihn am gestreckten Arm gut und gerne einen halben Meter hochgehoben, ohne jeden Körperkontakt. Der Angreifer trug ihn mit leichten Schritten vor sich her die Treppe hinauf. Lutz ruderte mit den Armen und zappelte mit den Beinen, doch es half ihm nichts. Er wurde rasch über den Hof getragen, und dieser im Grunde übermenschliche Krafteinsatz brachte die Person in keiner Weise ins Keuchen. Es war still, unheimlich still, und Lutz hörte nur die kräftigen Schritte seines Angreifers und dessen trotz der Anstrengung tiefe und gleichmäßige Atmung. Lutz' Herz raste, eiskalter Schweiß brach ihm aus. Ein Griff, der ihm fast den Nacken zermalmte, Arme, die ihn frei durch die Luft trugen und dabei nicht im geringsten zitterten.
Vor dem Zaun blieb der unsichtbare Angreifer stehen. »Verschwinde!«, zischte die unmodulierte Stimme hinter ihm. Und dann flog Lutz. Er wurde geworfen, wirbelte in hohem Bogen über den Zaun und landete mit einem dumpfen, schmerzhaften Aufprall in den Brombeersträuchern, die ihm die Haut zerkratzten. Als er halb betäubt aufschaute, sah er

gerade noch, wie eine Gestalt um die Hausecke verschwand – so rasch, dass er sie nur schemenhaft erkennen konnte. Diese Gestalt war nicht gelaufen. Sie war gesprungen, in riesigen, langen, unglaublich schnellen Sätzen gesprungen!
Stöhnend rappelte sich Lutz aus den Dornensträuchern auf, mit dumpf benommenem Schädel und schmerzendem Rücken. WAS hatte ihn da gepackt, getragen und durch die Luft geworfen? Grauen stieg in ihm hoch, blinde Panik. Lutz fing an zu rennen, stolperte, fiel hin, sprang wieder auf und rannte weiter den Pfad hinunter, bis er die ersten Häuser von Altenbach erreichte und sich dort keuchend, mit fliegendem Puls an eine Mauer lehnte. Die Kratzer der Brombeerdornen brannten auf seiner Haut wie Feuer, und sein malträtierter Nacken pochte und schmerzte. Bestimmt bildete sich um seinen Hals ein riesiger blauer Fleck, der aussehen würde wie ein Würgemal.
»Lutz? Was ist dir denn passiert? Mit wem hast du dich geprügelt?« Vor ihm stand sein Kollege Willroth, der das Wochenende frei hatte, schon recht schwankend auf den Beinen, mit beträchtlicher Weinfahne. »Hab gerade meine Alte nach Hause gebracht und gehe jetzt weitersaufen. Und du kommst mit, Lutz. Los! Keine Widerrede!«
Willroth zog Lutz hoch und legte ihm den Arm um die Schulter. Widerstandslos ließ sich Lutz zum Marktplatz schleifen, trieb mit Willroth in das Menschengewimmel hinein, zu verwirrt und durcheinander, um irgendeine Entscheidung zu treffen. An der erstbesten Bude kaufte Willroth eine Flasche Wein, und sie fingen an zu trinken. Willroth redete irgendwelchen Blödsinn, Lutz hörte nicht zu und trank.
Niemand wird mir glauben, dachte er, niemand wird mir diese Geschichte glauben. Ich bin demjenigen begegnet, der Liesenbachs Tochter und Frank hat verschwinden lassen. Die-

ses MONSTER – es kann sich nicht um einen gewöhnlichen Menschen handeln, kein normaler Mensch kann solche Kräfte entwickeln – ist so stark, dass es im Wald Frank vom Rad pflücken und ihn davontragen konnte, ohne Spuren zu hinterlassen. Und hat nicht auch der Jäger von unheimlichen, weiten Sprüngen gesprochen, mit denen die schwarze Gestalt im Wald verschwunden sein soll?
Sie werden alle nur spöttisch grinsen, dachte Lutz, und mich fragen, wie viel Wein ich wohl getrunken habe. Bestimmt glaubt mir noch nicht einmal Billi. Willroth hatte schon die nächste Flasche gekauft, hielt sie Lutz hin, und er trank mit geschlossenen Augen einen kräftigen Zug. Der Wein ließ ihn die Schmerzen im Nacken und die Kratzer auf der Haut vergessen. Billi. Die Unmöglichkeit seiner Gefühle ihr gegenüber wurde ihm wieder einmal bewusst. Seine Liebe zu ihr würde sich niemals erfüllen. Willroth lallte immer unzusammenhängenderes Zeug, und Lutz trank weiter. Das Gewirr aus Stimmen und Musik schien ihn zu verschlingen. Er sank in einen tröstenden, alles zudeckenden Nebel.

Sonntagnachmittag gegen zwei Uhr rief Billi bei den Küppers an. Lutz hauste in der kleinen Einliegerwohnung im Haus seiner Eltern, bei denen er auch immer noch aß. Billi fand, dass es für ihn mit vierundzwanzig doch an der Zeit war, für eine Weile wegzugehen und sich woanders ganz auf eigene Füße zu stellen. Außer während der Polizeigrundausbildung war er nie für längere Zeit von zu Hause fort gewesen, und Billi fragte sich, ob das wirklich gesund war.
Anja, eine von Billis Freundinnen, die den während des Winzerfestes in Linz herrschenden Rummel überhaupt nicht mochte, war am Samstagmorgen mit ihrem Freund für ein verlängertes Wochenende nach Paris gefahren und hatte Bil-

li gebeten, sich währenddessen um Hexe zu kümmern, ihren Collie. Billi und Hexe verstanden sich gut, und sie ging auch sonst öfter mit dem Hund spazieren.
Statistisch gesehen kam es eher selten vor, dass Billi sich bei Lutz meldete. Meistens rief er bei ihr an, ehe sie überhaupt auf den Gedanken gekommen war, sich wieder zu melden. Trotzdem ging er ihr nicht wirklich auf die Nerven, wie sie zugeben musste. Eigentlich war seine Gesellschaft angenehm, so wie die fürsorgliche Anwesenheit eines älteren Bruders, mit dem man sich gut verstand. Aber in letzter Zeit fragte sie sich, ob sie seine Zuneigung nicht zu sehr ausnutzte.
Zu Billis Überraschung meldete sich seine Mutter, obwohl Lutz unten in seiner Einliegerwohnung einen eigenen Telefonanschluss besaß. »Ah, Billi! Ich fürchte, Lutz ist im Moment nicht ansprechbar.«
»Nicht ansprechbar?«
»Na ja, dass mein Sohnemann viel Alkohol verträgt, lässt sich sicher nicht behaupten …«
Billi kicherte. Allerdings nicht. Lutz war kein sehr talentierter Trinker. Deswegen ging er dem Alkohol auch meistens aus dem Weg. Tat er es einmal nicht, endete das für gewöhnlich mit dramatischen körperlichen Ausfallerscheinungen. Sie ahnte, was passiert war. Er hatte auf dem Winzerfest irgendeinen Kollegen getroffen. Markus war noch wegen seiner lädierten Kniescheibe außer Gefecht, also würde es vermutlich Willroth gewesen sein, dieser labernde Quartalssäufer.
»Ich wollte ihn fragen, ob er heute Nachmittag mit mir und Anjas Hund spazieren geht.«
Frau Küpper lachte. »Das hat sich wohl erledigt. Er schafft es ja kaum vom Bett zur Kloschüssel und wieder zurück.« Dann fuhr sie ernster fort: »Er muss außerdem in irgendwelche

Dornensträucher gefallen sein. Dabei hat er sich ordentlich zerkratzt – und sich offenbar am Nacken gestoßen. Er hat da einen richtigen blauen Fleck.«

Das klang nun doch etwas Besorgnis erregend. »Glauben Sie, ich soll mal vorbeischauen?«

»Warte lieber bis morgen«, sagte Frau Küpper. »Er hat schon ein paar Mal kotzen müssen, und jetzt liegt er im Bett, kühlt sich Kopf und Nacken und dämmert vor sich hin. Das Ganze ist ihm natürlich furchtbar peinlich, du kennst ihn ja. Ich glaube, es würde ihm nicht besonders gefallen, wenn du ihn in diesem Zustand siehst.«

»Ist er denn noch ohne fremde Hilfe nach Hause gekommen?«

»Ach wo. Unser Nachbar hat ihn nachts um zwei auf dem Eiermarkt auf einer Bank gefunden, wo er seinen Rausch ausschlafen wollte. Zum Glück war's eine warme Nacht.«

»Oje.«

Also machte sich Billi allein auf den Weg zu Anja, die dabei war, sich mit ihrem neuen Freund das kleine alte Fachwerkhaus ihrer Urgroßmutter neben dem Kirchplatz herzurichten, das sie geerbt hatte. Da die beiden bereits in das Haus eingezogen waren, um endlich für sich allein zu sein, lebten sie gewissermaßen mitten in einer Baustelle, und Hexe brauchte jeden Tag lange Spaziergänge, um es in dem kleinen Häuschen überhaupt auszuhalten. Billi, die Anjas Urgroßmutter gut gekannt und gemocht hatte, half öfter bei den Renovierungsarbeiten und liebte den schweren, alten Geruch der Balken des aus dem sechzehnten Jahrhundert stammenden Hauses. Zu Anjas Urgroßmutter war sie des Öfteren geflüchtet, wenn sie als Teenager die strenge Humorlosigkeit ihres Vaters nicht mehr hatte ertragen können. In der kleinen Küche mit der niedrigen Balkendecke hatte ein schwarzer Kohleofen gestanden, der im Winter für wohlige Hitze gesorgt

hatte, während Billi und Anja von der alten Frau mit Apfelpfannkuchen oder mit Waffeln und heißen Kirschen vollgestopft worden waren.
Hexe empfing sie mit fröhlich winkendem Schwanz und mit der Leine im Maul. Sie war einer der gutmütigsten Hunde, die Billi je kennen gelernt hatte. »Als Wachhund wäre Hexe völlig untauglich«, hatte Anja einmal lachend gesagt. »Sie begrüßt jeden Fremden schwanzwedelnd und will gleich mit ihm spielen.« Billi leinte sie an und machte sich mit ihr auf den Weg.
Vielleicht kommt Sylvia ja mit, überlegte Billi. Als Tiermalerin müsste sie doch Hunde mögen. Ihr fiel ein, dass sie Sylvias Nummer noch gar nicht kannte. Vielleicht besaß sie ja überhaupt kein Telefon, wenn sie eine solche Einzelgängerin war. Na, was soll's, dachte Billi, spaziere ich mit Hexe eben einfach mal bei ihr vorbei, unangemeldet. Und wenn sie keine Lust zum Spazierengehen hat – wer weiß, vielleicht darf ich ihr dann ein bisschen beim Malen zusehen. Das würde mich interessieren.
Billi umging den lärmenden Marktplatz, wo Busladungen von Tagestouristen aus dem Ruhrgebiet mit Wein abgefüllt wurden, an den sie nicht gewöhnt waren, und durchquerte eine düstere Gasse mit einer großen, stinkenden Pfütze von Erbrochenem, von der Billi die neugierig schnüffelnde Hexe gerade noch wegziehen konnte. Über die von Einfamilienhäusern mit gepflegten Gärten bedeckten Hänge am Stadtrand gelangte sie dann endlich in die alten Weinberge, wo es still war an diesem Nachmittag. Die Sonne war verschwunden, von der Eifel zogen mattgraue Wolken heran, Wind kam auf und flüsterte in den Sträuchern und Gräsern. Billi blieb stehen. Seit dem Morgen war es merklich abgekühlt. Sie zog den Pullover über, den sie sich um die Taille gebunden hatte.

Von einem knorrigen, halb abgestorbenen Apfelbaum stiegen Krähen auf und flogen heiser schreiend hinunter zum Rhein.
Als Billi vor dem Tor in Sylvias Maschendrahtzaun stehen blieb, zog Hexe an der Leine. Offenbar wollte sie weiter bergauf zur Qigong-Wiese, wo Billi schon öfter mit ihr Stöckeholen gespielt hatte. »He, warte«, sagte Billi. »Wir laufen später dort hoch.« Hexe zog und zerrte noch etwas, kapitulierte dann, als Billi sich nicht vom Fleck rührte, und setzte sich hechelnd auf den Weg.
Das Tor war verschlossen. Billi zögerte einen Moment. Ob Sylvia es als aufdringlich empfand, wenn sie so unangemeldet auftauchte? Andererseits lag das Haus am Weg. Ach was, dachte sie, ich sage ihr kurz Guten Tag und frage, ob sie mitkommt. Von Hexe wird Sylvia bestimmt auch gleich ins Herz geschlossen. *Ich muss allein sein*, hatte Sylvia gesagt. Billi schüttelte den Kopf. Niemand musste allein sein, jeder Mensch konnte Freunde finden. Sie drückte auf die Klingel. Wie verlassen und still es war, so weit außerhalb der Stadt. Würde ich hier allein wohnen, in einem so großen, leeren Haus, würde ich bestimmt melancholisch, dachte Billi. Sie schaute auf den verwilderten Garten. Zwischen den Steinplatten des Weges, der vom Tor zu Sylvias Haustür führte, wucherte der Löwenzahn. Die schon lange nicht mehr geputzten Fenster, das kleine Nebengebäude, von dessen Wänden der Putz abbröckelte. Plötzlich sah sie auch die brach liegenden, verwilderten Hänge rings um das Haus in einem anderen Licht – Weinberge, die schon lange keine Rebstöcke mehr trugen, dazwischen verfallende, von dornigem Gestrüpp bewachsene Mauern. Warum hat sie sich hier verkrochen?, fragte sich Billi. Warum lässt sie ihr Haus und den Garten so verkommen? Vielleicht gibt es tief in ihr irgendeine Wunde, irgendetwas, das sie endlich herauslassen muss.

Plötzlich öffnete sich die Tür des Nebengebäudes, und in diesem Moment fing Hexe leise zu knurren an. Da stand Sylvia, T-Shirt und alte Jeans ein Kaleidoskop von Farbklecksern, einen Pinsel in der rechten Hand, ihre Miene ausdruckslos, kein Lächeln.
»Ich habe … gesehen, dass du es bist, sonst … hätte ich die Tür … nicht aufgemacht.« Sie sprach langsam, stockend, als hätte sie beim Malen die Sprache verloren und müsse die Worte mühsam wiederfinden. Nach einer kurzen Pause sagte sie: »Billi.« Jetzt huschte doch ein kleines Lächeln über ihr makelloses Gesicht. Ihr blondes Haar hatte sie hinten zu einem Zopf zusammengebunden.
Offenbar war Sylvia ganz in ihre Malerei vertieft gewesen. Billi spürte eine Scheu, die sie verlegen machte, aber auch den Wunsch, einen Blick in Sylvias Atelier zu werfen. »Ich … äh … Hexe« – sie zeigte auf die Collie-Hündin, die nicht mehr knurrte, aber an Billis Arm zog, als wollte sie oben am Hang ein Kaninchen jagen – »und ich gehen spazieren, und ich wollte fragen, ob du Lust hast mitzukommen.«
»Du hast ein Tier dabei«, sagte Sylvia so leise, dass Billi sie kaum verstehen konnte. »Das ist schwierig.«
Schwierig? Wie meinte sie das? »Aber Hexe ist lieb. Wieso? Hast du Angst vor Hunden? Sie tut dir nichts. Sie ist wirklich okay.«
Sylvia machte einige langsame, zögernde Schritte auf den Zaun zu. Hexe gebärdete sich plötzlich wie verrückt. Sie jaulte laut und zerrte so heftig, dass Billi sie kaum noch halten konnte. Sie musste sich mit ihrem ganzen Gewicht gegen die Leine stemmen. »Hexe!«, rief sie ärgerlich. »Ruhig! Dummer Hund!«
»Tiere zeigen heftige körperliche Reaktionen, wenn ich mich ihnen nähere«, sagte Sylvia in ihrer nüchternen Art über das

Gejaule hinweg. »Es wird nicht funktionieren, dass ich mit dir und dem Hund gehe.«
Billi fasste Hexe wütend am Nackenfell und schüttelte sie und drückte sie zu Boden. Es war das allererste Mal, dass sie mit dem Hund Probleme hatte. »Hexe! Hör endlich auf mit dem Theater!«
Hexes Jaulen verstummte. Sie presste den Bauch auf den Boden und starrte Billi verstört an. Jetzt winselte sie nur noch leise.
»Würde es dir Freude machen, mein Atelier zu sehen, Billi?«, fragte Sylvia. »Ich habe es noch keinem Menschen gezeigt. Ich weiß nicht, warum ich auf die Idee komme, es dir zu zeigen, aber es scheint eine gute Idee zu sein.«
Billi war neben Hexe in die Hocke gegangen, blickte zu Sylvia auf, die groß und mit unbewegtem Gesicht hinter dem Zaun stand. »Klar würde mir das Freude machen, Sylvia! Warte, ich muss nur gerade diesen dummen Hund gut anbinden.«
Sylvia öffnete das Tor, und Billi band Hexe an einem Zaunpfahl fest. Sylvia ging schweigend vor ihr her zum Nebengebäude, über den von Unkraut überwucherten Weg. »Du … interessierst dich nicht sehr für deinen Garten?«, fragte Billi.
»Dafür habe ich keine Hand«, sagte Sylvia langsam, ohne stehen zu bleiben und sich zu Billi umzudrehen. »Aber immerhin besitzen Pflanzen gegenüber Tieren den Vorteil, dass sie nicht vor mir weglaufen können.«
Was redete sie nur für ein komisches Zeug! Billi schüttelte den Kopf und wollte eine entsprechende Bemerkung machen, vergaß es dann aber, denn sie hatten die offen stehende Tür des Ateliers erreicht. Solche Orte waren für Billi magisch. Sylvia war bereits hineingegangen und winkte. »Komm ruhig herein.« Diesmal wirkte ihr Lächeln schüchtern.

Das Atelier hatte weiß gekalkte Wände, und Billi fand es sehr leer und kühl. Als erstes fiel Billis Blick auf mehrere dicke Äste, die nahe bei der Tür an der Wand lehnten. In Größe und Umfang ähnelten sie dem, den Sylvia auf der Lichtung zerbrochen hatte.

Billi fragte sich, wofür Sylvia die wohl benötigte – ob sie vielleicht auch schnitzte? Das hatte sie nie erwähnt, aber sie erzählte ja ohnehin kaum etwas. Sie wollte ihre Freundin nach den Ästen fragen, dann sah sie das Bild auf der Staffelei.

Es schien fast fertig zu sein, nur noch weniger Pinselstriche zu bedürfen. Das Bild leuchtete. Billi sah zarte, weiße Vögel. Seeschwalben. Wunderschöne Seeschwalben, mit eleganten, gepfeilten Flügeln, dafür geschaffen, auf dem Wind zu reiten. Sie waren von unten gemalt, wie ein Betrachter sie sehen würde, der auf einem Felsen stand, die Vögel dicht über ihm kreisend.

Hinter den Vögeln brodelte ein grauer, sturmgepeitschter Wolkenhimmel. Aber das Unwetter schien sich dem Ende zuzuneigen. In der linken oberen Ecke des Bildes brach die Sonne hervor. Ihre Strahlen schimmerten silbern auf den aufgewühlten Wolken und tauchten das helle Gefieder der Seeschwalben in ein weiches, durchscheinendes Leuchten. Die unterste, dem Betrachter am nächsten schwebende Seeschwalbe hatte ihren Schnabel geöffnet, und der Eindruck war so lebendig und bewegt, dass Billi glaubte, den Schrei des Vogels zu hören.

»Sylvia – das ist einfach wunderbar!«

Da war ein Schmerz in diesem Bild, eine sonderbare, wilde und unstillbare Sehnsucht, die davon auszustrahlen schien wie die stummen Rufe der Vögel. Die weiß leuchtenden Schwalben schienen nah und doch unerreichbar fern, als lie-

ße sich ihre Schönheit nie wirklich berühren. Nicht in diesem Leben. Nicht in dieser Welt.
»Seeschwalben sind interessante Tiere«, sagte Sylvia.
Billi löste sich mühsam vom Anblick des Bildes und bemerkte, dass Sylvia dicht neben ihr stand.
»Die Form ihrer Flügel und Schwanzfedern erscheint mir recht außergewöhnlich.« Ihre Stimme klang nüchtern, als beschriebe sie die Form eines Werkzeugschrankes.
Billi schaute sie verwundert an. »Aber … was *empfindest* du, wenn du ein solches Bild malst?«
Sylvia antwortete nicht sofort, starrte mit zusammengekniffenen Augen stumm ins Leere. Dann sagte sie leise: »Wenn ich Tiere betrachte, deren Form interessant wirkt, ist manchmal ein unangenehmes Ziehen in meiner Brust, und ich merke, dass mein Herz klopft, was sonst nie der Fall ist. Wenn ich die Tiere male, kommen sie mir näher, glaube ich. Sie weichen dann nicht vor mir zurück, wenigstens auf der Leinwand, und dieses Unwohlsein in meinem Körper lässt nach. Deshalb ist es sicher sehr sinnvoll und vernünftig, wenn ich diese Bilder male. Ist es das, was du wissen willst?«
Sie kam noch einen Schritt näher und wiederholte lauter, mit einem geradezu flehenden Ausdruck im Gesicht: »Diese Bilder zu malen ist doch sehr sinnvoll und vernünftig, nicht wahr? Das findest du doch sicher auch, Billi? Deine Meinung ist … ist mir … wichtig.«
Plötzlich streckte Sylvia die Hand aus und strich ganz leicht und zaghaft über Billis Schulter, zog den Arm sofort wieder zurück, als hätte sie große Angst davor, zu berühren und selbst berührt zu werden.
Billi fühlte sich ihr in diesem Moment sehr nahe. »Sehnsucht«, hörte sie sich selbst murmeln. »Wonach sehnst du dich, Sylvia?«

Diese Frage schien auf Sylvia zu wirken wie ein unsanfter Stoß. Ihre hohe Gestalt straffte sich, und sie wandte sich ab, sodass Billi ihr Gesicht nicht mehr sehen konnte. »Sehnen? Ich weiß nicht, was das ist.« Ihre Stimme klang gepresst. »Sehnen …«

Billi sah, wie Sylvias Schultern und ihr ganzer Oberkörper sich anspannten. Ihre Arme und Beine zitterten wie bei einem sprungbereiten Tier. Es sah sonderbar aus.

Sylvia ließ plötzlich den Pinsel fallen, den sie immer noch in der Hand gehalten hatte, war mit zwei langen Schritten neben der Tür und packte einen der dicken Äste. Mit einem lauten Krachen zerbrach sie ihn über dem Knie. Billi zuckte heftig zusammen und sah gleichzeitig, wie Sylvias starke Armmuskeln sich dabei wölbten. Wie ein Streichholz war der Ast zerbrochen. Sylvia stieß ein kehliges Stöhnen aus, fast wie ein Knurren, ein sehr fremder Laut. Billi wurde wieder von dieser irrationalen Angst befallen, die sie schon am Freitag verspürt hatte, als Sylvia plötzlich auf der Qigong-Wiese aufgetaucht war. Sie wich vor ihr zurück, bis sie mit dem Rücken an der Wand stand, und schämte sich sofort für diese alberne Reaktion. »Warum … warum tust du das?«, stammelte sie.

»Es hilft mir, meinen Körper zu entspannen, wenn er sich unangenehm anfühlt«, sagte Sylvia. Ihre Stimme klang jetzt wieder ruhig, nicht mehr so gepresst wie zuvor.

»Das sind sehr dicke Äste. Warst du früher mal … Gewichtheberin?«

Sylvia lächelte, steckte in einer unsicheren Bewegung die Hände in die Hosentaschen, um sie gleich wieder hervorzuziehen. »Es ist wirklich freundlich von dir, dass du dir so viele Sorgen um mich machst. Aber es ist auch … schwer zu verstehen. Es ist ungewohnt.«

Sie schien Billis Frage gar nicht gehört zu haben, hob den

Pinsel auf und setzte sich vor ihre Staffelei. Jetzt bemerkte Billi, dass rings um die Staffelei ein paar aufgeschlagene Fotobände mit Aufnahmen von Seeschwalben auf dem Boden lagen. Aber die Komposition des Bildes, die Anordnung der Vögel, der Wolkenhimmel im Hintergrund, das Sonnenlicht schienen ganz aus Sylvias Imagination zu kommen.

»Wenn es fertig ist, gebe ich es dir«, sagte sie. »Mir ist nur das Malen wichtig. Danach interessieren mich die Bilder nicht mehr.«

Billi glaubte, nicht richtig zu hören. Ihr Herz begann vor Freude zu klopfen. »Dieses herrliche Bild … du … du willst es mir wirklich schenken?«

»Ich sehe, wie interessiert du es betrachtest. Es ist offenbar angenehm für dich, das Bild anzuschauen. Wenn du es bei dir zu Hause aufhängst, kannst du das oft tun.«

Sie schwieg einen Moment, schaute Billi an und fügte hinzu: »Ich habe noch nie einem Menschen ein Bild gegeben, ohne Geld dafür zu verlangen. Bisher war mir kein Mensch … wichtig.« Sie blickte rasch wieder auf ihre Staffelei. Billi sah, dass Sylvias Oberarme erneut etwas zu zittern anfingen, und glaubte schon, sie werde aufspringen und den nächsten Ast zerbrechen. Doch sie atmete nur tief durch und sagte: »Noch ein paar Pinselstriche, dann ist es fertig. Komm morgen Nachmittag wieder. Bis dahin sind die Acrylfarben ausreichend getrocknet, und du kannst es mitnehmen.«

Voll Freude und zugleich verlegen angesichts dieses unerwarteten, wunderschönen Geschenks und höchst verwirrt durch Sylvias merkwürdiges Benehmen sah Billi schweigend zu, wie ihre starke und sonderbare neue Freundin mit einem feinen Pinsel letzte Farbtupfer anbrachte. Dabei war ihr Körper völlig ruhig, alle Anspannung verschwunden.

Billi wagte sich ein Stück näher heran. »Ich weiß wirklich

nicht, was ich sagen soll. Es ist ein so schönes Geschenk. Na ja, ich gehe dann jetzt mal und komme morgen Nachmittag wieder. Okay?«

Aber Sylvia schien ihre Umgebung völlig vergessen zu haben, ganz in ihre Arbeit vertieft. Sie reagierte nicht.

Leise, fast auf Zehenspitzen, verließ Billi das Atelier. Draußen im Freien befiel Billi eine sonderbare, heftige körperliche Reaktion, die sie sich nicht recht erklären konnte. Eine Anspannung in ihrer Brust löste sich, sie atmete befreit durch, und in ihren Beinen war der starke, drängende Impuls, davonzurennen, weit weg zu laufen, mit wehenden Haaren durch die Weinberge, und nie mehr zu der alten Weinkellerei zurückzukehren. Mein Gott, wie kindisch! Sie straffte sich, ging zu Hexe und band sie los.

Dass Sylvia ihr dieses Geschenk machen wollte, berührte Billi tief. Und sie war tatsächlich der erste Mensch, der Sylvia etwas bedeutete? Mein Gott, musste diese schöne Frau ihr ganzes Leben einsam gewesen sein! Diese traurige, unstillbare Sehnsucht, die das Bild auszustrahlen schien … Billi schüttelte seufzend den Kopf und lief mit Hexe den Hang hinauf. Lange wanderte sie mit dem Hund über die Hügel, bis sie beide müde wurden.

Abends fiel sie früh und erschöpft ins Bett, konnte dann aber trotz ihrer Müdigkeit nicht einschlafen. Für einen Moment empfand sie fast so etwas wie Widerwillen gegen Sylvias Geschenk. Wenn ich das Bild bei mir aufhänge, werde ich jedes Mal diese traurige Sehnsucht spüren, wenn ich es betrachte, dachte sie. Unsinn, schalt sie sich, es ist ein wunderbares Bild, eines der schönsten, das du je im Leben gesehen hast! Billi stand wieder Sylvias Zittern vor Augen, sie hörte das jähe, bizarre Krachen des Astes. Und sie glaubte, Sylvias Einsamkeit geradezu körperlich spüren zu können.

Vielleicht kann ihr wirklich niemand helfen, dachte sie, und dieser Gedanke machte sie traurig; eine Traurigkeit, die sich über Billi legte wie ein dicker Mantel und ihren Atem schwer werden ließ.

Koerber war am Freitag wütend nach Hause gefahren und hatte das freie Wochenende nicht recht genießen können. Sein Vorgesetzter, Kriminalrat Reinders, hatte ihm keine Überwachung von Meltins Haus bewilligt. Zwischen den beiden Morden gab es irgendeinen Zusammenhang, da bestand für Koerber nicht mehr der geringste Zweifel. Sollte es dabei um Rache für ein vermeintliches oder tatsächliches Verbrechen gehen, an dem die Strehlitz, Bergmann und Meltin seinerzeit mitgewirkt hatten, dann war, falls der Mörder ein weiteres Mal zuschlug, Meltin der einzige dafür in Frage kommende Kandidat. Da Meltin sein Haus so gut wie nie verließ, musste der Mörder also früher oder später dort auftauchen, das Haus beobachten, die Lage sondieren. Deshalb wollte Koerber dort eine Zivilstreife postieren, rund um die Uhr.

Und Reinders hatte das abgelehnt, gleichgültig die Schultern gezuckt. »Wenn Sie das Haus unbedingt observieren wollen, müssen Sie's schon selber machen, Sie und Fischerau.«

»So?«, hatte Koerber entgegnet, »müssen wir das? Wissen Sie, wie viele Überstunden wir vor uns herschieben? Normalerweise ist doch vorgesehen, dass die Zivilstreifen Objektbeobachtungen übernehmen, oder sehe ich das falsch?«

Reinders hatte eine gelangweilte Kurz-vor-Feierabend-Miene aufgesetzt. »Normalerweise wären alle unsere Planstellen besetzt. Das wird mir aber nicht bewilligt, weil die Polizei zwar des Bürgers Freund und Helfer sein soll, das aber möglichst zum Nulltarif. Also muss ich Prioritäten setzen. Wir haben im Moment ziemlich viele Einbrüche und Überfälle. Da sieht die Statistik gar nicht gut aus – und die Aufklärungsquote noch viel schlechter. Die Staatsanwaltschaft interessiert sich, ehrlich gesagt, nicht besonders für die Damen und Herren Strehlitz, Bergmann und Meltin. Vermutlich, weil's Leute von vorgestern sind beziehungsweise waren. Ich denke, man wird Ihnen noch maximal zwei Wochen geben, mein lieber Koerber, und wenn Sie bis dahin keinen brauchbaren Mordverdächtigen aus dem Hut zaubern können, lässt man die Ermittlungen sanft entschlafen.«

»Was Ihnen natürlich vollkommen gleichgültig ist!«

»Fahren Sie ins Wochenende, Mann! Das entspannt. Ich werde mir am Samstag das Lokalderby anschauen.«

Dynamo Dresden spielte gegen den Dresdner SC, doch Koerber fehlte das bei den meisten männlichen Exemplaren der Gattung Homo sapiens fest eingebaute Fußball-Gen. Es gelang ihm einfach nicht, in Ekstase zu verfallen, sobald das runde Leder in Sicht kam – was er aber nicht als Mangel empfand.

»Bei so was kann man wirklich abschalten«, fuhr Reinders fort. »Am Montagmorgen sind unsere Schreibtische sowieso wieder voll mit neuen Verbrechen, die aufzuklären wir viel zu wenig Personal haben.«

Im Grunde interessierte Reinders nur eines: Wie er seine paar Jahre bis zur Pensionierung so bequem wie möglich abreißen konnte!

Mit einem grimmigen Gefühl im Bauch war Koerber nach Hause gefahren, hatte tatsächlich mit dem Gedanken gespielt, selbst vor Meltins Haus Wache zu schieben, wenigstens einige Stunden, sich dann aber trotzig in seiner Wohnung verkrochen. Im Grunde hat Reinders ja Recht, dachte er, sollen sie uns eben genug Planstellen bewilligen und

mehr Geld für die Kriminalitätsbekämpfung ausgeben, wenn sie wollen, dass Mörder gefasst werden und ihre Straßen sicher sind!
Am Samstag rief er seine Tochter in München an, klagte ihr seinen Polizistenfrust, hatte aber das Gefühl, dass sie ihn nicht ganz ernst nahm. »Wirklich so schlimm, Paps? Im Grunde liebst du die Verbrecherjagd, sei ehrlich. Für dich gibt's doch nichts Schöneres.«
»Ich weiß nicht«, sagte er. »Ich bin müde. Vielleicht lasse ich mich in den Innendienst versetzen. Oder zu den Eigentumsdelikten.«
Da hatte sie gelacht. »Du und Innendienst? Blödsinn!«
Sie war frisch verliebt und hatte daher allen Grund zu guter Laune. Auch hatte sie mehrere Klausuren weit besser bestanden als erwartet. Er gratulierte und verspürte väterlichen Stolz. Sie war ziemlich clever und würde bestimmt ihren Weg machen.
Abends ging er ein paar Bier trinken, aber nicht so viele, dass er davon betrunken geworden wäre. Als er in seine Wohnung zurückkehrte, fand er eine Nachricht von Sabine Fehrenbach auf dem Anrufbeantworter.
»Du hast mir schon lange keine Leiche mehr vorbeigebracht, und ich fange an, dich ein bisschen zu vermissen, Kommissar Koerber.« Ihre Stimme klang so weich und angenehm wie während des Abendessens, als sie ihm von der Schönheit der bretonischen Küste erzählt hatte. »Da dir beim Essen mit Gerichtsmedizinerinnen der Appetit vergeht, dachte ich, wir könnten alternativ vielleicht am Sonntagnachmittag einen Spaziergang durch die Elbwiesen machen. Na, aber vermutlich rufst du nicht zurück.«
Das Wetter am Sonntag war schön, durchaus geeignet für einen Elbspaziergang. Koerber schielte einige Male zum Tele-

fon, rief aber nicht an, womit sie ja ohnehin rechnete, wie sie gesagt hatte. Was soll's?, dachte er. Das Eheleben liegt lange hinter mir. Vermutlich komme ich jetzt ins richtige Alter, um zum schrulligen Junggesellen zu werden. Und eigentlich kenne ich keinen Kollegen, der eine glückliche Beziehung hat. Ist ja auch nicht so einfach in unserem Beruf. Er ging den ganzen Tag keinen Schritt vor die Tür, erst am Abend in die Kneipe, zum zweiten Mal an diesem Wochenende. Das war ungewöhnlich, aber er verspürte keine Lust fernzusehen. Dynamo Dresden und der SC hatten 2:2 gespielt, und ein paar Fans feierten Verbrüderung. Koerber trank drei Bier. Sie schmeckten schal, wie abgestandene Pisse, konstatierte er mit einem grimmigen Grinsen, und ging früh und nüchtern nach Hause.

Am Montagmorgen gegen zehn Uhr, als Koerber am Schreibtisch im Präsidium saß und gerade lustlos auf einem zu Hause selbstgeschmierten Käsebrot herumkaute, klingelte das Telefon. Fischerau würde wegen eines Zahnarzttermins erst mittags zum Dienst erscheinen und konnte daher keine anstrengende Fröhlichkeit verbreiten. Koerber schluckte den Klumpen aus zu weichem, geschmacklosem Brot, Butter und Gouda herunter, spülte mit etwas Kaffee nach und meldete sich.

»Guten Morgen. Meltin hier.«

Eine Stimme, die Koerbers Laune nicht unbedingt verbesserte. Vielleicht will er mir ja mitteilen, dass er eine Dienstaufsichtsbeschwerde gegen mich und Fischerau in die Wege geleitet hat, dachte Koerber und verzog das Gesicht.

»Ja. Haben Sie Neuigkeiten für mich?«

»Nun, ich bin möglicherweise etwas unfreundlich gewesen, wofür Sie angesichts meines Gesundheitszustandes aber Verständnis aufbringen sollten ...« Koerbers Verständ-

nis hielt sich in Grenzen. »Jedenfalls habe ich beschlossen, Sie zum Essen einzuladen.«
Überrascht hob Koerber die Brauen. »Wie komme ich denn zu dieser Ehre?«
»Sehen Sie, Kommissar, ich sitze hier den ganzen Tag allein in meinem Rollstuhl. Allein mit mir und meinem Gewissen.«
Koerbers Laune besserte sich ein wenig. »Und Ihr Gewissen hat Ihrem Gedächtnis auf die Sprünge geholfen. Sie möchten eine Aussage machen? Gut.«
»Ich möchte Sie, wie schon gesagt, zum Abendessen einladen, bei mir zu Hause. Man sieht es meiner Haushälterin zwar nicht an, aber sie ist eine ausgezeichnete Köchin. Ich möchte Ihnen eine Geschichte erzählen, Kommissar, bei einer guten Flasche Wein. Und ich versichere Ihnen, dass es eine wahre Geschichte ist, so unglaublich sie sich auch anhören mag.«
Koerber begann ärgerlich zu werden. Was sollte dieses geheimnisvolle Getue? »Es ist üblich, Zeugenaussagen zu protokollieren, Herr Meltin. Ich werde Sie ins Präsidium vorladen.«
Meltin seufzte vernehmlich. »Wo bleibt Ihr soziales Gewissen, Herr Kommissar? Wollen Sie mir wirklich den beschwerlichen Weg ins Präsidium zumuten? Ich bitte Sie lediglich, einem kranken, alten Mann einen Abend bei gutem Wein Gesellschaft zu leisten. Und zur Belohnung bekommen Sie eine Geschichte, die nach Ihrem Geschmack sein wird. Ich kenne den Mörder von Strehlitz und Bergmann. Und ich weiß, warum dieser Mörder in der Lage ist, an Hochhausfassaden hinaufzuklettern und massive Eichentüren einzuschlagen.«
Koerber atmete tief durch. »Also gut. Sie haben mich überredet. Wann?«

»Passt Ihnen heute Abend um acht?« Meltins Stimme ließ zum ersten Mal Emotionen erahnen. Sie zitterte ein wenig. Koerber fand, dass Meltin ängstlich klang.
»Einverstanden.«
»Gut«, sagte Meltin, und Koerber glaubte ihn erleichtert aufatmen zu hören, »sehr gut.«

Am anderen Morgen blieb von der schweren Traurigkeit nur ein leise nagendes Unbehagen zurück, das Billi mit einer bewussten Willensanstrengung von sich schob. Sie entschied, dass sie Sylvias Bild gerne bei sich aufhängen würde. Diese Seeschwalben – es war wirklich ein wunderbares Bild, und es machte sie stolz, dass Sylvia es ihr geschenkt hatte. Würde Sylvia es verkaufen, bekäme sie dafür bestimmt eine Menge Geld, dachte Billi auf dem Weg in die Redaktion.
Hajo Lohmann, ihr Chef, schaute mürrisch, und da Pit, der einzige Redakteur – eigentlich ein »fester Freier«, wie Mitarbeiter genannt wurden, bei denen die Zeitung sich das Geld für eine Festanstellung sparte –, unterwegs war und die Dame von der Anzeigenannahme in sicherer Entfernung unten im Erdgeschoss saß, bot Billi die einzige Zielscheibe für seine schlechte Laune. Vermutlich dämmerte ihm allmählich, dass das Herumsitzen in diesem verschlafenen Städtchen – diese Einschätzung Altenbachs war wohl der einzige Punkt, in dem Billi und er übereinstimmten – seiner Karriere auf die Dauer nicht förderlich war.
»Ich frage mich immer öfter, ob es nicht eine Fehlinvestition war, dich einzustellen«, überlegte er laut und blies Rauch in Richtung des Computers, hinter dem Billi sich verschanzt hatte. »Ich dachte, da du doch deine Füße bei deinem Vater unter den Tisch streckst, würde beim familiären Abendessen vielleicht der eine oder andere Informationshappen für uns

abfallen, aber zwischen dir und deinem alten Herrn herrscht wohl Funkstille?«
Billi zog die Nase kraus und wedelte den Rauch weg. »Ich bin ihm, glaube ich, nicht diszipliniert und ehrgeizig genug. Außerdem ist er der Meinung, dass ich mich mit den falschen Leuten herumtreibe. Von der Presse hält er übrigens auch nichts.«
»Aber du bist doch neugierig, oder nicht? Wenn du bestreitest, dass du neugierig bist, schmeiße ich dich auf der Stelle raus!«
Ich kündige sowieso, dachte Billi. Ich bin eher weg, als du denkst! »Natürlich bin ich neugierig.«
»Na, und das Verschwinden dieser beiden jungen Leute regt deine Fantasie nicht an? Ich will, dass du für mich etwas herumschnüffelst. Dafür wirst du bezahlt. Was ist mit deinem Freund, diesem Lutz? Weiß der nichts? Herrje, Mädchen, als Informationsbeschafferin bist du echt eine Niete!«
Ohne ein weiteres Wort verschwand er in seinem Büro. Billi öffnete das Fenster, damit der Zigarettengestank entweichen konnte. Na gut, dachte sie, nutze ich die Zeit für etwas wirklich Sinnvolles. Sie ging ins Internet (sie war stolz darauf, dass ihr das inzwischen ohne fremde Hilfe gelang), gab in eine Suchmaschine den Begriff »Sinologie-Studium« ein und schaute interessiert auf den Bildschirm.

Fischerau war mittags mit leicht geschwollener Backe und etwas schiefem Mund vom Zahnarzt ins Präsidium gekommen. »Und? Überlebt?«, hatte Koerber gefragt.
»Halbwegs«, nuschelte Fischerau. »Chef: Ich habe eine Bitte. Könnten Sie mir heute Abend Ihren Wagen leihen? Bei meinem hat gestern die Lichtmaschine den Geist aufgegeben, und jetzt steht er in der Werkstatt.«

Koerber grinste. »Immerhin ist bei Ihrer Fahrweise das Risiko nicht so groß, dass zu den Kratzern, die meine Tochter in den Ferien hineingefahren hat, weitere hinzukommen. Wozu brauchen Sie ihn denn unbedingt?«
Fischerau druckste einen Moment herum und rieb sich seine schmerzende Backe. »Ein Rendezvous.«
»Oh? Sollten Sie das nicht besser verschieben? Ich wette, Ihre Backe ist bis zum Abend noch dicker. Könnte ziemlich unerotisch wirken.«
Fischerau wurde tatsächlich rot. Koerber bemühte sich, sein Grinsen im Zaum zu halten. »Ich *kann* nicht absagen. Es ist irgendwie schicksalhaft, glaube ich.«
Koerber hob die Hände. »Dem Schicksal will ich natürlich nicht im Weg stehen. Es gibt nur ein Problem: Ich bin heute Abend bei Meltin zum Abendessen eingeladen.«
Fischerau hob erstaunt die Brauen. »Meltin hat … wann denn?«
»Um acht.«
Fischerau seufzte erleichtert. »Meine Verabredung ist um neun. Ich könnte Sie vorher hinfahren. Zurück müssten Sie sich allerdings ein Taxi nehmen, aber …« Er zögerte, gab sich dann sichtbar einen Ruck. »Das würde ich Ihnen bezahlen.«
»Dann muss es ja wirklich schicksalhaft sein«, sagte Koerber, »wenn Sie sich derart in Unkosten stürzen wollen. Also gut. Dann kühlen Sie jetzt mal tüchtig Ihre Backe.«
Fischerau strahlte, schief zwar, aber immerhin ein Strahlen, wie Koerber es bei ihm noch nie gesehen hatte. Er schaute seinem Assistenten kopfschüttelnd hinterher. »Hätte nicht gedacht, dass es den mal erwischen würde«, murmelte er und genehmigte sich darauf einen kleinen Schluck aus der unteren Schreibtischschublade.

Die Dresdener Heide ist, ihrem Namen zum Trotz, ein großes Waldgebiet, unmittelbar am Stadtrand Dresdens in Richtung Bautzen gelegen. An einem der zahlreichen Wanderwege parkte, gut hinter Bäumen verborgen, so dass er von der Straße aus nicht gesehen werden konnte, ein weißer VW Golf älterer Bauart, mit polnischen Kennzeichen. Er war nachts an einem Autobahnrastplatz zwei illegalen polnischen Saisonarbeitern gestohlen worden, die den Diebstahl natürlich nicht der Polizei gemeldet hatten, um, wenn schon nicht ihr altes Auto, dann doch wenigstens das in Deutschland verdiente Geld mit nach Hause bringen zu können.
Der Weg, an dem der Golf abgestellt worden war, führte ein Stück zwischen Kiefern hindurch und dann auf freies Weideland. Dort, am Rand einer Pferdekoppel, stand eine blonde junge Frau, groß, attraktiv, mit sportlich-muskulösem Körper. Sie starrte zu den Pferden hinüber, die sich zitternd in der am weitesten von der Frau entfernten Ecke der Koppel zusammengedrängt hatten und sie ängstlich beobachteten. Die blonde Frau hatte Tränen in den Augen. »Streicheln lassen …«, murmelte sie, »einmal streicheln lassen … nicht … weglaufen.«
Sie dachte an die Zeit, als sie noch Tiere getötet hatte. Hätte sie an ein Paradies glauben können, dann wäre das für sie ein Ort gewesen, an dem die Tiere nicht vor ihr wegliefen, sondern zu ihr kamen und sich freiwillig von ihr streicheln und hochnehmen ließen, so wie sie es bei vielen Menschen taten. Früher hatte sie sie gezwungen, sich streicheln zu lassen. Sie hatte blitzschnell kleine Vögel, die vor ihr fliehen wollten, aus der Luft geklaubt und ihr zitterndes Gefieder in der Hand gespürt. Sie hatte Hunde, Katzen und Kaninchen gefangen, sie mit beiden Händen festgehalten, ihnen die Berührung aufgezwungen. Aber nie war ein Tier freiwillig zu

ihr gekommen, hatte an ihr geschnuppert und sich durchs Fell streichen lassen. Immer hatten sie in ihren Händen gezappelt, sich gewehrt und versucht, sie zu beißen. Dann war ein jäher, unkontrollierbarer Schmerz in ihr aufgeschossen. Sie hatte die kleinen Hälse gebrochen, das Knacken der kleinen Wirbel in ihren Händen gespürt und die gefiederten oder pelzigen Körper in hohem Bogen weggeschleudert. Sie wusste nicht, wie viele Katzen, Hunde und Vögel sie auf solche Art getötet hatte, wenn dieser Schmerz über sie gekommen war.

Aber seit sie begonnen hatte, Tiere zu malen, tötete sie sie nicht mehr. Durch das Malen hatte sie eine andere Art entdeckt, den Tieren nahe zu sein. Es half ihr, sich zu entspannen, sodass der Schmerz sie seltener überfiel. Jetzt im Moment jedoch malte sie nicht, und sie spürte die Anspannung in ihrem Körper. Ihre Schultermuskeln zitterten. »Warum nicht?«, murmelte sie gepresst. Sie stellte sich vor, dass ein Pferd zu ihr kam, wenigstens ein einziges, sie schnuppernd begrüßte, sich von ihr den Kopf tätscheln ließ. So gern hätte sie ihre Finger sanft durch die Mähne des Pferdes gleiten lassen, vielleicht sogar den Kopf an seinen warmen Hals gelegt, wie sie es Menschen auf Fotos tun gesehen hatte. »Warum nicht?«, flüsterte sie noch einmal. Die Anspannung in ihren Schultern wurde fast unerträglich.

Dann umfasste sie mit ihren großen, kräftigen Händen den Draht des Elektrozauns. Das half. Das half immer. Stromstöße flossen durch ihre Hände, ohne dass sie dabei zusammenzuckte. Sie empfand lediglich ein kleines, scharfes, klärendes Kribbeln. Nach eine Weile löste sie ihre Handflächen von dem Draht. Sie atmete einige Male schnell durch, auf eine pumpende Art, die aussah, als würde ihr Brustkorb pulsieren. Ihre Lungenflügel vibrierten, und ihre Muskelzellen wurden in Sekundenschnelle mit Sauerstoff gesättigt. Jetzt fühlte ihr Körper sich besser an. Langsam ging sie zu dem weißen Wagen zurück.

In der Dresdener Heide befindet sich mitten im Wald, in der Nähe eines Reiterhofes, eine Bushaltestelle. Der Bus hielt, und nur zwei Personen stiegen aus, zwei junge Männer mit geschorenen Köpfen und schweren, grobstolligen Stiefeln. Sie waren muskelbepackt, der eine ungefähr eins neunzig, der andere eins fünfundachtzig groß. Sie trugen schwarze T-Shirts, und ihre mächtigen Oberarme zierten große Hakenkreuze. Beide waren mit Springmessern und Schlagringen bewaffnet.
»Scheiße, warum muss dir ausgerechnet heute die verdammte Karre verrecken? Ich hasse Busfahren!«, schnauzte der Größere der beiden, während sie die Straße überquerten. Auf seinen rasierten Schädel waren SS-Runen tätowiert.
»Hauptsache, wir sind pünktlich im Waldhaus, Platte«, sagte der andere, Ludger.
Sie bogen in den Waldweg ein. Platte sagte: »Wird 'n geiler Abend werden. Erst Besäufnis, dann rüber zum Heidehof, linke Zecken aufmischen, dann wieder Besäufnis.«
Ludger kratzte sich hinter dem Ohr. »Ich finde, wir sollten das Zeckenklatschen besser streichen. Hab so 'n ungutes Gefühl. Vielleicht gibt's Ärger mit der Bullerei.«
Sie kamen an dem hinter den Bäumen geparkten weißen Golf vorbei. »Quatsch, du alter Schwarzseher! Wenn ich sage, es wird 'n geiler Abend, dann wird's 'n geiler Abend!«
»Wie viele kommen denn?«
»Wenn Manni seine Jungs mitbringt, sind wir mindestens zwanzig. Soll die Bullerei sich nur herwagen!«
Plötzlich blieben sie stehen. Eine junge Frau kam ihnen ent-

gegen. Allein. Sie ging langsam, und ihre Bewegungen hatten etwas Kraftvolles, wie bei einer großen Raubkatze. Sie war hoch gewachsen für eine Frau, ungefähr so groß wie Ludger. Ihre Figur war Klasse. Kräftig, sportlich, kein Gramm Fett. Und ihre Titten waren einfach unglaublich. Wallende blonde Haare. Als sie näher kam, sah Ludger, wie schön ihr Gesicht war. So was gab es sonst nur im Kino.
»Wird 'n geiler Abend«, zischte Platte. »Hab ich doch gesagt.« Er setzte sich wieder in Bewegung.
Ludger folgte ihm widerstrebend. Es würde Ärger geben, mit Platte gab es immer Ärger. Wenn die Frau Angst hatte, ließ sie es sich jedenfalls nicht anmerken. Sie ging einfach in ihrem ruhigen Tempo weiter, als seien er und Platte gar nicht da. Ludger ahnte, dass das Platte wütend machen würde. Platte hasste es, nicht beachtet zu werden. Sie musste sich doch längst vor Angst in die Hosen machen, jede Frau, die zwei Figuren wie ihnen allein im Wald begegnete, machte sich vor Angst in die Hosen! Ludger sah, dass sie ziemlich muskulös war. Er fragte sich, ob sie etwas von Nahkampf verstand. Trotzdem. Gegen Platte mit seinem Springmesser und seinem Schlagring hatte sie keine Chance.
Platte blieb mitten auf dem Weg stehen. Ludger stellte sich neben ihn. Der Frau würde nichts anderes übrig bleiben, als um sie herumzugehen. Aber wenn sie einfach um Platte herumging, ohne ihn zu beachten, war sie lebensmüde.
»So allein im Wald unterwegs, Mädchen?«, fragte Platte und grinste.
Die Frau blieb vielleicht vier Meter vor ihnen stehen, sagte aber nichts. Ihr Gesicht war völlig ausdruckslos, als hätten statt Platte und Ludger dort ebenso gut zwei Baumstämme stehen können.
Plattes Grinsen wurde breiter. »Ist echt unhöflich, uns gar

nicht Guten Tag zu sagen. So was mögen wir nicht. Und dabei habe ich grad eben beschlossen, dich einzuladen. Die Kumpels und ich feiern heute Abend drüben im Waldhaus. Ich finde, du solltest unbedingt mitfeiern. So schönen Besuch hatten wir schon lang nicht mehr. Was meinst du? Wir werden bestimmt 'ne Menge Spaß haben. Du wirst meine Einladung doch nicht ausschlagen? Niemand schlägt Plattes Einladungen aus.« Er machte einen Schritt auf sie zu.
Die Frau rührte sich nicht und sagte noch immer nichts. Verdammt, du blöde Kuh, dachte Ludger, fang endlich an zu zittern und zeig ihm, dass du Angst vor ihm hast. Sonst rastet er völlig aus!
»Ich rate euch, mich vorbeizulassen«, sagte sie ruhig. »Alles andere wäre sehr unvernünftig.« Wie kann sie so ruhig sein?, dachte Ludger. Verdammt, ist sie komplett wahnsinnig?
Natürlich brannten bei Platte jetzt die Sicherungen durch. Er lief rot an. »Du *rätst* uns? Glaubst du, ich lass mir von einer blöden Fotze kluge Ratschläge erteilen? Du kommst jetzt mit uns, dann werden wir eine Menge Spaß miteinander haben!«
»Platte«, zischte Ludger. »Langsam. Das gibt Ärger. Sie ist ziemlich groß und kräftig!«
Platte zog sein Messer und ließ die Klinge herausspringen. Ludger wusste genau, was jetzt fällig war. Gleich würde Platte sich auf sie stürzen, ihr einen Satz heiße Ohren verpassen, dass sie vor Schmerz schrie, und ihr dann das Messer an die Kehle halten. Er würde sie nicht abstechen, Platte hatte noch nie jemanden abgestochen, aber er liebte es, wenn die Leute Angst vor ihm hatten, besonders die Frauen. Wenn sie dann wimmerte und winselte, würde er sie laufen lassen.
»Ihr zwingt mich, euch zu töten«, sagte sie leise, mehr zu sich selbst. »Wenn ich mich verteidige, seht ihr, wie stark ich bin.

Ich kann keine Zeugen gebrauchen. Ihr hättet mich einfach vorbeigehen lassen sollen.«

Euch töten. Ludgers Magen krampfte sich zusammen. Verdammt, was ist das für eine?, dachte er. Platte schien nichts mehr zu hören. Er stürzte sich mit dem Messer auf sie. Sie reagierte so blitzschnell, dass Ludger kaum etwas sehen konnte. Plattes Messer flog in hohem Bogen durch die Luft, und dann brach sein Unterarmknochen mit einem lauten Knacken. Platte schrie, der Unterarm stand in bizarrem Winkel ab. Sie packte Platte mit einer Hand an der Schulter und stieß ihm mit einer unvorstellbar raschen Bewegung ihre freie Handfläche gegen die Stirn. Wieder knackte etwas. Platte verstummte schlagartig, und sein Kopf baumelte plötzlich lose auf seinen Schultern.

Jetzt schrie Ludger. Panisch, mit schlotternden Knien, sah er, wie sie Plattes Körper, der ihr schlaff in die Arme gesackt war, hochhob. Sie hob diesen Riesenkerl einfach hoch und drehte sich zu Ludger um. »Lauf ruhig weg«, sagte sie, ihre Stimme so gelassen wie zuvor, als sei überhaupt nichts geschehen. »Aber ich werde dich einholen. Ich muss dich auch töten. Keine Zeugen.«

Da fing Ludger an zu rennen, so schnell er es mit seinen schweren Stiefeln konnte, er drehte sich im Laufen um, sah, wie sie ein Stück seitwärts ging und Plattes Körper einfach ins Gebüsch warf. Er rannte, rannte, drehte sich wieder um, sah, wie sie ihm unglaublich schnell nachjagte.

Da war das immer näher kommende, wirbelnde Geräusch ihrer Füße, dann ein lauteres Geräusch, wie ein Absprung, und jetzt flog ihr Körper über Ludgers Kopf hinweg. Sie landete vier, fünf Meter vor ihm, lief ein kleines Stück, um den Schwung abzufangen, wirbelte herum und stand breitbeinig da, erwartete ihn mit zum Schlag erhobenen Händen. Und

Ludger konnte gar nicht mehr reagieren, gar nichts mehr tun, betäubt vor Entsetzen rannte er einfach in ihre tödlichen Hände hinein. Das Krachen seiner Halswirbel spürte er schon nicht mehr.

Sie versteckte die beiden Leichen in einem dichten Gebüsch ein Stück vom Weg entfernt, wo man sie nicht so schnell finden würde. Dann erinnerte sie sich an das Messer. Es lag gleich neben dem Weg. Sie zog ihr Taschentuch hervor, hob das Messer damit vorsichtig auf und warf es sehr weit weg. Glücklicherweise war die ganze Zeit über weit und breit niemand zu sehen gewesen. Auch jetzt blieb alles ruhig. Nachdem sie sich wachsam umgeschaut hatte, ging sie rasch zum Wagen zurück und setzte sich hinters Steuer. Sie startete den Motor und fuhr zurück zur Straße. Dort bog sie nach rechts ab. Nach ein paar Minuten gelangte sie nach Langebrück und fuhr von dort Richtung Radebeul. Sie sah Menschen über Bürgersteige gehen, Menschen am Steuer anderer Autos sitzen – Menschen, die ihr ewig fremd bleiben würden. Sie kam am Dresdner Flughafen vorbei, fuhr unter der Autobahn her. Kurz vor Radebeul suchte sie sich wieder einen Waldweg, wo sie den Golf vor Blicken geschützt abstellen konnte.
Diesmal blieb sie im Wagen sitzen. Obwohl es notwendig gewesen war, die beiden jungen Männer zu töten, hatte sie, zu ihrer eigenen Überraschung, ziemlich lange gezögert. Das Töten fiel ihr neuerdings schwerer. Lag das daran, dass sie zum ersten Mal etwas erlebte, das die Menschen Freundschaft nannten? Zuvor hatte sie niemals menschliche Nähe zugelassen. Sie durfte sie nicht zulassen. Warum tat sie es jetzt trotzdem? Zumal dadurch alles viel schlimmer wurde. Diese Nähe machte ihr um so bewusster, zu welcher Einsam-

keit sie verurteilt war, einer unheilbaren Einsamkeit. Sie konnte nicht wirklich menschlich sein. Niemals.
Wieder füllten sich ihre Augen mit Tränen, die langsam über ihr schönes Gesicht liefen. Sie spürte einen Klumpen in der Kehle, und ihr Bauch zog sich schmerzhaft zusammen. Sie war unfähig, die Empfindungen zu benennen, die sie in ihrem Körper spürte. Sie konnte Gefühlen keine Namen geben. Vielleicht, wenn sie eine Kindheit gehabt hätte, in der man solche Dinge lernte. Aber sie war niemals Kind gewesen.
Sie konnte auch nicht tanzen. Musik war für sie einfach nur eine Abfolge von Geräuschen. Sie war unfähig, Rhythmen zu spüren, Musik als harmonisches Ganzes wahrzunehmen. Billi hatte sich sehr fließend bewegt, dort bei diesem Winzerfest auf der Tanzfläche. Es war angenehm gewesen, ihr dabei zuzusehen. Aber sie selbst spürte keinen Rhythmus, keine Harmonie.
Sie stöhnte gequält, ein tiefes, fremdes Stöhnen. Mit zitternden Fingern wischte sie sich die Tränen aus dem Gesicht. Dann umklammerte sie das Lenkrad, atmete schnell und pulsierend, bis sie sich wieder einigermaßen beruhigt hatte. Reglos saß sie im Wagen und wartete auf den Schutz der Dunkelheit.

Sechs

Lutz hatte am Montagmittag zum Spätdienst antreten müssen, es nicht gewagt, sich krank zu melden. Er wollte den Kollegen nach seinem samstäglichen Saufgelage mit Willroth keine Gelegenheit für hämische Bemerkungen geben, zumal Gerhardt ihn ohnehin auf dem Kieker hatte, nachdem er am Freitag mit seinen Vermutungen bezüglich Katja Liesenbachs Verschwinden doch noch eigenmächtig zu Billis Vater gerannt war. Dabei hätte er wissen müssen, dass Schmidt ihn nicht ernst nehmen würde. Inzwischen ärgerte Lutz sich, dass er überhaupt zu ihm gegangen war. Im Grunde war es ein Wunder, dass ein so verknöcherter und verbohrter Mann wie Hauptkommissar Schmidt eine solche Tochter wie Billi hervorgebracht hatte. Aber Schmidt wusste das ja noch nicht einmal zu schätzen, sondern hielt Billi für eine Versagerin, bloß weil sie die Polizeiausbildung geschmissen hatte. Lutz trommelte mit den Fingern auf das Lenkrad des Streifenwagens und schüttelte den Kopf. Als ob es auf der Welt keine anderen Berufe gäbe.
Während des gestrigen Auskurierens seines Katers hatte Lutz beschlossen, dass er ab jetzt nicht mehr versuchen würde, Billi zum Hierbleiben zu überreden. Sie musste ihren eigenen Weg gehen, und Hauptsache, sie wurde glücklich dabei. War das nicht sehr edel und ritterlich? Er sog an seiner Zigarette und schaute durch das heruntergelassene Seitenfenster auf den in der Abendsonne leer daliegenden Platz zwischen Burg und Postamt. Willroth, der, nach seinen zittri-

gen Händen und blutunterlaufenen Augen zu urteilen, auch am Sonntag noch weitergesoffen hatte, stand an der Pommesbude, um zwei Portionen Currywurst mit Fritten zu holen. Gerhardt hatte sie mit der spöttischen Bemerkung, wie man höre, verstünden sie sich ja neuerdings sehr gut, zusammen eingeteilt.

Eine ebenfalls spöttische leise Stimme in ihm, die auf seine edlen, ritterlichen Gefühle keine Rücksicht nahm, fragte: Glaubst du denn im Ernst, Billi würde sich von dir zu irgendetwas überreden oder sich von dir etwas ausreden lassen? Sie tut, was sie sich in den Kopf gesetzt hat, ob es dir passt oder nicht. Lutz rieb sich seinen immer noch schmerzenden Nacken.

Sofort war die Erinnerung wieder da, von der er halb gehofft hatte, der enorme Rausch hätte sie für immer ausgelöscht. Aber sie peinigte ihn. Gestern, am heutigen Morgen, immer wieder. Seine Finger, zwischen denen die Zigarette qualmte, zitterten. Immer wieder erlebte er, wie dieses WESEN plötzlich hinter ihm war, ihn mühelos hochhob, davontrug und in hohem Bogen über den Zaun warf.

Er hatte immer über die Spinner gegrinst, die gelegentlich auf den Seiten der Boulevardpresse oder in irgendwelchen Schmuddel-Talkshows auftauchten, weil sie angeblich etwas wissenschaftlich Unerklärliches erlebt hatten – von Außerirdischen entführt, von Poltergeistern verfolgt oder versucht, dass Ungeheuer von Loch Ness zu fotografieren, dabei aber dummerweise vor Aufregung vergessen, einen Film in die Kamera einzulegen. Wer rechnete schon damit, dass ihm selbst einmal etwas Derartiges widerfahren könnte? Immer wieder bemühte er sich verzweifelt, eine Erklärung für sein Erlebnis zu finden, die seinen Verstand wenigstens halbwegs befriedigte.

Er inhalierte einen letzten Zug und drückte die Zigarette fahrig im Aschenbecher aus. Aber da war etwas noch sehr viel Schlimmeres. Dieses WESEN befand sich auf Sylvias Grundstück, Billis neuer Freundin Sylvia. Seit gestern grübelte Lutz darüber nach, wie er Billi vor der Gefahr warnen konnte. Das WESEN war gefährlich, das stand außer Frage, und es schien ihm für das Verschwinden von Frank Erlenwein und Katja Liesenbach verantwortlich zu sein. Billi durfte nicht mehr dorthin gehen. Er zermarterte sich das Hirn, um einen plausiblen Grund zu finden, der sie von weiteren Besuchen bei Sylvia abgehalten hätte. Es gelang ihm nicht.
Er war die verschiedensten Varianten durchgegangen: *Ich habe den Verdacht, dass die Person, die für Franks und Katjas Verschwinden verantwortlich ist, sich auf Sylvias Grundstück versteckt hält. Möglicherweise hängt sie in der Sache mit drin*. Aber Billi hatte Sylvia tief ins Herz geschlossen. Sie würde Beweise für diese ungeheuerliche Beschuldigung verlangen. Und Lutz hatte keine Beweise. Am Ende würde Billi nur glauben, Lutz wolle Sylvia schlecht machen – aus Eifersucht, weil Billi weniger Zeit mit ihm verbrachte. Dabei war offensichtlich, dass mit Sylvia irgendetwas nicht stimmte, auch wenn Billi das nicht sehen wollte. Und die Idee, zu Hauptkommissar Schmidt zu gehen und eine Hausdurchsuchung bei Sylvia zu verlangen, hatte Lutz längst verworfen, zumal die Malerin ein perfektes Alibi hatte: Zur Zeit von Franks Verschwinden hatte sie sich auf der Vernissage der Altenbacher Künstler aufgehalten und war dort von genug Leuten, unter anderem auch Lutz selbst, gesehen worden. Und als Katja Liesenbach verschwand, hatte Sylvia mit Billi die Winzerfesteröffnung besucht. Schmidt würde Beweise verlangen, und da er Lutz nicht ernst nahm, würden es schon sehr ernst zu nehmende Beweise sein müssen.

»Ich habe rechtswidrig auf dem Grundstück herumgeschnüffelt. Als ich den Keller inspizieren wollte – in dem vermutlich die beiden Vermissten gefangengehalten oder gar ihre Leichen versteckt werden –, hat ein ungeheuer starkes WESEN mich von hinten gepackt, sodass ich es nicht sehen konnte, und mich in hohem Bogen über den Zaun geworfen wie einen Pingpongball. Dieses Wesen hat sich genauso in langen Sprüngen bewegt wie die Gestalt, die der Jäger beobachtet haben will.« – Schmidt würde ihm einen Besuch beim Psychiater empfehlen.

Willroth kam mit den beiden Junkfood-Portionen zurück. »Mann, du siehst aus wie ein Gespenst!«, brummte er. »Immer noch Nachwirkungen von Samstag? Du verträgst echt nicht viel!«

Er hielt Lutz eine der beiden nach billigem Fett und matschiger Currysoße stinkenden Pappschalen hin. »Hier. Fett beruhigt den Magen.«

Lutz überlegte, ob er gleich loskotzen oder sich das für später aufheben sollte, begann dann aber doch, heiße, ölige Fritten und wabbelige, außen braun gebrutzelte Wurststücke mit dem Plastikgäbelchen aufzuspießen und in den Mund zu stopfen. Gleichzeitig entschloss er sich, Billi die Wahrheit zu sagen. Er würde ihr alles genau so erzählen, wie er es erlebt hatte. Die Wahrscheinlichkeit, dass sie ihn daraufhin für verrückt erklärte, war ziemlich hoch. Andererseits bewirkte die Wahrheit manchmal Wunder. Billi mochte ihn, dass wusste er. Und sie vertraute ihm.

Es war ja auch gar nicht gesagt, dass Sylvia selbst böse war. Vielleicht wusste sie gar nichts von den Vorgängen auf ihrem Grundstück – nein, diese Möglichkeit schloss Lutz aus. Denkbar erschien ihm aber durchaus, dass sie erpresst wurde, bedroht wurde – das WESEN stellte zweifellos eine enor-

me Gefahr dar. Das konnte die nervliche Anspannung erklären, unter der Sylvia Billis Schilderungen zufolge litt. Billi war klug, klüger als er selbst, vielleicht hatte sie eine Idee, was sie tun konnten. Lutz allein wusste jedenfalls keinen Rat mehr. Ja, so würde er anfangen – dass Sylvia möglicherweise Hilfe brauchte, in ein Verbrechen verstrickt war. Dann würde Billi sicher mit sich reden lassen. Und solange sie zusammensaßen und redeten und gemeinsam einen Ausweg suchten, würde Billi wenigstens nicht allein zu Sylvia gehen und dort womöglich dem WESEN in die Hände fallen. Mit vollem Mund sagte Lutz: »Ich muss mal kurz telefonieren. Was Privates.«
Lutz zählte noch nicht zur wachsenden Gemeinde der Handybesitzer und ging daher zu der Telefonzelle neben dem Postamt. Als er sich außer Sichtweite Willroths befand, versenkte er die erst halb geleerte Pappschale in einem Mülleimer. Es war Viertel nach sieben. Da Billis Arbeitszeiten in der Redaktion sehr unregelmäßig waren, rief er zuerst dort an, doch es meldete sich niemand mehr. Dann versuchte er es bei den Schmidts zu Hause. Verdammt, auch hier ging niemand an den Apparat. Seine Schicht dauerte bis zwanzig Uhr. Er hatte die Absicht, sich gleich hinterher mit ihr zu verabreden. Wenn sie nur nicht bei Sylvia ist!, dachte er und ging eilig zum Streifenwagen zurück.
Willroth hatte gerade seine Mahlzeit beendet. Lutz sprang hinters Steuer und startete den Motor. »Was ist los?«, erkundigte sich Willroth. »Hat deine Freundin Einbrecher im Haus?«
»Unsinn«, sagte Lutz rasch. »Ich … finde, wir sollten einfach noch eine Runde Streife fahren, ehe die Schicht rum ist. Dafür werden wir schließlich bezahlt.«
»Na ja. Meiner Meinung nach ist die Bezahlung beschissen. Daher bin ich immer bestrebt, mich für die paar lausigen

Mark so wenig und langsam wie möglich zu bewegen. Aber meinetwegen. Wenn du heute Hummeln im Hintern hast, fahrn wir eben noch ein bisschen spazieren.«
Während Lutz den Wagen hinauf in die Weinberge steuerte, bemühte er sich, seine Unruhe vor Willroth zu verbergen, und überlegte fieberhaft, was er eigentlich dort draußen wollte. Wie zu erwarten, lag Sylvias Anwesen ruhig und still da. Weit und breit war kein Mensch zu sehen. Lutz ließ den Streifenwagen langsam auf das Haus zurollen. Der von Unkraut überwucherte Garten sah friedlich aus. War dort tatsächlich ETWAS über ihn hergefallen? Jetzt erschien ihm das nur noch wie ein alberner Traum. Einbildung. Alles hier wirkte normal und alltäglich.
»Muss ja eine ziemlich sonderbare Tussi sein, diese Malerin«, sagte Willroth. »Jedenfalls nach dem, was die Leute sich so über sie erzählen.«
»Und was erzählen die Leute?«
»Na, ist doch komisch – eine junge Frau, die allein hier draußen haust. Na ja, Künstler haben sowieso alle eine Macke, wenn du mich fragst. Aber ganz schön scharf ist sie schon. Super Figur. Hab sie ein paar Mal in der Stadt gesehen. Leider 'n paar Jährchen zu jung für unsereinen. Du hättest da schon eher Chancen. Aber du hast ja *deine* Billi.« Aus dem letzten Satz glaubte Lutz einen verletzenden Spott herauszuhören. Er hielt an und öffnete die Wagentür. »Ich ... klingel da mal kurz. Bin gleich wieder da.«
Langsam, widerstrebend, ging er auf das eiserne Tor im hohen Maschendrahtzaun zu. Halb fürchtete er, plötzlich ein grässliches Monster aus den Schatten hinter dem Haus hervorspringen zu sehen. Ein Wesen, das in dieser Alltagswirklichkeit nichts zu suchen hatte. Aber alles blieb ruhig. Einbildung, dachte er wieder. Alles war bestimmt nur Einbildung.

Wesen, die es nicht geben kann, gibt es auch nicht. Ganz einfach. Er drückte die Klinke des Gartentors herunter, aber es war verschlossen. Vorgestern hatte diese stählerne Faust seinen Nacken gepackt, als er die Hand an die Klinke der Kellertür legen wollte ... Heute stand er außerhalb des Grundstücks. Willroth saß im Wagen, mit Pistole. Lutz selbst war bewaffnet, und zusätzlich zu ihren Dienstpistolen hatten sie im Streifenwagen noch eine Maschinenpistole. Lutz drückte auf den Klingelknopf neben dem Tor.
Keine Reaktion. Alles blieb ruhig. »Billi?!«, rief er. »Billi!«
Nichts war zu hören, außer dem Wind in den alten Obstbäumen und dem fernen Rattern eines Zuges, das aus dem Rheintal heraufdrang. »Billi!«, rief Lutz noch einmal und dachte gleichzeitig: Ich führe mich auf wie ein Narr.
»Hör mal!«, rief Willroth vom Streifenwagen aus. »Ich wär dir dankbar, wenn du deinen Privatkram nach Dienstschluss erledigen würdest. Ich will jedenfalls pünktlich zum Feierabend wieder auf der Wache sein!«
Lutz riss sich achselzuckend vom Tor los und ging zum Wagen zurück. Um kurz vor zwanzig Uhr stellte er den Streifenwagen in der Parkgarage an der Wache ab und versuchte von der Telefonzelle im Eingangsbereich noch einmal, Billi zu erreichen. Vergeblich.

Pünktlich um zwanzig Uhr setzte ein sorgsam gekleideter und gekämmter, merklich nervöser Fischerau, dessen Backe dank reichlicher Kühlung nicht weiter angeschwollen war, Koerber vor Meltins Haus ab. »Viel Vergnügen, Chef«, sagte Fischerau.
»Ihres dürfte größer ausfallen als meines«, brummte Koerber missmutig. »Meltin ist nun wirklich keine sonderlich attraktive Gesellschaft.«

Fischerau bedankte sich zum mindestens fünften Mal für das geliehene Auto und brauste davon. Während Koerber widerwillig, weil ihm Meltin von Herzen unsympathisch war, und zugleich gespannt auf die Geschichte, die er zu hören bekommen würde, der Haustür entgegensteuerte, merkte er, dass er noch seine Dienstpistole im Schulterhalfter trug. Was für ein Unsinn, dachte er, bewaffnet zu einem Abendessen zu gehen. Ich hätte die Waffe im Präsidium lassen sollen.

Meltins Haushälterin öffnete Koerber so wortkarg und unfreundlich die Tür wie bei seinem ersten Besuch. »Ich gehe jetzt. Mein Mann wartet. Das Essen steht auf dem Herd. Auf der Anrichte steht eine Flasche Wein, eine besonders *teure*, die ich extra aus dem Keller holen musste.« In ihrer Stimme schwang eine Missbilligung mit, die nicht nur Koerbers Besuch, sondern das Leben im Allgemeinen und insgesamt zu meinen schien.

»Nett von Ihnen«, sagte Koerber und bemühte sich, ein entwaffnendes Lächeln zustande zu bringen.

Ihr faltiges, verkniffenes Gesicht blieb unbewegt. Lächeln gehörte offensichtlich nicht zu ihrem Repertoire. Sie zog ihren blauen Uralt-Mantel über, musterte Koerber noch einen Moment, als handele es sich bei ihm um ein penetrant stinkendes, aus der Elbe gefischtes Etwas, und warf dann geräuschvoll die Tür hinter sich zu. Was Haushälterinnen anging, musste Meltin ein ausgesprochener Masochist sein. Oder er konnte sich keine andere leisten.

»Ja, der Charme meiner Hausperle hinterlässt bei meinen Gästen immer wieder einen tiefen Eindruck«, begrüßte Meltin ihn vom Wohnzimmer aus. »Wären Sie so nett, die Flasche und zwei Gläser aus der Küche mitzubringen? Es ist ein ausgezeichneter Wein, auch wenn Frau Grabner ihn für den Anlass unangemessen teuer findet. Aber immerhin habe ich vor

zu beichten, und da sollte es dann schon der passende Messwein sein.«
Der ironische Unterton von Meltins Stimme ging Koerber sofort auf die Nerven. Warum bin ich überhaupt hergekommen?, dachte er. Ich hätte ihn ins Präsidium vorladen sollen, statt mir hier von ihm Theater vorspielen zu lassen.
Andererseits hatte Meltin gesagt, er kenne den Mörder mit den merkwürdigen Supermann-Fähigkeiten. Koerber seufzte. Sollte Meltin seinen Auftritt haben, wenn sie dadurch nur endlich in ihren Ermittlungen ein Stück weiterkamen!
Die Küche war, wie bei dieser Haushälterin nicht anders zu erwarten, peinlichst aufgeräumt. Auf der Anrichte stand eine Flasche Bordeaux, Château La Ménardie, daneben zwei Gläser, mit den Füßen nach oben. Koerber nahm die bereits geöffnete Flasche, die beiden Gläser und ging ins Wohnzimmer.
»Ich hoffe, es ist Ihnen recht, wenn wir vor dem Essen schon ein Gläschen nehmen?«, fragte Meltin. Er empfing Koerber im dunklen Anzug, mit weißem Hemd und Krawatte.
»Ich bin einem guten Gläschen nicht grundsätzlich abgeneigt, zumal ich heute ohne Auto hier bin. Sie haben doch sicher nichts dagegen, wenn ich mir nachher von Ihrem Telefon ein Taxi rufe?«
Meltin setzte eine gönnerhafte Miene auf. »Gegenüber unterbezahlten Polizisten bin ich stets die Großzügigkeit in Person. Ich war schließlich selber mal einer.« Es sollte spöttisch und überlegen klingen, aber Koerber hatte in seinem Leben schon genug Zeugen vernommen, und es entging ihm nicht, dass Meltins linkes Augenlid nervös zuckte und seine Finger auf den Armlehnen des Rollstuhls herumtrommelten.
Koerber konnte ein Grinsen nur mühsam unterdrücken. Als der Ex-Stasi-Mann den Anzug das letzte Mal getragen hatte,

musste er noch ein ganzes Stück schlanker gewesen sein. Die Jacke war nicht zugeknöpft, aber es wäre ihm auch kaum möglich gewesen, sie über dem Bauch zu schließen, und die Hose schien seinen aufgeschwemmten Unterkörper nur noch mit Mühe fassen zu können. Wenn er diesen Anzug eigens für seine Beichte aufbewahrt hatte, dann war sie mehr als überfällig.

Koerber goss Wein in die beiden Gläser, reichte eines Meltin und sagte: »Auf die Wahrheit.«

Ein Schatten huschte über Meltins Gesicht, dann erwiderte er schnell: »Ein guter Trinkspruch.« Er bewegte den ersten Schluck einen Moment mit geschlossenen Augen im Mund hin und her, als wollte er den Geschmack noch einmal richtig auskosten, weil er fürchtete, für sehr lange Zeit keinen Wein mehr zu trinken zu bekommen.

Koerber trank ebenfalls. Der Bordeaux war tatsächlich hervorragend, kräftig im Geschmack, aber nicht zu schwer. »Sie haben mir eine gute Geschichte versprochen. Nur deswegen bin ich hier. Besser, Sie strapazieren meine Geduld nicht im Übermaß. Sollen wir gleich anfangen, oder möchten Sie, dass ich mich vorher noch als Ersatz-Haushälterin betätige und das Essen auftische?«

Einen Moment verzog Meltin ärgerlich das Gesicht, schien zu einer bissigen Erwiderung ansetzen zu wollen. Dann sagte er nur: »Wenn Sie so freundlich wären? Meine Fähigkeiten als Gastgeber sind leider etwas eingeschränkt.«

Koerber ging in die Küche, während Meltin weiter reglos im Wohnzimmer verharrte. Vielleicht macht er es sich ein wenig zu bequem, dachte Koerber. Er kannte Rollstuhlfahrer, die sich völlig selbst versorgten und geradezu beleidigt gewesen wären, wenn ein Gast sie bedient hätte.

Als er die Backofentür öffnete, stiegen Koerber sehr ange-

nehme Düfte in die Nase. Er trug einen äußerst appetitlich aussehenden Kartoffelauflauf ins Wohnzimmer, dann noch das erforderliche Geschirr. Auch wenn Frau Grabner nicht den Eindruck machte, jemals in ihrem Leben etwas genossen zu haben, erwies sich Meltins Haushälterin doch als überraschend gute Köchin. Als sie zu speisen begonnen hatten, sagte Meltin mit vollem Mund: »Essen ist eigentlich das einzige Vergnügen, das mir noch bleibt.«
»Ich bin nicht hier, um mich mit Ihnen über Ihre Essgewohnheiten zu unterhalten«, erwiderte Koerber zwischen zwei Bissen.
Meltin trank einen Schluck Wein, räusperte sich und sagte: »Nein. Sie sind wegen der Geschichte gekommen, die ich Ihnen versprochen habe. Rein dienstlich. Als Mensch bin ich Ihnen zuwider, und Ihre Abneigung ist selbstverständlich völlig berechtigt. Auch wenn Sie es mir nicht glauben, will ich trotzdem sagen, dass ich Ihre Arbeit bewundere. Sie hatten damals in Dresden einen legendären Ruf, besonders nach der Sache mit dem Parteisekretär. Meine Bewunderung bezieht sich nicht auf den moralischen Aspekt Ihrer Arbeit – ich habe mich nie für Moral interessiert –, sondern auf das Fachliche, Handwerkliche. Ich hatte immer Respekt für Leute, die ihr Handwerk verstehen.«
Koerber verzog keine Miene. »Danke«, sagte er trocken. »Ich habe die Arbeit von Leuten Ihres Schlages nie bewundert, weder moralisch noch handwerklich. Nachdem wir den Austausch von Höflichkeiten hinter uns gebracht haben, können wir vielleicht zum Kern der Sache vorstoßen. Warum sind Sie mit dem, was Sie mir heute Abend offenbar erzählen wollen, nicht schon vorige Woche herausgerückt, als ich nach Mahlichers Tod mit meinem Kollegen hier war?«
Meltin hob das Weinglas, führte es aber nicht zum Mund,

sondern betrachtete es, drehte es zwischen den Fingern hin und her, als enthielte es eine unendlich kostbare, faszinierende Flüssigkeit. Sein dickwangiges, teigiges Gesicht schien Koerber röter als zuvor. »Da habe ich Ihnen die offizielle Version erzählt, auf die ich mich mit Bergmann und der Strehlitz seinerzeit verständigt hatte, falls uns eines Tages jemand neugierige Fragen stellen sollte. Das ist aber in all den Jahren nie geschehen. Ich brauchte ein, zwei Tage Zeit, um mir darüber klar zu werden, dass es ... *wichtig* für mich ist, die wirkliche Geschichte zu erzählen, solange dafür noch Zeit bleibt.«

»Ich hoffe, dass es nicht nur für Sie wichtig ist. Also, fangen Sie an!«

Meltin nahm noch zwei eilige Bissen, legte dann mit einem seltsam gequälten Gesichtsausdruck das Besteck auf den noch nicht geleerten Teller und tupfte sich mit der Serviette den Mund ab. Nachdem er einen großen Schluck Wein getrunken hatte, sagte er: »Gut. Ich denke, ich beginne meine Geschichte, indem ich Ihnen kurz die handelnden Personen vorstelle, und damit Sie wissen, wen Sie vor sich haben, fange ich bei mir selbst an. Ich war einer der Männer fürs Grobe beim Ministerium für Staatssicherheit. Ich war – um mich des Vokabulars des Klassenfeindes zu bedienen – ein *Killer*, und ich war ein Folterer. Ich war jahrelang bei der Hauptverwaltung Aufklärung und hatte mehrere Einsätze im Westen. Ich habe in der BRD mehrere Überläufer zur Strecke gebracht – zwei erschossen, einen mit dem Auto überfahren, drei in die DDR zurückgeholt, wo sie dann gefoltert und anschließend beseitigt wurden. Ich habe für das MfS die Drecksarbeit gemacht, wie Sie das nennen würden.«

Koerber hatte so etwas erwartet, aber es in beiläufigem Tonfall aus Meltins Mund zu hören hatte einen besonders bitte-

ren Beigeschmack. Auch er legte nun sein Besteck auf den Teller. Ich hätte ihn vorladen sollen, dachte er, statt hier mit ihm zu Abend zu essen.
»Was ist?«, fragte Meltin. »Vergeht Ihnen jetzt schon der Appetit? Ich hätte Sie für abgebrühter gehalten. Die Geschichte, die ich Ihnen erzählen will, ist hässlich. Sehr hässlich. Und ich habe noch gar nicht richtig angefangen.«
»Sie haben es *genossen*, nicht wahr?«, sagte Koerber angewidert. »Sie sind einer von denen, die gerne gefoltert und getötet haben. Ihr Leben bekam dadurch einen besonderen Kitzel.«
Meltin zuckte die Achseln. »Ich könnte mich jetzt rechtfertigen und Ihnen vorhalten, dass wir beide dem gleichen Staat gedient haben, jeder auf seine Weise. Aber ich habe mich, wie gesagt, nie für Moral interessiert, und darum ist es mir egal, was Sie von mir halten. Wer weiß? Im Westen wäre ich vielleicht Profikiller geworden, oder Söldner. An diese ganze ideologische Soße habe ich nie geglaubt. Was mich reizte, war in der Tat der Nervenkitzel, die Spannung der Menschenjagd. Und beim Foltern habe ich mich immer als Forscher gefühlt. Es ist wohl kaum eine extremere Situation denkbar als die Folter. Besonders fasziniert haben mich dabei die wirklich guten Menschen, die, die auch unter den größten Schmerzen ihre Würde behielten. Die gab es tatsächlich. Das Gute im Menschen hat mich immer wieder erstaunt. Ich habe nie verstanden, woher das Gute im Menschen kommt, und weiß es bis heute nicht. Warum sind Menschen gut, Kommissar Koerber? Sie jagen jetzt seit so vielen Jahren Gewaltverbrecher. Da müssten Sie doch eigentlich Ihre eigene Theorie über Gut und Böse entwickelt haben.«
»Ich denke, dass jeder Mensch die Wahl hat«, sagte Koerber knapp. Er stand auf, ging zum Fenster und öffnete es, atmete tief durch und schaute auf die Lichter Radebeuls. Aber natür-

lich wusste er auch, dass es im Leben der meisten Menschen wenig klar abgegrenztes Schwarz und Weiß gab, und dafür sehr viel Grau. Wie viel Grau gab es in seinem eigenen Leben? Meltins Satz, dass sie beide auf ihre Weise dem Staat gedient hatten, traf ihn unerwartet hart. Natürlich hatte er solche Sätze auch früher schon gehört, aber nicht aus dem Mund eines Menschen, der eine so widerliche Arbeit getan hatte. Für Koerbers Selbstverständnis war es äußerst wichtig, dass er als Polizist immer für die Menschen gearbeitet hatte, nicht für das System. Aber hatte er es dadurch dem Staat ermöglicht – oder zumindest erleichtert –, die Schweinereien zu begehen, für die Meltin und andere Handlanger zuständig gewesen waren? Er wusste, dass er auf diese Frage niemals eine befriedigende Antwort finden würde. Wenn er Schuld auf sich geladen hatte, würde er damit leben müssen. Die Vergangenheit ließ sich nicht ändern oder ungeschehen machen.

Billi schaute auf die Uhr und fluchte. Sie hatte Sylvia gestern gesagt, dass sie sich das Bild am Nachmittag abholen wollte, doch nun war es schon halb neun durch. Sie lenkte den Peugeot ihres Chefs auf die am Rhein entlangführende Bundesstraße und brauste nach Altenbach zurück. Ob Sylvia etwas dagegen hatte, wenn sie so spät noch vorbeikam?
Gegen fünf, als sie gerade gehen wollte, hatte Hajo Lohmann plötzlich im Büro gestanden, ihr die Digitalkamera mit den vielen Knöpfen in die Hand gedrückt und sie mit einer Stimme, die keinen Widerspruch duldete, nach Runkel geschickt, zur dortigen Gemeinderatssitzung.
»Du musst sofort los! In zehn Minuten beginnt ein Ortstermin am geplanten Gewerbegebiet Schafheide. Anschließend wird im Runkeler Rathaus über das Thema debattiert. Schieß ein

paar brauchbare Fotos von dem Ortstermin und schreib mir einen Artikel über die anschließende Sitzung.«
»Ich wollte eigentlich …«
»Journalistin werden, oder nicht? Gut, dann leg mal los. Das Thema ist ziemlich heiß. Die Bürgerinitiative gegen das Gewerbegebiet macht eine Menge Wirbel, und wie deiner Aufmerksamkeit hoffentlich nicht entgangen ist, haben wir schon ein paar Mal über die Sache berichtet.«
Darüber einen Artikel zu schreiben war auf jeden Fall interessanter als Berichte über Vereinsjubiläen. »Aber mit welchem Auto …«
Da hatte er ihr seinen Schlüsselbund vors Gesicht gehalten.
»Hier. Nimm meinen. Ich hoffe, im Umgang mit Autos bist du geschickter als beim Bedienen elektronischer Geräte.«
»Ich habe meine Führerscheinprüfung im ersten Anlauf bestanden«, hatte Billi beleidigt erwidert.
»Ich brauche den Wagen heute nicht mehr, weil ich beschlossen habe, auf den Abschlussabend des Winzerfests zu gehen, um ein bisschen Tratsch- und Klatschgeschichten zu sammeln. Es reicht, wenn du ihn morgen früh wieder mitbringst – ohne Beule, wenn's geht.«
In der Schafheide sollte ein großes Waldgebiet gerodet werden, um ein weiteres der im Westerwald wuchernden Gewerbegebiete aus dem Boden zu stampfen. Irgendwann hatten die Politiker diese Gegend »Naturpark Rhein-Westerwald« getauft, eine jener Sprechblasen, die sich in bunten Wahlkampfbroschüren gut machten. Aber wenn es so weiterging, war vom Wald bald nichts mehr übrig und aus dem so genannten Naturpark ein einziger großer Gewerbepark geworden. Und neben der Autobahn hatte sich jetzt obendrein auch noch die ICE-Schnellbahntrasse durch den Westerwald gefressen. Unsummen wurden ausgegeben und Unmengen

von Bäumen abgeholzt. Und wozu? Damit ein paar Geschäftsleute mit Aktenkoffer und Nadelstreifenanzug vierzig Minuten schneller mit der Bahn von Köln nach Frankfurt rasen konnten.

Vielleicht ist Qigong für mich manchmal so etwas wie eine kleine Zuflucht, dachte sie. Wenn ich übe, bin ich für zwanzig Minuten ganz in meinem Körper. Dann sind da nur mein Atem, die Erde unter meinen Füßen, der Wind und die Sonne auf meiner Haut. Die lärmende, hektische Welt um mich herum verschwindet oder tritt zumindest zurück hinter das, was wirklich zählt.

Sie gab sich keine Mühe, den Peugeot zu schonen, kam aber trotz kräftig durchgetretenem Gaspedal ein paar Minuten zu spät in der Schafheide an, wo die Damen und Herren des Runkeler Gemeinderats bereits versammelt waren. Billi machte zuallererst ein paar Fotos von dem Wald, der abgeholzt werden sollte. Sie dachte: Bestimmt leben hier viele Tiere, die Sylvia gerne malen würde – Baummarder, Dachse, Eulen, Bussarde.

Der Bürgermeister redete von wirtschaftlicher Entwicklung und vernünftigen Kompromissen zwischen Ökonomie und Ökologie. Dann erwähnte er die »Ausgleichsflächen«, die die Gemeinde entsprechend den gesetzlichen Vorgaben anlegen werde. Billi fragte sich, was das eigentlich für ein Ausgleich sein sollte. Ein paar Grundstücke, die von geringem Wert waren und nicht zu profitablem Bauland taugten, wurden kurzerhand zu »Biotopen« ernannt und dienten als ökologisches Feigenblatt. Ein echter Ausgleich hätte doch wohl bedeuten müssen, für die neu bebauten Flächen an anderer Stelle Land zu »entsiegeln«, also Asphalt und Beton zu beseitigen und stattdessen Bäume zu pflanzen. Am liebsten hätte Billi überall im Runkeler Rathaus Sylvias Bilder aufgehängt, damit die

Leute wenigstens jeden Tag sahen, welche Tiere sie aus ihrer Heimat vertrieben.
Doch jetzt konnte sie es erst einmal kaum abwarten, das Bild mit den Seeschwalben in Händen zu halten. Sie hatte sich schon überlegt, wo sie es in ihrem Zimmer aufhängen würde, für die paar Wochen, die sie noch hier bleiben wollte. Und danach würde sie das Bild mit nach Berlin nehmen. Am Nachmittag hatte sie die Webseite der Humboldt-Universität im Internet entdeckt und spontan beschlossen, in Berlin Sinologie zu studieren.
Hoffentlich macht Sylvia so spät überhaupt noch die Tür auf, überlegte Billi, während vor ihr die Lichter Altenbachs in Sicht kamen. Immerhin scheint sie doch recht menschenscheu zu sein.

Koerber war an den Tisch zurückgekehrt und setzte sich wieder. »Ich habe keine Lust, mit Ihnen moralphilosophische Diskussionen zu führen, Meltin«, sagte er unwirsch. »Sie schweifen vom Thema ab. Fahren Sie mit Ihrer Geschichte fort.«
Ein verzerrtes Grinsen huschte über Meltins Gesicht. »Es gibt keine Antwort auf meine Frage, Kommissar. Jedenfalls keine überzeugende. Das Wesen des Menschen bleibt letztlich unerklärlich. Vielleicht tritt das Gute einfach spontan auf, so spontan und unvorhersagbar wie das Wetter. Und was ist letztlich gut? Alles ist eine Frage des Standpunktes und der Perspektive ...«
Koerber runzelte die Stirn und trank einen Schluck Wein. Meltins Worte klangen hohl, eine abstruse Logik, mit der sich die schlimmsten Verbrechen relativieren und rechtfertigen ließen. Er selbst war sich sicher, dass es Taten gab, die absolut falsch waren.

Als Meltin sagte: »Nehmen Sie zum Beispiel Mahlicher«, horchte er auf.
»Was war mit Mahlicher?«, fragte er.
»Anfangs war Mahlicher einfach nur ein Handlanger«, fuhr Meltin fort. »So wie Bergmann, Krummbiegel und die Strehlitz. Wissen Sie, die Handlanger sind in allen Gesellschaften zahlenmäßig am stärksten vertreten, aber in Diktaturen fühlen sie sich besonders wohl, da blühen sie richtig auf. Ihre Lieblingsbeschäftigung ist es, zu funktionieren. Befehle auszuführen. Verantwortung macht sie zutiefst unglücklich. Und wenn das Regime, dem sie treu gedient haben, schließlich den Bach runtergeht, rechtfertigen sie sich jammernd und weinerlich damit, sie hätten nur ihre Pflicht getan, und sei es mit der tödlichen Effizienz eines Eichmann.«
»Und Sie? Sie waren natürlich kein Handlanger – und wenn doch, dann jedenfalls auf hohem Niveau, richtig? Einer, der das Spiel immer durchschaute!« Während er sich das sagen hörte, empfand Koerber eine kalte Bitterkeit.
Meltin winkte ab. »Ich bin in dieser Geschichte keine besonders wichtige Figur. Manchmal erwacht ein Handlanger aus seinem bequemen Roboterdasein. Meistens sind dabei heftige romantische Gefühle im Spiel. So war es bei Mahlicher. Er verliebte sich … Aber ich greife vor. Zunächst das übrige Personal. Krummbiegel, Bergmann und die Strehlitz kann man im Grunde vernachlässigen. Sie taten die grausigsten Dinge, ohne mit der Wimper zu zucken, aber sie fühlten sich niemals verantwortlich – sie führten nur Anweisungen aus. Handlanger eben. Schergen.«
»Aber *was* haben sie getan?« Koerber schlug mit der flachen Hand auf den Tisch. »Herrje, kommen Sie endlich zur Sache!«
Unter Meltins linkem Auge zuckte ein Muskel, und auf seiner kahlen Stirn glitzerten kleine Schweißtropfen. »Ja, damit

kommen wir zu den beiden wirklich interessanten Personen – Wilhelm Noethen und Hedwig Janders. Wirklich interessant sind immer die *Kreativen*. Die Ideologen und die Wissenschaftler, also gewissermaßen die Ideen- und Werkzeuglieferanten. Noethen war schon bei den Nazis außerordentlich kreativ. Die Nazi-Ideologen hatten das Idealbild des großen, blonden und blauäugigen germanischen Helden kreiert, und Noethen vertrat die Auffassung, dass Mutter Natur bei der Erzeugung dieser Helden von der Wissenschaft ein wenig auf die Sprünge geholfen werden müsse. Damit rannte er bei den Nazis offene Türen ein, und sie gaben ihm ein KZ als Spielwiese.«

Koerber erinnerte sich, gelegentlich von den Menschenversuchen der Nazi-Ärzte in den Konzentrationslagern gelesen zu haben, aber das war ein so düsteres Kapitel, dass man es nach Möglichkeit aus dem Alltagsbewusstsein verdrängte.

»Die Gen-Forschung in ihrer heutigen Form gab es damals noch nicht«, fuhr Meltin fort, »also arbeitete Noethen mit Hormonen, mit deren Hilfe er bei Kindern die Herausbildung bestimmter erwünschter Merkmale fördern wollte – etwas eine starke Muskelentwicklung. Dazu traktierte er Kleinkinder und Säuglinge mit seinen Hormoncocktails, schreckte noch nicht einmal vor Experimenten an Föten im Mutterleib zurück.« Meltins zuvor stark gerötetes Gesicht wirkte jetzt fahler. Er zog sein Taschentuch hervor und tupfte sich die Stirn ab.

»Experimente an Kindern ...« Koerber verzog angewidert das Gesicht.

»Ich sagte bereits, dass es eine hässliche Geschichte ist. Natürlich schlugen die Versuche fehl. Die wenigen Kinder, die überlebten, waren für ihr ganzen Leben verkrüppelt und entstellt.« Meltin schüttelte langsam den Kopf. »Ich habe Fotos

der Opfer gesehen. Wissen Sie, ich habe etliche Erwachsene ins Jenseits befördert, aber ich hätte mich niemals an Kindern vergriffen. Leute, die behaupten, sie hätten auf Befehl gehandelt und keine andere Wahl gehabt, lügen. Man hat immer die Wahl, Nein zu sagen. Man muss dann nur den Mut haben, die Konsequenzen zu tragen. Wie dem auch sei, trotz Noethens offenkundiger und grauenvoller Misserfolge fanden die Russen seine Forschungen interessant genug, um ihm nach dem Krieg einen Persilschein auszustellen und ihn in der DDR weiter forschen zu lassen. Immerhin ließ man ihn nun nicht mehr mit Kindern experimentieren. Aber er mixte weiter seine Hormonmittel und testete sie in Tierversuchen. Ein weiterer Forschungszweig des Instituts beschäftigte sich übrigens bis Anfang der achtziger Jahre mit dem Einsatz radioaktiver Substanzen zum Kampf gegen die inneren Feinde des Sozialismus. So entwickelte man beispielsweise radioaktive Markierungsmittel, die auf Dokumente oder Kleidungsstücke aufgebracht oder mit einer Spezialpistole auf Autoreifen geschossen werden konnten. Mit Hilfe dieser stark strahlenden Substanzen überwachte das MfS Klassenfeinde. Mich wundert es daher nicht, dass in den letzten Jahren einige prominente Regimegegner an Krebs erkrankt und gestorben sind. Aber das nur am Rande.« Meltin trank einen Schluck Wein. »Getestet wurden diese Substanzen übrigens an Strafgefangenen, selbstverständlich ohne deren Wissen.«
Nach der Wende kursierten solche Geschichten, aber Koerber hatte sie bislang für übertrieben gehalten. Er hatte lange Zeit angenommen, dass es selbst für die Stasi gewisse Grenzen menschlichen Anstandes gegeben hatte, aber vermutlich war er in politischer Hinsicht immer viel zu naiv gewesen, wie es seine Tochter ihm machmal vorwarf, wenn sie über

diese Dinge diskutierten. Oder er hatte es ganz einfach nicht wahrhaben wollen.

»1967 kam Hedwig Sanders ins Institut und wurde Noethens Assistentin. Ebenso wie er war sie besessen von der Idee, dass der Mensch so, wie die Natur ihn hervorgebracht hatte, ziemlich misslungen war. Noethen starb Anfang der siebziger Jahre, doch die Janders setzte seine Forschungen fort. Sie experimentierte mit Haustieren. Einige dieser Tiere wurden getötet und präpariert, und ich habe sie mit eigenen Augen gesehen: Schweine, die fast doppelt so groß waren wie gewöhnliche Hausschweine. Riesenhühner, die apfelsinengroße Eier legten.«

Jetzt schüttelte Koerber ungläubig den Kopf. War Meltin am Ende lediglich ein armer Irrer?

»Es existierten ausführliche Berichte über diese Forschungen, aber dieses Material ist Neunundachtzig selbstverständlich in den Reißwolf gewandert.«

»Womit jeder Beweis für Ihre Behauptungen fehlt«, sagte Koerber.

Meltin kniff die Augen zusammen und beugte sich im Rollstuhl vor. »Ich werde Ihnen im weiteren Verlauf dieses Abends zweifelsfrei beweisen, dass jedes einzelne Wort meiner Geschichte wahr ist«, sagte er nachdrücklich. »Diese Tierexperimente waren höchst bemerkenswert, stellten für die Janders aber nur einen ersten Schritt auf dem Weg zum eigentlichen Ziel dar.« Er trank noch einen großen Schluck Wein. Dann grinste er schief, als hätten sich in seiner Gesichtsmuskulatur ein paar Schrauben gelöst. »Sie kennen die Geschichte von Dr. Frankenstein?«

»Natürlich. Jedes Kind kennt … Langsam! Sie wollen doch wohl nicht allen Ernstes behaupten, die Janders hätte versucht …«

»Sie hat es nicht nur versucht«, sagte Meltin, der plötzlich kurzatmig klang. *»Es ist ihr gelungen.* Entschuldigen Sie mich einen Moment.« Er drehte abrupt seinen Rollstuhl herum und fuhr hinaus in den Flur. Dort verschwand er hinter einer Tür, die vermutlich ins Bad führte.
Koerber musste an das Foto denken, auf dem diese fünf kesselartigen Gebilde zu sehen waren. *Die Waben* hatte Mahlicher daneben gekritzelt. Eine sehr sonderbare Bezeichnung für irgendwelche Laborkessel. Sie weckte die unangenehme Assoziation eines Bienenstockes oder Wespennestes, in dessen Brutkammern etwas heranwuchs ... Sofort sagte ihm sein hartgesottener, rationaler Polizistenverstand: Unsinn! Meltin ist bloß ein einsamer alter Mann, der sich wichtig machen will, indem er dir verrückte Geschichten erzählt.
Er stand erneut auf und ging zum Fenster. Einmal angenommen, bei Bergmann und der Strehlitz hatte es sich um Auftragsmorde gehandelt. Konnten diese Morde dann nicht von zwei verschiedenen Spezialisten ausgeführt worden sein? Im Fall der Strehlitz von einem besonders begabten ... Artisten. Und bei Bergmann waren vielleicht doch technische Hilfsmittel zum Öffnen der Tür benutzt worden. Er beschloss, die Tür noch einmal gründlich untersuchen zu lassen. Vielleicht stellte sich letztlich doch heraus, dass es für das alles eine vernünftige Erklärung gab und Meltin schlicht und ergreifend ein Fall für den Psychiater war ...

Billi parkte den Peugeot vor Sylvias Garage und schaltete die Scheinwerfer aus. Das Atelier war dunkel, aber hinter einem der Fenster im ersten Stock des Hauses brannte Licht. Sie stieg aus und ging zum Gartentor. Tagsüber hatte es spürbar abgekühlt, und jetzt wehte ein kalter Westwind, der daran erinnerte, dass der Herbst nicht mehr fern war. Billi fröstelte

und vermisste ihre Jacke, die noch in der Redaktion über ihrem Schreibtischstuhl hing. Sie neigte dazu, Jacken hängen und Regenschirme stehen zu lassen. Ganz schwach drang der Festlärm des letzten Winzerfestabends, an dem sich keine Busladungen voller Touristen mehr, sondern nur noch die Altenbacher selbst auf dem Marktplatz tummelten, aus dem Städtchen herauf. Wieder wurde Billi schmerzlich bewusst, wie einsam und still es hier oben war. Sie drückte auf den Klingelknopf.
Zarte Seeschwalben vor dunklen, aufgewühlten Wolken, hinter denen leuchtend die Sonne hervorbrach. Ich weiß nicht, welchen Titel Sylvia dem Bild gibt, dachte Billi, aber für mich wird es immer »Sylvias Sehnsucht« heißen.
Im Hausflur ging kein Licht an, und der Türöffner blieb stumm. Es war, wie Billi vermutet hatte: So spät empfing Sylvia keinen Besuch mehr. Verflixt, *mich* könnte sie doch wirklich hereinlassen, dachte Billi enttäuscht. Ich würde gar nicht lange bleiben, nur schnell das Bild abholen. Sie klingelte ein zweites Mal, vergeblich. Dann ging sie zum Auto zurück. Als sie gerade die Fahrertür aufschloss, hörte sie plötzlich Sylvias vertraute, etwas kühle Stimme. »Billi ...«
Sie hob den Kopf. Die einsame Straßenlaterne weit unten am Weg warf nur einen matten Lichtschein bis hier herauf, der Sylvias Haar schimmern ließ. Sie stand hinter dem Maschendrahtzaun, als sei sie plötzlich dorthin geflogen oder in Sekundenschnelle herbeigerannt.
»Ich dachte, du schläfst schon«, sagte Billi erstaunt.
Sylvia hatte die Finger durch den Maschendraht gesteckt und zog und zerrte ein wenig daran, als sei der Zaun ein Hindernis, das sie von Billi trennte. »Ich wollte nicht ... aufmachen«, sagte sie stockend. »Ich wollte ... dass du wieder gehst. Aber andererseits ... möchte ich ... Leistest du mir ein

bisschen Gesellschaft? Es ist ein ... unruhiger Abend. Und dein Bild ist fertig ...«
Oje. Sie schien arg durcheinander zu sein. Billi schloss den Wagen wieder ab. »Klar«, sagte sie freundlich, »deshalb bin ich ja gekommen.«
Sylvia umklammerte immer noch die Zaunmaschen und starrte Billi mit großen, im Laternenlicht glänzenden Augen an, schien regelrecht Angst zu haben, Billi könnte es sich anders überlegen und doch noch davonfahren. »Das ist ... gut.«
Die Art, wie sie dort stand und Billi sehnsüchtig anstarrte, hatte etwas rührend Komisches. »He, tut mir Leid, dass ich's heute Nachmittag nicht geschafft habe. Aber jetzt bleib ich gern noch ein Weilchen.« Sylvia klammerte sich immer noch an den Maschendraht. Billi musste lachen. »Dazu müsstest du mir allerdings das Tor aufmachen, oder willst du, dass ich über den Zaun kraxele?«
»Natürlich!« Sylvia löste sich ruckartig vom Zaun und rannte zum Tor, wobei sie die Beine sehr schnell und wirbelnd bewegte. Es sah sonderbar aus, wie eine Sprinterin, die sich vor dem Start warm läuft. Aber vielleicht wirkten ihre Bewegungen auch nur im schwachen Licht der Laterne so eigenartig. Sie hielt Billi das Tor auf.
»Heute Nachmittag wollte ich das Bild nach draußen stellen, dann hättest du's dir mitnehmen können, ohne hereinzukommen ...« *Ohne hereinzukommen?* Was sollte das denn? Sylvia sprudelte die Worte hastig hervor, während sie vor Billi her zum Atelier ging. So hatte Billi sie noch nie erlebt. »... Ich dachte, es ist nicht gut für mich, wenn wir uns sehen. Es verwirrt mich und lenkt mich ab. Als du dann nicht gekommen bist, dachte ich, gut, sie hat kein Interesse mehr an mir. Aber bei diesem Gedanken habe ich mich plötzlich unwohl gefühlt. Ganz allein in meinem Gefängnis ...« Was für ein Gefängnis?

Sylvia redete immer weiter, ohne sich zu Billi umzudrehen. Sie schloss die Ateliertür auf und knipste das Licht an. »Als du eben geklingelt hast, wollte ich dich wieder gehen lassen, aber dann konnte ich es einfach nicht. Und meine … mein Herz ist plötzlich ganz stark gestolpert. Ich möchte, dass du ein bisschen bei mir sitzt. Dann bin ich ruhiger. Ist das okay?« Jetzt drehte sie sich um, mit fragendem, verwirrtem Gesichtsausdruck.

»Klar«, sagte Billi und legte für einen Moment die Hand auf Sylvias sich hart anfühlende Schulter. »Wir setzen uns zusammen und erzählen ein bisschen. Das tut dir bestimmt gut. Du bist immer so allein hier in dem großen Haus.«

Jetzt lächelte Sylvia zum ersten Mal, schwach und etwas zittrig, aber immerhin lächelte sie. Dann zeigte sie auf die Staffelei. »Da. Es ist fertig.«

Wenn das überhaupt möglich war, schien Billi das Bild noch schöner als am Tag zuvor. Es leuchtete wirklich von innen heraus. »Und du willst es mir immer noch schenken?«

»Ja. Dann … bin ich immer etwas bei dir. Und du bei mir. Ich meine, nicht wirklich. Vom Verstand her nicht. Aber …« Sie verstummte und strich sich mit zitternden Fingern ihr wirr aussehendes Haar aus der Stirn.

Du meine Güte, dachte Billi, heute Abend ist sie aber wirklich ziemlich durch den Wind! »Vielleicht solltest du wieder mal einen Ast zerbrechen.« Billi hoffte sofort, dass es nicht so klang, als wollte sie sich über Sylvia lustig machen.

»Das mit den Ästen hilft nicht immer.« In der Ecke stand eine alte Holzkiste. Sylvia klappte den Deckel auf und fischte zwei dicke Kissen heraus, die sie in der Mitte des Ateliers auf den Boden legte. »Setz dich bitte zu mir und erzähl mir etwas. Deine Nähe und deine Stimme sind … Mein Körper wird dann ruhiger.«

Sie hockten sich dicht zusammen. »Das ist sehr freundlich von dir«, sagte Sylvia. »Deine Freundlichkeit ist etwas sehr Gutes, glaube ich. Ich denke viel darüber nach, und ich glaube, du hast Recht. Ich bin zu viel allein. Bevor ich dich getroffen habe, war mir nicht bewusst, dass ich allein bin. Jedenfalls habe ich nicht so viel darüber nachgedacht. Ich dachte immer, die Anspannung und die Beschwerden in meinen … in meinem Körper kommen nur von der Erinnerung, von dem, was früher passiert ist … Aber vielleicht kommt das zum Teil auch vom vielen Alleinsein.«
»Was ist denn früher passiert? Magst du über diese schmerzhaften Erinnerungen sprechen? Manche Dinge werden leichter, wenn man darüber redet …«
Billi merkte, wie Sylvia sich sofort anspannte und ein Stück von ihr abrückte. »Nein. Nein. Das kann ich nicht.«
Billi legte ihr beruhigend die Hand auf den Unterarm. »Schon okay. Musst du auch nicht. Erzähl einfach das, was du mir gerne erzählen möchtest.«
Sylvia kam wieder näher. »Mir ist eigentlich lieber, wenn du was erzählst, und ich höre zu.« Sie schloss die Augen.
Billi seufzte. »Auch gut. Und wovon soll ich erzählen?«
Ohne die Augen wieder zu öffnen, antwortete Sylvia: »Ich nehme an, du bist … ganz normal aufgewachsen. Darüber würde ich gern etwas erfahren.«
»Was heißt schon normal? Ich wette, meine Kindheit war auch nicht normaler als deine. Okay, viel passiert ist eigentlich nicht. Kleinstadt-Einerlei eben. Das einzig Ungewöhnliche war vielleicht, dass mein Vater Polizist war … ist. Und dass er mir, glaub ich, bis heute böse ist, dass ich ein Mädchen bin und nicht der Junge, den er wollte.«
Billi sah, dass Sylvia die Augen wieder geöffnet hatte und sie aufmerksam anschaute. »Dein Vater ist Polizist?«

»Ja. Sozusagen der Sheriff von Altenbach. Und er wollte, dass ich bei der Polizei Karriere mache, aber den Gefallen hab ich ihm nicht getan und die Polizistenausbildung hingeschmissen. Das wird er mir wohl bis an sein Lebensende vorwerfen.« Billi seufzte und schüttelte den Kopf. »Er ist sogar früher mit mir immer in den alten Basaltbruch gegangen. Schießen üben. Ich sollte später bei der Polizei jedes Wettschießen gewinnen. Anfangs hat mir das richtig Spaß gemacht. Ich bin wirklich eine talentierte Schützin. Ich treffe von der Konservendose bis zum Geldstück so ziemlich alles. Ich glaube, das damals waren die einzigen Momente, wo mein Vater richtig stolz auf mich war. Als wir dort im Basaltbruch wie die Revolverhelden zusammen herumgeballert haben. Aber irgendwann wurde mir klar, dass ich Schusswaffen eigentlich nicht ausstehen kann. Und seither mag ich keine mehr anfassen.«
»Schießen fühlt sich im Körper sehr unangenehm an«, sagte Sylvia leise, wie zu sich selbst. »Der Rückstoß fühlt sich in den Ellbogengelenken und den Schultern unangenehm an. Es ist … hässlich.«
Billi drehte überrascht den Kopf. »Du kannst auch schießen?«
»Ich wollte nicht. Aber ich habe es lernen müssen. Eine … Sonderausbildung. Drüben im Osten.«
»Wo? In der DDR?«
»Ja. Das ist kein angenehmes Thema. Erzählst du mir etwas aus deiner Schulzeit? Wie war das?«
»Na gut. Wenn du möchtest.« Billi lehnte sich an Sylvias Schulter, was Sylvia offenbar angenehm war, denn sie rückte nicht von ihr weg. Mit geschlossenen Augen rief sich Billi die eine oder andere Story aus ihrer Zeit am Altenbacher Gymnasium ins Gedächtnis, berichtete von ihren Abiturstreichen und den Schrullen einiger Lehrer.

»Das muss eine angenehme Erfahrung gewesen sein«, murmelte Sylvia leise. »So viele freundliche Menschen um dich herum.«

Inzwischen war es völlig dunkel. Der Golf parkte noch immer hinter den Bäumen, außerhalb Radebeuls, und sie saß still hinter dem Lenkrad. Ruhiger jetzt, entspannter. Dass Billi von ihr doch noch hereingebeten worden war, erwies sich als gute Entscheidung. Billis Gegenwart ließ eine angenehme Wärme in allen vier Körpern entstehen, der freundliche Klang von Billis Stimme hatte eine wohltuende Wirkung. Eine Kindheit zu haben, an die man sich erinnern konnte, musste eine sehr angenehme Erweiterung des Lebens sein. Sie war niemals Kind gewesen, sodass es in dieser Hinsicht nichts gab, worauf sie zurückblicken konnte. Natürlich gab es Erinnerungen, aber die reichten nur zurück bis in das Jahr 1985. Sie war erst vierzehn. Und es gab eine Maxime, die sie ins Leben mitgebracht hatte: *Beschütze deine Kinder, damit sie heranreifen und sich entwickeln können. Ihr seid eine neue, überlegene Spezies. Seid fruchtbar und mehret euch …*
Sie beschloss, noch ein wenig zu warten. Je ruhiger es auf den Straßen war, desto besser. Sie wollte keine Zeugen. Zu Meltins Haus waren es von hier aus nur ein paar Kilometer. Kurz vor dem Morgengrauen war sie schon einmal dort gewesen und hatte die Umgebung ausgekundschaftet. Sie nahm die Pistole aus dem Handschuhfach, überprüfte das Magazin. Eine reine Vorsichtsmaßnahme. Sie würde sich, wie immer, auf ihre Schnelligkeit verlassen und die Waffe höchstwahrscheinlich gar nicht benötigen. Die Menschen waren so unglaublich langsam. Eine kleine Weile noch, dann würde sie den Motor anlassen und losfahren.

Meltin blieb ziemlich lange auf der Toilette, und Koerber erwog bereits nachzuschauen, ob den Ex-Stasi-Killer womöglich der Schlag getroffen hatte. Dann kehrte er endlich an den Tisch zurück und hatte wieder mehr Farbe im Gesicht, vermutlich auf irgendein Medikament zurückzuführen. Ob er unter Psychopharmaka stand? Im Moment schien die Erklärung, dass Meltin geistesgestört war, Koerber die angenehmste Variante zu sein.
Er musterte Meltin prüfend und fragte: »Sind Sie sicher, dass ein Kripokommissar Ihnen weiterhelfen kann? Ein Psychiater wäre vielleicht nützlicher.«
»Ich gebe zu, dass das, was ich zu erzählen habe, verrückt klingt«, sagte Meltin unbeirrt, mit wieder ruhigerem Atem und festerer Stimme, »aber warten Sie ab. Von den Janders-schen Tierversuchen war man in Ostberlin so beeindruckt, dass man ihr für ihre Forschungen praktisch völlig freie Hand ließ. In einem Staat, der seine Bürger ansonsten bis ins Kleinste zu gängeln pflegte, war das, wie Sie zugeben müssen, ziemlich außergewöhnlich. So konnte Anfang der achtziger Jahre *Projekt Hydra* Gestalt annehmen …«
»Hydra …«, wiederholte Koerber. Wo hatte er diesen Namen schon einmal gehört? Sein Gedächtnis für Details hatte ihm schon unschätzbare Dienste geleistet und ließ ihn auch jetzt nicht im Stich. *Schlafende Hydras soll man nicht wecken*, hatte Albrecht Bergmann der Strehlitz auf den Anrufbeantworter gesprochen.
»Ja. In Ostberlin waren sie wie elektrisiert. 1982 versprach die Janders ihnen, den perfekten Soldaten, Agenten und Leistungssportler zu erschaffen. Vermutlich hätte man sie damals genauso für verrückt gehalten, wie Sie jetzt mich für verrückt halten – wären da nicht diese Riesenschweine und Riesenhühner gewesen. Aber natürlich misstrauten sie ihr,

wie sie allem und jedem misstrauten. Ich wurde nach Dresden abkommandiert, um die Sicherheit des Instituts zu gewährleisten – und der Janders auf die Finger zu schauen. Und Mahlicher, als mein Stellvertreter, sollte mir auf die Finger schauen. Sie wissen ja, es war ein paranoides System, in dem sich alle gegenseitig überwachten.

»Das Verfahren, das die Janders entwickelt hatte, nannte sie die *Zellfraktionsmethode* und hütete es wie ihren Augapfel. Nicht einmal Krummbiegel und ihre Assistentin Strehlitz waren wirklich eingeweiht. Sie war wahrhaftig ein moderner Dr. Frankenstein, der allein in seinem Labor herumwerkelte.« Meltin schüttelte den Kopf. »Aber vielleicht war sie ja auch eine Alchimistin, ein weiblicher Faust, mit dem Teufel im Bunde.«

»Womit Sie endgültig den sicheren Boden der Realität verlassen«, stellte Koerber nüchtern fest.

In Meltins Gesicht zuckte es nervös. »Wenn ich während meiner Jahre in diesem verfluchten Institut etwas gelernt habe, dann dieses: Der so genannte sichere Boden der Realität ist ein sehr schwankendes Gelände, Kommissar Koerber! Fragen Sie mich nicht, wie das Zellfraktionsverfahren funktionierte. Ich weiß es nicht und will es auch gar nicht wissen. Da waren diese Kessel, sagen wir besser: Brutkästen, die die Janders *Waben* nannte. Fünf an der Zahl. Sie wurden mit einem geheimnisvollen bionischen Plasma bestückt und ebenso geheimnisvollen Hormoncocktails. Es gab eine Art Blaupause, die energetisch auf das Plasma übertragen wurde, mit Hilfe starker elektrischer Felder. Diese Blaupausen wurden von der Janders mit allen erforderlichen Informationen gewissermaßen geimpft, aber ich habe keine Ahnung, wie sie das anstellte. Und dann – benötigte sie lebendes menschliches Gewebe …«

Koerber schluckte und kniff die Augen zusammen. »Lebendes Gewebe?«
»Die Körper mussten zumindest noch warm sein. Zwei junge Männer und zwei junge Frauen. Das wurde in Ostberlin arrangiert. Die Wahl fiel auf vier Politische aus Camerswalde, alle zwischen zwanzig und vierundzwanzig Jahre alt. Die Gefängnisleitung war in gewissem Umfang eingeweiht. Bergmann, Mahlicher und ich fuhren hin und holten die vier ab.«
»Moment mal. War Camerswalde nicht ein reines Männergefängnis?«, fragte Koerber, der geradezu verzweifelt nach Unstimmigkeiten suchte, um das, was Meltin ihm da erzählte, als Lügengeschichte zu entlarven.
Meltin schüttelte den Kopf. »Ab Mitte der sechziger Jahre waren im Westflügel auch weibliche Politische inhaftiert. Den Gefangenen wurde gesagt, sie würden verlegt. Doch wir brachten sie nach Dresden ins Institut, im Dezember 1984 war das.«
»Jetzt hören Sie aber auf, Meltin!«, rief Koerber wütend. »Sie wollen mir doch nicht weismachen, dass diese zwei Männer und zwei Frauen getötet wurden und aus ihrem Gewebe ...« Er sprang auf. »Diesen Schwachsinn höre ich mir nicht länger an! Ich werde mir jetzt ein Taxi rufen. Sie sind ja reif für die Klapsmühle, Mann!« Er stapfte hinaus in die Diele, wo das Telefon stand.
»Die Akten und Forschungsberichte wurden im Herbst Neunundachtzig vernichtet«, sagte Meltin ruhig aus dem Wohnzimmer. »Aber es gibt einen unumstößlichen Beweis: die Hydras selbst. Eine von ihnen habe ich Anfang Neunundachtzig auf Weisung aus Ostberlin getötet, um sie sezieren zu lassen. Ich war bei der Obduktion anwesend, Koerber. *Sie sehen innen anders aus*, anders als gewöhnliche Menschen. Die Jan-

ders hat tatsächlich eine neue Spezies erschaffen. Und vier von ihnen sind noch am Leben. Hydra hat Bergmann und die Strehlitz getötet. Kommen Sie, holen Sie uns noch eine Flasche Wein aus dem Keller. Diese Geschichte kann man am besten ertragen, wenn eine kräftige Dosis Alkohol in den Adern kreist.«

Die Scheinwerfer des weißen Golf flammten auf, und der Motor wurde gestartet. Der Wagen setzte sich in Bewegung, bog auf die Straße ein, die hinunter nach Radebeul führte. Sanfte Billi mit der freundlichen Stimme. Sie dachte: Billi hat immer nur einen meiner Körper gesehen. Wie wird sie reagieren, wenn sie erfährt, dass ich vier bin? Ich war fünf. Bei diesem Gedanken sprang ihr sofort die Erinnerung ins Bewusstsein. Der grässlichste Schmerz, den sie in ihrem vierzehnjährigen Leben erfahren hatte. Sie hatten ihr etwas ins Essen gemischt. Als sie den merkwürdigen Geschmack bemerkt hatte, war es bereits zu spät gewesen. Alle fünf Körper waren in einen tiefen Schlaf gesunken, aber ihre Bewacher, Meltin und die anderen, hatten die Stärke ihres Metabolismus unterschätzt, wie meistens. Sie erwachte genau in dem Moment, als Meltin die Pistole auf ihre Stirn richtete, auf eine ihrer fünf Stirnen. Als sie die Augen aufschlug, drückte er ab. Die Kugel hatte ihren Schädel durchschlagen, und ein unglaublich heißer, stechender Schmerz war hinter ihrer Stirn explodiert. Sie hatte geschrien und geschrien, aber einer ihrer fünf Körper war erloschen. Sie hatte ihn nicht mehr spüren können, und in ihrem Geist hinterließ der Verlust eine tiefe, schwarze Wunde.
Sie atmete schnell und pulsierend und zwang ihre Aufmerksamkeit zurück in die Gegenwart. Mit zweien ihrer Körper befand sie sich in der kühlen Tiefe des Kellers unter den Fel-

sen, bewachte die Waben, die sie dort gebaut hatte, die Brutstätte für ihre Kinder. Sie hatte das Werk ihrer Schöpferin fortgesetzt, so wie diese es ihr eingeimpft hatte. *Seid fruchtbar und mehret euch und macht euch die Erde untertan*. Mit einem Körper saß sie bei Billi im Atelier, spürte deren warme, teilnahmsvolle, freundliche Nähe. Niemals hätte sie geglaubt, dass sie das je würde erfahren können. Immer hatte sie sich von der Nähe ausgeschlossen gefühlt, die die Menschen miteinander teilten.

Und mit ihrem vierten Körper saß sie hinter dem Steuer des gestohlenen Wagens, bereitete sich innerlich darauf vor, Meltin auszulöschen. Der Gedanke an den Namen Meltin weckte den Phantomschmerz ihres erloschenen fünften Körpers in ihr – das Zucken der Pistolenmündung dicht vor ihren Augen, der dumpfe Stoß in ihrer Stirn, der vernichtende, heiße Blitz.

Vor ihr tauchten die Häuser Radebeuls aus der Dunkelheit auf.

Koerber hatte eine neue Flasche Rotwein aus dem Keller geholt, sie in der Küche geöffnet und kehrte nun mit ihr an den Tisch im Wohnzimmer zurück. Meltin sah blass aus, seine Hände zitterten. Koerber hatte nicht gehen können, er musste sich diese Geschichte, wahr oder nicht, einfach bis zum vermutlich bitteren Ende anhören. Er konnte nicht anders. Er suchte in Meltins Sprechweise, in seiner Mimik nach Anzeichen dafür, dass der Mann im Rollstuhl log, aber er fand keine. Möglicherweise gab es die Geschichte nur in Meltins Einbildung, aber er glaubte zumindest an sie. Koerber hatte in vielen Verhören Lügner vor sich sitzen gehabt, begabte und weniger begabte. Er hatte gelernt, die Lüge zu riechen. Aber nichts dergleichen lag in der Luft. Dafür ging eine enorme Anspannung von Meltin aus, eine Nervosität, gegen die Koerber sich wappnen musste, um nicht von ihr angesteckt zu werden. Mochte der Mann auch einst ein skrupel- und furchtloser Killer gewesen sein – jetzt hatte er Angst, eine Angst, die im Verlauf des Abends immer mehr zuzunehmen schien. Er schwitzte sie förmlich aus allen Poren.

»Verträgt sich der Alkohol denn mit Ihren Medikamenten?«, fragte Koerber, während er ihre Gläser füllte.

Meltin lachte leise. »Ich bin etwas außer Form, aber ich war früher für meine Trinkfestigkeit gefürchtet. Ich habe sogar mal einen russischen General unter den Tisch getrunken.«

Das war allerdings eine beachtliche Leistung. Sie tranken beide einen kräftigen Schluck, dann räusperte sich Meltin und sagte: »Die fünf Hydras wurden im März 1985 geboren.« Er schüttelte den Kopf. »Ich war bei der ... *Geburt* nicht dabei. Niemand von uns. Die Janders war ganz allein im Labor. Darauf hatte sie bestanden.«

»Dann müssten sie jetzt also im Teenager-Alter sein.«

Meltin schüttelte wieder den Kopf. »Schauen Sie, wie meine Hände zittern? Das kommt nur von den verfluchten Medikamenten! Früher waren meine Hände immer ruhig. Ganz gleich, was ich tat. Ich habe immer ins Schwarze getroffen. Die Hydras waren fertig entwickelt, verstehen Sie? Der *Schöpfungsprozess*, wie die Janders das nannte – ich glaube, Sie fühlte sich dem lieben Gott ziemlich nahe –, hatte vier Monate gedauert. Und dabei waren in den Waben fünf voll entwickelte, ausgewachsene ... *Wesen* entstanden. Fünf vollkommen identische Geschöpfe. Einsfünfundachtzig groß, achtzig Kilo schwer. Perfekte weibliche Kampfmaschinen. Schön, blond, mit leuchtend blauen Augen – und unglaublich schnell und tödlich. Ihre gesamte Physis war perfekt ausgebildet. Sie waren intelligent. Sie kamen aus diesen Waben und waren sofort intelligent wie Erwachsene, verstehen Sie? Sie konnten sprechen.«

Koerber winkte ab. »Ich müsste wohl erst Ihren ganzen Weinkeller leer trinken, ehe ich bereit wäre, Ihnen diesen Unsinn abzukaufen, Meltin!«

»Die Janders schwieg eisern«, fuhr Meltin unbeirrt fort. »Sie ließ sich nur entlocken, dass das Wissen, über das die Hydras von Anfang an verfügten, ihnen mit Hilfe der Blaupausen, dieser geheimnisvollen elektromagnetischen Felder, einprogrammiert worden war. Damit meine ich nicht, dass sie Roboter sind. Nein, es sind wirklich lebendige Geschöpfe. Aber sie sind *anders*. Sie sind so, wie die Janders es wollte.« Er lachte, und es klang jetzt schrill und ein wenig irr. »Sie war größenwahnsinnig. Sie war, wie gesagt, der Ansicht, dass Gott bei der Erschaffung von uns Normalsterblichen ziemlich gepfuscht hatte. Und sie meinte, es besser machen zu können. Wer weiß – vielleicht hat sie es tatsächlich besser gemacht. Aber ich habe da meine Zweifel.«

Er schwieg einen Moment, starrte in sein Weinglas, trank es in einem Zug leer und schenkte sich nach. »Das, was die Hydras noch nicht wussten, brachte die Janders ihnen bei. Sie kümmerte sich persönlich um ihre Ausbildung und wachte eifersüchtig darüber, dass die Hydras kaum Kontakt zu anderen Menschen erhielten. Mit einer Ausnahme: Mir fiel die Aufgabe zu, sie in Nahkampftechniken und an der Waffe auszubilden – alles, was sie für ihre geplanten Einsatzzwecke eben so brauchten. Auf dem Gebiet war ich schließlich absoluter Spezialist. Mahlicher assistierte mir dabei. Die Hydras erwiesen sich als gelehrige Schülerinnen, wobei sich rasch herausstellte, dass sie mir und Mahlicher körperlich haushoch überlegen waren, auf eine Weise, die uns beiden Angst machte. Sie waren einfach unglaublich schnell, aus-

dauernd und stark. Wirklich perfekte Soldatinnen, Söldnerinnen, Polizistinnen – was Sie wollen. Killerinnen. Und da war noch etwas: Wie ich Sie so einschätze, glauben Sie nicht an Telepathie, stimmt's?«
Koerber schnaubte verächtlich. »Sie muten mir eine Menge zu. Das jetzt auch noch?«
»Nach ihrer ›Geburt‹ zeigte sich bald, dass zwischen den Fünfen ein besonderer Rapport bestand, eine nicht-verbale Verständigung. Sie waren auf besondere Weise synchronisiert. Damit meine ich nicht, dass sie sich synchron bewegten oder simultan redeten. Jede von ihnen konnte unabhängig von den anderen agieren, sodass sie gleichzeitig verschiedene Aufgaben ausführen konnten. Aber sie wussten immer, was die anderen gerade taten. Können Sie sich das vorstellen?«
Koerber schüttelte grimmig den Kopf. »Nein«, sagte er trocken. »Das kann ich mir nicht vorstellen.«
Meltin zuckte die Achseln. »Trotzdem ist es wahr. Meinen Vorgesetzten gefiel es nicht, dass die Janders blonde, blauäugige Superfrauen erschaffen hatte, keine Supermänner. Und noch mehr missfiel ihnen, dass sie sich hartnäckig weigerte, uns Einblick in dieses geheimnisvolle Zellfraktionsverfahren zu gewähren. Überhaupt veränderte sich die Janders, je mehr die fünf Hydras in ihrer Soldatinnen-Ausbildung Fortschritte machten. Sie begann, heimlich zu trinken. Und eines Nachts zerstörte sie die Waben und ihre gesamte Laboreinrichtung! Ihr Labor stand plötzlich in Flammen, und um ein Haar wäre uns das ganze Institut abgebrannt.
Inzwischen war es Anfang 1989. Die Hydras, die uns mit ihren enormen körperlichen Fähigkeiten über den Kopf zu wachsen drohten, waren in einem ausbruchsicheren Trakt im Keller des Instituts untergebracht worden. Aus Ostberlin

kam die Anweisung, eine von ihnen zu töten. Die Strehlitz mischte ihnen ein Schlafmittel ins Essen, aber die Dosis war zu gering. Gerade als ich die Pistole auf Nummer fünf richtete, schlug sie die Augen auf. Ich schoss ihr genau in die Stirn, aus nächster Nähe. Sie gab keinen Mucks von sich, muss sofort tot gewesen sein. Aber die vier anderen Hydras in den Nebenräumen schrien fürchterlich.« Meltin schloss einen Moment die Augen, trank dann sein Glas leer.

Koerber hörte schweigend zu, fühlte sich dabei innerlich seltsam erstarrt. Meltin hatte nicht übertrieben. Es war, weiß Gott, eine hässliche Geschichte.

»Wie schon erwähnt, wurde Nummer fünf obduziert, in der Charité. Die Ergebnisse der Obduktion waren so bizarr, dass ich den Befehl erhielt, die Janders nun um jeden Preis zum Reden zu bringen, ihr das Geheimnis des Zellfraktionsverfahrens zu entlocken und sie anschließend zu beseitigen. Unter Mithilfe von Bergmann, Krummbiegel und der Strehlitz setzte ich die Janders unter Drogen. Wir verhörten sie immer wieder, aber sie schwieg eisern. Schließlich griff ich zum letzten Mittel und folterte sie. Sie war über sechzig und offenbar herzkrank, was ich nicht wusste. Bei einem dieser Verhöre starb sie ganz plötzlich, ohne auch nur ein Wort verraten zu haben. Ich rechnete damit, deswegen massiv Ärger mit Ostberlin zu bekommen. Doch inzwischen hatten wir bereits August 89. Der Zusammenbruch schritt nun immer rascher voran. Mein unmittelbarer Vorgesetzter setzte sich über Nacht nach Moskau ab. Krummbiegel erhielt die Anweisung, sämtliche Akten zu vernichten. Und dann ließ man uns schlicht und ergreifend allein. In Ostberlin hatten sie nun andere Sorgen. Niemand schien sich mehr für Projekt Hydra und unser obskures Institut zu interessieren. Offenbar waren im MfS und im Politbüro alle nur noch damit beschäftigt, ihre

Haut zu retten. Ich fragte mehrfach nach, was mit den Hydras geschehen solle, wurde aber immer nur hingehalten.
Dann kam Krummbiegel eines Tages mit einer Idee zu mir, die ich einem Handlanger wie ihm gar nicht zugetraut hatte. Er sagte: ›Ich weiß, wie wir für die Zeit nach dem Zusammenbruch unser Schäfchen ins Trockene bringen können.‹ Er unterhielt seit Jahren wissenschaftliche Kontakte nach China, und nun wollte er über die chinesische Botschaft die Hydras verschachern. Die Strehlitz und er sogen sich einen Forschungsbericht aus den Fingern, basierend auf dem wenigen, was sie wussten. Die Chinesen waren bereit, für die Forschungsunterlagen und die vier Hydras fünf Millionen US-Dollar hinzublättern, was, auch wenn man es durch vier teilte, ein hübsches Sümmchen war.
Eigentlich wussten nur Krummbiegel, Bergmann, die Strehlitz und ich Bescheid, aber irgendwie muss Mahlicher Wind von der Sache bekommen haben. Vermutlich waren wir unvorsichtig, und er hat uns belauscht. Er verlangte, dass wir ihn mit ins Boot nehmen und an dem Geld beteiligen sollten, sonst würde er uns verraten. Ich traute Mahlicher nicht. Seit er mir hatte helfen müssen, Hydra Nummer fünf zu töten, war er sehr schweigsam und in sich gekehrt gewesen. Ich hegte den Verdacht, dass er sich in die Hydras verliebt hatte – immerhin hatten er und ich während ihrer Ausbildung viel Zeit mit ihnen verbracht, und sie waren, *sind* außerordentlich schön. Am liebsten hätte ich ihn aus dem Weg geräumt, um auf Nummer sicher zu gehen, Krummbiegel und Bergmann wollten das jedoch auf keinen Fall.« Meltin zog sein Taschentuch hervor und tupfte sich die schweißglänzende Stirn ab.
»Krummbiegel verabredete mit den Chinesen ein Treffen im Institut. Sie würden eine Million Dollar in bar als erste Anzahlung mitbringen, dafür den Forschungsbericht erhalten

und die Hydras in Augenschein nehmen können. Mahlicher bestand darauf, an diesem Treffen ebenfalls teilzunehmen. Ich war dagegen, aber Bergmann und Krummbiegel hielten es für gut, ihn möglichst einzubinden.«

Meltin war wieder bleicher geworden. Seine Stimme klang dünn und gepresst. »Zwei chinesische Wissenschaftler mit zwei Leibwächtern kamen – tatsächlich mit Geldkoffer. Krummbiegel, Mahlicher und ich gingen mit ihnen hinunter in den Keller, zum Sicherheitstrakt, in dem die Hydras hausten. Bergmann und die Strehlitz waren lieber zu Hause geblieben. Dann prüften Krummbiegel und ich das Geld, und Krummbiegel übergab den Chinesen den Forschungsbericht. Als ich plötzlich Mahlicher zur Seite springen sah, wusste ich, dass ich einen schweren Fehler gemacht hatte. Ich hätte ihn nie aus den Augen lassen dürfen. Er hatte hinter einem Laborschrank eine Maschinenpistole versteckt und eröffnete sofort das Feuer. Die vier Chinesen starben als erste, dann Krummbiegel. Ehe ich meine Pistole ziehen konnte, spürte ich einen dumpfen Stoß im Unterleib und fiel plötzlich mit gefühllosen Beinen zu Boden. Mahlicher wollte mir den Rest geben, doch als er sah, dass ich gelähmt war, grinste er und sagte, das sei für mich bestimmt noch schlimmer als der Tod, womit er natürlich vollkommen Recht hatte.«

Meltin schenkte sich mit fahrigen Bewegungen Wein nach. »Im Grunde bin ich damals gestorben. Alles, was meinem Leben Spannung und Faszination verliehen hatte, war dahin – die Menschenjagd, das Gefühl körperlicher Präsenz und Macht. Seitdem bin ich nur noch ein lebender Leichnam.«

»Und Mahlicher ist dann mit dem Geld abgehauen«, sagte Koerber. »Da muss er es aber ziemlich schnell verjubelt haben. Sein Haus draußen in Kleinroda wirkte doch arg heruntergekommen und ärmlich.«

Meltin schüttelte den Kopf. »Er hat nicht einen Dollar von dem Geld genommen. Er hat den aufgeklappten Koffer auf dem Tisch stehen lassen, nahm mir meine Dienstpistole ab und legte sie und die Maschinenpistole neben den Koffer. Dann öffnete er das Schott zum Sicherheitstrakt, schleifte mich hastig durch den Kellerausgang zu seinem Wagen und fuhr mich ins Krankenhaus.«

»Er hat also die Hydras befreit, und sie sind dann mit dem Geld verschwunden. Aber warum hat er das getan?«, fragte Koerber.

»Ich habe Ihnen doch gesagt, dass er sich in sie verliebt hatte. Dass wir eine von ihnen töten mussten, hat ihn vermutlich halb wahnsinnig gemacht. Sie freizulassen sollte wohl eine Art Wiedergutmachung sein.«

»Und wieso ist er nicht mit ihnen gegangen, wenn er in sie verliebt war? Wäre doch eine Wahnsinnssache gewesen – die Traumfrau gleich in vierfacher Ausfertigung!«

Meltin sah jetzt wirklich elend aus. Blass, schwitzend und zittrig.

»Es war eine unerfüllbare Liebe. Emotional und auch körperlich.«

»Warum haben Sie anschließend geschwiegen?«, wollte Koerber wissen. »Immerhin hat Mahlicher fünf Menschen kaltblütig erschossen. Dafür wäre er vermutlich für den Rest seines Lebens in den Bau gewandert.«

»Glauben Sie wirklich, ich selbst, Bergmann oder die Strehlitz hätten ein Interesse daran gehabt, den Mund aufzumachen? Wir waren an der Tötung der vier jungen Häftlinge aus Camerswalde beteiligt, und dann war uns die Janders beim Verhör buchstäblich unter den Händen weggestorben. Nein! Wir haben eisern geschwiegen. Wir waren in den letzten zehn Jahren eine verschworene Dreiergemeinschaft, die

sich einmal in der Woche hier bei mir zum Kartenspielen und Trinken traf.«
»Und Ihre freundliche Haushälterin?«
Meltin grinste plötzlich hinterhältig, und ein kaltes Glitzern erschien in seinen Augen, ließ für einen Moment seine einstige Brutalität und Gefährlichkeit erahnen. »Die Grabner? Wir waren früher Kollegen und haben gemeinsam für das MfS Überläufer gefangen und einige von ihnen beseitigt. Die Grabner war die schnellste und tödlichste Frau, mit der ich je zu arbeiten die Ehre hatte – Hydra natürlich ausgenommen.«
»Hat es denn keine amtliche Untersuchung gegeben? Ich meine, da lagen fünf Leichen im Institut, und die Hydras waren verschwunden!«
»Die örtliche Stasi-Spitze war in einem gewissen Umfang eingeweiht. Und vergessen Sie nicht, dass Mahlicher im Rang nur einen Dienstgrad unter mir stand. Wir waren beide hoch dekorierte Offiziere, eigens aus Ostberlin abkommandierte Spezialisten. Ich weiß nicht, welche Geschichte er ihnen erzählt hat, aber es genügte offenbar. Ich selbst lag ja im Krankenhaus, aber Bergmann erfuhr, dass sie die Umstände von Krummbiegels Tod vertuschten, auch gegenüber seiner Witwe. Die Kripo wurde überhaupt nicht eingeschaltet. Und die vier toten Chinesen ließ man diskret verschwinden. Schließlich hatte auch die chinesische Botschaft kein Interesse, die Sache an die große Glocke zu hängen, denn das hätte zu peinlichen diplomatischen Verwicklungen führen können. Die Hydras vermisste letztlich niemand. Ich glaube, die örtlichen Stasi-Leute waren froh, sie auf diese Weise elegant losgeworden zu sein. Und ein paar Wochen später war es mit der Macht der Stasi sowieso vorbei. Die DDR brach zusammen.«
»Hat Mahlicher Sie denn später noch mal behelligt?«
Meltin winkte ab. »Wozu? Grausamer hätte er sich für den

Tod von Nummer fünf doch nicht an mir rächen können. Vermutlich war er's zufrieden. Er soff sich draußen in Kleinroda systematisch um den Verstand und pflegte zwischendurch aus Sentimentalität der Witwe Krummbiegel den Garten.«
Meltin stöhnte plötzlich und fasste sich an die Brust. Dann zog er hastig ein Pillendöschen aus der Hosentasche. Er öffnete es, aber seine Finger zitterten so stark, dass es ihm nicht gelang, eine einzelne Tablette herauszunehmen. Er hielt Koerber die Dose hin. »Würden Sie ...? Zwei, bitte!«
Koerber nahm zwei Tabletten heraus und legte sie Meltin in die Handfläche. Er schluckte sie hastig und spülte mit Wein nach. Sein Atem ging schnell und stoßweise.
»Soll ich einen Arzt rufen?«, fragte Koerber.
Meltin winkte ab. »Nein! Nicht nötig. Das lässt gleich nach.«
Dann starrte er stumm vor sich hin und rieb sich mit der rechten Hand über die Brust, wischte sich mit der anderen den Schweiß von der Stirn.

Im Atelier war es still geworden. Billi hatte von ihrer Schulzeit erzählt, und Sylvia hatte mit großen, aufmerksamen Augen zugehört, jedes Wort regelrecht in sich aufgesaugt, als sei das, was Billi erzählte, unendlich kostbar, obwohl es Billi doch völlig gewöhnlich und alltäglich erschien. Jetzt saßen sie schweigend beieinander, und Billi spürte deutlich, dass ihre Nähe sehr wohltuend für die große blonde Frau war, die so sehr in ihrer eigenen Welt gefangen wirkte. Billi wollte ihr gern etwas geben, denn sie fühlte sich wegen des Bildes in Sylvias Schuld.
»Soll ich dir ein bisschen die Schultern massieren, Sylvia?«, fragte sie. »Das würde dir sicher gut tun. Du scheinst heute Abend ziemlich angespannt zu sein.«
Sylvia drehte den Kopf und schaute sie erstaunt an. *»Massie-*

ren«, sagte sie langsam, als hätte sie das Wort noch nie ausgesprochen. »Ich … bin noch nie … massiert worden. Du meinst … du willst … mich berühren und …« Billi sah, dass Sylvias Augen sich mit Tränen füllten.
»Nur, wenn es dir angenehm ist.«
Sylvia schluckte und nickte. »Ich möchte das gerne einmal … erleben.«
»Okay. Setz dich da auf den Stuhl. Ich stelle mich hinter dich. Es ist wirklich schön. Du wirst sehen.«
Sylvia erhob sich vom Boden, ging zu dem Stuhl, der vor ihrer Staffelei stand, und setzte sich. Billi trat hinter sie und begann mit der sanften Massage, die sie im Qigong-Unterricht gelernt hatte. Behutsam streichelte und knetete sie Sylvias harte, sich seltsam straff und sehnig anfühlende Schultern und Oberarme und dachte dabei: Ich habe sie noch immer nicht gefragt, von welcher Sportart man so merkwürdige Muskeln bekommt. Aber Sylvia hatte die Augen geschlossen und seufzte leise, darum wollte Billi sie jetzt nicht mit dieser Frage behelligen.

Als sie in die Straße einbog, in der Meltins Haus stand, schaltete sie die Scheinwerfer aus, drehte den Zündschlüssel und ließ den Wagen leise ausrollen. Drei Häuser entfernt hielt sie an. Sie hatten ihr nie einen Namen gegeben. Sie hatten ihren fünf Körpern Nummern eintätowiert, um sie unterscheiden zu können. Am Kopf, hinter dem linken Ohr. Das war sehr schmerzhaft gewesen, einer der vielen Schmerzen, die sie ihr dort unten in dem Sicherheitstrakt des Instituts zugefügt hatten.
Nach ihrer Flucht hatte sie sich Sylvia genannt. Sie fand, dass der Name sich angenehm anfühlte, wenn man ihn laut aussprach. Aber wie schön dieser Name war, der ihr gehörte,

den sie sich selbst ausgesucht hatte, war ihr erst wirklich bewusst geworden, seit sie ihn aus Billis Mund hörte. Wenn Billi ihn aussprach, klang er besonders gut.
Billi, die mit ihren schlanken, kleinen Händen Sylvias Schultern streichelte und massierte. Noch nie war einer ihrer Körper auf eine solche Weise berührt worden – sanft und zärtlich. Sylvia saß im Wagen, saß im Atelier, saß im Weinkeller bei den Waben und dem Kühlschrank und spürte Billis Hände auf ihren Schultern, verwundert, verwirrt. Wie war es möglich, solche Empfindungen zu erleben? Sie schloss die Augen und seufzte leise. Dann spannte der Körper in Radebeul sich an, sie zwang sich zur Konzentration. Ich müsste Billi sagen, dass sie aufhören soll, dachte Sylvia, aber ich kann es nicht.
Sie streifte die Handschuhe und die schwarze Stoffmaske über, nahm die Pistole aus dem Handschuhfach, jene Pistole, die vor zehn Jahren neben dem Koffer mit dem vielen Geld auf dem Tisch gelegen hatte. Damals, als sie plötzlich entdeckt hatte, dass das Schott weit offen stand. Jemand hatte es geöffnet. Staunend war sie durch den grauen, bunkerartigen Betonkeller gelaufen und hatte zuerst gar nicht begreifen können, dass sie frei war.

Koerber erwartete schon, Meltin jeden Moment bewusstlos im Rollstuhl zusammensacken zu sehen, doch die Tabletten wirkten offenbar. Der Anfall klang ab, und Meltin atmete wieder ruhiger und freier. »Nicht mehr lange«, sagte er. »Ich glaube, ich habe es bald überstanden.«
»Warum nehmen die Hydras jetzt Rache, nach so vielen Jahren?«, fragte Koerber. »Und wo haben sie die ganze Zeit über gesteckt?« Immer noch hegte er große Zweifel daran, dass Meltins Geschichte der Wahrheit entsprach.
»Daran ist Bergmann schuld«, antwortete Meltin. »Er hatte

nach der Wende überraschenden Geschäftssinn bewiesen und mit einer Consulting-Firma ganz ordentlich Geld verdient. Irgendwann fing er an, ständig von den Hydras zu reden. ›Ich will wissen, was aus ihnen geworden ist, sagte er immer wieder. ›Ich muss es einfach wissen. Es lässt mir keine Ruhe.‹ Er war ganz besessen davon. Und die Strehlitz kam auf die absurde Idee, man könne diesen Deal mit den Chinesen ja ein zweites Mal versuchen. Schließlich engagierte Bergmann einen Privatdetektiv, Sembold, einen früheren Stasi-Mann. Ich hielt Sembold für einen Stümper, und das sagte ich ihnen auch. Sembold suchte fast zwei Jahre, was Bergmann vermutlich an den Rand des Ruins brachte, und dann gelang es ihm tatsächlich, Hydra aufzuspüren. Sie hat sich im Rheinland eingenistet, in einem kleinen Städtchen in der Nähe von Bonn – Altenbach. Dort hat sie ein Haus bezogen, das einsam draußen in den Weinbergen steht. Als Sembold sich dann nicht mehr meldete, ahnte ich, was passiert war. Dieser Stümper hatte sich erwischen lassen. Und wenn er sich erst einmal in der Gewalt von Hydra befand, würde sie schon aus ihm herausbekommen, wer ihn beauftragt hatte. Unsere Namen hatte sie ganz sicher nicht vergessen. Als dann die Strehlitz ermordet wurde, war offensichtlich, dass es sich genauso abgespielt hatte. Und wissen Sie was – ich war *froh!*«

»Grund genug, sich zu rächen, hatte sie«, sagte Koerber. »Sie haben eine von ihr … von ihnen getötet.«

»Ich glaube nicht, dass Hydra zu solch heftigen Emotionen fähig ist. Vermutlich geht es ihr eher darum, eine mögliche Bedrohung auszuschalten. Krummbiegel war tot, seine Leiche hatte sie damals im Institut liegen sehen. Blieben noch wir drei und Mahlicher, der sich ja zuvorkommenderweise selber beseitigt hat.«

»Aber warum hat sie damit zehn Jahre gewartet? Sie hätte doch schon viel früher versuchen können, Sie aufzuspüren. Schließlich kannte sie Ihre Namen.«
Meltin wollte etwas erwidern, aber in diesem Moment hörte Koerber draußen im Flur ein lautes Krachen. Holz splitterte. Er sprang auf und fasste nach seinem Schulterhalfter.
Meltin lächelte plötzlich, ein maskenhaftes, bleiches Lächeln. »Ich wusste, dass sie mich heute holen kommt«, zischte er leise. »Heute Morgen, kurz bevor es hell wurde, ist sie ums Haus geschlichen, hat die Lage sondiert. Ich habe sie gesehen.«
»Sie *wussten* …«
In dem Augenblick, in dem Koerber seine Pistole aus dem Halfter zog, sprang eine große, schwarz gekleidete Gestalt aus der Diele ins Zimmer. Sie bewegte sich mit gespenstischer Schnelligkeit und Gewandtheit, ohne einen Laut von sich zu geben. Mit der einen Hand stieß sie den Tisch um, mit der anderen versetzte sie Koerber einen Schlag vor die Brust, der ihn rückwärts durch das halbe Zimmer warf. Er verlor seine Pistole und fiel gegen eine schwere alte Stehlampe, die krachend umkippte.
Noch im Hinfallen sah Koerber die schwarze Gestalt hoch über dem reglos im Rollstuhl sitzenden Meltin aufragen. Sie hob den Arm und ließ einem fürchterlichen Handkantenschlag auf Meltin niedersausen, der ihm den Schädel spaltete. Es gab ein grässliches, knirschendes, schmatzendes Geräusch, als Teile des Gehirns hervorspritzten.
Dann wirbelte sie herum und starrte Koerber an. Ein Pistolengriff ragte aus ihrem Hosengürtel. In den Gucklöchern der Maske leuchteten blaue Augen, und eine blonde Haarsträhne schaute unter dem schwarzen Stoff hervor. »Ich … kann Sie nicht gehen lassen«, sagte sie ruhig. Eine ganz normale Frau-

enstimme. »Sie würden nicht schweigen. Keine Zeugen. Ich dachte, er wäre allein.«
Endlich entdeckte Koerber seine Waffe. Sie lag, kaum einen Meter entfernt, unter dem Fernsehtisch.

Sylvia sah den Mann, der nicht hätte dort sein dürfen, und sie sah auch seine Pistole, ahnte, dass er sich gleich zur Seite werfen und nach der Pistole greifen würde. Sie musste springen. Sofort. Aber ihre Körper veränderten sich.
Sylvia spürte Billis Hände weich über Oberarme und Schultern wandern. Da war eine Wärme, die sie noch niemals empfunden hatte, die an ihren Armen herabströmte, ihren Rücken überflutete. Alle Härte wich aus ihren Muskeln. Sie wollte sich hinlegen, sich zusammenrollen, so dass diese wohlige Wärme sie einhüllen konnte. Sie wollte die Augen schließen, sich in die Berührung hineinschmiegen, wie sie es von weitem bei Katzen beobachtet hatte, die von Menschen gestreichelt wurden. Sie war nicht mehr allein.
SPRING! Die Hand des Mannes hatte die Waffe erreicht, seine Finger schlossen sich um den Griff. Sylvias Muskeln fühlten sich warm und weich an, ihr Körper reagierte ungewohnt schwerfällig. Sie stieß sich vom Boden ab und wusste im selben Augenblick, dass ihr Sprung viel zu spät kam. Der Mann riss die Waffe hoch. Wie fremd ihr diese warme Schlaffheit ihres Körpers war. Der Mann hielt die Waffe jetzt in beiden Händen. Der Pistolenlauf zuckte. Ein fürchterlicher Stoß fuhr ihr in die Brust und zerriss ihr das Herz.

Eben noch hatte Billi Sylvia massiert und voller Freude gespürt, wie die Massage wirkte, wie Sylvia unter ihren Händen geradezu dahinschmolz, die Härte aus ihren Muskeln wich, ihre Schultern sich weich rundeten. Doch plötzlich

ging ein Ruck durch Sylvias Körper. Im selben Augenblick sprang sie auf und rannte wortlos durch die andere Tür, die nach hinten auf den Hof führte, aus dem Atelier.
Völlig verblüfft stand Billi mit hängenden Armen hinter dem leeren Stuhl. Was war denn nun in Sylvia gefahren? Sie war so plötzlich hochgesprungen, dass Billi richtig zusammengezuckt war und sich erschrocken hatte. Ob sich durch die Massage eine besonders tiefe Verspannung in ihren Schultern gelöst hatte? So etwas konnte ziemlich schmerzhaft sein. Aber dass jemand so heftig darauf reagierte …
Sylvia erschien wieder im Atelier. Sie war kreidebleich und zitterte am ganzen Körper. Mit einer hastigen Bewegung nahm sie das Bild von der Staffelei, drückte es Billi in die Hände, packte sie an den Schultern und schob sie ziemlich unsanft zur Tür. »Du musst gehen. Sofort!« Die Worte kamen mühsam heraus, als bereite das Sprechen ihr Schmerzen.
»Was … hast du denn?«, stammelte Billi, »habe ich dir weh getan?« Aber Sylvia antwortete nicht, schob Billi hinaus ins Freie und schlug die Tür hinter ihr zu. Einen Moment stand Billi völlig durcheinander dort draußen. Während sie dann zum Auto zurückging, dachte sie: Ich bin wohl keine gute Masseurin. Dabei war sie, wenn sich die Teilnehmer der Qigong-Kurse gegenseitig massiert hatten, immer für ihre sanften Hände gelobt worden.

Sieben

Vermutlich war sie bereits tot, als sie gegen Koerber prallte und ihn zu Boden riss. Er schob ihren reglosen Körper zur Seite und richtete sich mühsam, mit schmerzendem Rücken auf. Ihre erloschenen blauen Augen starrten ihn an. Mit nervösen Fingern zog er ihr die Stoffmaske vom Kopf. Langes blondes Haar kam zum Vorschein. Ihr Gesicht war ebenmäßig und sehr schön. Dass Mahlicher sich in sie verliebt hatte, war durchaus nachvollziehbar.

Koerber spürte, dass er am ganzen Körper zitterte, und sein Magen war nahe daran zu rebellieren. Er hatte noch nie auf eine Frau geschossen. Überhaupt hatte er zuvor nur einen einzigen Menschen erschossen, in Notwehr, einen flüchtigen Mörder, der in einem dunklen Hinterhof plötzlich eine Pistole gezogen hatte. Zwei oder drei Mal war es vorgekommen, dass er einen Verbrecher durch einen gezielten Beinschuss kampfunfähig gemacht hatte, aber im Gegensatz zu den unrealistischen Fernsehkrimis bildete das im Polizeialltag doch eher die Ausnahme.

Langsam, in dem Bedürfnis, etwas Vernünftiges, Konzentriertes zu tun, um so den Schock zu überwinden, hob er seine Pistole vom Boden auf, sicherte sie und schob sie in das Schulterhalfter zurück. Natürlich war es keine Überraschung, dass sie eine schwarze Stoffjacke trug, von der die gefundenen Fasern sehr gut stammen konnten. Er war sicher, dass eine Laboranalyse das ergeben würde.

Altenbach, hatte Meltin gesagt – eine Kleinstadt bei Bonn.

Da ihr niemand zu Hilfe kam, vermutete er, dass sie allein hierher gefahren war. Dann hielten ihre ... Schwestern sich vermutlich dort auf. Nun, unverwundbar waren sie jedenfalls nicht. Als er nach der Pistole griff, hatte sie blitzschnell reagiert, aber der eigentliche Sprung war seltsam verhalten gewesen im Vergleich zu der übermenschlichen Schnelligkeit, mit der sie zuvor angegriffen und Meltin getötet hatte.
Er schloss die Augen, sah alles noch einmal wie in einem Film ablaufen, fuhr sich mit zitternden Fingern durchs Haar.
Er ging hinaus in die Diele. Meltin besaß keine dicke Eichentür wie Bergmann. Er ging zu den Überresten der Tür. »Scheiße«, sagte er leise. Es war nur ein einziges Krachen zu hören gewesen. Sie hatte diese Tür mit nur einem Fußtritt oder Faustschlag völlig zerbröselt.
Langsam ging er ins Wohnzimmer zurück und betrachtete Meltins grausig gespaltenen Schädel, dann schaute er auf die tote blonde Frau herunter. »Die Obduktion«, murmelte er. »Das wäre der letzte, unumstößliche Beweis.« Dann würde er wissen, ob ihre Anatomie wirklich anders war, wie Meltin behauptet hatte.
Und wenn ja? Was dann? Vor seinem inneren Auge tauchte eine Vision auf, die bewirkte, dass sich seine Nackenhaare aufstellten und ihm ein eiskalter Schauder über den Rücken lief. Er sah eine Armee aus Hydras, eine überlegene, tödliche Armee für jeden erdenklichen Einsatzzweck. Eine Armee, mit der die Russen unter allen Rebellen in Tschetschenien oder sonstwo endgültig aufräumen, die Chinesen Tibet für alle Zeiten von jedem Widerstand säubern konnten, eine Armee, nach der jeder lateinamerikanische und afrikanische Diktator sich die Finger lecken würde. Er sah perfekte menschliche Killermaschinen im Dienst der Russenmafia oder anderer Verbrecherorganisationen, und ihn befiel eine

schreckliche Ahnung, welche Monster in den Laboratorien irgendwelcher gentechnischer Großkonzerne womöglich auf der Basis von Hydra entstehen konnten.
Da wusste Koerber, was er zu tun hatte. Ihm blieb praktisch keine andere Wahl.
Er ging hinunter in den Keller. Es gab glücklicherweise einen Werkzeugschrank, wenn auch völlig verstaubt und von Spinnweben überwuchert. Koerber zog sein Taschentuch hervor, öffnete vorsichtig den Schrank, möglichst ohne Spuren im Staub zu hinterlassen, und fand, was er sich erhofft hatte – eine kurzstielige Axt.
Das Taschentuch zwischen seinen Fingern und dem Axtgriff, trug er sie hoch ins Wohnzimmer, schloss einen Moment die Augen, um den Brechreiz unter Kontrolle zu bekommen, und drückte die Axt in Meltins gespaltenen Schädel hinein, bewegte sie leise stöhnend und mit verzerrtem Gesicht etwas in Gehirnmasse und Knochensplittern hin und her, sodass einiges davon an ihr haften blieb. Dann zog er sie wieder heraus und legte sie neben Hydras schwarz behandschuhte rechte Hand.
Er steckte sein Taschentuch wieder ein, ging in die Diele, rief im Präsidium an, bestellte das ganze Aufgebot – Spurensicherung, Arzt –, informierte den Staatsanwalt vom Dienst. Anschließend zögerte er einen Moment, atmete tief durch und klingelte Sabine Fehrenbach aus dem Schlaf.

Als Billi in die Akazienstraße einbog, wo das Haus ihrer Eltern stand, bemerkte sie Scheinwerfer hinter sich. Billi parkte den Peugeot neben der Garage und sah, wie der andere Wagen am Straßenrand stoppte. Jetzt erst erkannte sie im Licht der Straßenlaterne, dass es Lutz' weißer Fiesta war. Nein, dachte sie. Auf Lutz habe ich jetzt wirklich keinen

Bock. Was will er, so spät am Abend? Sie stieg aus, Lutz ebenfalls. Er kam ihr entgegen.
»Ich suche dich schon eine Weile«, sagte er etwas atemlos. »Wo bist du gewesen?«
Billi hob die Schultern. »Bei Sylvia«, sagte sie widerstrebend. »Aber das ist doch wohl meine Sache. Was gibt's denn?«
Er atmete hörbar auf. »Ich hatte schon befürchtet …« Er brach ab, kratzte sich am Hinterkopf.
Billi schaute ihn verwundert an. »*Was* befürchtet?«
»Hör mal, du solltest nicht mehr zu Sylvia gehen!«, platzte er heraus und machte sofort ein Gesicht, als hätte er sich am liebsten auf die Zunge gebissen.
Jetzt merkte Billi, wie sie ärgerlich wurde. »Langsam habe ich den Eindruck, dass heute Abend alle außer mir selber irgendwie durch den Wind sind. Ist doch wohl meine Sache, zu wem ich gehe!«
»Ja, natürlich. Aber … ich habe mir Sorgen gemacht. Ich dachte, wir könnten den Abend zusammen verbringen und … reden. Da ist etwas, was …«
Billi glaubte zu ahnen, worauf das hinauslief. »Ich *will* aber nicht, dass du dir Sorgen um mich machst, okay? Ich weiß wirklich nicht, was in letzter Zeit mit dir los ist! Manchmal denke ich … Es war doch eigentlich alles geklärt zwischen uns, oder nicht? Wir sind nicht … verheiratet oder so was!«
»Darum geht's ja auch gar nicht. Es ist nur … Ich glaube, mit Sylvia stimmt irgendetwas nicht, und darum halte ich es für besser, wenn du dich für eine Weile von ihr fernhältst. Wie wär's – ich komme noch einen Moment mit rein, und wir reden in Ruhe darüber, ja?«
»So? Du hältst es für besser. Danke. Ich bin schon erwachsen und kann allein auf mich aufpassen. Ich bin nicht deine kleine Schwester. Und was soll das heißen – etwas stimmt nicht

mit Sylvia? Klar, die Altenbacher Spießer finden sie sonderbar! Eine schöne junge Frau, die malt und allein dort draußen wohnt. Die kann ja nicht normal sein. Kein Wunder, dass sie sich einsam und als Außenseiterin fühlt. Du hättest hören sollen, wie sie auf der Vernissage über sie hergezogen haben! Glaub mir, Sylvia braucht vor allem eines: Freunde!« Sie nahm das Bild vom Rücksitz und verriegelte die Tür. »Falls du nichts dagegen hast, geh ich jetzt ins Bett. Ich bin nämlich hundemüde.« Wenn sie etwas nicht leiden konnte, dann war das, wenn Lutz den Beschützer spielte. Das war eine Rolle, die ihm nicht zustand. Sie waren schließlich kein Liebespaar, und selbst von einem Partner hätte sie das kaum akzeptiert. Das hatte sie ihm vor einiger Zeit sehr deutlich gesagt und eigentlich den Eindruck gehabt, er hätte es begriffen. Aber jetzt fing er wieder damit an!

Sie ließ ihn stehen und steuerte auf die Haustür zu. Warum waren Männer nie in der Lage, eine Situation zu checken? Statt sie in Ruhe zu lassen, sich ins Auto zu setzen und nach Hause zu fahren, kam er hinter ihr her.

»Nur ein paar Minuten«, sagte er. »Ich muss dir unbedingt etwas erzählen ...«

»Ich habe keinen Bock! Verstehst du das nicht? Vielleicht sehen wir uns in letzter Zeit wieder zu oft, und die bildest dir ein, dass zwischen uns ... Vielleicht ist es besser, wenn wir uns mal für eine Weile aus dem Weg gehen. Ich will sowieso nach Berlin. Ich werde dort studieren!«

Plötzlich fasste er sie an der Schulter, sodass ihr beinahe das Bild heruntergefallen wäre. »He!«, rief sie wütend. »Spinnst du?«

»Billi«, sagte er, »versprich mir, dass du nicht mehr zu Sylvia gehst! Ich bin inzwischen sicher, dass Frank und Katja einem Verbrechen zum Opfer gefallen sind, sonst hätte man längst

irgendein Lebenszeichen von ihnen finden müssen. Und ich glaube, dass Sylvia etwas mit der Sache zu tun hat.«
»Sylvia? Wie kommst du denn auf diesen Unsinn?«
Er hielt immer noch ihre Schulter fest. »Du hast selbst gesagt, wie nervös und angespannt sie ist. Das ist doch ein deutliches Zeichen dafür, dass …«
Billi riss sich los. »Jetzt hab ich aber genug! Bist du dir eigentlich im Klaren, was du da redest? Wie kannst du einfach solche Verdächtigungen loslassen? Bloß weil Sylvia nervös ist! Du tickst wohl nicht ganz richtig!« Mit vor Wut zitternden Fingern schloss sie die Haustür auf und schlug sie ihm vor der Nase zu.

Da Fischerau die Nacht – Koerber wünschte es ihm jedenfalls – in sehr angenehmer Gesellschaft verbrachte, leitete Kommissar Jacobs die Spurensicherung. Er und Koerber, die sich seit Jahren kannten, wechselten ein paar Worte über den Tathergang, wobei Koerber mehrfach die Axt erwähnte, mit der die Frau Meltin erschlagen habe. Nach einem fragenden Blick zu Koerber, der zustimmend nickte, ordnete Jacobs den Abtransport der Leichen in die Gerichtsmedizin an. »Soll ich dort Bescheid sagen?«, fragte er.
Koerber winkte ab. »Lass nur, das mach ich selbst.«
Er ließ sich von zwei Beamten in seine Wohnung fahren, wartete ein paar Minuten, schaute auf die Uhr und rief sich ein Taxi, von dem er sich in einer Seitenstraße neben dem Neustädter Zentralkrankenhaus absetzen ließ. Die beleuchteten Wege des Krankenhausparks meidend, schlich er im Schutz von Sträuchern und Bäumen zum einsam stehenden Gebäude der Gerichtsmedizin, das bei Mondschein durchaus Ähnlichkeit mit einer alten Spukvilla hatte.
Dass Sabine in dieser Nacht Rufbereitschaft hatte, war ein

wirklicher Glücksfall. Bei Dr. Schommers wäre sein Vorhaben undurchführbar gewesen. Er schaffte es, pünktlich um vier Uhr morgens, wie mit Sabine verabredet, vor dem kleinen Seiteneingang neben der Leichenhalle zu stehen. Als sie ihm öffnete, trug sie bereits ihren Arbeitskittel. Sie musste verschlafen sein um diese Zeit, und er fragte sich, wie sie es trotzdem schaffte, so gut auszusehen.

»Was soll denn diese alberne Heimlichtuerei?«, fragte sie und hob ihre schön geschwungenen Augenbrauen. »So was schätze ich überhaupt nicht.«

»Sind sie schon da?«, fragte Koerber.

»Wer? Die beiden Toten?« Sie nickte, während sie nebeneinander durch einen stillen, nur schwach beleuchteten Flur gingen. »Ja. Ich habe den Fahrern gesagt, ich könnte nicht schlafen und würde deshalb ein wenig arbeiten. Sie sollten sie gleich auf die Tische legen. Ich würde sie mir heute Nacht noch vornehmen.« Sie schüttelte den Kopf. »Die haben nur genickt und gesagt, in der hiesigen Gerichtsmedizin wundere sie inzwischen überhaupt nichts mehr. Und sie haben ja Recht! Stell dir vor, ich muss diese beiden Obduktionen sowieso allein machen, ohne Assistenz – eigentlich eine Unmöglichkeit. Und das ist diesen Monat schon fünf Mal vorgekommen – bloß weil wir zu wenig Personal haben und obendrein Schommers ständig die Dienstpläne über den Haufen wirft. Er weiß nachmittags schon nicht mehr, was er morgens für ein Chaos angerichtet hat! Ich sage dir, hier gibt's wirklich nichts, was es nicht gibt.« Sie zuckte die Achseln. »Na, wenn ich's sowieso allein machen muss, ist es letztlich ja egal, ob ich bis nach dem Frühstück warte oder jetzt gleich anfange.«

»Je weniger mögliche Zuschauer, desto besser«, sagte Koerber grimmig.

»Wirst du mir jetzt endlich erklären, was eigentlich los ist? Ich hasse es, Leuten irgendwelche dummen Geschichten erzählen zu müssen!«

Sie hatten den Obduktionsraum erreicht, in dem bereits Licht brannte. »Hast du sie dir schon angesehen?«, fragte Koerber.

Sabine schüttelte den Kopf. »Die Fahrer haben sie aus den Blechsärgen auf die Tische gehoben, und ich habe vorne im Büro den Empfang quittiert, was eigentlich Koning machen müsste, der aber krank ist. Und dem Beckmann, der ihn vertreten sollte, hat Schommers idiotischerweise einen Mallorca-Urlaub bewilligt.« Ihr Gesicht nahm gequälte Züge an. »Bis Jahresende muss ich das irgendwie noch überstehen, dann sollen wir endlich zwei zusätzliche Planstellen kriegen.«

»Manchmal hat euer Personalmangel auch seine guten Seiten«, stellte Koerber erleichtert fest. »Wir sind also hier tatsächlich ganz allein.«

Sie warf ihm einen ziemlich missmutigen Blick zu und ging ein Stück in den Obduktionsraum hinein. Als sie Meltins gespaltenen Schädel sah, rief sie aus: »Oh! Da hat wohl dein Supermörder wieder zugeschlagen!«

»Ich habe ihn gefasst.« Koerber zeigte auf den anderen Tisch. »Oder sie, besser gesagt. Eine Mörderin.«

»Was? Die junge Frau da?«

»Im Fall Meltin habe ich es selbst gesehen. Aber was ihre Identität angeht, brauche ich noch einen letzten Beweis. Den sollst du mir liefern«, sagte er.

»Gut.« Sie streifte Handschuhe über. »Dann fange ich mal gleich an. Meine Nachtruhe hast du mir sowieso ruiniert. Und du willst zusehen? Ich dachte, du findest meine Arbeit widerlich.«

»Sie ist ... unappetitlich. Aber ich schaue gelegentlich bei Obduktionen zu, wenn mir das für die Ermittlungen hilfreich erscheint.«

Sabine betrachtete ihn aufmerksam. Ihre Augen waren zwar nicht blau, aber sehr wach und lebendig. »Und dabei schleichst du immer heimlich in die Gerichtsmedizin, damit niemand deine Anwesenheit bemerkt?«

Er wich ihrem Blick aus. »Ich werde dir alles erklären. Aber lass uns erst das hier hinter uns bringen, ja?«

Sie lächelte und hielt ihm einen Kittel hin. »Hier. Manchmal spritzt es ein bisschen.«

Während er sich den Kittel überstreifte, ging sie zu Meltin. »Ich denke, als Erstes nehme ich mir seinen Kopf vor.«

»Vergiss ihn. Mich interessiert nur die Frau.«

Sie warf ihm einen verwunderten Blick zu. Dann zuckte sie die Achseln. »Meinetwegen. Den beiden dürfte es eh egal sein, wer als Erster drankommt.«

Dann beugte sie sich über Hydra und deutete auf das Einschussloch in der Herzgegend. »Wer hat ihr das verpasst?«

Koerber biss die Zähne zusammen. Leise sagte er: »Ich.«

Sie hob erstaunt den Kopf. »Du? Du hast eine Frau erschossen? Ich hoffe sehr, dass es Notwehr war. Sonst müsste ich meine persönlichen Präferenzen noch einmal gründlich überdenken.«

Koerber schluckte und deutete auf Meltins zertrümmerten Kopf. »Sie hat das da mit einem Handkantenschlag gemacht.«

»Oh«, sagte Sabine nur und musterte den nackten Frauenkörper gründlich.

Sein Bedürfnis, sich zu rechtfertigen, verunsicherte Koerber. Habe ich zu Unrecht geschossen?, überlegte er. Sie hat gezögert, aber dann hat sie gesagt, dass sie mich töten muss, und ist gesprungen. Er hatte reflexartig reagiert, ohne bewusstes

Nachdenken. Nein, es war die klassische Notwehrsituation gewesen.
»Für eine Frau hat sie ziemlich viele Muskeln«, bemerkte Sabine. »War sie Leistungssportlerin?«
»So was in der Richtung«, antwortete Koerber ausweichend. Ich kann ihr die Geschichte jetzt noch nicht erzählen, dachte er. Erst muss sie es selbst sehen. Und ich muss es sehen. Damit ich Meltin wirklich glaube.
»Wonach soll ich denn suchen? Die Todesursache ist ziemlich offensichtlich.«
Koerber atmete tief durch. »Das Gehirn«, sagte er. »Ich will sehen, ob es … Veränderungen aufweist.«
Sabine warf ihm einen langen Blick zu, zuckte dann aber erneut die Achseln. »Gut. Wenn du meinst. Dann rasiere ich sie und öffne den Schädel.«
Sie nahm eine Schere und schnitt Hydras langes blondes Haar ab. »Es ist schön und seidig«, sagte sie, während sie behutsam, fast liebevoll zu Werke ging. »Schade drum.« Schließlich entfernte sie mit dem Rasierapparat auch noch den traurigen Rest.
Koerbers Augen wurden schmal. Der Anblick eines kahlen Frauenkopfes hatte etwas seltsam Irritierendes.
Nun griff Sabine zu jenem Gerät, das Koerber grässlicher fand als jeden Zahnarztbohrer: die oszillierende Säge. Das mit Druckluft betriebene Ding, das an eine Heimwerker-Bohrmaschine mit aufmontierter Schleifscheibe erinnerte, begann zu jaulen, und Koerber schloss die Augen. Er hörte, wie die Säge sich kreischend durch die Schädelknochen fraß. Dann verstummte das quälende Geräusch. Als er die Augen wieder öffnete, sah er, wie Sabine, deren grüne Handschuhe sich verfärbt hatten, Hydras Schädeldecke abhob.
Koerber schluckte und beugte sich vor. Das, was sie da frei-

gelegt hatte, war, so weit er es beurteilen konnte, ein ganz normales menschliches Gehirn. Jedenfalls wirkte es nicht anders als die Gehirne, die er bei früheren Obduktionen betrachtet hatte.

»Äußerlich sind keine Anomalien erkennbar«, sagte Sabine wie zur Bestätigung.

Er war halb enttäuscht, halb erleichtert. Hatte Meltin doch gelogen oder maßlos übertrieben? Vielleicht war es einfach nur der Schock über Hydras plötzlichen Angriff gewesen, durch den ihm ihre Bewegungen so übermenschlich schnell erschienen waren. Aber sie hatte mit einem Handkantenschlag …

»Für eine genaue Untersuchung muss ich es natürlich entnehmen. Je nachdem, wonach gesucht wird, muss es in Teile zerlegt oder schichtweise präpariert werden.« Sabine blickte sichtlich fasziniert auf Hydras geöffneten Schädel. »Unser Gehirn ist wirklich ein unglaubliches Wunderwerk«, fügte sie hinzu, in beinahe zärtlichem Tonfall.

»Ich glaube nicht, dass das nötig ist. Lass uns einen Blick auf die Organe in Brust- und Bauchraum werfen.«

Sabine zog die Nase kraus und musterte ihn prüfend. »Du kommst wohl auf den Geschmack, wie?«

»Nein«, erwiderte er, »keine Sorge. Aber ich muss es sehen. Dienstlich.«

»Gut.«

Erneut begann die Säge zu jaulen. Als Sabine das Ding an Hydras Brustbein ansetzte, schloss Koerber wieder die Augen. Das Sägegeräusch klang jetzt dumpfer, weil ein erheblich dickerer Knochen durchtrennt werden musste.

»Seltsam«, sagte Sabine plötzlich und hielt in ihrer Arbeit inne. »Schau dir dieses Muskelgewebe an.«

»Was ist damit?« Koerber öffnete widerstrebend die Augen.

Sie hielt die Säge in der einen Hand und zeigte mit der anderen auf den halb durchtrennten Brustkorb. »Die Fasern. So was hab ich noch nie gesehen. Sie sind ... dichter und stärker als gewöhnlich. Verstehe ich nicht. Muss ich mir unbedingt später unter dem Mikroskop näher ansehen.«

Sie setzte die Säge wieder an, und Koerber beschäftigte sich eingehend damit, ein Regal an der gegenüberliegenden Wand zu betrachten.

Das Geräusch, von dem Koerber glaubte, es bis in seine Zahnplomben spüren zu können, hörte endlich auf. »Gut. Das war's«, sagte Sabine. »Ich öffne jetzt den Brustraum.«

Koerber atmete tief durch, um den Brechreiz zu unterdrücken, und blickte wieder hin, als sie mit ihren Händen tief in den klaffenden Schnitt griff und die Rippen aufklappte. Wahrscheinlich bin ich totenblass, dachte er, und dann stöhnte Sabine: »Oh mein Gott! Was, um alles in der Welt, ist denn das?!«

Es gelang Koerber, seinen Magen unter Kontrolle zu bringen. Er beugte sich über die Leiche. Was er dort sah, ließ sich in keinem Anatomiebuch finden.

»Gut«, sagte er mit zusammengebissenen Zähnen. »Das genügt. Näh sie wieder zu.«

Sabine warf ihm einen ungläubigen Blick zu. »Bist du verrückt? Das ist ... eine medizinische Sensation ... ein Wunder. Ich muss ...«

»Bitte. Näh sie wieder zu.«

Sie schüttelte heftig den Kopf. »Nein, Koerber. Das kann ich nicht.« Aufgeregt und mit wissenschaftlicher Neugierde beugte sie sich über die Leiche.

»Koerber ... Schau dir ihr Herz an! Es hat zwei zusätzliche Kammern. Und sie hat vier Lungenflügel. Und sie hat ein doppeltes Kreislaufsystem. Sie hat zwei Pfortadern und zwei

Aorten. Und du verlangst von mir, dass ich sie *einfach wieder zunähe*?«

Sie nahm ein Skalpell und öffnete mit großen Schnitten Hydras Bauchdecke, begann eifrig die Organe darunter zu untersuchen. »Sie hat keine Gebärmutter und keine Eierstöcke. Aber die sind nicht später operativ entfernt worden, sondern fehlten offenbar von Anfang an. Wahnsinn! Der Platz, den sie normalerweise einnehmen, wird durch eine dritte Niere und zusätzliche Muskeln ausgefüllt. Was sind das nur für enorme Muskelstränge? Das ist einfach unglaublich …«

»Sabine. Niemand außer uns beiden soll das je zu Gesicht bekommen.«

Sie hob den Kopf und starrte ihn an. »Spinnst du? Du weißt genau, dass ich das nicht darf! Ich kann die Obduktion nicht einfach abbrechen. Ich muss alle inneren Organe entnehmen, alles genau protokollieren.«

»In deinem Obduktionsbericht darf kein Wort darüber stehen, dass sie *anders* ist. Du hast eine anatomisch völlig normale junge Frau obduziert. Niemand darf es erfahren.«

Ihr Blick wandte sich wieder dem anatomischen Wunder auf ihrem Obduktionstisch zu. »Koerber, Koerber … was verlangst du da von mir?«

»Du hast selbst gesagt, dass hier bei euch das totale Chaos herrscht. Vertusch es irgendwie. Es *muss* funktionieren.« Er streckte den Arm über den Tisch und berührte sanft Sabines Schulter. Sie sah ihn an. Er versuchte, alle Energie, die er aufbringen konnte, in seinen Blick zu legen. »Sabine. Bitte, vertrau mir. Es muss sein.«

Sie seufzte. Dann zog sie die Gummihandschuhe aus. »Okay. Ich mache uns jetzt Kaffee. Und dann erzählst du mir alles, ist das klar? *Alles,* was du über diese … diese Kuriosität hier weißt!«

Sie wusch sich die Hände, und dann gingen sie in ihr kleines, enges Büro hinter der Glasscheibe. Er setzte sich und beobachtete, wie sie eine Filtertüte einlegte und eine Kaffeepackung vom Regal nahm. »Los«, sagte sie ungeduldig. »Nun fang endlich an!«
Er holte tief Luft und erzählte ihr alles, was er von Meltin erfahren hatte. Sabine hörte gebannt zu, während sie Kaffee in den Filter löffelte. Sie schaltete die Kaffeemaschine ein, stellte Milch, Zuckerdose und zwei große Tassen auf den Tisch und setzte sich zu ihm. Während er erzählte und sie diese alltäglichen Dinge tun sah, spürte er zu seiner Überraschung, dass das Unbehagen völlig verschwunden war, das er in Bezug auf ihre Arbeit empfunden hatte. Vielleicht war es ja auch die Schocktherapie gewesen, sie mit der oszillierenden Säge hantieren zu sehen. Es gab wohl nichts Schrecklicheres, bei dem ein Mann einer Frau zusehen konnte. Alles andere konnte nur schöner sein. Sehr viel schöner.
Idiot, dachte er. Du wirst sie nie wieder allein im Restaurant sitzen lassen. Und falls sie dich je wieder zu einem Elbspaziergang einlädt, dann wirst du, verdammt noch mal, mitgehen! Er vergaß, weiterzusprechen.
»Was ist?«, fragte sie.
»Tut mir Leid«, sagte er.
»Was?«
»Dass ich nicht zurückgerufen habe, als du mit mir spazieren gehen wolltest.«
»Bin nicht nachtragend«, sagte sie über das Seufzen der Kaffeemaschine hinweg. »Los, erzähl weiter. Es ist *spannend*.«
Koerber berichtete, wie Mahlicher, laut Meltin, die Hydras befreit hatte. Als Sabine dampfenden Kaffee in die Tassen goss, sagte er gerade, dass dieser Privatdetektiv die Hydras im Rheinland aufgespürt hätte.

»Das heißt also, die anderen drei sind jetzt noch dort – in diesem Städtchen Altenbach?«
»Ich nehme es an«, sagte Koerber.
»Puh«, seufzte sie und kippte sich ordentlich Zucker in ihre Tasse, hielt ihm dann die Dose hin.
Er schüttelte den Kopf und erzählte den Rest, wobei er auch seine Schreckensvision nicht ausließ, und die Sache mit der Axt.
Plötzlich erschien ihr hübsches Grübchenlächeln. »Cool, das mit der Axt. Aber man merkt, dass du nichts von Pathologie verstehst. Jeder Gerichtsmediziner, der nur halb so gut ist wie ich, wird sofort feststellen, dass Meltins Kopfverletzung nicht von einem scharfkantigen Metallgegenstand herrührt.«
»Dazu müsste aber erstmal einer auf die Idee kommen, eine erneute Obduktion anzuordnen«, entgegnete Koerber, »was bei der allgemein anerkannten Qualität deiner Befunde doch sehr unwahrscheinlich ist.«
Sie lachte, wurde dann aber übergangslos ernst. »Ist dir klar, was du von mir verlangst? Wenn das jemals rauskommt, bin ich nicht nur beruflich erledigt, sondern lande sogar vor Gericht.«
Koerber trank einen Schluck Kaffee. »Wenn du Nein sagst, kann ich das gut verstehen.« Er deutete hinüber zum Obduktionsraum. »Immerhin liegt eine medizinische Sensation dort auf deinem Tisch. Du könntest damit berühmt werden.«
Sie umfasste ihre Kaffeetasse mit beiden Händen und senkte den Blick. »Daran liegt mir nichts. Aber, weißt du, ich bin einfach eine grundehrliche Haut. Wenn eine Verkäuferin mir zu viel Wechselgeld herausgibt, bekommt sie es sofort zurück. Und bei der Steuer schummele ich auch nicht. Ich kann einfach nicht anders.«

Koerber grinste. »Kein Wunder, dass du einem alten Kriminaler wie mir so sympathisch bist.«
Sie schwieg, und Koerber ließ ihr Zeit, eine Entscheidung zu treffen. Er hasste es, sie in einen solchen Konflikt zu bringen, aber er sah keinen anderen Weg.
Schließlich seufzte sie, stellte den Becher ab und sagte: »Gut. Du hast Recht. In einer so chaotischen Gerichtsmedizin wie dieser hier ist sowas tatsächlich machbar. Da bin ich mir sicher. Im Grunde kann ich hier schalten und walten, wie ich will. Schommers ist viel zu alt und überfordert, um mir auf die Finger zu schauen.«
Koerber atmete erleichtert auf. Nach einer Pause fügte sie hinzu: »Ich will dir sagen, warum ich es tue. Vermutlich wirst du jetzt ein bisschen spöttisch grinsen, aber ich bin religiös. Lach nicht, ich gehe sogar ab und zu in die Kirche. Ich glaube an Gott. Ich meine, der menschliche Körper ist wohl der überzeugendste Beweis dafür, dass es Gott geben muss. Wenn ein besonders trauriger Körper auf meinem Tisch landet – eine Frau oder ein Kind, die einem Sexualverbrechen zum Opfer gefallen sind, das sind die schlimmsten Fälle –, dann bete ich. Sonst würde ich's nicht durchstehen. Und Gott hilft mir, er gibt mir Kraft. Ich weiß, ich spüre es ganz deutlich, dass es eine Sünde gegen Gott ist, ein Wesen wie Hydra zu erschaffen. Es darf nicht sein. Wir Menschen sollen nicht Gott spielen wie diese Hedwig Janders. Darum helfe ich dir. In meinem Bericht wird nur stehen, dass sie eine durchtrainierte, muskulöse, gesunde junge Frau war, die an einem Herzdurchschuss starb. Mehr nicht. Und dass Meltin mit einer Axt erschlagen wurde. Durch mich wird niemand etwas von der Existenz Hydras erfahren. Und ihre bizarren inneren Organe« – ein erstaunlich grimmiger, kämpferischer Ausdruck, den Koerber sofort bewunderte, erschien in ihrem

rundlichen Gesicht – »landen im Krankenhausofen, ohne dass sie irgendjemand zu sehen bekommt. Das kriege ich hin!«

»Danke«, sagte Koerber leise.

»Aber ...«

Sie schaute ihn an, und er spürte plötzlich den Wunsch, die sanften Formen ihres Gesichts behutsam mit den Fingern nachzuzeichnen. »Ja?«

»Ich mache mir Sorgen um dich, Koerber. Wenn wirklich noch drei von ihnen am Leben sind – kannst du es allein mit ihnen aufnehmen? Soll ich dich begleiten?«

»Nein. Auf keinen Fall.« Er bemühte sich, ein halbwegs aufmunterndes Grinsen zustande zu bringen. »Ich bin ein zäher Knochen und ein verdammt guter Schütze. Das wird schon.« Es klang zuversichtlicher, als er sich innerlich fühlte. »Und ich kenne jemanden, der mir eine Spezialausrüstung besorgen kann.« Er trank seinen Kaffee aus und erhob sich.

Sabine stand auf und zog ihn an sich. Er erwiderte ihre Umarmung. Es war eine sanfte, tröstende Berührung. Für Leidenschaft war nicht der richtige Zeitpunkt. Später vielleicht, dachte er, wenn ich heil zurückkomme. Er spürte ihren Kopf auf seiner Schulter und bemerkte wieder einmal, wie gut sie roch, selbst wenn sie gerade an ihren Leichen gearbeitet hatte.

»Ich werde für dich beten«, sagte sie leise. »Ich will, dass du alt und friedlich im Bett stirbst und niemals hier auf dem Tisch landest. Pass auf dich auf.«

»Versprochen«, flüsterte er. Dann machte er sich rasch los und ging, ehe sie noch ein Wort sagen konnte.

Er schlich über das Krankenhausgelände, als sei er selbst einer der Kriminellen, die er sonst jagte, rief sich von einer Telefonzelle ein Taxi. Als es ihn vor seiner Wohnung absetzte,

wurde es bereits hell. Er fühlte sich überraschend wach, öffnete eine Flasche ausgezeichneten Scotch und goss sich einen Fingerbreit in ein gutes, schweres Glas. Dann setzte er sich ans Fenster, trank sehr langsam und schaute auf die Elbe und die erwachende Stadt. Er dachte über die Welt im Allgemeinen und seine eigene, kleine im Besonderen nach und fand, dass Sabine ein *sehr* guter Grund war, lebend wieder zurückzukommen. Um Viertel vor sieben, einer einigermaßen humanen Zeit, griff er zum Telefon und wählte die Privatnummer seines Ex-Schwagers Ludwig.
»Karl-Heinz?« Ludwig gähnte geräuschvoll. »Jetzt sag bloß, du sitzt schon am Schreibtisch.« Seine Stimme klang rau und verschlafen.
»Hör zu, Ludwig«, sagte Koerber. »Du kannst mir einen kleinen Gefallen tun. Es gibt ein paar Dinge, die du mir dringend beschaffen musst, und es handelt sich dabei nicht um Krimsekt oder Kaviar ...«

»Eine *Hausdurchsuchung?*« Hauptkommissar Schmidt schaute Lutz kopfschüttelnd an. Lutz wusste, dass er dabei war, es wieder einmal zu vermasseln, so wie am Abend zuvor bei Billi, aber das Schlimme war, dass er nicht anders handeln konnte, weil er einfach keine Alternative sah. »Welches hinreichende Verdachtsmoment besteht denn Ihrer Meinung nach, mit dem ich zum Staatsanwalt gehen könnte? Wären Sie so freundlich, mir wenigstens ein klitzekleines zu nennen?«
Lutz sagte, was er sich zurechtgelegt hatte. Es klang nicht sonderlich überzeugend, aber etwas Besseres war ihm nicht eingefallen, und er wollte es wenigstens versuchen. »Beim Spazierengehen bin ich an Sylvia Lennows Haus vorbeigekommen und habe dort im Garten eine große, schwarz ge-

kleidete Gestalt beobachtet. Es könnte sich um die Person gehandelt haben, die der Jäger gesehen haben will. Die Person, die nach seiner Aussage Katja Liesenbach niedergeschlagen und verschleppt hat.«

Schmidt stöhnte. Verdammt, dachte Lutz, ich hätte wissen müssen, dass es nicht funktioniert. »Meines Wissens ist es nicht verboten, Schwarz zu tragen. Und was den Jäger angeht: Ich bin weiterhin fest überzeugt, dass der Mann lügt. Und nicht nur ich, auch die Staatsanwaltschaft. Sie kennen das Ergebnis der Hausdurchsuchung bei ihm noch nicht? Dann setze ich Sie gerne ins Bild: Jede Menge Pornografie – Zeitschriften, Videos. Das ist zwar nicht ungesetzlich, aber es macht ihn doch verdächtig, oder etwa nicht? Der Kick, den ihm das vermittelte, hat ihm wohl nicht mehr gereicht, und da ist er über die Liesenbach hergefallen.«

»Aber … entschuldigen Sie, Hauptkommissar« – Schmidt würde Lutz vermutlich gleich aus dem Büro werfen –, »das sind nur Indizien, keine Beweise, dass der Jäger der Täter ist. Die Leiche des Mädchens wurde doch bislang gar nicht gefunden.«

Schmidt zuckte die Achseln. »Im Grunde kann es uns beiden doch egal sein, da wir gar nicht mehr zuständig sind. Die Sache ist jetzt bei der Kripo. Der Mann bleibt in U-Haft. Und morgen werden sein Keller und der Garten durchwühlt. Sie hoffen, die Leiche oder wenigstens Teile davon auf seinem Grundstück zu finden. Und wissen Sie was? Ich bin überzeugt, dass sie sie finden!« Schmidt hob den Kopf und musterte Lutz mit zusammengekniffenen Augen. Auf seiner Stirn erschienen die beiden gefürchteten steilen Falten. »Eines verstehe ich nicht, Küpper. Wieso liegt Ihnen so viel daran, diese Sylvia Lennow in die Sache hineinzuziehen? Gegen die liegt doch nicht das Geringste vor.«

Lutz zögerte. »Sie lebt allein in dem Riesenhaus. Warum?«, sagte er vorsichtig. »Und ihr Alibi für die Zeiten, als Frank Erlenwein und Katja Liesenbach verschwanden, erscheint mir einfach zu perfekt. Mein Gefühl sagt mir, dass da etwas nicht stimmt.«
Schmidt schüttelte wieder den Kopf. »Mann, Küpper! Sie spinnen sich da vielleicht einen Mist zusammen! Ihr *Gefühl!* Und was meinen Sie mit ›zu perfekt‹? Meines Wissens war sie an dem Abend, als die Liesenbach verschwand, mit meiner Tochter auf dem Winzerfest. Was ist daran verdächtig? Tut mir Leid, aber da kann ich Ihnen nicht folgen. Und im Übrigen war sie ja zweifellos dort. Wie soll sie an zwei Orten zugleich gewesen sein?«
»Vielleicht hat sie einen Komplizen, der sich bei ihr zu Hause versteckt hält, ohne polizeilich gemeldet zu sein. Eben derjenige, den ich zufällig in ihrem Garten gesehen habe.«
»Na und?«, erwiderte Schmidt in gereiztem Tonfall. »Sie kann doch Besuch empfangen. Was ist daran verdächtig? Ich kann Ihnen da wirklich nicht folgen, Küpper. Warum lassen Sie sich nicht endlich zur Kripo versetzen? Sie sind doch eigentlich ein aufgeweckter Bursche. Intelligenter als Ihre schlafmützigen Kollegen, die mir hier das Leben schwer machen. Wahrscheinlich sind Sie einfach unterfordert und fangen deshalb an, kriminalistisch herumzuspinnen und Verdächtige zu sehen, wo überhaupt keine sind. Wie ist es, soll ich Sie für die Kripo-Laufbahn vorschlagen? Geben Sie sich einen Ruck, Mann! Der Streifendienst ist auf die Dauer nichts für Sie. Bewerben Sie sich endlich für die Kripo! Die nehmen Sie dort gerne. Aber hören Sie auf, mir mit Ihren Theorien auf den Wecker zu fallen. So! Ich habe noch zu tun.« Er schaute demonstrativ hinunter auf seinen Schreibtisch. Die Audienz war beendet.

Es hatte alles keinen Sinn. Lutz fragte sich, warum er überhaupt noch einmal zu Schmidt gegangen war. Dieses Erlebnis auf Sylvia Lennows Grundstück kam ihm inzwischen so unwirklich vor, dass er anfing, an seiner geistigen Gesundheit zu zweifeln. Vielleicht sollte er sich von einem Arzt untersuchen lassen. Eine Halluzination, ein Produkt seiner überreizten Fantasie – das war letztlich die einfachste Erklärung. Sein Nacken schmerzte kaum noch, der blaue Fleck war fast verschwunden. War er überhaupt auf ihrem Grundstück gewesen? Hatte er vielleicht einfach nur mit Willroth zusammen viel zu viel getrunken? Vielleicht war er dann alkoholisiert hingefallen und hatte sich irgendwo Kopf und Nacken angeschlagen. Und das hatte dann die Halluzination ausgelöst.

Als er die Hand auf die Türklinke legte, sagte Schmidt hinter ihm: »Warum nehmen Sie sich nicht für den Rest der Woche frei, Küpper? Sie hatten doch schon lange keinen Urlaub mehr. Becker kommt morgen aus den Ferien zurück. Ich denke, wir können Sie bis nächste Woche entbehren. Sie machen auf mich einen überarbeiteten Eindruck. Spannen Sie mal aus, und lassen Sie sich die Sache mit der Kripo durch den Kopf gehen. Wenn Sie Ja sagen, kann ich Sie schon nächste Woche in Mainz vorschlagen.«

Lutz fühlte sich in der Tat sehr müde. Er nickte. »Vielleicht ist das wirklich das Beste.«

Er meldete sich beim Diensthabenden für den Rest der Woche ab. »Der Alte hat mir Urlaub gegeben.«

Der Diensthabende grinste. »Weißt du, manchmal hat sogar der Schmidt einen guten Tag. Ist aber ein seltenes Phänomen.«

Seine restliche Frühschicht verging schleppend, und nach Dienstschluss um zwei Uhr nachmittags machte Lutz sich

sofort auf den Heimweg. Nach seinem verunglückten Gespräch mit Billi hatte er fast die ganze Nacht wach gelegen, sodass er sich nun erst einmal erschöpft ins Bett fallen ließ und sofort einschlief.
Im Traum sah er sich über ein Steinpflaster gehen. Erschrocken wurde ihm klar, dass es sich um den Hof hinter Sylvia Lennows Haus handelte. Da war die Treppe zum Weinkeller. Er ging die Stufen hinunter und streckte die Hand nach der Türklinke aus. Die stählerne Faust schloss sich um seinen Nacken. Aber diesmal wurde er langsam herumgedreht, sodass er dem Monster aus nächster Nähe ins Gesicht blickte. Die Gestalt war in schwarzen Stoff gehüllt, das Gesicht lag im Schatten einer dunklen Kapuze. Dann warf sie mit der freien Hand die Kapuze zurück, und Lutz starrte in ein Gesicht, das er einmal gekannt hatte – Frank Erlenweins Gesicht. Das verfärbte Fleisch befand sich bereits im Stadium der Verwesung, sodass die bleichen Knochen durchschimmerten. In den toten Augenhöhlen bewegten sich Maden.
Mit einem Schrei schreckte Lutz hoch. Er schaute auf die Uhr und stellte fest, dass er kaum eine halbe Stunde geschlafen hatte. Durch die heruntergelassenen Rollläden rieselte die Nachmittagssonne.
»Billi«, murmelte er. »Ich muss noch einmal mit ihr reden. Ich will es wenigstens versuchen.«
Wenn er sie nur dazu bringen konnte, ihm in Ruhe zuzuhören. Er würde sich für den vergangenen Abend entschuldigen und sie fragen, ob sie mit ihm spazieren ging, damit sie Zeit zum Reden hatten. Mit zitternden Fingern griff er zum Telefon.
Billis Mutter meldete sich.
»Frau Schmidt? Lutz hier. Kann ich die Billi mal kurz sprechen? Oder ist sie in der Redaktion?« Sein Hals fühlte sich

sehr trocken an, und seine eigene Stimme klang ihm fremd – rau und heiser.
»Lutz – hast du dich erkältet? Billi ist nicht da. Sie ist heute Morgen nach Berlin gefahren.«
»Nach Berlin?«, wiederholte Lutz verblüfft.
»Ja. Du kennst ja ihre sprunghafte Art. Nachdem sie gestern Abend vor dem Haus noch mit dir geredet hatte, sagte sie, hier würden wohl im Moment alle ziemlich rumspinnen. Oder so was Ähnliches. Dann hat sie gleich noch mit einer früheren Schulkameradin telefoniert, die jetzt in Berlin studiert. Und heute früh hat sie sich mal eben in den Zug gesetzt. Sie will dort im Wintersemester mit dem Studium anfangen.«
»Wann kommt sie denn zurück?«
»Ihr Chef hat ihr nur drei Tage freigegeben. Also schon übermorgen Abend. Sie will mich aber morgen mal kurz anrufen. Soll ich ihr was bestellen?«
»Nein«, sagte Lutz leise. »Nein. Nicht nötig. Danke.«
Er legte auf und ließ sich langsam aufs Bett zurücksinken. Wenigstens bis übermorgen Abend war Billi außer Gefahr. Lutz starrte eine Weile wie gelähmt an die Zimmerdecke, wo eine Fliege nervöse Kreisbahnen zog. Dann schlief er wieder ein.

Früh am nächsten Morgen lenkte Koerber seinen Volvo auf einen hinter Bäumen verborgenen Wanderparkplatz an der Landstraße von Dresden nach Radeberg. Fischerau hatte gut gelaunt gewirkt, als er den Wagen gestern Vormittag zurückgebracht hatte.
»Sie mag Volvos. Sie sagt, darin fühlt sie sich so geborgen und sicher. Ich glaube, Sie müssen ihn mir noch mal ausleihen, Chef. Oder ich kaufe mir selbst einen.«

»Ich kann Ihnen die Adresse von meiner Werkstatt geben«, hatte Koerber grinsend erwidert. »Da stehen immer ein paar Gebrauchte rum.«
»Gut, dass Sie ausspannen wollen – nach dieser Sache. Was machen Sie? Bleiben Sie zu Hause?«
»Nein. Ich fahre ein paar Tage raus. Etwas Abwechslung, um auf andere Gedanken zu kommen. Samstag bin ich wohl wieder zurück.«
»Prima. Ich halte inzwischen die Stellung. Wenn sich etwas tut, spreche ich es Ihnen auf den Anrufbeantworter, dann sind Sie Samstag gleich im Bilde.«
Koerber hatte dann Fischeraus Dienstschluss abgewartet, weil er im Büro unbeobachtet sein wollte, und war daher erst am späten Nachmittag zum Präsidium gefahren. Dort hatte er kurz beim Kriminalrat hereingeschaut, um anschließend rasch, der Begegnung mit Kollegen ausweichend, ins Büro zu gehen und aus der Schreibtischschublade eines von Mahlichers Fotos mitzunehmen – die noch lebende blonde Hydra, neben deren schönes Gesicht Mahlicher *Wunderschöner Todesengel* gekritzelt hatte.
Jetzt stieg Koerber aus, atmete tief durch. Vögel sangen. Die Luft roch nach feuchtem Laub und Herbst. Er ging nach hinten und lehnte sich an den Kofferraum. Dass er sich erst einmal krankgemeldet hatte, wurde nach einem solchen Vorfall als normal angesehen und würde keinerlei Verdacht erregen.
Ein Wagen näherte sich, ein neuer silberner S-Klasse-Mercedes. Seine großen, breiten Reifen knirschten über den Kies, dann parkte er dicht neben Koerbers Volvo.
Ludwig stieg aus, schaute sich konspirativ um. Koerber nickte ihm beruhigend zu, ging zu ihm und gab ihm die Hand.
»War eine ziemlich ungewöhnliche Bestellung, die du mir da

aufgegeben hast. Hat mich einige Telefonate gekostet, aber auf Ludwigs Beziehungen ist Verlass.« Er legte Koerber die Hand auf die Schulter und schaute ihm in die Augen, was bedeutete, dass er aufblicken musste, denn Koerbers bullige Gestalt überragte ihn um fast einen Kopf.

»Du willst mich doch nicht linken?«, fragte er. »Es werden nicht etwa gleich deine Kollegen aus dem Gebüsch springen und mir Handschellen anlegen?«

»Blödsinn«, erwiderte Koerber. »Ich habe dir mein Wort gegeben.«

»Gut. Das genügt mir.« Er öffnete den Kofferraum des Mercedes. Eine russische Maschinenpistole mit Spezialschalldämpfer und mehreren Magazinen lag darin. Vier Thermitladungen mit Zeitzünder. Zwei Sprengsätze, ebenfalls mit Zeitzünder.

Beide Männer schauten sich wachsam um und luden die Sachen rasch in den Volvo.

»Ich hoffe, du weißt, wie man damit umgeht«, sagte Ludwig, während er Koerber die Thermitladungen und die beiden Sprengsätze reichte.

Koerber nickte. »Habe ich bei der NVA gelernt«, brummte er und klappte den Kofferraumdeckel zu.

»Vermutlich wirst du mir nicht verraten, wozu du das Zeug brauchst«, stellte Ludwig ruhig fest.

»Stimmt.«

»Ich hatte immer den Eindruck, dass du ein Mann bist, der genau weiß, was er tut. Das ist der einzige Grund, warum ich es dir beschafft habe.«

»Wenn ich in ein paar Tagen noch am Leben bin, hast du was bei mir gut«, sagte Koerber.

Sie gaben sich wieder die Hand, dann stieg Ludwig in seinen Mercedes und rauschte davon.

Koerber sog noch einmal tief die Waldluft ein. Er sah Sabines Lächeln vor sich und ihren wunderschönen molligen Körper. Nach einem kurzen Zögern setzte er sich hinter das Steuer und fuhr in Dresden-Hellerau auf die Autobahn, in Richtung Westen.

Acht

Altenbach lag ein Stück südlich von Bonn im Rheintal. 1990 war Koerber, wie so viele, mit Frau und Tochter über die endlich offene Grenze nach Westdeutschland gefahren. Sie hatten schnaufend eine Turmbesteigung am Kölner Dom auf sich genommen und eine Schiffstour auf dem Rhein gemacht, von Köln bis Koblenz. Als er sich die Gegend auf der Straßenkarte angeschaut hatte, war ihm eingefallen, dass das Schiff damals auch kurz in Altenbach Station gemacht hatte, einem sich an die Rheinhänge schmiegenden Fachwerkstädtchen. Sie waren aber nicht ausgestiegen. Das Schiff hatte nach ein paar Minuten wieder abgelegt, um den nächsten Ort anzufahren, irgendein Kurbad, in dessen Mitte kurioserweise der hohe Schornstein eines Chemiewerkes in den Himmel ragte. Koerber hatte sich damals nicht von der großen Wende-Euphorie anstecken lassen, sondern sich seine gesunde Skepsis bewahrt, mit der er politischen Veränderungen gegenüberzutreten pflegte. Der Westen war ihm nie als goldenes Paradies erschienen, und so war er über die Entwicklung der nächsten Jahre nicht enttäuscht gewesen. Auch wenn die Landschaften im Osten heute längst noch nicht so blühend waren, wie der dicke Einheitskanzler es seinerzeit versprochen hatte, wollte Koerber um keinen Preis zurück in jene Zeit, als die Parteiendiktatur über dem Land gelegen hatte wie eine lähmende, das Leben erstickende Decke.
Diverse Autobahnbaustellen in Sachsen und Thüringen sorgten für zähen Verkehr. Eigentlich war es erstaunlich, dass

die Fahrt immer noch fast so lange dauerte wie damals kurz nach der Wende. Später, zwischen Frankfurt und Köln, sah es nicht besser aus. Verwundert betrachtete Koerber vom Wagen aus den gewaltigen Aufwand, mit dem neben der Autobahn die Schnellbahntrasse durch die hügelige Waldlandschaft getrieben wurde. Anstatt Unmengen von Steuergeldern in dieses Riesenprojekt zu pumpen, hätte man beispielsweise ein paar Mark mehr in die Infrastruktur im Osten stecken können, überlegte er, und damit etwa bei der Polizei im Freistaat Sachsen kleine Wunder bewirken können – mehr Planstellen, bessere Ausrüstung und Ausbildung. Dann wanderten seine Gedanken zu der tödlichen Fracht im Kofferraum.

Meltin war nicht mehr dazu gekommen, seine letzte Frage zu beantworten, aber Koerber hatte eine Theorie entwickelt, warum die Hydras jahrelang nicht nach Meltin und ihren anderen Peinigern gesucht hatten. Eine neue Spezies, eine überlegene menschliche Rasse hatte die Janders erschaffen wollen. Hatte diese neue, von dieser größenwahnsinnigen Wissenschaftlerin künstlich verbesserte Menschheit die bisherige ablösen sollen? Koerber war sich bewusst, dass das nach schlechter Sciencefiction klang, aber er hatte das Wesen auf Sabines Obduktionstisch gesehen – er hatte in es hineingeschaut. Soweit er das als medizinischer Laie beurteilen konnte, stellte dieser Organismus tatsächlich eine beträchtliche Weiterentwicklung des heutigen Menschen dar – zwei zusätzliche Herzkammern, zwei zusätzliche Lungenflügel, die großen Blutgefäße doppelt vorhanden. Wenn man alle moralischen Erwägungen beiseite ließ, dann hatte die Janders ein wissenschaftliches Wunder vollbracht. Er konnte nur zu gut verstehen, dass Sabine gezögert hatte, dass die Wissenschaftlerin in ihr dieses Wunder genauer erforschen wollte.

Der Gedanke, wie sehr es die alten Herren der DDR-Staatsführung gewurmt haben musste, dass die Janders Superfrauen, keine Supermänner erschaffen hatte, ließ Koerber unwillkürlich grinsen. Sie war gewissermaßen ein feministischer Frankenstein gewesen.
Wenn sie eine neue, bessere Menschheit erschaffen wollte, dann musste die Janders doch zweifellos gewollt haben, dass ihre Superfrauen sich vermehrten. Aber wie? Sie besaßen keine inneren Fortpflanzungsorgane. Sie würden den Weg gehen müssen, den ihre Schöpferin ihnen vorgegeben hatte: die Waben, dieses geheimnisvolle Zellfraktionsverfahren unter Verwendung von menschlichem Gewebe. Nicht nur eine neue Spezies, auch eine völlig neue Art, sich fortzupflanzen. Koerber schauderte. Wenn er mit seiner Theorie richtig lag, dann brauchten die Hydras einen Ort, wo sie ungestört ihre Waben bauen konnten. Und sie mussten töten, falls sie es nicht schon getan hatten. Sie brauchten zwei junge Männer und zwei junge Frauen. Oder hatten sie sich längst vermehrt? Gab es inzwischen acht, dreizehn, achtzehn Hydras? Vielleicht sollte ich mir Sabines Religiosität zu eigen machen, dachte Koerber, und beten, dass dies noch nicht geschehen ist!
Wegen des dichten Verkehrs erreichte er erst am späten Nachmittag die Autobahnabfahrt. Von dort schlängelte sich die Straße in weiten Kurven durch den Wald hinunter zum Rheintal. Eigentlich eine schöne Gegend, um Urlaub zu machen, dachte er. Man könnte über den Rheinhöhenweg wandern, den vielen Schiffen nachschauen und die diversen lokalen Weine durchprobieren.
In Altenbach nahm er sich in einer kleinen Pension ein Zimmer mit Blick auf den Rhein. Er legte sich eine Weile aufs Bett, um seinen vom langen Autofahren schmerzenden Rü-

cken zu entspannen. Dann ging er zum Abendessen nach unten. Im Nachbarzimmer wohnte ein altes amerikanisches Ehepaar, die beide ein wenig Deutsch sprachen, zum Glück für Koerber, dessen Englisch über einige wenige aufgeschnappte Brocken nie hinausgekommen war. Er wechselte auf dem Flur ein paar Worte mit ihnen. Der Mann war Ende des Zweiten Weltkriegs als junger US-Sergeant am Kampf um die Brücke von Remagen beteiligt gewesen, die ein Stück flussabwärts lag. Koerber erinnerte sich, damals bei der Schiffstour, nachdem der Ausflugsdampfer an Bonn und dem Drachenfels vorbeigeglitten war, die mächtigen, dunkel verwitterten Köpfe der zerstörten Brücke gesehen zu haben. Man hatte sie nie abgerissen, sondern sie als Mahnmal des verlorenen Krieges stehen lassen.
Zwei holländische Familien bevölkerten den kleinen Speiseraum. Koerber setzte sich in eine Ecke an ein geöffnetes Fenster. Draußen ging jenseits des Flusses die Sonne unter und warf schimmernde Lichtreflexe über das von den Frachtschiffen aufgewühlte Wasser. Die hereindringende Geräuschkulisse beeinträchtigte die Idylle. Auf der am Rhein entlangführenden Bundesstraße rauschte der Feierabendverkehr, die Schiffsdiesel tuckerten, und immer wieder ratterten Güterzüge über das Bahnviadukt, das die Fachwerkhäuser von der Uferpromenade trennte.
Nach einem kurzen Blick auf die nicht sehr umfangreiche Speisekarte bestellte sich Koerber einen rheinischen Sauerbraten mit Klößen, die allerdings pappig schmeckten und ihm schwer im Magen lagen. Immerhin gab es Kölsch vom Fass, mit dem er sich den klebrigen Geschmack aus dem Mund spülen konnte. Er bat die junge Kellnerin, ihm die örtliche Zeitung vom Tage zu bringen. Das Blatt nannte sich *Rheinischer Bote* und unterschied sich in seiner Aufmachung

nur unwesentlich vom *Dresdner Anzeiger*. In der vagen Hoffnung, dort vielleicht einen Bericht über einen Vermisstenfall zu entdecken – ein junger Mann oder eine junge Frau verschwunden –, blätterte Koerber den Lokalteil durch. Aber es gab nur die kleinstadtüblichen Berichte über Kommunalpolitik, Jubiläen und das gerade vergangene Altenbacher Winzerfest.

Nach dem Abendessen unternahm Koerber einen Verdauungsspaziergang auf der Rheinpromenade. An den Hängen oberhalb des Ortes gab es, in der Abenddämmerung noch gut sichtbar, einige Weinberge. *Ein einsames Haus in den Weinbergen,* hatte Meltin gesagt. Koerber lehnte sich rückwärts an das Ufergeländer, ließ den Blick schweifen und entdeckte tatsächlich ein solches Haus. Es lag ein Stück außerhalb des Ortes, flussabwärts hoch oben am Hang, halb hinter einer Hügelflanke verborgen.

Auf einer Bank saßen zwei alte Männer, rauchten Zigarren und schwatzten. Koerber ging langsam zu ihnen und setzte ein möglichst gewinnendes, gemütliches Grinsen auf.

»Abend, die Herren«, brummte er und zog das Hydra-Foto aus der Tasche, auf dem er Mahlichers Gekritzel mit Hilfe eines dicken, wasserfesten Filzstifts unlesbar gemacht hatte. »Dachte, Sie können mir vielleicht weiterhelfen. Die junge Dame hier ist wohl neu zugezogen?«

Der eine der beiden Alten nahm das Foto, zog in großer Gemütsruhe seine Brille aus der Hemdtasche und betrachtete es eingehend, ehe er es an seinen Nachbarn weiterreichte.

»Ja. Kenn ich. Wat wollen Sie denn von der?«

»Ich bin Versicherungsdektektiv«, sagte Koerber. »Es liegt nichts gegen die Dame vor, aber sie könnte uns in einer etwas heiklen Angelegenheit als Zeugin helfen. Ich weiß nur, dass sie seit kurzem hier wohnen soll.«

»Dat is die Malerin«, sagte der andere alte Mann und paffte eine Zigarrenwolke in Richtung Rhein.
»Sie ist Malerin?« Das schien Koerber unwahrscheinlich. Hydra malte?
Der erste Alte zeigte hinauf in die Weinberge, zu jenem einsamen Haus, das Koerber zuvor bereits entdeckt hatte. »Die wohnt da oben. Janz allein.«
»Und Sie sind sicher, dass sie Künstlerin ist?«
»Sicher? Wat is schon sicher? Man hört esu dat eine oder andere. Ewwer mir kennen die Frau kaum. Die is nit oft unten im Städtchen.«
Der andere wedelte mit seiner Zigarre. »Über Leut, die man nit kennt, soll man nit schlecht reden.«
»Wird denn im Ort schlecht über sie geredet?«
Die beiden Alten schauten sich an und gelangten offenbar zu der stillschweigenden Übereinkunft, dass sie ihre Unterhaltung lieber allein fortsetzen wollten. »Is dir jet zu Ohre jekumme, Jupp?«, fragte der eine.
Der andere zuckte die Achseln. »Bloß Jetratsche. Juter Mann, wenn Sie jet von der Frau wissen wollen, dann jehn Sie hin zu ihr und fragen sie selbst!« Damit hüllte er sich in eine dichte Qualmwolke und starrte hinaus auf den Rhein, als hätte Koerber sich in Luft aufgelöst.
»Danke für die Auskunft«, sagte Koerber einigermaßen höflich, steckte das Foto wieder ein und ging weiter.
Mit seiner Vermutung bezüglich des Hauses hatte Koerber also richtig gelegen. Dass sie Malerin sein sollte, fand er allerdings sehr merkwürdig – aber vielleicht diente ihr das zur Tarnung.
Er ging weiter an der Promenade entlang, schaute zu, wie die Autofähre an- und ein paar Minuten später mit einer neuen Fuhre wieder ablegte. Sein Blick wanderte zu dem einsamen

Haus, das im schwindenden Licht nun kaum noch auszumachen war. Hinter einem der aus der Ferne winzigen Fenster ging das Licht an. Hydra war zu Hause.

Koerber wurde sich schmerzlich bewusst, dass er auch nicht die Spur eines Plans hatte. Sein Ziel war klar – die restlichen Hydras ausschalten und ihre Waben zerstören, wenn sie welche gebaut hatten. Aber wie er das im Alleingang schaffen sollte, wusste er nicht. Ich könnte immer noch den normalen polizeilichen Weg gehen, überlegte er. Hydra mit einem großen Kommando Bereitschaftspolizei ausräuchern. Aber dann hätte Sabine ihren Obduktionsbericht umsonst gefälscht, und das Geheimnis des Zellfraktionsverfahrens und der Waben würde, da war sich Koerber sicher, unweigerlich in die falschen Hände geraten – Militärs, vom Machbarkeitswahn besessene Wissenschaftler, Geschäftemacher.

Ich muss es versuchen, dachte er. Es wenigstens versuchen.

Und da war noch etwas, das ihn beunruhigte: diese angebliche telepathische Verbindung zwischen den Hydras, von der Meltin gesprochen hatte. Vor wenigen Tagen hätte Koerber es vermutlich noch kategorisch abgelehnt, sich ernsthaft mit Telepathie auseinander zu setzen, aber da hatte er Hydra auch noch nicht mit dieser unglaublichen Schnelligkeit zuschlagen sehen und noch keinen Blick auf ihre bizarre Anatomie geworfen. Warum sollte Meltin ausgerechnet in diesem Punkt gelogen oder übertrieben haben, wenn seine anderen Behauptungen doch offensichtlich der Wahrheit entsprachen?

Wenn die Hydras wirklich in telepathischer Verbindung standen, so verrückt Koerber dieser Gedanke erschien, reichte diese Verbindung dann auch über die Distanz zwischen dem Rheinland und Dresden? Hatten die anderen Hydras den Tod ihrer Schwester in Meltins Haus genauso miterlebt wie sei-

nerzeit den Tod der fünften Hydra durch Meltins Hand? Vorstellbar war das eigentlich kaum. Aber das galt auch für alles andere, was Koerber inzwischen über die Hydras wusste. Kannten sie sein Gesicht? Hatten die anderen durch die Augen der Hydra, die er erschossen hatte, mit angesehen, wie er die Waffe hob und abdrückte? Er schüttelte den Kopf, drehte sich um und ging zurück in seine Pension.
Der nächste Morgen war bewölkt, aber trocken. Von Westen fegte ein kühler, die Bäume biegender Herbstwind heran. Koerber kaufte in einer kleinen, sympathisch wirkenden Buchhandlung am so genannten Eiermarkt den *Rheinischen Boten* und eine Ortskarte. Er stellte den Volvo im Wald oberhalb des Städtchens an einer Wegkreuzung ab, von der ein Fußweg in die Weinberge führte. Im Wagen sitzend, sah er die Zeitung durch und stieß im Lokalteil auf einen Artikel, der seine Vermutung bestätigte:

Von vermisster junger Frau fehlt immer noch jede Spur

Wie die Staatsanwaltschaft gestern Abend mitteilte, blieb eine Suche auf dem Grundstück des Mordverdächtigen Peter F. ohne Ergebnis. Der wegen Vergewaltigung Vorbestrafte wurde mangels hinreichenden Tatverdachts wieder auf freien Fuß gesetzt, das gegen ihn laufende Ermittlungsverfahren eingestellt. Damit ist das Schicksal der seit einer Woche spurlos verschwundenen zwanzigjährigen Katja Liesenbach weiter unklar.
Beim Vermisstenfall des einige Tage zuvor verschwundenen vierundzwanzigjährigen Frank Erlenwein tappt die Kripo ebenfalls noch im Dunkeln. Auch hier wird ein Verbrechen nicht ausgeschlossen. Eine Verbindung zwischen den beiden Fällen ist nach Ansicht des leitenden Staatsanwaltes Dr. Herbst aber unwahrscheinlich.

Es waren gleich zwei junge Leute verschwunden. Ein junger Mann und eine junge Frau. Koerber faltete die Zeitung zusammen und legte sie auf den Beifahrersitz. Er nahm seine Pistole aus dem Handschuhfach und schob sie in die Jackentasche, dann stieg er aus, um die Lage zu sondieren.

Der frische Morgenwind drückte gegen das gekippte Fenster von Lutz' Wohnzimmer. Er schloss es, überprüfte dann seine Dienstpistole und schob sie in die Außentasche seiner Windjacke. Auf keinen Fall würde er sich dem Haus Sylvia Lennows unbewaffnet nähern.
Er setzte sich auf sein Bett, griff zum Telefon und rief bei den Schmidts an. Billis Mutter meldete sich. »Lutz hier. Sagen Sie, hat Billi gestern angerufen und Ihnen mitgeteilt, mit welchem Zug sie heute ankommt? Ich würde sie gerne am Bahnhof abholen, um ihr eine Freude zu machen.«
Er hatte immer das Gefühl, dass Billis Mutter ihn mochte und ihn gerne als Schwiegersohn gesehen hätte, und tatsächlich sagte sie sofort freundlich: »Ja, da freut sie sich bestimmt. Sie kommt mit dem Zug um 17 Uhr 5.«
Lutz bedankte sich und machte sich auf den Weg. Ihm blieb noch dieser heutige Tag, um irgendeinen Plan zu entwickeln. Gestern hatte er den ganzen Tag damit zugebracht, Sylvias Haus von einem weiter oben am Hang gelegenen, halbwegs sicheren Ausguckposten zu beobachten, immer mit der Angst im Nacken, entdeckt zu werden und sich plötzlich dem WESEN gegenüberzusehen. Doch vor dem Haus war keine schwarz gekleidete oder überhaupt irgendeine Gestalt außer Sylvia selbst aufgetaucht, die einmal für ungefähr eine Stunde weggefahren und dann mit zwei großen Einkaufstaschen zurückgekehrt war.
Da er nicht wusste, was er sonst tun sollte, stieg Lutz wieder

hinauf in die Weinberge, zog sich die Jacke enger um die Schulter, um sich vor dem kalt gewordenen Wind zu schützen, und starrte missmutig auf die Vorderansicht des Hauses, von der er inzwischen jeden Dachziegel und jede Fensterecke zu kennen glaubte. Er rauchte mehrere Zigaretten, wartete darauf, dass etwas geschah. Ein ungemütlicher Nieselregen setzte ein, der ihm auch noch die Freude am Rauchen verdarb. Er zog das Fernglas aus der Tasche, suchte erneut das Haus und die nähere Umgebung ab. Er ließ das Glas etwas weiter nach rechts wandern, den Hang hinauf, stutzte, schwenkte ein Stück zurück. Ja. Da kauerte jemand im Gebüsch und beobachtete Sylvias Haus wie er. Fernglas, dunkle Jacke. Ein älterer Mann. Über der Jacke machte Lutz kurz geschnittene graue Haare aus. Jetzt steckte der andere Mann sein Fernglas weg, stand auf und stieg langsam, sich in Deckung der Sträucher haltend, sodass er vom Haus aus nicht zu sehen war, den Hang hinunter. Als er den Pfad erreichte, der von Billis Qigong-Wiese herabkam, ging er nicht etwa auf dem Pfad weiter, wie ein ganz normaler, unverdächtiger Spaziergänger, sondern kroch geduckt seitlich davon durchs Gebüsch.
Ohne die leiseste Ahnung, was es mit dem Fremden auf sich hatte, entschloss sich Lutz, ihm zu folgen. Das war auf jeden Fall besser, als hier noch länger untätig im Regen zu hocken. Eine schwache Hoffnung keimte in ihm auf. Vielleicht wusste dieser Mann um Sylvia Lennows Geheimnis. War er Privatdetektiv oder ein Polizeikollege? Er war groß und kräftig, bewegte sich aber für sein Alter ziemlich rasch und geschickt. Lutz musste sich anstrengen, um ihn nicht aus den Augen zu verlieren. Als der Mann sich außer Sichtweite des Hauses befand, blieb er stehen, schaute wachsam nach links und rechts – Lutz duckte sich rasch, um nicht entdeckt zu werden – und ging dann auf dem Pfad weiter. Er bog nach

rechts in den Rheinhöhenweg ein, der parallel zum Fluss durch die Weinberghänge führte.
Es gab hier einen schmalen Hügelkamm, in den der Weinkeller des Unkelmannschen Anwesens hineingebaut war. Das Haus befand sich hinter diesem Kamm. Auf der anderen Seite des Kammes war das zum Rhein hin steil abfallende Gelände mit den einst von den Unkelmanns bewirtschafteten, heute verwilderten und brachliegenden Weinbergen bedeckt. Durch diese Weinberge führte der Rheinhöhenweg, sodass man von hier oben einen herrlichen, jetzt allerdings regenverschleierten Blick ins Flusstal hatte. Irgendetwas in dem steilen Hang seitlich des Weges schien das Interesse des Fremden zu wecken, denn er blieb stehen, ging näher an den Hang heran und betrachtete es eingehend – was immer es sein mochte.
Lutz hatte sich hinter einem Brombeergestrüpp versteckt. Der Regen tropfte ihm unangenehm in den Jackenkragen. Er hatte das Gefühl, niesen zu müssen, rieb sich die Nase. Er musste eine Entscheidung treffen. Jetzt sofort. Möglicherweise konnte der Fremde ihm helfen. Vielleicht wusste er etwas über Sylvia Lennow, das Lutz ein Stück weiterbrachte. Er beschloss, zu ihm zu gehen, ihn vorsichtig anzusprechen, ihm auf den Zahn zu fühlen. Dann hielt Lutz eine Schrecksekunde inne. Und wenn es das WESEN ist?, dachte er. Wenn es aus irgendeinem Grund die Umgebung auskundschaftet? Lutz dachte an seine Pistole, spürte sie schwer und beruhigend in seiner Jackentasche. Er atmete tief durch, stand auf und näherte sich dem Fremden vorsichtig.
Der Mann musste ein gutes Gehör haben, denn sofort als Lutz den Pfad betrat und auf ihn zuging, wirbelte er herum. Seine rechte Hand wanderte an seiner Jacke hoch, doch dann schien er sich eines Besseren zu besinnen, ließ beide Hände

locker seitlich der Hüften herabsinken und grinste Lutz gutmütig entgegen. Man merkte ihm aber an, dass er innerlich auf alles Mögliche vorbereitet war. Sein Haltung strahlte etwas Kampfbereites aus, und Lutz hatte den starken Verdacht, dass sich in der Jacke des Fremden eine Pistole verbarg. Lutz' Herz schlug schneller, und er merkte, wie ihm zusätzlich zur vielen äußeren Feuchtigkeit der Angstschweiß ausbrach.

»Morgen«, sagte der Mann. »Kein gutes Wetter zum Spazierengehen.« Seine Stimme war tief und volltönend. Zusammen mit seiner breiten, kräftigen, aber nicht dicken Gestalt verlieh sie ihm etwas von einem gutmütigen Bären. Aber seine Augen funkelten wachsam. Sein eisgraues Haar glänzte vor Nässe.

»Das stimmt«, sagte Lutz vorsichtig und hoffte, dass der Bursche ihm seine Angst nicht anmerkte. Er suchte fieberhaft nach irgendeiner cleveren Bemerkung, mit der sich ein Gespräch anknüpfen und der andere ein wenig aushorchen ließ. »Andererseits sind dann wenig Leute unterwegs, und man ist relativ ungestört.«

Das Grinsen des anderen wurde etwas breiter. »Relativ«, brummte er.

Erst jetzt sah Lutz, was der grauhaarige Mann betrachtet hatte. Neben dem Weg, fast völlig hinter wild wucherndem Brombeergestrüpp verborgen, lag etwas, das wie der Eingang zu einem Weinkeller wirkte. Eine gemauerte Öffnung, groß genug, dass zwei Mann nebeneinander hindurchpassten – oder ein Mann mit einem Handkarren. Verschlossen war diese Öffnung durch ein altes, verrostetes zweiflügeliges Eisentor. Das Ganze war so zugewachsen, dass die meisten Spaziergänger vermutlich daran vorbeiliefen, ohne es zu bemerken.

Der Mann wirkte beherrscht und ruhig. Lutz gewann allmählich den Eindruck, dass keine Gefahr von ihm ausging, und entschloss sich, mit offenen Karten zu spielen. Gegenüber Billi und ihrem Vater hatte er es mit Andeutungen und Halbwahrheiten versucht und damit überhaupt nichts erreicht. »Sie interessieren sich für das Haus hinter dem Hügel, stimmt's?«
Das Grinsen verschwand. Die wachsamen Augen musterten Lutz prüfend. Er ist Polizist, dachte Lutz. Jedenfalls guckt er wie ein alter Kripohase. Vermutlich kennt er jetzt bereits meine Schuhgröße und weiß, welche Zigarettenmarke ich rauche. »Wie kommen Sie darauf?«
Lutz holte tief Luft. »Weil ich mich auch für das Haus interessiere. Ich habe Sie mit dem Fernglas dabei beobachtet, wie Sie mit dem Fernglas das Haus beobachteten. Genauer gesagt, interessiere ich mich für die Bewohnerin des Hauses.«
Der Fremde kniff die Augen zusammen, dann schüttelte er den Kopf. »Und ich dachte, ich wäre so vorsichtig gewesen, dass mich niemand hätte bemerken *können*. Vermutlich bin ich etwas aus der Übung. Ich arbeite normalerweise in der Großstadt. Dass ich mich in solchen Geländespielen geübt habe, ist schon eine Weile her.« Er zögerte einen Moment, dann griff er so langsam, dass Lutz die Bewegung nicht als Bedrohung missverstehen konnte, in seine Jacke und zog ein Foto heraus. Er hielt es so, dass es möglichst wenig Regentropfen abbekam. Lutz erkannte die Frau darauf sofort. »Sylvia Lennow«, sagte er.
Der Mann steckte das Foto wieder ein. »So nennt sie sich also«, brummte er.
»Was wollen Sie von ihr, wenn ich fragen darf?«
Der Mann schwieg einen Moment, starrte auf die hinter Gestrüpp verborgene Toröffnung, blickte dann Lutz offen ins

Gesicht. »Irgendwie machen Sie auf mich den Eindruck, dass man Ihnen trauen kann. Sind Sie Polizist?«
Lutz zögerte. »Ja«, gab er schließlich zu. »Aber ich bin nicht dienstlich hier. Ich habe Urlaub.«
Da lachte der grauhaarige Mann plötzlich. Es klang sympathisch, tief aus dem Bauch kommend. »Sieh mal an! Dann weiß Ihr Vorgesetzter wohl so wenig wie mein Vorgesetzter, dass wir beide hier sind. Kommen Sie aus Altenbach?«
Lutz, der nicht recht wusste, was daran so komisch war, sagte vorsichtig: »Ja. Und Sie?«
»Aus Dresden. Ich … jage eine Mörderin.«
»Die Frau auf dem Foto?«
»Ihre Schwestern, um genau zu sein.«
Lutz war überrascht. »Sylvia Lennow hat … Zwillingsschwestern?«
»Gewissermaßen.« Der andere schwieg einen Moment, dann sagte er: »Hören Sie, mein Wagen steht oben im Wald. Ich habe dort eine Thermoskanne mit Tee, den meine Pensionswirtin mir heute Morgen freundlicherweise aufgebrüht hat. Wie wäre es, wenn wir unsere Unterhaltung dort fortsetzen, statt uns hier weiter durchweichen zu lassen?«
Lutz zögerte. Was, wenn dieser bullige, ihm körperlich vermutlich weit überlegene Bursche doch nicht war, was er zu sein vorgab?
Der Mann griff erneut in seine Jacke, zog einen Ausweis heraus und hielt ihn Lutz hin. »Nur damit Sie sehen, dass ich mit offenen Karten spiele.« Es war tatsächlich ein Dienstausweis der Dresdner Kripo. Kriminalhauptkommissar Karl-Heinz Koerber, Mordkommission.
Lutz entspannte sich. »Und ich bin Lutz Küpper«, sagte er.
»Polizeimeister Küpper. Okay. Hier ist es wirklich ungemütlich.« Sie gingen los, und Lutz fügte hinzu: »Mordkommis-

sion? Da würde ich auch gerne mal arbeiten. Im Moment bin ich noch bei der Schutzpolizei.«

»Darin, Leute unbemerkt zu beobachten, haben Sie offensichtlich Talent. Eine wichtige Voraussetzung für die Kripoarbeit«, sagte Koerber.

»Warum haben Sie sich für dieses Tor interessiert? Bestimmt liegt ein alter Weinkeller dahinter. Nichts Überraschendes.«

»Ich war in der Tat nicht überrascht, dieses Tor an dieser Stelle vorzufinden. Ich hatte damit gerechnet.« Er hielt Lutz einen vom Regen aufgeweichten Zettel hin. »Gucken Sie mal, ob Sie daraus schlau werden.«

Es war eine rasch hingeworfene, einfache Skizze. Das Haus war eingezeichnet, der Hügelkamm, die Weinberge hinter dem Hügel. Lutz blickte Koerber fragend an.

»Nicht so ganz, wie? Na, ich bin auch kein begabter Zeichner. Der hinter dem Haus liegende Weinkeller ist in den Hügelkamm hineingebaut. Da es ein großes Haus ist, mit vielen Weinbergen ringsherum, dürfte auch der Keller seine Größe haben und tief in den Hügelkamm hineinreichen, mindestens bis zur Hälfte. Da dachte ich mir: Wenn ich Winzer wäre, würde ich mir die Arbeit so leicht wie möglich machen. Statt meine Arbeitsgeräte und die Traubenernte mühsam um den ganzen Hügelkamm herum zu schaffen, würde ich vom Keller aus einen Durchstich zur anderen Seite machen – das dürften keine zehn Meter sein –, um gleich vom Keller aus zu den Weinbergen gelangen zu können. Nach meiner Schätzung befindet sich diese Toröffnung etwa auf der Höhe des von der anderen Seite in den Hügelkamm hineingebauten Kellers.«

Lutz blieb stehen, wischte sich in einer eher sinnlosen Geste Regentropfen von der Stirn und sagte: »Also könnte man von dieser Seite aus in den Unkelmannschen Weinkeller gelangen.«

Koerber nickte. »Jedenfalls ist das meine Vermutung. Kennen Sie hier im Ort niemanden, den Sie fragen könnten? Ältere Leute müssten das doch eigentlich noch wissen.«
Sie gingen weiter.
»Meine Großtante«, sagte Lutz ohne langes Überlegen. »Soviel ich weiß, hat sie früher den Unkelmanns, denen die Weinberge und Sylvia Lennows Haus einmal gehört haben, bei der Weinlese geholfen.«
»Sehr gut.« Sie erreichten den Wald oberhalb der Weinberge. Hier drangen nur einzelne dicke Tropfen durch das Blätterdach. Ein etwas verwittert aussehender blauer Volvo älteren Baujahrs parkte am Weg. Koerber öffnete den Wagen. »Bitte«, sagte er, stieg ein und warf ein Exemplar des *Rheinischen Boten* vom Beifahrersitz nach hinten.
Von der Nässe, die sie mitbrachten, begannen sofort die Fensterscheiben zu beschlagen. Lutz rieb sich die Hände. Koerber öffnete die versprochene Thermoskanne, füllte den als Becher dienenden Deckel und hielt ihn Lutz hin. Der schwarze Tee darin war stark und wohltuend heiß.
»Na gut, mein Junge«, sagte Koerber. »Dann erzählen Sie mir mal, was Sie über diese Sylvia Lennow wissen.«
Einen Moment war Lutz über das *mein Junge* gekränkt. Dann sagte er sich, dass Koerber gewiss mehr als doppelt so alt wie er war. So gesehen war die Anrede nicht ganz unberechtigt. Als Polizist fühlte sich Lutz in der Tat noch ziemlich grün hinter den Ohren. Er zögerte. Sollte er ihm *alles* erzählen? Koerber hatte zugegeben, ohne Wissen seines Chefs hier zu sein. Er handelte also auf eigene Faust, ohne offiziellen Ermittlungsauftrag. Warum? Was hatte er vor? »Hier in Altenbach sind zwei junge Leute spurlos verschwunden«, begann er vorsichtig.
»Ich weiß«, entgegnete Koerber. »Darüber stand heute etwas

in der Lokalzeitung. Und Sie denken, Sylvia Lennow hat etwas damit zu tun?«

Für einen Augenblick glaubte Lutz, den stählernen Griff der unheimlichen Hand in seinem Nacken zu spüren. Soll ich ihm *das* erzählen?, dachte er. Vielleicht muss ich es endlich irgendjemandem erzählen, damit ich nicht völlig ausraste. Er bemerkte, dass Koerber ihn durchdringend musterte.

»Was bringt Sie dazu, Ihren Urlaub zu opfern und auf eigene Faust das Haus der Lennow zu beobachten?«, fragte dieser und lächelte dabei freundlich, aufmunternd. »Wenn Ihr Chef davon erführe, bekämen Sie vermutlich Ärger, richtig?«

Lutz nickte. »Meine Freundin Billi hat sich mit Sylvia Lennow angefreundet und ist oft bei ihr. Ich mache mir Sorgen deswegen. Ich glaube, sie ... ist in Gefahr.«

Koerber pfiff durch die Zähne. »Ist sie jetzt im Moment auch dort?«

»Nein. Sie ist für ein paar Tage weggefahren, kommt aber heute Abend zurück.« Lutz starrte einen Moment durch die beschlagene Windschutzscheibe, an der langsam die von den Bäumen fallenden Regentropfen herabliefen. Ihm wurde schmerzlich bewusst, wie viel Billi ihm bedeutete und wie groß seine Angst um sie war.

»Sie haben allen Grund, sich um Ihre Freundin zu sorgen«, sagte Koerber ruhig. »Ich vermute, Sie haben einen konkreten Verdacht, warum die Lennow etwas mit dem Verschwinden der beiden jungen Leute zu tun haben soll. Sie haben etwas ... Ungewöhnliches beobachtet, richtig? Wissen Sie, im Zusammenhang mit Sylvia Lennow und ihren Schwestern kann man in der Tat *ungewöhnliche* Beobachtungen machen.«

Jetzt musterte er Lutz wieder sehr aufmerksam. Ja, Lutz hatte weiß Gott etwas sehr Ungewöhnliches beobachtet, und Koerber schien irgendwie darüber Bescheid zu wissen. Und dann brach es plötzlich aus ihm heraus. Er musste es einfach endlich erzählen, sonst wäre er vermutlich daran erstickt. Er berichtete aufgeregt von den merkwürdigen Umständen, unter denen Frank Erlenwein und Katja Liesenbach verschwunden waren. Von der schwarzen Gestalt, die der Jäger gesehen haben wollte. Er beschrieb Sylvias merkwürdiges Verhalten, wie es ihm von Billi geschildert worden war. Und dann kam er zu dem schrecklichsten Augenblick, erzählte stockend, wie er auf das Grundstück geklettert und plötzlich von hinten gepackt worden war.

Als er seinen unsanften Flug in die Brombeersträucher beschrieb, hob Koerber die Brauen.

»Sie hat Sie in hohem Bogen über den Zaun geworfen?«, sagte er. »Meine Güte – ich hätte nicht gedacht, dass sie *so* stark ist!«

»Sie? Meinen Sie etwa ... es war Sylvia Lennow selbst?«

Koerber nickte. »Sie heißt eigentlich anders. Diesen Namen hat sie sich selbst gegeben.«

»Und wie lautet ihr richtiger Name?«

»Hydra.«

Was für ein seltsamer Vorname, dachte Lutz. »Und weiter? Wie ist ihr Familienname?«

Koerber zuckte die Achseln. »Nichts weiter. Nur Hydra. Sie hat keine Familie.«

Wie er das sagte, klang es sonderbar, fand Lutz. Warum keine Familie? Jeder Mensch hatte eine Familie – und einen Familiennamen.

Der Kommissar aus Dresden seufzte. »Na gut. Sie haben geredet. Da sollte ich wohl fairerweise nun auch sagen, was ich weiß. Ihre Freundin ist wirklich in großer Gefahr. Ich bin überzeugt, dass Hydra ... Sylvia Lennow die beiden jungen Leute getötet hat. Und sie wird vermutlich noch zwei weitere junge Leute töten. Noch einen jungen Mann ... und eine junge Frau.«

Lutz' Herz setzte für einen Moment aus und schlug dann sehr schnell in seiner Brust. Er schluckte. »Wieso vermuten Sie das?«

»Weil sie zwei junge Männer und zwei junge Frauen töten *muss*.«

»Muss? Sie ist also eine ... Psychopathin? Eine Triebtäterin?«

Lutz bemerkte, das Koerbers breites, nicht unsympathisches Gesicht um eine Nuance blasser geworden war. Seine kräftigen Finger trommelten plötzlich nervös auf dem Lenkrad herum.

Als Koerber weitersprach, klang seine Ruhe etwas bemüht. »Sie braucht das Gewebe, um sich fortzupflanzen«, sagte er leise. Und dann erzählte er eine Geschichte, die Lutz das Blut in den Adern gefrieren ließ.

Der Intercity aus Berlin rumpelte langsam in die große Halle des Kölner Hauptbahnhofs. Am Morgen hatte Billi spontan entschieden, den Zug eine Stunde früher zu nehmen. Sie hatte eigentlich noch in Ruhe mit ihrer Schulfreundin Pia, die in Berlin studierte, frühstücken wollen, doch die musste zu einem Seminar, das verlegt worden war. Also würde Billi eher in Altenbach eintreffen, als sie es ihrer Mutter angekündigt hatte, schon um kurz nach vier. Aber was machte das aus? Billis kurze Erkundungsreise nach Berlin hatte sich gelohnt. Sie hatte sich gestern ein wenig im Sinologischen Seminar umgeschaut, war zur Erstsemesterberatung gegangen und hatte erfreut erfahren, dass es für dieses Fach keine Zulassungsbeschränkungen gab. Und Qigong-Kurse wurden auch in Berlin angeboten, sodass sie ihrer Leidenschaft weiter frönen konnte. Berlin war nicht unbedingt ihre Traumstadt, aber sie betrachtete es als wertvollen ersten Schritt. Es gab dort viele Presseagenturen, wo sie weitere journalistische Erfahrungen sammeln konnte, und natürlich würde sie versuchen, so bald wie möglich nach China zu gehen, spätestens nach Abschluss ihres Grundstudiums.

Nachmittags war sie ein wenig am Brandenburger Tor herumspaziert und hatte über Sylvia nachgedacht. Wegen des unsanften Rauswurfs aus dem Atelier hegte Billi keinen Groll, zumal das Bild, das sie ihr geschenkt hatte, eine so reiche Entschädigung war. Die Erklärung für Sylvias sonderbares Benehmen sah sie darin, dass ihre Freundin sich mit irgendetwas herumquälte und nur ganz allmählich lernte, größeres Vertrauen zu gewinnen und mehr Nähe zuzulassen. Möglicherweise war durch die Massage etwas tief in ihr aufgerührt worden, ein alter Schmerz, eine Blockade, die sie erst einmal verarbeiten musste. Dessen ungeachtet glaubte Billi zu spüren, dass viel echte Zuneigung zwischen ihnen wuchs. Der Gedanke, dass Sylvia dort in ihrem einsamen Haus versauern würde, wenn Billi nach Berlin ging, gefiel ihr überhaupt nicht. Und dann kam ihr die Idee, dass Sylvia doch einfach mitkommen könnte – gemeinsam Berlin erobern.

Je mehr Billi darüber nachgedacht hatte, desto weniger abwegig war ihr diese Idee erschienen. Berlin bot für eine Malerin gewiss viele Möglichkeiten, sich weiterzuentwickeln und neue Kontakte zu knüpfen. Sylvia würde es gut tun, mehr unter Leute zu gehen, da war Billi sicher.

Sie stieg aus, rannte über den Bahnsteig, Treppen hinunter und hinauf, und erwischte gerade noch den Zug nach Altenbach, als der Zugführer schon die Pfeife ansetzte. Es waren die alten silbernen, über und über mit Graffiti besprühten Wagons, in denen die Heizung entweder nicht funktionierte

oder nicht abgestellt werden konnte. Billi ließ sich auf eine mit schäbigem roten Kunstleder bezogene Bank fallen und schloss einen Moment die Augen.
Zugegeben, die Idee, sich gemeinsam mit Sylvia in Berlin eine Wohnung zu nehmen, war ein wenig kühn. Sylvia hatte vermutlich Marotten genug, um sie zu einer eher schwierigen Mitbewohnerin zu machen. Aber sie war eben Künstlerin, und Billi musste sich eingestehen, dass sie Sylvias geheimnisvolle Aura zutiefst faszinierend fand. Langweilig würde es mit ihr ganz bestimmt nicht werden! Na, ich habe sie ja überhaupt noch nicht gefragt, dachte Billi. Möglicherweise weigert sie sich standhaft, ihre Höhle in den Weinbergen zu verlassen, wo sie sich vor der Welt verkrochen hat.
Statt unnütz nachzugrübeln, tausend Zweifel und Einwände hin und her zu wälzen, entschied Billi, nachher sofort zu Sylvia zu gehen und mit ihr über die Idee zu reden. Wer weiß, dachte sie, vielleicht freut sich Sylvia ja sogar über einen solchen Vorschlag.
Der Zug rumpelte über die altehrwürdige Hohenzollernbrücke. Billi schlug die Augen wieder auf und schaute hinaus. Es war schön, an einem großen Fluss zu leben. Da war immer eine gewisse Weite, die Ahnung, dass der Fluss bis ins Meer reichte. Noch schöner war es natürlich, gleich am Meer zu wohnen. Sie ahnte, dass der Rhein ihr in Berlin, wo es nur kleine Flüsse und ein paar Seen gab, fehlen würde.
Ihre Gedanken glitten zu Lutz. Was war das vor drei Tagen für ein sonderbarer Auftritt gewesen? War er am Ende eifersüchtig auf Sylvia, weil Billi so viel Zeit mit ihr verbrachte? Sie begriff immer noch nicht, wie Lutz dazu kam, Sylvia mit Franks und Katjas Verschwinden in Verbindung zu bringen. Nur weil sie allein lebte und sich ein bisschen sonderbar verhielt? Andererseits war Lutz kein unsensibler Klotz. Auf eine

freundschaftliche Art mochte Billi ihn gern. Die Art, wie er abends vor dem Haus auf sie eingeredet, sie sogar an der Schulter gefasst und festgehalten hatte – das war ungewöhnlich für ihn. Offenbar machte er sich ernsthaft Sorgen. Aber warum nur?

Billi schob all das für den Augenblick von sich, schaute auf die vorbeifliegende Landschaft und freute sich auf die vielen neuen Eindrücke, die das Studium mit sich bringen würde. Billi in Berlin, und dann vielleicht in Hongkong, Peking, Shanghai. Sie sah sich unter alten Bäumen mit fast ebenso alten chinesischen Meistern Qigong üben, oder vielleicht auch einmal oben auf der Chinesischen Mauer, bei Sonnenaufgang …

Eine stark rheinisch eingefärbte Lautsprecherstimme kündigte das Eintreffen des Nahverkehrszuges aus Köln an. Lutz fragte sich, wie Billi reagieren würde, wenn sie ihn hier auf dem Bahnsteig stehen sah. In ihren Augen hatte er sich vor drei Tagen vermutlich ziemlich unmöglich benommen. Er konnte nur hoffen, dass ihr Ärger wieder abgeflaut war. Ich muss sie dazu bringen, mir in Ruhe zuzuhören, dachte er. Wenn ich ihr auch nur einen Teil von dem erzähle, was ich von Koerber erfahren habe …

Lutz wünschte sich sehnlichst, Koerbers Geschichte als die Hirngespinste eines armen Irren abtun zu können. Immer wieder war er den ganzen Wahnsinn in Gedanken durchgegangen, hatte nach Widersprüchen gesucht, die alles in sich zusammenfallen ließen, sodass letztlich nichts übrig blieb als eine harmlose, etwas überspannte Malerin, die sich zu einer Freundin wie Billi beglückwünschen konnte. Liebend gern hätte Lutz sich bei Billi für seinen falschen Verdacht gegen Sylvia entschuldigt – aber alles, was ihm von Koerber berichtet worden war, fügte sich mit dem, was Lutz bezüglich Sylvia Lennow wusste und beobachtet hatte, nahtlos und unbarmherzig zu einem Panorama des Schreckens.

Wenn es vier beziehungsweise jetzt noch drei von ihnen gab, hatte das Erscheinen einer Sylvia bei der Vernissage und später dann auf dem Winzerfest ihnen ein perfektes Alibi verschafft. Niemand brachte sie mit dem Mord an den beiden jungen Leuten in Verbindung, solange immer nur eine von ihnen öffentlich in Erscheinung trat.

Und es konnte sehr gut eine Hydra gewesen sein, die der Jäger vom Baum springen sah, schwarz gekleidet und maskiert wie die Hydra, die von Koerber in Dresden erschossen worden war. Sie hatte blitzschnell zugeschlagen und Katja Liesenbach dann möglichst schnell weggeschafft, um ihren Körper zerlegen zu können, solange das Gewebe noch warm war.

Die Sache mit den Waben erschien Lutz am grässlichsten und unglaublichsten. Ganz würde er es wohl nur für möglich halten können, wenn er es mit eigenen Augen sah. Jedenfalls erklärte es, warum Sylvia/Hydra ihn unbedingt an einem Blick in den Weinkeller hatte hindern wollen. Was für ein Monster hatte diese geisteskranke Wissenschaftlerin erschaffen. Ein blondes, gut aussehendes Monster …

Koerber und er hatten sich für abends acht Uhr verabredet, an der Wegkreuzung oben im Wald. Im Schutz der Dunkelheit wollten sie versuchen, das Tor in den Weinbergen aufzubrechen und von dort in den Keller der Hydras vorzudringen. Eine Nachfrage bei Lutz' Großtante hatte ergeben, dass Koerber mit seiner Vermutung völlig richtig lag: Es handelte sich tatsächlich um einen kleinen Tunnel, mit dem die Unkelmanns sich seinerzeit den Umweg um den Hügelkamm erspart hatten. Da den Tunnel schon lange niemand mehr benutzt hatte, ließ sich natürlich nicht ausschließen, dass der Zugang in den Keller zugestellt oder gar zugemauert war. Lutz fürchtete sich entsetzlich, aber wie Koerber sah er keine Alternative. Es war besser, dieses Risiko einzugehen, als den Kopf in den Sand zu stecken und nachts von der Angst vor dem heimgesucht zu werden, was in Sylvias Weinkeller heranreifte. Er zwang sich zur Konzentration. Zunächst einmal galt es, für Billis Sicherheit zu sorgen.

Der Zug rollte heran und kam quietschend zum Stehen. Türen öffneten sich, Fahrgäste stiegen aus, von denen Lutz einige vom Sehen kannte. Aber keine Billi. Der Zugführer pfiff, die Türen fielen wieder zu. Die verbeulte und verrostete E-Lok setzte sich ratternd in Bewegung. Lutz starrte auf den leeren Bahnsteig. Dann ging er rasch zu der Telefonzelle auf dem Bahnhofsvorplatz, neben dem Taxistand.

Er lauschte ungeduldig dem Freizeichen. Bei Schmidts meldete sich niemand. Möglicherweise hatte Billi den Zug verpasst, was bei ihr durchaus nicht ungewöhnlich war. Dann würde sie mit dem nächsten Zug in einer Stunde eintreffen. Oder sie hatte ihre Pläne völlig über den Haufen geworfen, was ebenfalls nicht ungewöhnlich war, und würde erst am späten Abend oder morgen zurückkommen. Wenn sie aber früher gekommen war … *»Hydra muss weiter töten«*, hatte Koerber gesagt. *»Sie braucht noch einen jungen Mann und eine junge Frau.«*

Angenommen, Billi war aus unerfindlichen Gründen schon vor einer Stunde gekommen – noch früher erschien Lutz unwahrscheinlich, da sie dann in Berlin für Billi-Verhältnisse zu zeitig hätte aufstehen müssen. Lutz rechnete. Vom Bahnhof nach Hause brauchte Billi mit ihrem flotten, leicht hüpfenden Gang eine gute Viertelstunde. Möglicherweise hatte sie sich dort nur kurz aufgehalten, um dann zu Anja zu gehen

und Hexe für einen Spaziergang abzuholen. Er rief bei Anja an. »Hallo. Sag, ist Billi bei dir?«
»Nö«, sagte Anja. »Hab sie noch nicht gesehen. Wollte sie nicht heute aus Berlin zurückkommen?«
Lutz legte auf und beschloss, vom schlimmsten Fall auszugehen, lief zu seinem Wagen und brauste los. Wenn Billi zu Sylvia aufgebrochen war, hing alles davon ab, wie lange sie sich zuvor zu Hause aufgehalten hatte. Lutz fluchte über den starken Nachmittagsverkehr auf der Bundesstraße und quetschte sich mit jaulenden Reifen in eine so kleine Lücke hinein, dass die anderen Autofahrer wütend hupten. Die Ampel an der Kreuzung in die Stadt sprang auf Rot. Er fluchte wieder.

Ihre Eltern waren in das große Einkaufscenter nach Runkel gefahren, wie ein Zettel neben dem Telefon verkündete. Billi hatte den Rucksack in ihr Zimmer geworfen, um dann sofort mit knurrendem Magen in die Küche zu tigern. Dort hatte sie, als Ersatz für das ausgefallene Mittagessen, zwei Brote mit Käse und eines mit Marmelade gegessen, und einen der wunderbar süßen, leuchtend roten Äpfel von dem alten Baum im Garten ihres Onkels. Nach einer knappen halben Stunde hatte sie sich schon wieder auf den Weg gemacht, sehr gespannt darauf, was Sylvia wohl von ihrem Vorschlag halten würde. Es hatte in Altenbach offenbar den ganzen Tag über geregnet, denn die Bäume und Sträucher trieften noch vor Nässe, und die Luft war dampfend feucht. Jetzt aber schien die Nachmittagssonne. Als Billi sich dem alten Haus näherte, sah sie von weitem Sylvia, eindeutig am langen blonden Haar zu erkennen, eilig über den Rasen gehen. Billi war noch etwas zu weit weg, um zu rufen. Und dann verschwand Sylvia auch schon im Atelier, ohne Billi bemerkt zu haben. Immerhin war sie also zu Hause.

Billi ging weiter und wollte gerade auf die Klingel am Gartentor drücken, als sie sich nähernde Motorengeräusche hörte. Sie drehte den Kopf und sah zu ihrer Überraschung den Fiat-Lieferwagen herankommen. Wer war denn damit unterwegs? Eine Frau mit dunkler Sonnenbrille und blonden Haaren saß am Steuer. Der Wagen stoppte vor der Garage. Die Frau nahm die Brille ab und stieg aus. »Hallo, Billi«, sagte Sylvia. Billi starrte sie verdutzt an. Sie war sicher, dass sie Sylvia eben ins Atelier hatte gehen sehen.
»Was ist?«, fragte Sylvia und lächelte, wie meistens etwas schüchtern. »Warum schaust du mich so merkwürdig an?«
»Du … ich dachte, du bist zu Hause.«
»Ich habe ein bisschen eingekauft. Magst du mir helfen, die Sachen ins Haus zu tragen? Wir können in der Küche zusammen Tee trinken. Im Atelier ist es schrecklich unaufgeräumt.«
Ins Haus hatte Sylvia sie noch nie eingeladen. Bisher kannte Billi nur ihr Atelier. Aber wer, um alles in der Welt, war dann die Frau, die dort eben verschwunden war? Hatte Billi ein Gespenst gesehen?
»Hör mal, Sylvia«, sagte Billi halb im Scherz, »hast du vielleicht eine Zwillingsschwester, von der du mir nie was erzählt hast?«
Sylvias schüchternes Lächeln war ganz plötzlich wie weggewischt. Sie richtete sich etwas in den Knien auf, schien dadurch ein Stück größer zu werden und musterte Billi ernst und durchdringend. Manchmal konnte sie wirklich sonderbar gucken. »Wie kommst du denn *darauf?*«
»Na, ich bin sicher, dass ich eben zufällig jemanden ins Atelier gehen sehen habe, der genau wie du aussah!«
»Dann habe ich … ich meine .. wir …« Sie brach ab, strich sich in typischer Sylvia-Verwirrtheit durchs Haar, spannte

dann, wie Billi es schon so oft bei ihr gesehen hatte, die Schultern an, als müsste sie gegen irgendjemanden oder irgendetwas kämpfen. Sie nickte. »Ja … ich wollte es dir immer schon sagen. Ich habe eine Zwillingsschwester, die mir zum Verwechseln ähnlich sieht. Ich bin im Atelier …« Sie schüttelte den Kopf. »Ich will sagen, *sie* ist dort. Komm, wahrscheinlich ist es an der Zeit, dass ich sie … dir vorstelle.«

Billi war überrascht und auch verletzt. Warum hatte Sylvia sie bisher angelogen und behauptet, sie wäre ganz allein?

»Ich dachte, du vertraust mir«, sagte Billi leise. »Du hättest mir doch auch früher schon von deiner Schwester erzählen können. Seit wann ist sie denn zu Besuch?«

»Manche Dinge sind … schwer zu erklären.« Sylvia schluckte, drehte einen Moment den Kopf weg, und als sie Billi wieder anschaute, waren ihre Augen feucht. Tränen liefen ihr über die Wangen.

»Du weinst ja«, sagte Billi. »Aber warum denn? Hast du Probleme mit deiner Schwester?«

Sylvia wischte sich die Tränen eilig weg. »Ich möchte dir gerne alles erzählen, weil du freundlich zu mir bist. Ich möchte, dass du mir vertraust. Aber manche Dinge sind schwer zu erklären.«

Ohne genau sagen zu können, warum, hatte Billi plötzlich das Gefühl, dass es besser wäre, zu gehen. Vielleicht hinunter in die Stadt zu gehen, bei Anja und Hexe vorbeischauen. Vielleicht war einfach kein guter Zeitpunkt, Sylvia von ihrer Idee zu erzählen. Das mit der Schwester kam so unerwartet und passte nicht recht zu dem Bild, das Billi von Sylvia hatte.

»Du musst mir nichts erklären«, sagte sie. »Oder jedenfalls nur, wenn du es gerne möchtest.« Ihr fiel ein, wie sie am Tag der Vernissage schon einmal geglaubt hatte, eine zweite

Person hinter der Gardine gesehen zu haben. Da war Sylvias Schwester also offenbar auch zu Besuch gewesen. Was war mit dieser Schwester? Stimmte etwas nicht mit ihr? Irgendwie hatte Billi jetzt keine Lust, ihr gegenüberzutreten. Sie verspürte den starken Drang, erst mal allein zu sein und nachzudenken. »Ich komme morgen noch mal wieder, okay?« Sie wandte sich zum Gehen.

Mit zwei schnellen Schritten war Sylvia plötzlich dicht bei ihr. »Ich möchte wirklich gern, dass du meine Schwester kennen lernst«, sagte sie hastig und legte die Hand auf Billis Schulter. »Komm. Bitte.«

Billi wurde wieder einmal bewusst, wie stark Sylvia war. Gewiss sollte es eine sanfte, freundschaftliche Berührung sein, aber Sylvias große Hand lag doch sehr stark und schwer auf Billis Schulter. Man hätte fast meinen können, ihre Freundin versperre ihr den Weg, aber so war es ja bestimmt nicht gemeint. »Komm. Bitte«, sagte sie noch einmal. »Ich mache euch miteinander bekannt. Sie heißt ... Helga. Wir setzen uns ins Atelier und reden ein bisschen, ja?«

Billi entspannte sich. »Also gut. Dann stell sie mir halt vor, deine geheimnisvolle Schwester.«

Sylvia führte Billi zum Gartentor, blieb dabei dicht neben ihr, legte den Arm um Billis Schulter, was sie noch nie getan hatte. Als wollte sie sagen: Lauf mir bitte nicht weg. Ach, Sylvia – du verstörtes, verrücktes Huhn!, dachte Billi. Ob deine Schwester auch so ist wie du?

Lutz war in halsbrecherischem Tempo hinauf in die Weinberge gebraust. Er hoffte, dass Billi noch nicht bei Sylvia eingetroffen war – falls sie sich überhaupt zu ihr aufgemacht hatte, was Lutz aber irgendwie zu ahnen glaubte. Da sie den Fußweg nehmen würde, wollte er den Wagen oben parken, ihr dann bergab entgegengehen, um sie – hoffentlich – noch abzufangen. Verflucht, dachte er, wenn Billi und ich Handys hätten, wäre es einfacher. Aber wie er Billi kannte, würde sie ihres ständig vergessen oder sich nicht ums Aufladen der Akkus kümmern. Als er in den Weinbergweg einbog, sah er weit voraus Billi und Sylvia in deren Atelier gehen. Er trat auf die Bremse. Die Tür schloss sich hinter den beiden. Sylvia hatte den Arm um Billis Schultern gelegt, hatte sie geradezu ins Atelier hineingeschoben.

Einen Moment saß Lutz starr hinter dem Lenkrad und versuchte, einen klaren Gedanken zu fassen. Sollte er einfach mit gezogener Pistole dort hineinstürmen? Die Hydras waren zu dritt und, nach allem, was er von Koerber wusste und selbst gesehen hatte, unheimlich reaktionsschnell. So ein guter und sicherer Schütze war Lutz nicht, dass er sich zutraute, es mit drei von ihnen aufzunehmen. Noch dazu, wo Billi sich mitten im Kugelhagel befand. Aber wie viel Zeit blieb ihm, um Billi zu befreien? Er zweifelte keine Sekunde, dass die Hydras nichts Gutes mit ihr vorhatten.

Sollte er seine Kollegen um Hilfe rufen? Nein, die kannte er zur Genüge. Bis er ihnen die Sache halbwegs plausibel gemacht hatte, verging mindestens eine Stunde. Koerber war der Einzige, der helfen konnte. Es gab nur eine Möglichkeit: Sie mussten ihr Vorhaben jetzt sofort starten, nicht erst bis zum Abend warten. Möglicherweise wussten die Hydras gar nichts von dem Tunnel, und es gelang ihm und Koerber, sie zu überraschen und sich dadurch einen Vorteil zu verschaffen.

Lutz wünschte sich inständig, dass Hydra Billi nicht gewaltsam ins Atelier geschoben, sondern ihr nur freundschaftlich den Arm um die Schulter gelegt hatte. Bislang hatte sie sich, soweit er wusste, Billi gegenüber immer freundlich verhalten. Hoffentlich blieb das einstweilen so. Er wendete seinen

Wagen und brauste in die Stadt zurück, zu der Pension, wo Koerber sich einquartiert hatte.

Billi schaute immer wieder verwirrt zwischen Sylvia und Helga hin und her. Beide lächelten das gleiche schüchterne Lächeln. »Hallo«, sagte Helga und streckte unbeholfen die Hand aus. Billi schüttelte den Kopf, während sie Helga begrüßte. Die beiden unterschieden sich überhaupt nicht. War denn so etwas überhaupt möglich? Wenn sie sich wenigstens verschieden gekleidet hätten – aber beide trugen Jeans und ein rotes T-Shirt. Und ihre Stimmen – völlig gleich.
»Ihr seid eineiige Zwillinge, nicht wahr?« Anders ließ sich diese extreme Ähnlichkeit kaum erklären.
»Ja«, sagte Helga rasch. »Eineiig.«
Wieder blickte Billi zwischen den beiden hin und her. Hätte sie nicht genau gewusst, dass Sylvia näher bei der Tür stand, wäre sie nicht mehr in der Lage gewesen zu sagen, wer wer war.
Dann fiel Billi auf, dass die Farben weggeräumt waren und kein neues Bild auf der Staffelei stand.
Sylvia blieb bei der Tür stehen, und Helga sagte: »Im Moment male ich nicht. Ich bin zu angespannt. Da sind zu viele Dinge, die mir Probleme machen.«
»Du malst auch?«, entgegnete Billi überrascht. »Gibt es denn gar keine Unterschiede zwischen euch?«
»Muss es sie geben?«, fragte Sylvia von der Tür her.
»Nein. Natürlich nicht. Ich frage mich nur, wie ich euch von jetzt an unterscheiden soll.«
Helga kam näher, drehte den Kopf und schob mit der rechten Hand das Haar hinter dem linken Ohr hoch. Mit der linken Hand zeigte sie auf eine Stelle an ihrem Kopf, dicht hinter dem Ohr. »Da«, sagte sie leise.

Erstaunt sah Billi, dass dort eine große Eins eintätowiert war. Es handelte sich um eine sehr tiefe Tätowierung, die an dieser Stelle äußerst schmerzhaft gewesen sein musste.
Sylvia löste sich von der Tür und kam näher. Sie hob ebenfalls ihr langes blondes Haar. Hinter ihrem Ohr war, in genau der gleichen Größe und Form, als sei sie mit derselben Maschine hineingestanzt worden, eine Drei eintätowiert.
»Wieso denn Drei?«, wunderte sich Billi. Gab es am Ende noch mehr von ihnen? Nein, sie schüttelte innerlich den Kopf. Aus dem Biologieunterricht wusste sie, dass das unmöglich war. Nur Zwillinge konnten aus einem Ei hervorgehen. Bei Drillingen oder Vierlingen kam das nicht vor.
»Habt ihr das etwa selbst gemacht?«, fragte Billi betroffen. »Ich meine, habt ihr euch gegenseitig tätowiert?«
»Es wurde gleich nach unserer Geburt gemacht«, sagte Helga leise. »Es hat sehr wehgetan.«
Einen Moment wunderte sich Billi über diese Bemerkung. Wie konnten diese Tätowierungen heute noch so klar und deutlich erkennbar sein, wenn sie kurz nach der Geburt angebracht worden waren? Und wer unterzog kleine Kinder denn einer solchen Tortur? Ihre Eltern etwa?
Irgendetwas stimmte hier nicht. Da war ein Gefühl zunehmenden Unbehagens, dass sich in Billis Magen zusammenzog wie ein schwerer, harter Klumpen. Ehe sie weiter nachdenken konnte, sagte Helga plötzlich: »Meine … Schwester hat mir … erzählt, wie gut du massieren kannst. Würdest du das bei mir auch mal machen? Ich bin wieder sehr … verspannt. Das wäre wirklich sehr freundlich.«
»Was? Jetzt gleich?«
»Ja, bitte!«
Billi schaute Sylvia an. »Soll ich?«
Sylvia lächelte und nickte.

Billi zögerte. »Ich weiß nicht. Als ich dich massiert habe, hast du ziemlich heftig reagiert.«
»Das wird nicht noch einmal vorkommen«, sagte Helga.
»Und was machst du so lange?«, fragte Billi Sylvia.
»Oh, ich setze mich daneben und schaue euch beiden zu. Das ist sehr angenehm für mich.«

Koerber stand an der Rheinpromenade, die Hände aufs Geländer gestützt, und starrte auf den Fluss. Ausflugsboote fuhren vorbei, deren Aussichtsdecks jetzt in der Nachsaison nur noch teilweise belegt waren. Frachtschubschiffe beförderte vier, manchmal sechs riesige Kähne flussaufwärts. Einzelne, kleinere Frachtschiffe, auf deren Kajütendeck fast immer ein PKW für Landausflüge stand, glitten durch das trübe Wasser. Die Autofähre legte in Altenbach an, bald darauf läutete die Abfahrtglocke, und die Fähre fuhr zurück ans andere Ufer. Schleppend langsam verging die Zeit bis zum Abend. Am Mittag hatten sie kurz miteinander telefoniert, Lutz Küpper hatte ihm bestätigt, dass der mutmaßliche Tunnel tatsächlich in den Weinkeller führte – falls er nicht längst von innen zugemauert worden war.
Und falls er zugemauert war? Koerber wusste nur grob über die Sprengkraft der beiden Ladungen Bescheid, die Ludwig ihm besorgt hatte. Möglicherweise gab, wenn er eine davon zündete, der ganze Hügelkamm nach und begrub Tunnel und Keller für immer unter sich.
Koerber hatte in der Pension hinterlassen, dass er etwas auf der Rheinpromenade spazieren gehen wollte. Dieser Lutz schien ein ziemliches Nervenbündel zu sein, weswegen es Koerber für besser hielt, rasch auffindbar zu sein, wenn etwas Unvorhergesehenes eintrat. Gut, dass Lutz seine Freundin am Bahnhof abfing, um sicherzustellen, dass sie nicht

noch einmal zu den Hydras ging. Das bedeutete wenigstens eine Sorge – und eine mögliche Leiche – weniger.
Er drehte den Kopf und sah, wie Lutz ziemlich waghalsig die Bundesstraße überquerte und eilig herbeilief. »Wir müssen sofort losschlagen!«, rief er atemlos. »Billi ist bei Sylvia. Ich habe gesehen, wie sie mit ihr ins Atelier gegangen ist!«
»Leise!«, zischte Koerber. »Verdammt! Wieso haben Sie sie nicht aufgehalten?«
»Es war zu spät«, keuchte Lutz. »Sie ist mit einem früheren Zug gekommen, und als ich bei Sylvias Haus ankam, gingen sie gerade hinein.«
»Das hat uns gerade noch gefehlt.«
»Hören Sie – wir müssen jetzt sofort losschlagen. Wir dürfen keine Zeit verlieren. Wer weiß, wann Hydra ihre Maske fallen lässt und Billi ...« Er brach ab und schüttelte den Kopf.
Koerber zögerte. »Ich wollte die Sache allein durchziehen, damit niemand etwas von Hydras Existenz erfährt. Aber unter diesen Umständen ist es möglicherweise vernünftiger, wenn wir Ihre Kollegen einschalten und mit einem Großaufgebot anrücken. Ich denke, es kommt jetzt vor allem darauf an, das Leben Ihrer Freundin zu retten.«
»Nein, das habe ich mir schon überlegt«, entgegnete Lutz. »Meine Kollegen schalten wir auf keinen Fall ein! Die würden alles nur noch schlimmer machen, glauben Sie mir! Wenn die ausrücken, kriegt Billi garantiert eine Kugel ab, und zwar womöglich keine von Hydra, sondern eine von der Polizei. Auf dieser Dienststelle gibt es unglaubliche Stümper, und die können fast alle nicht schießen!«
Von den kleinen Wachen im Dresdner Umland kannte Koerber ähnliche Geschichten. Er holte tief Luft und sagte: »In Ordnung. Ich fing sowieso an, mich zu langweilen. Mein Wagen steht drüben vor der Pension.«

Sie rannten los, wobei Koerber zu seiner eigenen Überraschung erstaunlich gut mit dem Jüngeren mithielt, sprangen in den Volvo, Koerber startete den Motor und gab Gas.

Helgas Muskeln fühlten sich genauso merkwürdig sehnig und hart an wie bei Sylvia. Warum hätten sich die beiden auch gerade in diesem Punkt unterscheiden sollen? »Ich nehme an, ihr habt viel Leistungssport gemacht«, sagte Billi, während sie sanft Helgas starke Oberarme knetete. »Eure Muskeln sind wirklich beachtlich. Im Vergleich dazu ist in meinen dünnen Ärmchen nichts als Pudding.«
Helga seufzte leise, mit geschlossenen Augen.
Erst jetzt bemerkte Billi, dass auch Sylvia seufzte. Helga saß auf dem Stuhl vor der Staffelei, Sylvia hatte sich einfach mitten im Atelier auf den Boden gesetzt. Billi drehte sich zu ihr um und sah erstaunt, dass Sylvias Augen geschlossen waren. Die beiden Schwestern seufzten im Duett. Billi hielt beim Massieren inne, und Sylvia öffnete die Augen. »Warum hörst du auf?«, sagte sie leise. »Es tut so gut.«
Billi strich sich verwundert durchs Haar. »Aber … ich massiere doch deine Schwester. Wieso …«
Sylvia stand plötzlich vom Boden auf, ging zum Fenster und starrte hinaus. »Du weißt jetzt, dass ich nicht allein bin«, sagte sie. »Das ist ein Problem. Ich finde dafür keine Lösung.«
»Aber was ist so schlimm daran, dass du eine Zwillingsschwester hast? So was kommt doch vor.« Billi drängte sich ein Gedanke auf, der ihr überhaupt nicht gefiel. Diese Verdächtigungen, die Lutz ausgesprochen hatte. Eine Zwillingsschwester, von der niemand wusste. Das wäre in der Tat das perfekte Alibi … Nein, sie wischte den Gedanken sofort beiseite. Wie konnte sie so etwas überhaupt nur denken! Und mit welchem Recht setzte Lutz solche Verdächtigungen in

die Welt? Menschen vorschnell einem falschen Verdacht aussetzen, nur weil sie allein lebten, weil sie anders oder ein bisschen sonderbar waren, dass geschah so leicht. Andererseits hatte sie nie erlebt, dass Lutz in dieser Hinsicht leichtfertig gewesen wäre. Sie bereute plötzlich, ihn nicht angehört zu haben. Vielleicht gab es irgendein Missverständnis, das sich leicht ausräumen ließ.

»Du bist immer freundlich zu mir gewesen, von Anfang an, seit wir uns das erste Mal begegnet sind.« Sylvia sprach gegen die Fensterscheibe, ohne Billi dabei anzusehen.

»Es verursacht eine sehr angenehme Empfindung in meinem Körper, wenn ich daran denke, dass mein Bild bei dir ist. Dass es dich von jetzt an durch dein Leben begleitet.« Das sagte Helga. Es war ganz klar Helga, die das sagte, während Sylvia stumm aus dem Fenster starrte. Billi hatte die Hände gehoben, um mit der Massage fortzufahren, doch jetzt ließ sie sie schlaff herabsinken. »Moment mal. Sylvia hat mir das Bild geschenkt!«

Auf einmal fühlte sich Billi verletzt, fast wütend. Welches Spiel trieben die beiden denn mit ihr? »Ich verstehe überhaupt nichts mehr! Wer von euch war denn mit mir zusammen, wenn wir uns getroffen haben? Einmal du und einmal du?« Sie zeigte abwechselnd auf Sylvia und Helga, die die Köpfe gedreht hatten und sie anschauten. »Oder warst es immer nur du?« Billi deutete mit einem Kopfnicken auf die Frau am Fenster. »Sylvia eben.«

»Es war immer Sylvia«, sagte Helga leise.

Sylvia kam ein Stück auf Billi zu und schaute ihr in die Augen. »Es war immer ich.«

»Aber wieso behauptet Helga dann plötzlich, sie hätte das Bild gemalt? Sieh mal, das tut mir weh. Ich meine, dieses Geschenk, das du mir damit gemacht hast, ist etwas ganz Be-

sonderes für mich. Und jetzt erfahre ich, dass du es gar nicht gemalt hast, sondern deine Schwester!« Auf einmal musste Billi lachen. Das Ganze war so absurd! »Verdammt! Am Ende seid ihr euch so ähnlich, dass es wirklich keine Rolle spielt, wer Sylvia ist und wer Helga!«
Nun lächelten beide, und Helga stand auf, und Sylvia trat einen Schritt näher an Billi heran. Helga legte ihre Hand sanft, behutsam auf Billis rechte Schulter, und zugleich fühlte Billi Sylvias sanfte Hand auf der anderen Schulter. »Es spielt keine Rolle, ja. Es ist ... nicht wichtig.« Beide sagten das, und sie sagten es völlig synchron, ihre Lippen bewegten sich synchron, und der Klang der Stimme, Sylvias vertrauter Stimme, kam von beiden Seiten, als befänden sich zwei Stereolautsprecher links und rechts von Billis Kopf.
Billi spürte, wie ihr der Schweiß ausbrach. Sie wich einen Schritt zurück.
»Jetzt weichst du zurück. Als du gesehen hast, wie ich Äste zerbrach, bist du auch zurückgewichen. Du bist so sanft und zart und freundlich. Vielleicht würdest du verstehen, wenn du alles erfährst. Vielleicht würdest du verstehen, dass ich nur getan habe, was ich tun musste. Ich bin so, wie ich bin. Ich kann nicht anders ...«
Völlig synchron. Ihre Lippen bewegten sich völlig synchron. Sie standen vor ihr, und die Worte kamen aus beiden Mündern. Billi hielt sich die Ohren zu. »Hört auf!«, schrie sie. »Bitte! Redet nicht so! Das ist unheimlich. Redet ... abwechselnd. Ihr macht mir Angst!«
»Du kennst jetzt einen Teil meines Geheimnisses, Billi«, sagte Sylvia, die nun wieder allein sprach. Helgas Lippen bewegten sich nicht mehr mit. Billi atmete auf. Aber war es wirklich Sylvia? War die, die links stand, näher beim Fenster, Sylvia? Mit der war Billi hereingekommen. Oder war es

am Ende Helga gewesen, die am Steuer des Wagens gesessen hatte?
»Ich weiß nicht, ob ich dir auch alles andere erzählen soll. Vielleicht würdest du trotzdem freundlich bleiben. Können wir trotzdem Freundinnen sein. Vielleicht kannst du … mir helfen. Einen Ausweg finden.«
»Trotzdem?«, fragte Billi verwirrt. »Was meinst du mit trotzdem?«
»Da sind so viele Probleme, Billi. Da ist dieser Freund von dir. Der, mit dem du auf der Vernissage warst.«
»Lutz? Was ist mit ihm?«
»Er war hier auf dem Grundstück. Er hat sich dem Keller genähert. Da musste ich eingreifen. Ich habe ihn gepackt und über den Zaun geworfen.«
Ihn geworfen? Billi glaubte, ihren Ohren nicht zu trauen. Sicher, Sylvia war sehr stark, aber so stark, dass sie Lutz hätte über den hohen Maschendrahtzaun werfen können? Plötzlich fiel ihr der merkwürdige blaue Fleck an Lutz' Nacken ein, von dem seine Mutter erzählt hatte. Hatte er sie deshalb vor Sylvia gewarnt?
Sylvia – Billi entschied einfach, dass es Sylvia war, *ihre* Sylvia – redete weiter und starrte Billi dabei an, auf diese rührende, hilflos wirkende Weise, steckte die Hände in die Hosentaschen, zog sie wieder heraus. »Dann ist da der Mann in Dresden. Er war im Haus, als ich kam, um Meltin zu töten. Ich glaube, er ist Polizist. Er hatte eine Waffe. Es ist wieder ein Teil von mir erloschen, und es hat mir schreckliche Schmerzen in meinen Körpern bereitet. Deswegen habe ich dich an dem Abend hinausgeworfen. Ich wollte nicht, dass du … die Schmerzen siehst. Wie hätte ich es dir erklären sollen. Aber jetzt will ich dir alles erklären. Es ist so angenehm, wenn du mich massierst. Das möchte ich nicht verlieren …«

»Sylvia … Sylvia«, stöhnte Billi und rieb sich die Schläfen. »Was redest du denn da? Ich verstehe kein Wort. Du wolltest einen Menschen töten … Aber …« Sie schloss die Augen und wünschte sich plötzlich, ganz weit weg zu sein. In Berlin vielleicht.

»Da war dieser Detektiv Sembold. Er hat mich gefunden. Aber er war unvorsichtig. Ich habe ihn dazu gebracht, mir zu verraten, wer ihn geschickt hat. Dann habe ich ihm das Genick gebrochen und ihn im Keller vergraben. Was sollte ich denn sonst tun? Er war zu alt. Sein Gewebe konnte ich nicht verwenden …«

Billi merkte plötzlich, dass Sylvias Stimme jetzt aus einer anderen Richtung kam. Sie schlug die Augen wieder auf, drehte den Kopf und sah … eine dritte Sylvia? Helga? in der Tür stehen, die auf den Hof hinter dem Atelier führte. Billi stieß einen Schrei aus und rannte zur Vordertür. Aber Sylvia, die Sylvia, die der Tür am nächsten stand, war mit zwei unglaublich schnellen Sätzen vor ihr dort und versperrte ihr den Weg.

»Lass mich nicht allein. Ich habe doch nie jemanden gehabt, mit dem ich reden konnte. Ich möchte dich nicht verlieren.« Sylvias Stimme zitterte. Sie schluckte, und Tränen liefen ihr über die Wangen, die sie rasch wegwischte. Billi wirbelte herum und sah, dass auch die beiden anderen Frauen weinten. »Hilf mir bitte, Billi«, sagten alle drei.

Koerber stoppte den Volvo oben an der Wegkreuzung im Wald. Der Weg in die Weinberge war zu schmal, und sie wollten nicht die Aufmerksamkeit der Hydras wecken. Sie sprangen heraus, und Koerber öffnete den Kofferraum. Er zog einen großen Rucksack heraus. »Hier. Aufhalten!« Lutz nahm den Rucksack und sah zu, wie Koerber mehrere Brandsät-

ze und Sprengladungen hineinstopfte, eine Taschenlampe, ein Brecheisen und dann eine Maschinenpistole. Lutz' Herz klopfte. Immer wieder wanderten seine Gedanken zu Billi. Was war, wenn die Hydras von dem Tunnel wussten und ihn versperrt hatten? Oder wenn er schon lange vorher zugemauert worden war? Sollten sie dann von vorne auf das Grundstück stürmen? Diese in der Retorte erzeugten Kampfmaschinen waren sicher fürchterliche Gegnerinnen. Lutz spürte, wie seine Knie weich wurden. Koerber nahm ihm den Rucksack ab, schulterte ihn und versetzte Lutz einen kleinen Fausthieb gegen den Oberarm. »Los, mein Junge! Auf geht's!«
Lutz versuchte, nicht an Billi und an die Hydras zu denken, sondern sich ganz auf die Gegenwart zu konzentrieren und sich alles ins Gedächtnis zu rufen, was er bei der Polizeiausbildung über schwierige Einsätze und besondere Gefahrensituationen gelernt hatte. Koerber rannte querfeldein den Hang hinunter, geradewegs zwischen den Bäumen hindurch, und obwohl der ältere Mann den Rucksack trug, hatte Lutz Mühe, mit ihm mitzuhalten. Zweige klatschten ihm ins Gesicht, und er hörte die Vögel singen, was ihm seltsam irreal erschien, während er hinter Koerber herlief und sich bemühte, auf dem weichen, feuchten Laub des Waldbodens nicht auszurutschen oder über eine Wurzel zu stolpern.

Der Hof des Unkelmannschen Anwesens war gepflastert. Billi schaute auf ihre Füße hinunter, die sich über dieses Pflaster bewegten. Eine Sylvia ging vor ihr her, die beiden anderen dicht neben ihr. Sie alle waren für sie jetzt Sylvia. Einmal redete die eine, dann eine andere. Es schien keinen Unterschied zu machen. Ein Teil von Billi schien sich von dem zu entfernen, was um sie herum vorging. Sie würde ihr

ganzes Leben Qigong üben. Sie würde in Berlin studieren, nach China gehen. Was tat man, wenn man feststellen musste, dass eine gute Freundin offensichtlich verrückt war und sich zudem auch noch verdreifacht hatte?
Sie stiegen Stufen hinunter, die offenbar zum Weinkeller führten. »Der Keller ist eigentlich ideal«, hörte sie Sylvia sagen, eine von ihnen, egal welche. »Die Abgeschiedenheit, die niedrige Temperatur.«
»Er ist in mir, dieser Auftrag, mich zu vermehren. Er ist tief in mir drin. Ich *muss* mich vermehren.«
Billi hatte keine Ahnung, wovon Sylvia redete. Ihre Knie zitterten, und Sylvias Worte und alle anderen Sinneseindrücke schienen in ihrem Kopf zu verschwimmen. Sie fürchtete plötzlich, ohnmächtig zu werden, atmete tief durch, straffte ihren Körper. Qigong fiel ihr ein. Die feste Verwurzelung. Beide Füße fest auf dem Boden, die Knie locker, damit die Kraft des Qi frei fließen kann.
Mit einem Ruck stieß eine der blonden Frauen die Kellertür auf.
»Komm, bitte«, sagte eine andere dicht hinter Billi. »Ich will dir alles zeigen. Vielleicht verstehst du ... und wir ... wir finden einen Ausweg.« Sie schob Billi sanft, aber doch auch nachdrücklich – sie fragte sich, wie es sich anfühlte, wenn Sylvia wirklich Kraft einsetzte – in den Keller hinein, wo Billi erst einmal blinzelte. Ihre Augen mussten sich an ein mattes, gelbes künstliches Licht gewöhnen, von dem das alte Gewölbe nur schwach erhellt wurde. Sie stiegen weitere Stufen hinunter und gelangten durch einen kleinen Vorraum dorthin, wo früher vermutlich die Unkelmannschen Weinfässer gelagert worden waren.
Billi sah große Bottiche oder Kessel. Fünf. Hintereinander stehend. Verschiedene geheimnisvolle Schläuche und Rohre

führten in die Bottiche hinein oder aus ihnen heraus. Die Bottiche waren noch ein Stück größer als Sylvia, und Billi hätte, selbst wenn sie sich auf die Zehenspitzen stellte, keinen Blick hineinwerfen können. Fast sah es aus, als sei Sylvia unter die Weinpanscher gegangen.
Aber es roch in dem Keller nicht nach Wein. Ein eigenartig süßlicher Geruch lag in der Luft, den Billi noch nie zuvor wahrgenommen hatte. Er kroch ihr unangenehm in Nase und Lungen, und sie ahnte, dass ihr speiübel werden würde, wenn sie lange hier unten bleiben musste.
»Ich habe lange gebraucht …«, sagte eine der Sylvias, oder sprachen wieder alle? Billi vermied es, sie anzuschauen. »Lange, bis ich das Zellfraktionsverfahren meiner Schöpferin reproduzieren konnte. Viele Jahre. Sie hat mir so wenige Informationen hinterlassen. Aber ich muss mich fortpflanzen. Das ist ein Antrieb in mir. Ich muss Kinder erzeugen. Dafür brauche ich die Waben. Das hier. Die fünf Waben.«
Die Übelkeit, die der süßliche Geruch bei Billi erzeugte, ließ sie Sylvias Worte wie durch Watte hören. »Kinder?«, fragte sie. Kinder in Bottichen? Sie schüttelte den Kopf und versuchte, nicht hysterisch zu werden, zu schreien, schrill zu lachen. »Aber wieso brauchst du dazu Waben?«, fragte sie. »Du bist doch … du bist doch keine Biene.« Das ist Irrsinn, alles völlig verrückt, dachte Billi, und jetzt fange ich auch an, verrücktes Zeug daherzureden.
»So bin ich selbst erzeugt worden. In einem Labor in Dresden.« Sylvia klang aufgeregt. »Komm, ich zeige dir alles. Es ist sehr … schwer gewesen, das alles nachzubauen. Es gab niemanden, den ich fragen konnte. Ich musste mich ganz auf das Wissen verlassen, das meine Schöpferin mir damals mitgab.«
Billi vermied es weiterhin, einer oder allen drei Frauen ins

Gesicht zu sehen. So musste sie sich wenigstens keine Gedanken machen, wer von ihnen gerade sprach und welche die richtige, »ihre« Sylvia war.
»Komm.« Eine der drei ging ein Stück voraus, vorbei an den hohen Bottichen, die mit ihrer sechseckigen Form wirklich an Bienenwaben erinnerten. Sie winkte Billi, die steif und mit zitternden Knien stehen blieb. Eine Sylvia hinter ihr gab ihr einen kleinen, aber doch unmissverständlichen Stups. Billi ging widerstrebend weiter. Dieser Geruch. Sie wusste nicht, wie lange sie ihn noch ertragen konnte.
Der Keller war L-förmig gebaut, mit einem kleineren, niedrigeren Seitenflügel. Als sie um die Ecke schaute, sah Billi dort etwas, das wie ein Operationstisch aussah. Auf einem Laborwagen daneben lagen verschiedene chirurgische Instrumente – Zangen, Scheren, Skalpelle. Dahinter summte ein großer Kühlschrank. Die Sylvia, die vorausgegangen war, stand neben dem Tisch und schaute sie an. »Das Gewebe«, sagte sie. »Verstehst du? Es ist wegen dem Gewebe. Darum habe ich die beiden jungen Leute töten müssen. Ich brauche das Gewebe für meine Kinder …«
Billi schrie. Ihr Schrei hallte von den Kellerwänden wider und schlug über ihr zusammen wie eine erstickende Woge. Sie drehte sich um, wollte davonrennen, doch da stand Sylvia vor ihr, breitete die Hände aus und umfing Billi in einer Umarmung, aus der auch ein weit größerer und muskulöserer Mensch als sie sich kaum hätte befreien können. Billis Schrei verstummte. Sie wehrte sich, trat nach Sylvia, hämmerte mit den Fäusten gegen ihre Brust.
»Sanfte, zarte Billi«, murmelte Sylvia.
Billis Kraft erlahmte. Zitternd und atemlos hing sie in Sylvias Armen: »Dann hatte Lutz Recht. Du hast Frank getötet. Und Katja Liesenbach«, stammelte sie schluchzend, heiser vom

Schreien, und hier in dem kalten, durch den süßen Geruch verpesteten Gewölbe klang ihre eigene Stimme so fremd, als hörte sie sie zum ersten Mal.
Die beiden anderen Sylvias kamen näher. »Ich könnte dir niemals wehtun«, sagten sie gleichzeitig, sodass der dreifache Klang ihrer Stimmen den Keller erfüllte. »Ich spüre, wie du zitterst und wie verspannt dein Körper ist. Wir müssen einen Ausweg finden. Lass uns gemeinsam überlegen …«
Überlegen? In Billis Kopf breitete sich eine kalte, schreckliche Leere aus. Das kann doch alles gar nicht wahr sein, dachte sie. Es muss ein Traum sein, ein idiotischer Albtraum, aus dem ich jeden Moment erwache. Dann spürte sie, wie die Sylvia, die sie im Arm hielt, ihr durchs Haar strich, mit unbeholfenen, unsicheren Fingern. Sanfte Finger, die Billi streichelten wie ein verstörtes Kind. »Du zitterst schon nicht mehr so stark. Das ist gut«, sagte eine der beiden anderen Sylvias.

Die verdammten Brombeersträucher. Ich hätte eine Machete mitbringen sollen, dachte Koerber. Aber endlich hatten sie sich durch das Gestrüpp gekämpft und standen vor den beiden alten, rostigen Türflügeln. Es war eine ziemlich massive Tür, mit der die Winzer wohl seinerzeit möglichen Weindieben vorbeugen wollten, die sich auf diesem Wege Zugang zu ihrem Keller hätten verschaffen können. Koerber rüttelte an der Tür, doch sie rührte sich nicht.

Einen Moment hatten sie schweigend in dem Keller gestanden, und Sylvia hatte Billis Haar gestreichelt. Billi wurde tatsächlich ruhiger. Sie hob den Kopf und schaute Sylvia an. Das matte gelbe Licht ließ ihre Konturen etwas dunkel und schemenhaft wirken, aber es war die Sylvia, der sie beim

Winzerfest das Tanzen beizubringen versucht hatte, mit der sie auf der Wiese Qigong geübt hatte. Die Sylvia, die Seeschwalben und wilde Wolken gemalt hatte. Schüchtern lächelnde Sylvia.

Billi drehte den Kopf zur Seite und sah, dass die beiden anderen mit dem gleichen Lächeln im Gesicht dicht dabeistanden. Irgendwie konnte man Dinge akzeptieren, die real waren. Diese ekelhaft riechenden riesigen Waben waren real. Der Operationstisch war real. Inmitten des Grauens und der Angst, die Billi gepackt hatten, stieg ein anderes Gefühl auf. Eine angesichts von alledem seltsame, gefasste Klarheit, und Zuneigung, ja, immer noch so etwas wie Zuneigung.

»Es war sehr angenehm, dein Haar zu streicheln. Es fühlt sich sehr weich und warm an. Ich habe noch nie einen Menschen so berühren können. Bevor ich die junge Frau tötete, habe ich mich im Wald auf einen Baum gesetzt, an der Wiese, wo ich sie am Abend zuvor von weitem beobachtet hatte. Ihre Pferde flohen vor mir, als ich ihnen so nahe kam. Vom Baum sah ich zu, wie sie zu den Pferden ging, sie beruhigte und streichelte. Ich wäre gern an ihrer Stelle gewesen. Einmal meine Finger durch die Mähne eines Pferdes gleiten lassen … Als sie dann heraufkam, um nachzusehen, bin ich vom Baum gesprungen. Ich habe blitzschnell zugeschlagen. Es ging so schnell, dass sie, glaube ich, keine Schmerzen in ihrem Körper mehr gespürt hat. Es war hässlich, das zu tun. Schon zuvor bei dem jungen Mann hat es sehr wehgetan. Hier.« Alle drei Sylvias zeigten auf ihr Herz. »Deswegen bin ich auf dem Winzerfest auf die Toilette gegangen. Ich hatte sehr starke Schmerzen.«

»Aber warum?«, murmelte Billi. »Ich verstehe immer noch nicht, warum …«

»Das Gewebe ist die Startersubstanz für den Schöpfungsprozess. Es muss männliches und weibliches Gewebe sein, von verschiedenen Körperregionen. Es wird dem bionischen Plasma in den Waben hinzugefügt.«

»Und daraus … daraus entstehen deine Kinder?«

Sylvia schüttelte drei Köpfe. »Nein. Meine Kinder sind mit einem speziellen Verfahren aus meinem eigenen Zellgewebe gewonnene Zellkulturen. Dazu genügen einzelne meiner Zellen, von der Haut oder den Haaren. Meine Kinder bestehen erst aus wenigen Zellen. Sie sind konserviert, sodass sie jahrelang überleben können. Ich bewahre sie drüben im Haus auf, nicht hier. Wenn die Waben vorbereitet sind, kommen meine Kinder dort hinein, erwachen und beginnen zu wachsen. Fünf Kinder. So wie ich. Nach vier Monaten sind sie erwachsen und können die Waben verlassen.«

»Dann sind die Waben also noch nicht fertig … vorbereitet?« Billi wunderte sich über den ruhigen, sachlichen Klang ihrer eigenen Stimme. Das Grauen war nicht mehr in ihrem Kopf, sondern nur noch in ihrem Bauch, als ein dumpfer, bohrender Druck.

»Noch einen jungen Mann und eine junge Frau. Ich muss noch zweimal töten. Sonst habe ich nicht genug Gewebe. Vielleicht ist es bereits zu spät. Ich weiß nicht, wie lange das Gewebe in den Waben reaktionsfähig bleibt. Wenn es schon zu spät ist, sind die beiden umsonst gestorben. Aber ich kann nicht weiter.«

»Nicht … weiter?«

Sylvia strich erneut behutsam über Billis Kopf. Und Billi schreckte nicht zurück. Die Berührung geschah und war inmitten dieses Wahnsinns angenehm. Bei all ihrer Kraft waren Sylvias Hände feinfühlig. »Du bist gesund und im geeigneten Alter. Du wärst genau richtig, verstehst du?«

Sie hatten sich, allein und zu zweit, auf alle möglichen Arten gegen die Tür gestemmt, das Brecheisen in den unterschiedlichsten Winkeln angesetzt. Ohne Erfolg. Lutz zitterte vor Nervosität, und Koerber wischte sich schnaufend mit dem Handrücken den Schweiß von der Stirn. Er hatte gezögert, die Maschinenpistole zu benutzen. Zwar waren durch den Spezialschalldämpfer die Schüsse praktisch nicht zu hören, aber er fürchtete das laute Pfeifen der Querschläger. Für jemanden, der sich mit Schusswaffen auskannte, was auf die Hydras zweifellos zutraf, war das ein unverkennbares, verräterisches Geräusch. Doch jetzt sah er keinen anderen Ausweg. »Na gut«, brummte er, bückte sich und zog die Waffe und ein Magazin aus dem Rucksack.

Für einen Moment fürchtete Billi, Sylvias Hand könnte plötzlich hart und brutal werden und mit tödlicher Gewalt zupacken. Die Angst schnürte ihr die Luft ab. Sie hustete.
»Ich kann es nicht mehr«, sagte Sylvia leise. Sie hatte ihre Finger von Billis Haar gelöst und betrachtete ihre großen Hände. Diesmal machten die beiden anderen Sylvias diese Bewegung nicht mit. Ihre Hände hingen einfach reglos herab.
»Ich bin eine neue Spezies. Meine Schöpferin wollte, dass ich mich vermehre. Aber ich kann es nicht mehr. Was soll ich tun, Billi? Diesen Mann in Dresden, Meltin, konnte ich noch töten. Er hat meinen Körpern so viele Schmerzen zugefügt, dass es mir leicht fiel. Die beiden glatzköpfigen jungen Männer waren gefährlich für mich. Ich habe mich verteidigt. Keine Zeugen! Aber die Vorstellung, noch mehr Menschen zu töten, bereitet mir immer größere Schmerzen in meinen Körpern. Und die beiden jungen Menschen, die ich noch töten muss, sind keine Bedrohung für mich. Sie sind wie du. Ich

müsste immer an dich denken dabei. Es ist, als ob ich dich ... dich töten würde ... Ich kann es nicht mehr. Was soll aus meinen Kindern werden? Ich weiß nicht mehr, was ich tun soll. Hilf mir, Billi, bitte! Gibt es denn keinen Ausweg?«
Alle drei Sylvias standen jetzt mit hängenden Schultern da. Sie schauten Billi flehend an, und trotz ihrer Größe und Kraft wirkten sie in diesem Moment wie kleine Mädchen, die sich in der Dunkelheit verirrt hatten und fürchteten, nie mehr den Weg nach Hause zu finden. Billi spürte einen starken Impuls, Sylvia tröstend in die Arme zu nehmen. Wenn sie sowieso wie *ein* Körper empfanden, so verrückt das war, dann würden alle drei die Berührung spüren. Aber dann musste sie daran denken, dass Sylvia mit diesen feinfühligen Händen, die gerade eben so sanft durch ihr Haar gestrichen hatten, Frank Erlenwein ermordet und anschließend seine Leiche zerlegt hatte. »Ich weiß es nicht. Ich glaube, ich kann dir nicht helfen. Können wir ... können wir nicht endlich hier aus dem Keller raus? Dieser Geruch! Mir ist so schlecht!«

Der Schuss ging satt durch das Schloss, ohne Querschläger. Koerber feuerte noch einen zweiten hinterher, bei dem ebenfalls kein Pfeifen zu hören war. Nun war die Tür in der Mitte frei, hing nur noch oben und unten im Rahmen. Lutz setzte das Brecheisen an. Mit einem vernehmlichen Quietschen gab das rostige Eisen nach. Koerber sicherte die Maschinenpistole wieder und stellte sie auf Dauerfeuer um. Dann bückte er sich nach der Taschenlampe. »Los!«, zischte er. Der Tunnel war dunkel und roch feucht. Im Kegel der Taschenlampe sah Koerber ein paar vergessene Holzpfähle herumliegen und einen verbeulten Eimer. Dann bemerkte er einen anderen Geruch, der von weiter vorn aus der Dunkelheit zu kommen schien. Ein süßlicher, schwerer Geruch, von dem einem übel

werden konnte. Es war nicht eigentlich Leichengeruch, aber irgendwo dort drinnen schien sich menschliches oder tierisches Gewebe in einem sehr unnormalen Zustand zu befinden. Koerber hörte, wie Lutz hinter ihm leise stöhnte. »Die Waben«, flüsterte Koerber.
Wie er vermutet hatte, war der Tunnel kaum zehn Meter lang. An seinem Ende ragte eine dunkle Wand auf. »Zugemauert«, zischte Lutz. Koerber schlich näher heran und richtetet den Lichtkegel auf die Wand. Nein. Bretter. Möglicherweise die Rückseite eines großen Schrankes oder Kellerregals.
Dann hörte er leise Stimmen, irgendwo vor ihnen im Keller, jenseits der Bretter.

»Können wir nicht ... zusammen weggehen, Billi?«, fragte Sylvia. »Irgendwohin, wo uns niemand kennt. Ich würde Bilder für dich malen, die dir gut tun. Und wir können zusammen Qigong üben. Vielleicht kann ich ja doch irgendwann ... das Qi spüren, wenn ich lange genug übe, und wenn ich es endlich doch spüren kann, weiß ich, dass ich wirklich lebendig bin. Und wenn die Wärme dieses Qi in mir ist, spüren das die Tiere auch und laufen nicht mehr vor mir weg und lassen sich streicheln.«
»Ach, Sylvia«, sagte Billi leise. »Wo soll ich denn mit dir hin, mit euch dreien? Wenn sie herausfinden, was du getan hast, wird die Polizei überall nach dir suchen.«
»Ich kann laufen, Billi, ich kann schneller laufen als jeder Mensch. Und wenn du müde wirst, kann ich dich tragen. Ich bin stark. Meine drei Körper sind stark. Wir stehlen ein Auto und fliehen nach Osten. In Polen gibt es riesige Wälder, wo wir uns verstecken können, bis niemand mehr an uns denkt.«
Billi schaute zu den Waben. Sie glaubte, dass dieser Geruch

für immer an ihr haften würde, an ihrem Haar, ihrer Haut. Sie glaubte ihn sogar zu schmecken. Alles schien davon durchtränkt zu werden. »Und … und deine Kinder?«
Als sie das sagte, zuckten alle drei Sylvias ein wenig zusammen, als hätte Billi sie aus einem Traum gerissen. »Meine Kinder. Vielleicht kann ich sie vergessen. Ich kann es versuchen. Wir lassen sie hier zurück. Ich versuche, nicht mehr an sie zu denken. Vielleicht, wenn ich viel Qigong übe und du mich oft massierst, vielleicht hört dann dieser Zwang auf, dieser Druck. Dann kann ich mich einfach in meinen Körpern wohl fühlen.« Alle drei rieben sich mit der linken Hand die Brust, als ob sie dort starke Schmerzen hätten.
Dann ertönte ein lautes, jähes Krachen, das Billi heftig zusammenfahren ließ. Etwas stürzte polternd um. Billi sah nicht, was passiert war. Das Geräusch kam draußen aus dem Hauptkeller, in dem die Waben standen. Dann tauchten zwei Gestalten aus dem Dämmerlicht auf. Lutz! Mit schussbereiter Waffe. Und ein anderer Mann mit einer Maschinenpistole.
»Billi!«, rief Lutz.
Sylvia reagierte blitzschnell. Eine von ihnen packte Billi, hob sie einfach hoch wie ein schutzbedürftiges Kind und sauste mit ihr in gewaltigen Sätzen durch den Keller, auf den Vorraum zu. Es ging so schnell, dass Billi den Eindruck hatte zu fliegen. Dabei sah sie, wie der fremde Mann die Maschinenpistole hob. Sie zuckte, Mündungsfeuer blitzte auf, aber dabei blieb es gespenstisch still. Billi hörte die Schüsse nicht, die eigentlich ohrenbetäubend durch den Keller hätten hallen mussen. Ein Schalldämpfer, dachte sie. Sie sah nicht, was mit den beiden anderen Sylvias geschah, ob sie getroffen wurden, und dann war ihre Sylvia auch schon im Vorraum, sprang die Stufen hinauf und trug Billi dabei die ganze Zeit so sicher und bergend, dass sie sich völlig der Bewegung über-

ließ und einfach die Augen schloss. »Niemand wird dir etwas tun«, sagte Sylvia ohne jedes Keuchen, obwohl sie sich gleichzeitig mit dieser unglaublichen Geschwindigkeit bewegte. »Ich beschütze dich.«

Als Koerber die kleine junge Frau, Lutz' Freundin, so dicht bei den Hydras stehen sah, wagte er nicht, zu schießen, aus Angst, sie unbeabsichtigt zu treffen. Dann packte eine der Hydras Billi und flog geradezu mit ihr aus dem Keller heraus, sprang, rannte so blitzschnell, dass man kaum sehen konnte, wie sich ihre Beine bewegten. Dadurch standen die beiden anderen Hydras nun frei, und Koerber eröffnete sofort das Feuer. Beide sprangen gleichzeitig in Deckung, aber er sah, dass er eine von ihnen am Bein erwischt hatte. Blut spritzte aus ihrem Oberschenkel, doch dann war sie auch schon hinter einem großen Kühlschrank verschwunden. Koerbers Herz setzte für einen Moment aus, weil er die zweite Hydra nicht sehen konnte, die auf der anderen Seite hinter die Waben gesprungen war.
Und dann schrie Lutz laut auf. Im selben Moment sah Koerber die zweite Hydra. Sie musste hinter den Waben Anlauf genommen haben und flog plötzlich auf sie beide zu, sich im Sprung ausstreckend wie eine große Raubkatze. Koerber riss die Maschinenpistole hoch, aber es war zu spät. Sie traf ihn mit der ganzen Wucht ihres Sprunges an der rechten Schulter. Er wurde herumgewirbelt und spürte, wie sein Schultergelenk knackte und von einem stechenden Schmerz durchzuckt wurde. Gleichzeitig verlor er das Gleichgewicht und landete schmerzhaft auf dem Steißbein. Hydra fing ihren Schwung durch eine wie Zauberei aussehende Rolle ab und kam sofort wieder auf die Füße. Da wusste er, dass er in Dresden ein toter Mann gewesen wäre, wenn ihre Schwes-

ter im entscheidenden Moment nicht gezögert hätte. Sein rechter Arm war steif vor Schmerz, und es gelang ihm nicht, die Maschinenpistole in Anschlag zu bringen. Lutz, dem die Angst ins Gesicht geschrieben stand, hob seine Pistole, aber seine Reaktion kam viel zu langsam. Hydra sprang erneut hoch und kickte ihm mit dem Fuß die Waffe aus der Hand. Dann versetzte sie ihm einen fast behutsam aussehenden Handkantenschlag gegen den Hals, der Lutz zu Boden schickte.

Es war offensichtlich, dass sie ihn nur kampfunfähig machen wollte. Koerber hatte sie in Dresden mit voller Wucht zuschlagen sehen, und nach einem solchen Schlag hätte sich Lutz' Kopf nun vermutlich nicht mehr am Rumpf befunden.

Endlich schaffte er es, die Maschinenpistole unter höllischen Schmerzen auf Hydras Brust zu richten, aber seine eigenen Bewegungen schienen im Vergleich zu Hydras unglaublicher Reaktionsgeschwindigkeit quälend langsam abzulaufen, wie in Zeitlupe. Ehe er überhaupt dazu kam abzudrücken, packte sie die Waffe mit beiden Händen, drehte den Lauf von sich weg und riss sie ihm mit einer Kraft, der er nichts entgegenzusetzen hatte, einfach aus den Händen. Wehrlos hockte er am Boden, stöhnte unter dem pochenden Schmerz in seiner Schulter und sah hoch in Hydras Augen. Erst in diesem Moment wurde ihm bewusst, dass die Hydras wirklich vollkommen gleich aussahen. Er starrte in die gleichen blau leuchtenden Augen, die ihn in Meltins Haus aus der schwarzen Maske angeblickt hatten. Unter seidigen blonden Haaren sah er das gleiche perfekt schöne, ebenmäßige Gesicht, das dort unter der Maske zum Vorschein gekommen war.

Sie stand da, mit der Maschinenpistole in den Händen, schaute ihn an und sagte: »Du hättest nicht dort sein sollen. Und du solltest jetzt nicht hier sein. Keine Zeugen. Ich hätte dich in Meltins Haus töten sollen, aber ich war zu langsam. Zum ersten Mal war ich langsamer als ein Mensch.«

Dieser Schock war fast noch schlimmer als der Schmerz in seiner Schulter und alles, was sie ihm möglicherweise noch antat. Sie kannte ihn. Sie erkannte ihn tatsächlich wieder. Meltin hatte auch in diesem so unglaublichen Punkt die Wahrheit gesagt, mit keinem Wort übertrieben. Er hatte sie erschossen, gesehen, wie seine Kugel ihre Brust durchschlug. Er hatte sie auf Sabines Tisch liegen sehen, beobachtet, wie Sabine ihren Schädel öffnete und ihr den Brustkorb aufsägte. Und jetzt stand sie hier vor ihm und erkannte ihn wieder. Sie hatte durch die Augen ihrer Schwester geblickt, im Moment, als Koerber abgedrückt hatte.

Wie zur Bestätigung sagte sie leise: »Du hast einen Teil von mir ausgelöscht, so wie Meltin einen Teil von mir auslöschte, damals, als er im Institut die Pistole auf meine Stirn richtete, auf den Teil von mir, dem sie eine Fünf eintätowiert hatten. Aber du hast dich nur verteidigt. Ich kann es … verstehen. Was mache ich jetzt mit dir?«

Sie richtete den Gewehrlauf auf Koerbers Brust. Er schloss die Augen. Vorbei, dachte er. Ich sehe meine Tochter nicht wieder, Sabine nicht.

Dann hörte er sie leise sagen: »Ich will nicht mehr, Billi. Ich will malen und keine Schmerzen haben.«

Er öffnete die Augen, verstand nicht, was sie meinte. Sie seufzte und ließ die Waffe sinken. Dann wurde ihr großer, schöner Körper plötzlich wieder straff. Er sah entsetzt, wie sie die Waffe auf Einzelfeuer schaltete. Der Lauf zeigte jetzt auf sein rechtes Bein, ihr Finger betätigte den Abzug, der Schalldämpfer verschluckte den Schuss. Koerber spürte einen lautlosen, dumpfen Schlag im Oberschenkel, sein Bein zuckte ohne sein Zutun. Einen Moment fühlte er nichts, dann

schien jemand die Klinge eines stumpfen Messers im Fleisch seines Oberschenkels hin und her zu drehen. Koerber stöhnte mit zusammengepressten Zähnen und versuchte, nicht vor Schmerzen ohnmächtig zu werden.
Hydra schulterte die Maschinenpistole und ging hinüber zu den Schränken an der Wand. Sie holte eine Dose aus einem der Fächer und nahm eine Schere von dem Laborwagen neben dem Tisch. Dann ging sie zu ihrer Schwester, die an der Seitenwand des Kühlschranks lehnte und ihr Bein umklammerte, und beugte sich über sie. Die Schmerzen in Bein und Schulter ließen Koerber das alles wie durch einen Nebel sehen. Und in diesem Nebel tauchte plötzlich Lutz' Pistole auf. Sie lag keine zwei Meter entfernt, von Hydra offenbar in der Sorge um ihre verletzte Schwester schlicht vergessen. Keine zwei Meter. Lutz lag immer noch benommen am Boden, regte sich nur schwach. Koerber versuchte, sein verletztes Bein ein kleines Stück zu bewegen, doch der Schmerz brachte ihn fast um den Verstand. Zwei Meter konnten unendlich weit sein.

Sylvia hatte sie ganz behutsam wieder abgesetzt, und jetzt saßen sie Schulter an Schulter auf dem Boden, mit dem Rücken gegen die Außenwand des Kellers gelehnt. Billi sog gierig die frische Luft ein. »Ja«, sagte sie, »ich möchte auch, dass du wieder malst. Deine Bilder sind so schön.« Was rede ich denn da?, dachte sie. Als ob das noch wichtig wäre … Konnte irgendein Bild das Grauen dort unten vergessen machen?
Sie sah, wie Sylvia sich mit beiden Händen ihr Bein rieb und dabei das Gesicht verzog. »Du … bist getroffen?«, fragte Billi und wusste, dass nicht die Sylvia neben ihr verletzt war, sondern eine der beiden anderen, unten im Keller.
Sylvia nickte. »Aber es ist nicht so schlimm«, antwortete sie

gepresst. »Nur ein Streifschuss. Ich lege mir gerade einen Verband an.«
Billi hatte plötzlich Angst um sie. Es war verrückt, aber sie hatte Angst um Sylvia und wollte nicht, dass ihr etwas geschah. »Geh nach drinnen«, sagte sie. »Hilf deinen Schwestern, deinen … Körpern. Ich meine … » Sie verstummte.
Sylvia schüttelte den Kopf.
»Ich verspreche, dass ich hier auf dich warte«, sagte Billi und meinte es ehrlich. »Ich werde nicht weglaufen. Ich lasse dich nicht allein. Bestimmt.«
»Ich weiß«, sagte Sylvia leise. »Ich vertraue dir. Aber ich möchte mit einem Teil von mir hier bei dir sein. Deine Wärme spüren.« Sie schmiegte sich näher an sie und legte ihren Kopf auf Billis Schulter.
Dann musste Billi plötzlich mit einem jähen Schmerz an Lutz denken. Sie richtete sich auf, wich ein Stück vor Sylvia zurück. »Lutz«, stöhnte sie. »Du … darfst ihn nicht töten. Bitte!«
»Ich sagte doch: Ich will nicht mehr, Billi. Ich will nicht mehr töten. Ich habe ihn nur kampfunfähig gemacht. Er ist nicht ernsthaft verletzt. Ganz bestimmt.«
Billi atmete erleichtert auf.

Es musste alles in einer einzigen Bewegung geschehen. Hydra beugte sich immer noch über ihre Schwester und verarztete die Schusswunde. Aber sie trug weiterhin die Maschinenpistole über der Schulter. Koerber wusste, dass er nur diese eine Chance hatte. Dann tat er es einfach.
Er wälzte sich auf die Seite, warf sich in einem Hechtsprung nach vorn und fasste mit der rechten Hand nach der Pistole, ignorierte alle Schmerzen. Die zweite Hand kam wie von selbst hinzu. Diesmal war Hydra zu langsam. Sie drehte

sich in dem Moment um, als er abdrückte, und die Kugel durchschlug ihre linke Schläfe. Die am Bein verletzte Hydra sprang auf, doch ehe sie ihrer Schwester die Maschinenpistole von der Schulter reißen konnte, gab Koerber zwei weitere Schüsse ab. Einer traf sie in den Kopf, der andere in die Brust.

Dann fuhr ein stechender Schmerz durch sein Bein. Er stöhnte laut auf, fiel nach hinten, schlug mit dem Kopf gegen das harte Metall einer der Waben und versank in Dunkelheit.

Sylvia sprang vom Boden auf, als im Keller die Schüsse krachten. Und dann schrie sie. Es war ein ohrenbetäubender Schrei, wie ihn normale menschliche Lungen niemals hätten hervorbringen können. Der Schrei dröhnte in Billis Kopf, und sie begann am ganzen Körper zu zittern. Dann starrte Sylvia sie an, das Gesicht zu einer fremden Maske verzerrt. Sie packte Billi und riss sie hoch. »Zeig es mir!«, rief sie. »Zeig mir dieses Qi! Jetzt sofort! Ich will es spüren!«

Sie schleifte Billi über den Hof, hinüber ins hohe, ungemähte Gras und stellte sie dort unsanft auf die Füße. »Los! Zeig es mir!«

»Zeigen? Aber … aber ich kann es dir nicht zeigen. Du … du musst es selber spüren …«

»Dann zeig mir, wie ich es spüren kann. Ich will es spüren. *Jetzt!*«

Billis Knie zitterten und würden wohl in den nächsten Sekunden nachgeben, aber irgendwie schaffte sie es, das Becken zu senken, die Hände neben die Hüften zu führen. Zitternd, mit ängstlichem, flatterndem Atem, hielt sie sich gerade eben auf den Beinen, während Sylvia groß und beängstigend stark vor ihr stand, das Gesicht von verzweifelter Wut verzerrt.

Und etwas wie ein kleines Wunder geschah. Billi spürte, wie

das Qi tatsächlich zu fließen begann. Ihre vor Angst eiskalten Hände und Füße erwärmten sich, ihr Atem wurde ruhiger und tiefer. Sanfte Wärme strömte durch ihre Arme und Beine und erfüllte ihre Brust.

Dann schrie Sylvia plötzlich: »Ich brauche es nicht, dieses Qi! Ich bin auch so stark! Ich bin eine überlegene Spezies!«

Sie versetzte Billi einen Stoß, der sie ins Gras schleuderte. Sie überschlug sich rückwärts und blieb mit dem Gesicht nach oben liegen, zitternd und nach Luft schnappend.

Sylvia kam näher und ragte groß über ihr auf. Als sie in die Hocke ging und sich herabbeugte, fürchtete Billi einen entsetzlichen Augenblick lang, Sylvia werde sie töten.

Doch dann sah sie, dass Sylvias Gesicht wieder den vertrauten, schönen Ausdruck hatte. Die entstellende, verzerrende Wut war völlig verschwunden. »Es tut mir Leid, Billi«, sagte sie leise. »Ich wollte dir nicht wehtun. Bitte, entschuldige. Ich denke, ich weiß jetzt, warum ich das Qi nicht spüren kann. Warum ich es niemals spüren werde.«

Sie berührte ganz vorsichtig Billis Schulter und strich ihr dann zärtlich durchs Haar. »Warte hier. Bitte lauf nicht weg. Ich bin sofort wieder da.«

Billi konnte nichts sagen, nickte nur matt.

Sylvia ging rasch zum Haus, und Billi setzte sich mühsam auf. Die Sonne stand tief über der Eifel. Unten im Tal tuckerte leise ein Schiffsdiesel, ein mahlendes, gleichförmiges Geräusch. Sonst war es still. Vielleicht hätte Billi aufspringen sollen und wegrennen, immer nur rennen, ohne sich umzudrehen, doch eine große, schwere Erschöpfung hielt sie am Boden fest. Sie versuchte, irgendeinen klaren Gedanken zu fassen, aber alles, was ihr in den Sinn kam, war, wie angenehm es sich anfühlte, wenn Sylvia sie berührte und ihr durchs Haar strich. Auch schienen keine Tränen da zu sein,

die Billi hätte weinen können. Sie fühlte sich innerlich seltsam erhitzt und ausgetrocknet. Aus dem Weinkeller drang kein Laut. Lebte Lutz noch, und dieser andere Mann? Hatte Sylvia tatsächlich die Wahrheit gesagt, oder hatte sie Lutz ebenso brutal erschlagen wie Frank und Katja? Wer hatte geschossen? Sylvias Schrei – Billi ahnte, dass es ein Todesschrei gewesen war.
Etwas Zeit verstrich, in der Billi das Gefühl hatte, sich selbst zu beobachten, in einem bizarren, nicht enden wollenden Traum. Sylvia kam wieder aus dem Haus. Sie hatte eine schwarze Windjacke übergezogen und trug eine blaue Sporttasche.
Sie ging zu Billi und kniete sich neben sie. Da war wieder dieses schüchterne Lächeln, das Billi vom ersten Moment an sympathisch gefunden hatte. »Tut dir etwas weh?«
Billi schüttelte den Kopf.
»Ich hoffe, ich habe dir keine Schmerzen in deinem Körper zugefügt. Ich habe … die Kontrolle verloren. Das wollte ich nicht.«
Sie öffnete die Tasche und hielt sie hoch, sodass Billi hineinschauen konnte. Eine Styroporschale lag darin, wie Billi sie von den Verpackungen mancher Elektrogeräte kannte. In das Styropor waren kleine Mulden hineingeschnitten worden, in denen gut geschützt fünf kleine Flaschen aus dickem Glas lagen.
»Das sind meine Kinder«, sagte Sylvia leise. »Ich kann versuchen, mich nach Polen durchzuschlagen. Mir dort in den Wäldern einen Unterschlupf suchen. Jetzt, wo ich nur noch ein Körper bin, wird es schwer werden, fünf neue Waben zu bauen. Aber ich kann es versuchen. Ich würde keine Ruhe finden, wenn ich es nicht versuche. Dieser Trieb ist zu stark in mir. Der Zwang, mich fortzupflanzen. So hat es meine Schöp-

ferin wohl gewollt. Ich muss dann in Polen wieder vier junge Menschen töten, die so jung sind wie du. Und wenn meine Kinder die Waben verlassen, werden auch sie töten. Junge Menschen töten, die vielleicht so freundlich sind wie du, Billi.«

Sylvia griff in die Jackentasche und zog eine Pistole heraus, auf die ein Schalldämpfer montiert war. Sie wird mich also nicht mit bloßen Händen töten, dachte Billi seltsam unbeteiligt. Sie wird mich erschießen. Dann spürte sie, wie ihr Puls zu jagen begann.

Doch Sylvia fasste die Waffe vorn am Schalldämpfer und hielt sie Billi hin. Billi starrte erst auf die Waffe und dann Sylvia ins Gesicht.

»Bitte«, sagte Sylvia. »Ich kann es nicht selbst tun. Ich *will* es, aber ich kann es nicht. Ich werde mich umdrehen, die Tasche mit meinen Kindern nehmen und langsam weggehen. So musst du mir nicht ins Gesicht sehen, wenn du abdrückst.«

Billis Augen weiteten sich. »Nein! Nein, Sylvia. Das kann ich nicht!«

Sylvia drückte ihr die Waffe in die Hand, schloss behutsam Billis Finger um den Griff. Dann strich sie ihr kurz und sehr sanft durchs Haar, legte einen Augenblick die Hand auf Billis Schulter und lächelte.

»Ich könnte nicht aufhören, Billi. Ich würde wieder töten. Und meine Kinder würden töten. Du hast mir erzählt, dass du eine gute Schützin bist.«

Sie nahm die Tasche und stand auf. »Ich habe noch eine Bitte: Wenn du kannst, vernichte alles. Die Waben. Alles. Nur das Bild, das ich dir geschenkt habe, soll von Sylvia bleiben.«

Es war sehr lange her, dass Billi eine Pistole in der Hand gehalten hatte. Das kalte Metall fühlte sich fremd an. Sylvia wandte sich um und ging langsam auf das Gartentor zu, setz-

te ganz langsam einen Fuß vor den anderen. Billi sah, welche Anstrengung es Sylvia kostete, nicht ihren Selbsterhaltungstrieb siegen zu lassen und mit langen Sätzen zu fliehen. Alle Muskeln ihres Körpers zitterten.
Billi dachte an all die schönen Augenblicke, die sie mit Sylvia erlebt hatte, aber dann dachte sie auch an Frank Erlenwein und die junge Katja Liesenbach. Für einen Moment war sie wieder im Basaltbruch und hatte das Gefühl, ihr Vater stünde neben ihr. Billi, die talentierte Superschützin, die alles traf.
Sie sah schwarz gekleidete Sylvias von Bäumen springen und junge Frauen und junge Männer erschlagen. Sie sah eine endlose Kette von Waben, aus denen der widerwärtige, süßliche Geruch aufstieg und sich überall ausbreitete wie eine Pestwolke.
Sie stand auf, entsicherte die Pistole, wie sie es damals im Basaltbruch so oft geübt hatte. Sie sah Sylvias in der Abendsonne schimmerndes blondes Haar, ihre kräftigen, wohlgeformten Schultern. Dann geschah alles fast ohne ihr Zutun, als müsste es so sein. Sie fasste die Waffe mit beiden Händen, winkelte die Ellbogen etwas an, damit sie den Schuss abfederten. Erst als die Waffe zuckte, der Rückstoß durch ihre Arme fuhr, merkte Billi, dass sie abgedrückt hatte. Der Schuss traf Sylvias Rücken an einer Stelle, wo eine Kugel für alle Wesen tödlich ist, die ein Herz haben.
Sylvia schrie nicht, sondern stieß nur ein gequältes Stöhnen aus. Ihr großes Herz versagte nicht sofort. Sie machte noch zwei Schritte, dann brach sie zusammen. Als sie schon am Boden lag, bäumte sich ihre überstarke Muskulatur noch einmal krampfartig auf, sodass ihr Körper sich halb herumdrehte und ihr Gesicht in den Himmel blickte.
Billi warf die Pistole weg, als sei sie aus glühendem Eisen,

das ihr die Haut verbrannte. »Sylvia!«, rief sie und rannte zu ihr.

Sie legte weinend die Arme um Sylvias Schultern und drückte sie an sich. Aber Sylvias blaue Augen sahen sie nicht mehr. Vorsichtig bettete Billi Sylvias Oberkörper ins Gras und schloss ihr mit zitternden Fingern die Lider.

Als Billis Tränen versiegten, bemerkte sie, dass Lutz hinter ihr stand, bleich und noch sichtlich benommen, aber offenbar nicht ernsthaft verletzt. »Die beiden im Keller sind auch tot«, sagte er. »Koerber hat sie erschossen.«

Billi nickte. »Hilf mir«, sagte sie heiser. »Wir bringen sie in den Keller zu ihren … Schwestern.«

Sylvias Körper war schwer, und es kostete sie große Anstrengung, ihn zum Keller zu tragen. Billi betrachtete immer wieder Sylvias Gesicht, das sehr schön und friedlich aussah.

An der Kellertür lehnte der Mann, den Lutz Koerber genannt hatte. Sein Gesicht war schmerzverzerrt, das rechte Hosenbein blutgetränkt.

»Billi hat das dritte Monster erschossen«, sagte Lutz.

Da blitzten Billis Augen auf. »Sylvia war kein Monster!«, herrschte sie ihn an. »Sag das nie, nie wieder!«

»Sie hätte Lutz und mich töten können, wenn sie es gewollt hätte«, sagte Koerber mühsam. »Ich glaube, sie hat nur versucht, ihre Kinder zu beschützen.« Er schüttelte den Kopf. »Aber was für eine schreckliche Brut wäre das geworden!«

Sie legten Sylvias drei Körper Seite an Seite neben die Waben. Billi schloss auch den beiden anderen die Lider. Dann ging sie nach draußen, holte die Tasche mit Sylvias Kindern, legte die Pistole hinein und stellte die Tasche dicht neben Sylvia.

Unter Koerbers Anleitung, der auf der Treppe hockte und vor Schmerzen kaum sprechen konnte, brachten sie die vier

Thermitladungen und die beiden Sprengsätze an und stellten die Zünder so ein, dass ihnen genug Zeit blieb, sich in Sicherheit zu bringen.

Den verletzten Koerber mühsam stützend, gingen sie hinter Sylvias Garage in Deckung. Inzwischen war es dunkel geworden, und in Altenbach gingen die Lichter an. Billi glaubte nicht, dass dort unten bislang jemand etwas mitbekommen hatte. Die drei Schüsse, die Koerber aus Lutz' ungedämpfter Pistole abgegeben hatte, waren von den dicken Wänden des Kellers verschluckt worden, und Sylvias Schrei mochte für die Altenbacher nicht mehr gewesen sein als das Klagen eines Tieres im Wald.

Die Thermitladungen zündeten und verwandelten den Weinkeller in eine 2200 Grad heiße Gluthölle, in der alle organischen Substanzen vergingen und sogar die Metallteile der Waben schmolzen. Sekunden später explodierten die Sprengsätze. Der Boden unter ihren Füßen erzitterte, und Koerber schrie vor Schmerz auf. Ein Teil des Hügelkamms stürzte ein, und seine Erdmassen begruben den Weinkeller und die Schlacke, die das Thermit übrig gelassen hatte.

Eilig dachten sie sich gemeinsam eine Version aus, die sie der Polizei erzählen wollten. Da die Polizei keine Verbindung zwischen Sylvia und den verschwundenen jungen Leuten gesehen hatte, gab es keinen Grund, diese Verbindung jetzt herzustellen, zumal die Ermittlungen gegen den zu Unrecht verdächtigten Jäger eingestellt worden waren. Die Geschichte, auf die sie sich einigten, klang halbwegs plausibel: Sylvia hatte eine Zwillingsschwester besessen. Die beiden hatten vor Jahren in einem obskuren Institut in der DDR an Tests für ein neues Dopingmittel teilnehmen müssen. Dabei war ihre beste Freundin an den Nebenwirkungen gestorben, und sie selbst hatten schwere körperliche Schäden davongetragen. Nun hatten sie Rache genommen, indem sie in Dresden die Personen ermordeten, die seinerzeit die Experimente durchgeführt hatten. Koerber hatte Sylvias Schwester in Dresden auf frischer Tat ertappt und erschossen und war nun der Spur zu ihrer Schwester gefolgt. Als er dort auftauchte, waren zufällig Billi und Lutz zugegen. Sylvia, offenbar wie ihre Schwester hochgradig paranoid, war völlig ausgerastet, hatte plötzlich eine Waffe auf Koerber gerichtet und ihn angeschossen. Dann war sie in den Keller gelaufen und hatte einen anscheinend für den Fall ihrer Entdeckung vorbereiteten Sprengsatz gezündet, um ihrem Leben ein Ende zu setzen.

Es war das Beste, was ihnen auf die Schnelle einfiel, und sie hofften, dass es funktionieren würde. Natürlich war die Explosion nicht unbemerkt geblieben. Als Lutz zum Haus lief, um nachzusehen, ob Sylvia ein Telefon besaß, von dem er seine Kollegen verständigen und einen Krankenwagen für Koerber rufen konnte, heulten in Altenbach bereits die Sirenen.

Neun

Koerber wurde ins Altenbacher Krankenhaus verfrachtet und dort sofort operiert. Als er aus der Narkose aufwachte, blickte er auf die verschwommene Gestalt eines Arztes und fragte mühsam: »Ist es noch dran?«

»Was? Ihr Bein?«, fragte der Arzt. »Natürlich. Wir haben Ihre Schulter eingerenkt und Ihren Oberschenkel zusammengeflickt. Es ist alles wieder da, wo es hingehört.«

Erleichtert sank Koerber ins Kissen zurück. Als er das nächste Mal erwachte, lag er allein in einem den üblichen Krankenhausgeruch ausströmenden Zimmer. Für einen Moment keimte in ihm der Verdacht, der Arzt könnte gelogen haben, damit er sich nicht unnötig aufregte. Er setzte sich mühsam auf und schlug die Decke zurück. Sein rechter Oberschenkel war in einen dicken Verband eingewickelt und das ganze Bein in einer Schiene gelagert, aber es war da. Koerber bewegte vorsichtig die Zehen.

Er schluckte und spürte eine tiefe Dankbarkeit. Er hatte getan, was getan werden musste. Aber ohne Lutz hätte er es nicht geschafft. Aus dem Jungen würde sicher mal ein guter Kriminaler werden. Und dann, nicht zu vergessen, war da diese kleine, tapfere Frau gewesen. Billi.

Dass er im Präsidium Ärger bekommen würde, hielt er für unwahrscheinlich. Die drei Mordfälle waren aufgeklärt, das war für Krimnalrat Reinders die Hauptsache. Es konnte wieder einmal eine Akte zugeklappt werden. Und angesichts des Personalmangels würden Reinders und die Staatsanwälte

geradezu darum beten, dass die Ärzte Koerber möglichst rasch gesundschrieben.
Nein, er würde noch viele Kriminalfälle lösen, ehe er in Pension ging. Bestimmt würde seine Tochter Kinder bekommen. Dann würde er ein glücklicher Großvater sein, seine Enkelkinder auf dem Schoß halten und ihnen verrückte Geschichten erzählen, ging es ihm in einer Anwandlung von Rührung durch den Kopf.
Er schlief viel, und am nächsten Morgen kamen Lutz und Billi vorbei, brachten ihm einen Blumenstrauß und eine Schachtel Pralinen. Sie warfen einen wachsamen Blick auf den Flur, ob niemand mithörte, und berichteten dann leise, dass bisher alle die Geschichte geschluckt hatten. Es sah so aus, als würde Sylvias wahre Identität für alle Zeiten ein Geheimnis bleiben. Koerber atmete auf.
Als die beiden wieder gingen, lag er den Rest des Tages gezwungenermaßen untätig auf dem Rücken, was er hasste, ebenso wie den Krankenhausgeruch. Er bat die Schwester, das Fenster weit aufzumachen.
Nachts wurden die Schmerzen in seinem Bein wieder schlimmer, und er ließ sich ein Mittel dagegen geben. Am nächsten Morgen durfte er endlich im Sitzen frühstücken, was er befriedigt zur Kenntnis nahm. Nach dem Mittagessen döste er ein, um kurze Zeit später von einem Duft geweckt zu werden, an den er sich sehr gerne erinnerte.
Sie stand neben seinem Bett, wunderschön und lächelnd.
Koerbers Herz hüpfte vor Freude, aber er verstellte sich und stöhnte: »Steht es so schlimm um mich? Wetzt du schon deine Messer?«
Wie hat sie mich gefunden?, überlegte er, aber dann fiel ihm ein, dass er den Namen Altenbach erwähnt hatte.
Sie zog ihre Stupsnase kraus. Dann lachte sie. »Ach, Blöd-

sinn! Ihr Männer seid immer so weinerlich. Wir sprechen mit den Ärzten, und dann nehme ich dich mit nach Dresden. Unter meiner sachkundigen Pflege bist du bald wieder fit wie ein Turnschuh!«

»Ich dachte, du verstehst dich nur auf Leichen.«

»Na, hör mal, Koerber! Immerhin bin ich gelernte Medizinerin. Ich verstehe auch was vom Umgang mit lebendem Gewebe.«

Diese Formulierung weckte eine Erinnerung, die ihn schmerzlich das Gesicht verziehen ließ. Doch Sabines Schönheit machte ihn schnell wieder lächeln. Er sagte: »Ich weiß da eine Form der therapeutischen Berührung, die für dieses Stück lebendes Gewebe hier im Bett sehr heilsam wäre!«

Da beugte sie sich über ihn, sodass er den unverletzten Arm, der nicht in einer Schlinge hing, um ihre weichen, runden Schultern legen und sie zu sich herunterziehen konnte.

Sie küssten sich sehr lange.

Im April des folgenden Jahres standen ein junger Mann und eine junge Frau vor einem alten Mietshaus in Berlin-Friedrichshain. »Da oben unter dem Dach ist es«, sagte die junge Frau. »Eine ziemlich kleine Bude, aber ganz gemütlich.«

Im Treppenhaus blieb sie stehen und schaute in ihren Briefkasten. Sie nahm einen Brief heraus. »Ah, von Lutz«, sagte sie.

»Ein Verehrer?«, fragte der junge Mann lächelnd.

»Nein. Ein alter Schulfreund. Wir schreiben uns ab und zu.« Sie erwiderte sein Lächeln. »Was mich für ihn besonders freut, ist, dass er endlich die Richtige gefunden hat. Das hat bei ihm ziemlich lange gedauert. Und er hat sich doch noch zur Kripo versetzen lassen, wo er sich bestimmt wohler fühlt.«

»Du hast Polizisten in deinem Freundeskreis?«, sagte er.
Sie nickte. »Ich war übrigens selbst auch mal bei der Polizei. Aber nur für kurze Zeit.«
Sie stiegen die vielen Stufen des düsteren, kühlen Treppenhauses hinauf, sie vorneweg, sodass er die leichten Bewegungen ihres schmalen, drahtigen Körpers bewundern konnte. Er hatte sie bei einem Qigong-Kurs kennen gelernt. Sie war ihm sofort aufgefallen – klein und lebhaft, doch mit großen, faszinierend nachdenklichen Augen. Sie war erst zweiundzwanzig, wirkte aber älter und reifer, schien mehr gesehen und erlebt zu haben als andere Studentinnen ihres Alters.
»Da sind wir«, sagte sie und schloss die Zimmertür auf.
Das Zimmer war nicht sehr groß, aber freundlich und aufgeräumt. Die Dekoration verriet ihre Vorliebe für alles Chinesische – ein paar Tuschezeichnungen, ein kleiner Buddha, das Taiji-Symbol. Dann fiel sein Blick auf ein Bild in einem schlichten Holzrahmen.
Obwohl er in der Großstadt geboren und aufgewachsen war – oder vielleicht gerade deswegen –, liebte er die Natur, weite Wanderungen in menschenleeren Landschaften. Dieses Bild strahlte eine tiefe Sehnsucht aus, Teil der Natur zu sein, die ihn sofort berührte. Und es war wunderbar gemalt – weiße Seeschwalben, die so lebendig wirkten, als würden sie jeden Moment hinaus ins Zimmer flattern, und ein faszinierendes Leuchten hinter wilden Wolken.
»Das ist ein sehr schönes Bild«, sagte er.
Sie stellte sich dicht neben ihn. »Freut mich, dass es dir gefällt.«
»Wer hat es gemalt?«
Sie stand jetzt so dicht bei ihm, dass er ihre Schulter spüren konnte. »Ein gute Freundin von mir.«

»Wenn sie solche Bilder malt, muss sie ein wirklich außergewöhnlicher Mensch sein.«
»Vielleicht hat sie sich das am meisten gewünscht. Ein Mensch zu sein«, sagte sie leise.
Das klang sonderbar. Er schaute sie verwundert an.
»Leider ist sie gestorben. Es ist eine sehr traurige Geschichte, und die Wunde in meinem Herzen ist noch nicht gut genug verheilt, dass ich darüber sprechen kann. Verstehst du das?«
Jetzt lächelte er, zärtlich. »Sprich mit mir über die Dinge, über die du gern sprechen möchtest. Das genügt mir.«
Sie zog ihn an sich und umarmte ihn. Der ernste Ausdruck auf ihrem Gesicht verflog, und sie sagte: »Lass uns zusammen Qigong üben.«
»Hier im Zimmer?«
»Ja. Für die Fünfzehn Formen ist Platz genug.«
Er lachte. »Okay. Warum nicht?«
Sie zogen die Schuhe aus und stellten sich einander gegenüber auf. Sie nahmen die Qigong-Grundhaltung ein. Eine Weile geschah gar nichts. Sie standen einfach nur da und schauten sich lächelnd an. Dann schwebten ihre Hände völlig synchron seitlich in die Höhe und wanderten in einer weit ausholenden Bewegung nach vorn, formten in Augenhöhe eine kleine Schale. Sie machte einen Schritt auf ihn zu, sodass ihre Finger sich berührten und aus den zwei einzelnen Schalen eine gemeinsame, größere wurde, die vielleicht alles zu halten vermochte, was eine glückliche Zukunft ausmachte – *zerteile die Wolken, trage den Mond.*

Danksagung

Meine Eltern, mein Neffe Kevin und seine Freundin Melanie haben das Buch durch seine verschiedenen Entstehungsstadien begleitet und sehr hilfreiche Hinweise beigesteuert. Dafür gebührt ihnen ein dickes Dankeschön. Gerd Kaminski danke ich für seine wie stets kompetente Beratung in technischen Fragen. Maria Nillies ist eine ausgezeichnete Qigong-Lehrerin, mit der zu üben immer wieder Freude macht. Maria hat das Manuskript vorab gelesen und mir dazu wertvolle Anregungen gegeben, wofür ich ihr sehr herzlich danke. Bei meiner Lektorin Claudia Alt möchte ich mich für die schöne Zusammenarbeit bedanken. Sie hat wesentlich dazu beigetragen, Hydras Geschichte in ihre endgültige Form zu bringen.

Thomas Görden

Schattenwölfe

Roman

Die junge engagierte Biologin Chris betreut ein Wolfsrudel in einem Wildpark in der Eifel. Plötzlich geschieht etwas Unglaubliches: Die vertraute Umwelt wandelt sich auf bedrohliche Weise, die zahmen Tiere werden zur blutrünstigen Meute. Da bringt der großangelegte Freilandversuch eines bekannten Pharma-Unternehmens die verzweifelte Chris auf eine Spur, deren Verfolgung sie das Leben kosten könnte ...
Ein hochspannender Mystery-Thriller über ein brisantes Thema.

Knaur